»Mit zehn Jahren schrieb ich meinen ersten Roman über einen Indianerstamm, mit vierzehn eine Novelle, mit siebzehn ein griechisches Drama, mit achtzehn eine Komödie. Den ersten Abdruck erlebte ich mit sechzehn Jahren – es war die Geschichte eines alten Schuhs.« So erinnert sich Heinz G. Konsalik, 1921 in Köln geboren, an seine schriftstellerischen Gehversuche. Nach dem Abitur sollte er auf Wunsch des Vaters Medizin studieren, belegte aber heimlich die Fächer Theater-, Literatur- und Zeitungswissenschaft. Der Krieg unterbrach das Studium.

Nach dem Krieg begann die eigentliche schriftstellerische Laufbahn, und 1958, mit der Veröffentlichung des Romans »Der Arzt von Stalingrad«, kam der große Durchbruch: die Geburt eines Weltautors.

Heinz G. Konsalik, der heute zu den erfolgreichsten deutschen Schriftstellern gehört (wenn er nicht sogar der erfolgreichste ist), hat inzwischen 80 Bücher geschrieben, die in 16 Sprachen übersetzt wurden. Weit über 400 fremdsprachige Ausgaben sind zu zählen, und die Weltauflage beträgt über 43 Millionen Exemplare. Elf Romane wurden verfilmt.

Außer dem vorliegenden Band sind von Heinz G. Konsalik als Goldmann-Taschenbücher erschienen:

Auch das Paradies wirft Schatten / Die Masken der Liebe. Zwei Romane in einem Band (3873)
Der Fluch der grünen Steine. Roman (3721)
Ich gestehe. Roman (3536)
Das Lied der schwarzen Berge. Roman (2889)
Manöver im Herbst. Roman (3653)
Ein Mensch wie du. Roman (2688)
Morgen ist ein neuer Tag. Roman (3517)
Das Schloß der blauen Vögel. Roman (3511)
Die schöne Ärztin. Roman (3503)
Die schweigenden Kanäle. Roman (2579)
Die tödliche Heirat. Kriminalroman (3665)
Verliebte Abenteuer. Roman (3925)

Stalingrad. Bilder vom Untergang der 6. Armee (3698)

Heinz G. Konsalik

Schicksal aus zweiter Hand

Roman

Wilhelm Goldmann Verlag

1. Auflage August 1970	·	1.– 10. Tsd.
2. Auflage Februar 1972	·	11.– 20. Tsd.
3. Auflage Mai 1973	·	21.– 35. Tsd.
4. Auflage Juni 1974	·	36.– 50. Tsd.
5. Auflage Juni 1975	·	51.– 80. Tsd.
6. Auflage Januar 1977	·	81.–110. Tsd.
7. Auflage Juni 1978	·	111.–116. Tsd.
8. Auflage Januar 1979	·	117.–166. Tsd.
9. Auflage Mai 1979	·	167.–216. Tsd.
10. Auflage Dezember 1979	·	217.–266. Tsd.
11. Auflage August 1980	·	267.–316. Tsd.

Made in Germany 1980
Genehmigte Taschenbuchausgabe
Die Originalausgabe ist im Hestia-Verlag, Bayreuth, erschienen
Umschlagentwurf: Atelier Adolf & Angelika Bachmann, München
Umschlagfoto: Adolf Bachmann, München
Satz und Druck: Presse-Druck Augsburg
Verlagsnummer: 3714
Lektorat: Martin Vosseler · Herstellung: Harry Heiß
ISBN 3-442-03714-X

I

Das große Haus war hell erleuchtet.

Breit, flach und lang stand es am Ufer des Rheins, der träge durch die Ebene floß. Seine Fenster leuchteten über das Wasser hin, über die gepflegte Wiese, die Rosenrabatten, das kleine Schwimmbecken mit den hellgrünen Kacheln und dem kleinen Park, der seitlich hinunter bis zum Ufer ging und die großen Glasflächen gegen Westen abschirmte. An der Auffahrt zur höher gelegenen Uferstraße hin stauten sich einige dunkle Wagen, milchig beschienen von den zwei kühn geschwungenen, modernen Laternen, die den Eingang des Hauses zierten.

Im Inneren, in der großen Eingangshalle, standen ein paar Männer in hellen Sommeranzügen, rauchten, betrachteten die Gemälde an den hohen Wänden oder saßen in den tiefen Sitzschalen und lasen. Eine merkwürdige Stille lag über ihnen, eine Bedrückung, die so gar nicht zu dem Glanz paßte, den dieses Haus ausstrahlte, eine Dumpfheit, die wie ein Unheil durch die erleuchteten Räume zog.

Durch die Halle, aus der Bibliothek des Hauses kommend, trat jetzt ein Mann in einem schwarzen Anzug, begleitet von einem anderen, dicken und jovial aussehenden Herrn, bei dessen Eintritt eine spürbare Spannung durch die Wartenden zog. Er blickte sich um und winkte ab, als einer der Lesenden sich erhob und die Zeitung zusammenfaltete.

»Bleiben Sie sitzen«, sagte er gedämpft, so, als könne seine normale Stimme jemanden stören. »Es ist noch nicht soweit. Er verlangt den Pfarrer.« Der schwarze Herr neben ihm sah sich um.

»Ich sage Ihnen Bescheid, wenn Sie kommen können.«

Kriminalrat Dr. Werner nickte. »Ich möchte ihn ganz gerne noch einmal sprechen.«

»Wenn es möglich ist, werde ich es so einrichten.«

Der Pfarrer ging durch die Halle, vorbei an den stummen, wartenden Männern und öffnete eine Tür im Hintergrund. Für einen kurzen Augenblick sah man gedämpftes Licht, einen hellblauen Teppich und die Kante eines hellen Bettes. Dann schloß sich die Tür, vorsichtig, leise, ganz langsam zugezogen.

Dr. Werner lehnte sich gegen die getäfelte Wand und überblickte die Schar der stillen Männer.

»Er spielt uns den letzten Streich«, sagte er leise. »Seit dreiundzwanzig Jahren jage ich ihm nach, seit dreiundzwanzig Jahren suche ich ihn. Er war schon ein Alpdruck für mich, so, als wenn ich ein

Phantom fassen wollte. Und jetzt habe ich ihn . . . und er rennt mir wieder davon. Und jetzt endgültig!« Er sah hinüber zu einem der Männer und winkte. »Haben Sie eine Zigarre bei sich, Schmitz?«

»Ja, Herr Kriminalrat.«

»Einen Fliegentöter?«

»Nee. Eine zu vierzig.«

»Ich lass' mich überraschen. Na, geben Sie mal den Stengel her.«

Kriminalwachtmeister Schmitz reichte seinem Vorgesetzten die Zigarre, die er aus der Brieftasche holte, was Dr. Werner kopfschüttelnd vermerkte.

»Sie werden nie ein Zigarrenraucher, Schmitz. In der Brieftasche! Eine Vierziger! Sie hätten sich bei Ihrem Gehalt längst eine Zigarrentasche leisten können.«

»Am nächsten Ersten, Herr Kriminalrat.« Wachtmeister Schmitz grinste. Er gab Dr. Werner Feuer und wartete darauf, was er sagte. Da Dr. Werner schwieg, meinte er vertraut: »Ist sie nicht gut, Herr Kriminalrat?!«

»Vierzig Pfennig?« Dr. Werner sah Schmitz abschätzend an. »Da hat man Sie übers Ohr gehauen, Schmitz. Sie lernen es nie –«

In dem Schlafzimmer am Ende der Halle saß der Pfarrer auf einem Hocker neben dem Bett. Die Vorhänge waren zugezogen, das Licht der Lampe war durch einen Schirm abgedämpft worden. Es roch im Raum nach Äther, süßlich, schwer, betäubend. Der Pfarrer schnupperte und sah den Mann an, der mit einem verzerrten Lächeln in den Kissen lag.

»Der Arzt«, sagte Frank Gerholdt. Seine Stimme war tief, klangvoll, eigentlich zu kräftig für die gedrückte Atmosphäre, die über dem hellen Haus am Rhein lag. »Er wollte mich retten! Was kennt er von Chiquaqua . . .«

»Chiquaqua?«

»Ein südamerikanisches Gift. Die Iquitos-Indianer destillieren es aus einer Gebüschwurzel, die sie Chiquaqua nennen. Ein stilles, schleichendes Gift, das erst nach Stunden wirkt und das man nicht eindämmen kann, weil es in die Blutbahn geht. Es verdünnt das Blut, ganz langsam . . . es löst das Blut praktisch auf. Es zersetzt die Zusammensetzung des Blutes. Es gibt da kein Gegenmittel, Herr Pastor. Man kennt das Gift in Europa kaum, nur vom Hörensagen.«

»Und Sie haben es eingenommen, Herr Gerholdt?«

»Ja. Genau fünfundzwanzig Gramm . . . Sie genügen, mir einige Stunden Leben zu erhalten und mit Ihnen zu sprechen. Sie genügen aber auch, mich dem zu entziehen, was man ›irdische Gerechtigkeit‹ nennt, Gerechtigkeit nennen kann.« Frank Gerholdt richtete sich in den Kissen auf. Er war ein über mittelgroßer, breit gebauter Mann mit einem runden Kopf, grauen, etwas lockigen Haaren, braunen Augen und einem Mund, der merkwürdig weich lächeln konnte, aber von einem zum anderen Augenblick schmal werden konnte und hart und brutal. »Ich habe Sie gebeten, Herr Pastor, eine Beichte zu hören. Nicht, weil ich glaube, daß ich mich damit freikaufen kann vor der himmlischen Gerechtigkeit, nicht, weil ich Gott fürchte oder die ewige Verdammnis, wie es so schön in den Sonntagspredigten von der Kanzel klingt – ich weiß, daß ich dort oben ebenso wenig zu erwarten habe wie hier auf Erden. Vor allem, weil ich nichts bereuen kann, was ich getan habe –«

»Sie wollen nicht bereuen, Herr Gerholdt?«

»Ich *kann* es nicht. Das ist etwas anderes als wollen! Ich habe ein reiches Leben geführt, gewiß, ich habe mit meinen Händen ein Leben aufgebaut, auf das ich stolz sein kann. Soll ich das bereuen? Nur der Anfang dieses eigenen Lebens war dunkel, schwer, schuldbeladen ... aber ich habe diese Schuld in zwanzig Jahren abgetragen, Stück für Stück, und ich habe mir ein Schicksal aufgebaut, Stein für Stein ...«

»Ein Schicksal aus zweiter Hand, Herr Gerholdt.«

»Was heißt das, Herr Pastor?! Wo war die erste Hand?! Das Leben in den Slums von Hamburg? Das Vegetieren als Gelegenheitsarbeiter auf den Werften? Das Essen in den Hafenkneipen, wo der Fisch stank und das Fleisch sauer war? Das Hungern, das Stempeln, das Anstellen nach Arbeit, die Mißachtung derer, die verdienten, und die Gemeinheit der anderen, mit denen man zusammenleben mußte? War das die erste Hand? Das gottgewollte Schicksal?!« Gerholdt beugte sich zur Seite und nahm einen Schluck Wasser aus dem Glas, das neben der Lampe auf dem Nachttisch stand. »Lieber Herr Pastor – Sie sitzen hier bei einem Sterbenden, nicht, um zu reformieren, sondern um zuzuhören. Bloß anzuhören, was dieser Sterbende, dieser Mensch ohne Himmel und Hölle, dieser kleine, dumme, nur an sich glaubende Mensch auf dieser Erde erlebt hat. Nennen Sie es auch: verbrochen hat. Es ist eins ... Und wenn ich zu Ende bin mit meinem Leben, dann sagen Sie mir, was Gott denken könnte, wenn ich nachher vor ihm stehe und sage: Hier steht Frank Gerholdt. Ein Mensch. Weiter nichts! Nur ein Mensch! Glauben Sie, daß damit alles entschuldbar ist? Ein Mensch! Was gibt es auf dieser Erde nicht, was ein Mensch nicht tun könnte?«

Der Pfarrer sah auf seine Hände. Es waren alte, faltige Hände, die vierzig Jahre lang gesegnet, die auf den Stirnen Sterbender gelegen hatten und auf den schweißigen Haaren Gebärender. Ein ganzes Leben war in diesen Händen. Er hob sie und legte sie Frank Gerholdt auf den Arm. Dieser zuckte unter der Berührung zusammen.

»Sprechen Sie«, sagte der Pfarrer leise.

»Was macht Dr. Werner?« Gerholdt blickte zur Tür. Der Pfarrer schüttelte den Kopf.

»Er wartet in der Halle. Er wird nicht kommen. Aber es wäre besser, er wäre auch hier und hörte sich alles an.«

»Nein!« Gerholdt schüttelte energisch den Kopf. »Dr. Werner verkörpert das Gesetz. Er ist die personifizierte Logik. Haben Sie schon einmal ein Leben gesehen, das logisch ist, Herr Pastor? Ein Leben nach der Logarithmentafel? Sie sind ein Mann der Güte, der Liebe, des Verständnisses menschlicher Regungen. Und deshalb will ich Sie allein sprechen, Herr Pastor.«

Gerholdt schwieg und sah an die Decke. Sie war mit einer gelben Tapete beklebt ... verworrene Kreise und abstrakte Flecke zauberte die Nachttischlampe mit ihrem Licht auf das matte Gelb. Der Sterbende nickte mehrmals.

»Beginnen wir nicht wie ein Lebenslauf«, sagte er sinnend. »Ich wurde am Soundsovielten als Sohn ehrbarer Eltern geboren und besuchte bis zum soundsovielten Lebensjahr ... Das ist albern. Sagen wir lieber so: Als ich am 14. September 1932 am Hafen stand, am Becken IV, neben der Fruchthalle der ›Kalifornischen Import-GmbH‹, war das Leben scheußlich und gemein. Ich war ein junger Bursche von vierundzwanzig Jahren, hatte Hunger, wunde Hände vom Sisalsackschleppen, keine Bleibe als das Seemannsasyl und wußte nicht, ob ich am nächsten Morgen wieder Arbeit bekam und ein paar Groschen, um mir einen Stockfisch zu kaufen, den ich roh aß ... Stück für Stück im Munde mit dem Speichel aufweichend. Dazu trank ich Wasser. Wenn ich das konnte, war ich schon glücklich. So dreckig ging es mir ...«

Der Pfarrer sah wieder auf seine Hände.

»Ist das ein Grund, ein schlechter Mensch zu werden?« fragte er leise.

»Nein – aber Grund genug, davon zu träumen, wie herrlich es sein müßte, ein guter zu sein ...«

*

Als es Nacht wurde, stand Frank Gerholdt am Freihafen und zählte sein Geld. Er brauchte dazu nicht lange. Seit fünf Tagen hatte er sich von seinem Schlepperlohn ein richtiges Mittagessen geleistet, sogar eine Flasche Bier hatte er getrunken. Nun zeigte sich die Strafe dieser Verschwendung, indem er nicht mehr Geld genug hatte, sein Bett im Seemannsasyl zu bezahlen.

Pro Nacht siebzig Pfennig, und eine Mark Pfand für den Blechlöffel, den man bekam, um die dünne Suppe zu essen, die jeden zweiten Tag die Heilsarmee stiftete und in großen Thermoskesseln heranfuhr. Das sind eine Mark siebzig! Und er hatte sie nicht mehr.

Die Hände in den Hosentaschen bummelte er am Hafen entlang, am Ufer der Norderelbe vorbei, den Holstenwall hinauf bis zu den Grünanlagen, die bei Planten und Blomen münden, dem herrlichen Park vor den Toren Hamburgs.

Auf einer Bank, die in der Einbuchtung einer Hecke stand, ließ er sich nieder und starrte hinüber auf die Lichtreklamen, die vom Holstenwall und vom Zeughausmarkt die Nacht mit flimmerndem Licht erfüllten.

Bleiben wir hier, dachte Frank Gerholdt. Die Clochards in Paris schlafen unter den Seinebrücken – warum soll ein Frank Gerholdt nicht auf einer Bank schlafen? Morgen würde er wieder Säcke schleppen oder Kisten in die Laderäume hieven. Allerdings mußte man dann früh am Hafen sein, so gegen fünf Uhr morgens, denn um sieben standen die Ladestraßen voll von Arbeitslosen, die auf einen Job warteten, auf ein paar Stunden Arbeit und ein paar Mark. Das Arbeitsamt? Wie sagte doch der Beamte, als er den Stempel aufdrückte. »Zwei Millionen liegen auf der Straße, und Sie fragen nach Arbeit? Wohl 'n bißchen trübe im Gehirn, was? Such dir was, Junge. Wir haben hier Familienväter mit sechs Kindern. Die kommen zuerst dran, wenn's wirklich Arbeit gibt!«

So war das. Wenn am Morgen die Eigner in den Hafen kamen oder die Bosse der Transportgesellschaften, dann wurden die wartenden Arbeitslosen zu Bestien, die für einen Job am Kran oder als Kohlenschipper ihren besten Freund erwürgten. Um fünf Uhr aber, wenn noch alles schlief und nur die Nachtschiffe munter waren und beladen werden mußten, um am Morgen auszulaufen, gab es eine Chance, für ein paar Stunden Arbeit zu erhalten. Hatte man großes Glück, so zog die Kolonne weiter zum nächsten Schiff oder zu einer Ladehalle. Dann konnte man zwei oder drei oder gar vier Tage die Hand aufhalten und Geld zwischen den Fingern fühlen. Geld! Wie sieht die Welt gleich anders aus, wenn man gegessen hat, wenn man satt ist, wenn der volle Magen sogar anregt, sich nach Mädchen umzusehen und zu sagen: Süßer Käfer! Oder: Na, Mädchen, hilfste mit, 'nem Seemann das Herz erleichtern?

Frank Gerholdt seufzte. Er hob die Beine auf die Bank, ließ sich nach hinten hinübersinken und lag auf dem harten Holz. Er starrte in den fahlen Himmel. Von irgendwoher, vielleicht von einem nahen Beet, wehte ein süßer Geruch. Zinnien, dachte Gerholdt. Was will man mehr? Mein Schlafzimmer riecht nach Parfüm wie das einer verwöhnten Frau.

Er wandte den Kopf zur Seite und sah unter der Bank eine zusammengefaltete Zeitung liegen. »Hamburger Fremdenblatt« las er. 13. September 1932. Von gestern also. Er schob die Hand hervor, griff nach der Zeitung, drehte sich wieder auf den Rücken und entfaltete das Blatt.

Unruhen in Berlin. SA marschiert in Nürnberg. Hitler sagt: Wenn wir an die Macht kommen, lösen wir die Arbeitslosenfrage innerhalb sechs Monaten! Goebbels im Sportpalast: Wir versprechen dem deutschen Volke Arbeit und Brot! Keiner soll hungern und frieren!

Gerholdt schlug die Zeitung um. Zweite Seite. Empfang bei Reichskanzler v. Papen. – Ernst Thälmann in Kiel: Der Kommunismus ist die einzige Sozialform des Arbeiters! Nieder mit den Unternehmern! Wer arbeitet, hat ein Recht am Gewinn!

Dritte Seite. Kidnapper in Amerika! Eine Million Dollar für den entführten Billy Wilder!

Frank Gerholdt setzte sich. Eine Million! Für ein Kind. Ein entführtes Kind. Er las den Artikel mit großem Interesse ... um besser Licht zu bekommen, drehte er sich so, daß der Schein der Lichtreklame auf dem weißen Papier reflektierte.

»Das Unwesen der Kindesentführung greift in den USA immer mehr um sich. Der Senat hat deswegen beschlossen, ein Sondergesetz für Kidnapping zu erlassen, das alle mit dem Tode bestraft, die ein Kind entführen oder sich an einer Entführung beteiligen. So einfach den Gangstern durch eine Entführung das Geldverdienen gemacht wird, so hoch ist jetzt der Einsatz geworden, wenn man sie erwischt. Es geht um den Kopf! Gott sei Dank ist Deutschland von diesen Methoden verschont geblieben. Bei der Schlagkraft unserer Polizei und den engen Grenzen ist eine Kindesentführung nicht lohnend, ganz davon abgesehen, daß solche Beträge wie in den USA nicht gezahlt werden können. Es lohnt sich also nicht in Deutschland. Und darüber sind wir froh.«

Frank Gerholdt las den Artikel noch einmal. Dann starrte er in die Nacht und hielt die Zeitung krampfhaft in seinen Händen, als habe er Angst, man könnte sie ihm entreißen.

Ein Kind stehlen. Das Kind eines reichen, zufriedenen, satten, keine Not kennenden Mannes. Und es zurückgeben, gesund, ohne ein Haar gekrümmt zu haben, wenn er zahlte ... das war doch einfach, so einfach. Alle Not hatte dann ein Ende, alles Anstehen um fünf Uhr morgens im Hafen, alle Hinternkriecherei vor den Hafenbossen, alles Katzbuckeln vor den Launen, aller Kampf um die paar Groschen gegen die anderen, die sich herandrängten und auch einmal warm essen wollten, die von einer Zigarette träumten oder von einem Brötchen mit Butter und Wurst.

»Verrückt!« sagte Gerholdt laut. »Total verrückt. Dir ist das Bier nicht bekommen, Frank.«

Aber er ließ die Zeitung nicht los. Er krallte die Finger in das raschelnde Papier und starrte hinaus in die Nacht.

Eine Million Dollar! Für ein Kind, das man dann wiederbringt! In Deutschland unmöglich, da keiner soviel zahlt. Keiner? Zahlt? Nicht eine Million, nein ... aber einhunderttausend Mark! Mit einhunderttausend Mark kann man ein Leben anfangen, ein ganz neues Leben. Ein Leben ohne Stempeln, ohne Seemannsasyl, wo sie sich von Dirnen unterhalten und wo die Polizei jede Nacht die Strichjungen herausholt. Ohne die Hafenbosse, die einen abtaxieren wie eine Kuh, ehe sie sagen: Fang mal an, Junge. Stunde sechzig Pfennig. Wennste durchhältst, bekommste ab der dritten Stunde achtzig Pfennig. Das würde dann alles vorbei sein, das wäre dann alles nur wie ein böser Traum, aus dem man erwacht ... mit einhunderttausend Mark in der Hand. Mit einem neuen Leben. Mit einem neuen Schicksal!

Frank Gerholdt zerknüllte die Zeitung und warf sie weg. Er warf sie hinein in die Zinnien, die so stark rochen und sein »Schlafzimmer« parfümierten. Dann ging er wieder hin und her ... vor der Bank, über den Holstenwall, rund herum um den Zeughausmarkt ... zurück zur Bank ... getrieben von einer Unruhe, von einem Gedanken, einem wahnwitzigen Gefühl, etwas zu tun, was noch keiner vor ihm gewagt hatte.

Er wanderte die ganze Nacht in den Anlagen herum, er fand keinen Schlaf. Der Gedanke bohrte sich in ihn hinein wie ein glühender Pfahl ... er nahm so vollends Besitz von ihm, daß er nichts anderes mehr denken konnte als: Einhunderttausend Mark! Einhunderttausend Mark! Ein neues Leben! Satt sein, immer satt sein!

Und ein Bett! Einen neuen Anzug. Ein Dach über dem Kopf ohne Läuse und Flöhe und den Gestank nie gelüfteter Kleider.

Als am Morgen die Lesehalle des Hamburger Fremdenblattes geöffnet wurde, trat er an die Lesetische und blätterte in dem neuen Jahrgang die Zeitungen zurück.

Familienanzeigen ... Mai ... April .. März ... Februar ... Da! eine Anzeige. Mit einem welligen Rand eingerahmt.

»Die Geburt ihrer Tochter Rita beehren sich anzuzeigen in großer Freude

Werner von Buckow, Reeder,
und Frau Renate

Hamburg, den 6. April 1932.
Blankenese, Villa Renate.«

Werner von Buckow. Ihm gehörten die Schiffe, die er vorgestern entlud. Er hatte eine Tochter ... wie alt war sie jetzt?

Fünf Monate. Rita hieß sie. Von Buckow würde bestimmt einhunderttausend Mark für sie bezahlen.

Er verließ die Lesehalle der Zeitung, ein bißchen schwankend, erschüttert von seinen Gedanken. Als er die Hände wieder in die Taschen vergrub, fühlte er unter seinen Fingern Papier knistern. Er zog es heraus .... es war das Zeitungsblatt mit der Geburtsanzeige. Er hatte gar nicht gemerkt, daß er es herausgerissen hatte, aus dem dicken Jahrgang, mit den vielen, vielen Geburtsanzeigen. In großer Freude ... ein Mädchen ...

Als er zum Hafen kam, waren die Schlepperarbeiten schon vergeben. Er sah in die Halle hinein, in die Silos. Er grüßte höflich.

»Nichts!« – »Mußte früher kommen!« – »Wer pennt, rostet!« – »Alles vergeben!«

Und in der Tasche hatte er neunzig Pfennig.

Im Zollhafen bekam er Arbeit. Für eine Stunde. Die Stunde vierzig Pfennig! Er mußte den Lagerhallengang kehren und mit einem feuchten Lappen putzen. Südfrüchte waren angesagt. Bananen, südafrikanische Äpfel. Sie liebten Sauberkeit.

Er putzte den Flur und hatte einen unbändigen Appetit auf Bananen und Äpfel. Für einhunderttausend Mark kann ich mir alles kaufen, durchfuhr es ihn. Was mir gefällt, was mir schmeckt, was ich will. Was sind einhunderttausend Mark für einen Reeder wie Herrn von Buckow. Ihm gehören neun Schiffe zwischen fünftausend und elftausend Tonnen. Frachter, Kombischiffe, ein Tanker, ein Trampdampfer. Und eine Tochter Rita hatte er auch. Fünf Monate alt. Verdammt – man sollte nicht daran denken.

Als die Stunde herum war, bekam er seine vierzig Pfennig und stand wieder auf dem Hafenkai in der Septembersonne. Er rechnete wieder. Neunzig und vierzig, das sind eine Mark und dreißig! Damit konnte man nach Rahlstedt fahren, in die Laubenkolonie »Gute Hoffnung«. Dort hatte einmal ein Freund von ihm gewohnt, ein Kieler. Jens Dooren hieß er. Vor einem Jahr zu drei Jahren Zuchthaus verurteilt wegen Falschmünzerei und Widerstand gegen die Staatsgewalt. Jetzt stand die Laube leer und wucherte zu. Niemand kümmerte sich darum.

Frank Gerholdt verließ den Hafen und stieg in die Straßenbahn in Richtung Wandsbek. »Einmal umsteigen«, sagte er. Dann lehnte er an der Messingstange der hinteren Plattform und starrte auf die vorbeifliegenden Häuser, Menschen, Wagen und Läden. Was will ich eigentlich in Rahlstedt, dachte er. Was will ich in der alten Laube? Ich habe dort doch gar nichts zu suchen. Ich bin doch ein anständiger Mensch, der nachts auf Bänken schläft und für vierzig Pfennig die Stunde Flure schrubbt. Oder will ich ein Verbrecher werden und suche mir einen Schlupfwinkel? In der Laubenkolonie »Gute Hoffnung«. Will ich das wirklich?

Er stieg in Wandsbek um nach Rahlstedt. In der Laubenkolonie fand er schnell das Häuschen Jens Doorens. Ein verblichenes Holzschild hing schief am Zaun. Das Land war verunkrautet, die Farbe an der Laube bröckelte ab und war durch Regen und Wind vom Holz gelaugt. Aber sie hatte noch ein Dach, ein festes Dach. Und drinnen war es trocken, stand ein Bett an der Wand, ein Schrank, ein Ofen, ein Tisch und zwei Schemel. Verstaubt, dreckig. Ein Heim! Ein Verbrecherheim, wie es kein Edgar Wallace besser beschreiben konnte. Ein »home«, wie es der Gangster in den USA nennt.

Frank Gerholdt saß auf dem staubigen Bett und hatte die Augen geschlossen.

So weit bin ich also, dachte er. So wird ein Verbrecher geboren. Merkwürdig, wenn man es so miterlebte, von Phase zu Phase. Es begann mit einem Zeitungsartikel und endet mit – ja, mit was endet es? Mit Zuchthaus? Mit dem Todesurteil? Oder mit einem neuen Leben? Mit der Geburt eines neuen Frank Gerholdt, geboren aus Gemeinheit, Betrug, Scheußlichkeit, Tränen, Schmerz und Flüchen?

Der Tag ging vorüber. Von der Elbe schoben sich die Abendwolken heran. Er zündete kein Licht an ... er saß im Dunkeln und schämte sich vor sich selbst. Aber er war nicht stark genug, seine Gedanken zu verscheuchen, sich loszulösen von dem verführerischen Zwang: einhunderttausend Mark für ein Kind. Für ein Kind, dem nichts geschehen würde, als daß es hin- und hergetragen wurde. Ein ganz, ganz neues Leben für eine einzige, schuftige Tat.

In der Nacht schlich Frank Gerholdt um die Villa Werner von Buckows. Er betrachtete den weißen Bau in Blankenese von allen Seiten ... er lag in den Büschen und beobachtete, wer durch die erleuchteten Fenster zu sehen war ... ein Mädchen mit einer Spitzenhaube ... eine junge schöne Frau – sicherlich Renate von Buckow – .... einmal kurz eine große, schlanke Gestalt in einem Abendanzug, der Reeder Werner von Buckow, der Herr über neun Schiffe. Der Besitzer einer Million, dem sein Kind einhunderttausend Mark wert sein würde.

Frank Gerholdt umschlich noch immer das Haus, als die Lichter längst erloschen waren. Auf der Unterelbe fuhren die Schiffe zum Meer hin ... ihre erleuchteten Bullaugen und Brücken schwebten durch die Dunkelheit wie geheimnisvolle, schwerelose Wesen. Von ferne gellte ein Horn auf, ein Scheinwerfer glitt über das Wasser. Zollboote.

Jetzt schlafen sie, dachte er. Zufrieden, satt. Und er hatte Hunger, seit gestern hatte er nichts mehr gegessen ... Fünfzig Pfennig klimperten in seiner Tasche. Ein Leben mit fünfzig Pfennig ... ist das noch ein Leben? Und zwei Millionen Arbeitslose standen in langen Schlagen vor den Stempelstellen.

Er saß an der Elbe und starrte über das schwarze Wasser. Das ist alles kein Grund, ein Verbrecher zu werden, empfand er. Wenn diese zwei Millionen Arbeitslose alle ein Kind rauben würden – zwei Millionen geraubte Kinder! Das wäre das Chaos, der Ausbruch einer Hölle.

Als eine ferne Kirchenuhr zwei Uhr morgens schlug, ging er die Elbe zurück nach Altona. Ihm fehlte der Mut. Um fünf Uhr stand er wieder am Hafen, bekam für zwei Tage Arbeit in einem Getreidesilo und mußte zehn Stunden lang Zweizentnersäcke, die eine automatische Waage abfüllte, in Eisenbahnwaggons schleppen. Zwei Tage lang. Am Abend des zweiten Tages war er lahm, als seien ihm sämtliche Knochen gebrochen ... er schleppte sich in die Laube seines Freundes und warf sich auf das staubige Bett.

»Morgen tue ich es!« sagte er laut zu sich, als wolle er sich Mut zusprechen. »Morgen! Ganz bestimmt! Ich tue es!« schrie er. Seine Stimme überschlug sich. Er zitterte am ganzen Körper wie in einem Krampf.

In dieser Nacht schlief er nicht ... er ging auch nicht zum Hafen.

Er aß das mitgebrachte Brot und eine Büchse Pferdefleisch, saß an dem kleinen Fenster hinter der vergilbten Gardine und beobachtete, wie in den anderen Gärten die Leute arbeiteten. Später schlich er sich hinaus, fuhr mit einem Omnibus nach Blankenese und strich wie ein hungriger Wolf durch die Villenstraßen, hinter den Gärten vorbei, die Unterelbe entlang. Um die Villa Renate machte er einen großen Bogen ... einmal sah er von ferne, wie ein Stubenwagen mit einem Baldachin aus rosa Tüll auf dem kurzgeschorenen Rasen vor der Terrasse stand. Ein Kindermädchen saß daneben und las in einem Buch.

Das Kind!

Frank Gerholdt verbarg sich hinter einem Busch und starrte auf den weiten Rasen. In dem Korb bewegte sich die Decke ... es strampelte, ein paar kleine Fäuste stießen in die Sonne. Das Mädchen erhob sich ... es beugte sich über den Wagen, für einen Augenblick sah er den kleinen Kopf, als das Kind in den Kissen aufgerichtet wurde. Blonde Locken. Leuchtend wie Gold. Jetzt wurde es weggefahren ... die Abendkühle stieg vom Wasser herauf, die Schatten waren lang.

Gespannt lag er im Gebüsch und beobachtete das Haus. Da – das dritte Fenster neben der Terrasse, das mußte das Kinderzimmer sein. In ihm ging das Licht an, er sah die Umrisse des Kindermädchens, es lief hin und her. Ein größerer Schatten mischte sich dazwischen. Werner von Buckow ... sicherlich sagte er jetzt der kleinen Rita Gute Nacht und gab ihr einen Kuß auf den kleinen, rosigen Mund oder auf die blauen, großen, strahlenden Augen.

Frank Gerholdt biß sich auf die Lippen. Nicht denken, bloß nicht denken! Tue es und habe für einen Augenblick keine Seele. Denke nur an das Geld.

Gegen elf Uhr abends wurde es dunkel im Haus. Um halb ein Uhr überkletterte Gerholdt die Hecke und schlich über den Rasen der Terrasse zu. Vor dem breiten Fenster des Kinderzimmers blieb er stehen ... es war angelehnt, er brauchte nur leicht dagegen zu drücken, um unhörbar einzusteigen. Alles war so einfach, so verblüffend zwanglos. Er schob sich an das Fenster heran und lauschte. Im Zimmer war es still. Vorsichtig stieß er den Fensterflügel auf und stemmte sich auf die Fensterbank. Als er die Gardine zur Seite raffte, durchfuhr ihn ein eisiger Schreck.

Neben dem Kinderbett stand ein großes Bett. In ihm schlief das Kindermädchen. Es hatte das Gesicht zum Fenster gedreht und atmete leise, regelmäßig.

Damit hatte er nicht gerechnet. Wenn sie aufwachte, mußte er Gewalt anwenden, damit sie nicht schrie und das ganze Haus alarmierte. Aber gerade Gewalt wollte er nicht sehen, er haßte sie; er wollte das Kind stehlen, ganz leise, unbemerkt, so, als habe ein Geist es weggetragen. Und so sollte es auch wiederkommen, unversehrt, gesund, in seiner Unschuld ihn genau so anlächelnd wie das Kindermädchen oder den Vater und die Mutter.

Er ging auf Zehenspitzen an dem großen Bett vorbei und beugte sich über das Kinderbett. Rita schlief, die Fäustchen geballt neben den Kopf gelegt. Die Decke hatte sich etwas verschoben, ein Beinchen ragte hervor, ein krummes Beinchen in einem Strampelchen.

Frank Gerholdt zögerte. Zum letztenmal hielt ihn ein inneres Sträuben zurück, die schreckliche Tat auszuführen. Dann überwand er sich, griff nach der Decke und schlug sie zurück. Dabei stieß er gegen das Bett, mit dem Knie, als er sich vorbeugte; es gab einen knackenden Laut, der ihn zusammenfahren ließ.

Das Kindermädchen richtete sich auf. Als sie den dunklen Schatten im Zimmer sah, fuhr sie empor und wollte schreien, aber Frank Gerholdt war bereits über ihr, drückte sie in die Kissen zurück und umklammerte ihren zuckenden Hals.

»Einen Laut nur, und ich drücke zu!« zischte er. »Du bist ganz still, hörst du! Ganz still.«

Das Mädchen nickte unter seinen Händen. Er löste die Umklammerung, ihr Kopf sank zurück ... mit entsetzensweiten Augen starrte sie ihn an und rückte bis an die Wand zurück.

»Was wollen Sie von mir?« stammelte sie. Ihr Mund blieb nach diesen Worten offen, wie ein greller Schrei, der in der Kehle erfroren war.

»Von dir will ich nichts. Ich will das Kind mitnehmen.«

»Rita – –«

»Ja.« Gerholdt hob das schlafende Kind aus dem Bett und wikkelte vorsichtig die Decke um den kleinen Körper. Das Mädchen wollte aufspringen. »Liegen bleiben oder ich schieße!« sagte Gerholdt hart. »Du brauchst keine Angst zu haben. Rita passiert nichts. Gar nichts. Sie kommt auch wieder ... nur für heute muß ich sie mitnehmen ... nur für heute ...« Er ging an dem leichenblassen Mädchen vorbei zurück zum Fenster und wandte sich noch einmal um, ehe er wieder auf die Fensterbank kletterte. »Und keinen Laut! Wenn ich dich schreien höre, schieße ich durch das Fenster.«

Er sprang zurück auf den Rasen vor das Haus und sah auf das Kind. Es schlief noch immer. Das Köpfchen lag an seiner Brust, als sei sie ein Kissen. Wie einfach das alles ist, durchfuhr es ihn. Jetzt habe ich einhunderttausend Mark in der Hand.

Er rannte über den Rasen und hörte hinter sich aus dem Fenster den gellenden Schrei des Kindermädchens.

»Hilfe! Hilfe!« Im Hause gingen die Lichter an ... er hetzte durch den Garten, nach hinten hinaus durch die Hecke, über die stille Uferstraße nach Altona zu. Der gellende Schrei des Mädchens verfolgte ihn, er ging ihm nicht mehr aus dem Ohr. Auf der Elbchaussee tauchten Lichter auf ... in rasender Fahrt kamen sie näher. Ein blauer Scheinwerfer zuckte durch die Dunkelheit.

Polizei! Schon die Polizei?! Wie schnell das ging. Wie schrieb die Zeitung doch: Bei der Schlagkraft unserer Polizei ist eine Kindesentführung nicht lohnend ...

Er warf sich in den Straßengraben und ließ den Polizeiwagen an sich vorbeirasen. Dann hetzte er weiter, den Lichtern Hamburgs entgegen. Vor einer Milchbude stand ein einsames Fahrrad ... er riß es von der Wand, stieg auf und trampelte die Chaussee hinab, mit der Linken das Kind fest an sich pressend, mit der Rechten steuernd. Er schlug einen Bogen um Altona, er fuhr über Eidelstedt am Flughafen Fuhlsbüttel vorbei, über Ohlsdorf nach Rahlstedt ... über fünf Stunden radelte er die Landstraße entlang, schweißüberströmt, die Angst im Nacken. Einmal wachte das Kind auf ... es quäkte etwas. Da hielt er an, streichelte es, wiegte es in seinen Armen, bis es wieder schlief.

In der Laube legte er Rita in das große Bett. Er stopfte eine Decke zusammengerollt an den Bettrand, damit sie nicht bei einer heftigen Bewegung aus dem Bett fiel, er deckte sie liebevoll zu und verließ dann die Laube, um nach Rahlstedt zu fahren.

Hier stand er an der Ecke des Marktes, bis die Drogerie öffnete. Als er sie betrat, empfing ihn Radiomusik. Frühmusik ... Frühkonzert, unterbrochen von der Zeitansage.

»Eine Milchflasche bitte«, sagte er mit aller Sicherheit, die er aufbrachte.

»Mit Gramm-Einteilung?« fragte das Fräulein, das hinter der Theke stand. Ihr weißer Mantel war wie ein tanzender Fleck vor Gerholdts Augen.

»Ja, natürlich«, stotterte er.

»Aus Jenaer Glas?«

»Ja.« Er sah zu, wie sie eine Milchflasche aus einer Schublade holte und sie vor ihm auf die Theke stellte.

»Ist sie so richtig?«

»Ich weiß nicht.« Er lächelte schwach. »Meine Frau schickt mich. Ich habe darin keinerlei Erfahrung. Das erste Kind ... wissen Sie ...« Er versuchte ein schelmisches Blinzeln. Das Fräulein nickte verständig. »Und zu essen soll ich auch mitbringen. Kindernahrung. Meine Frau hat mir den Namen gesagt ... aber ich habe ihn vergessen.«

»Nestle Kindernahrung?«

»Ja, ja, das wird es sein!«

Das Radio schwieg. Der Sprecher der Nachrichten gab die neuesten Meldungen durch. Frank Gerholdt zuckte zusammen. Während das Mädchen die Büchse in Papier einrollte, tönte die Stimme durch den Raum.

»In der vergangenen Nacht wurde aus dem Hause des Reeders Werner von Buckow dessen fünf Monate alte Tochter Rita entführt. Der Täter, ein junger, großer Mann Mitte der Zwanzig konnte bisher unerkannt das Weite suchen. Beschreibung des Kindes: Blonde, lange Locken, rosa Strampelchen, weißes Jäckchen und ebensolches Hemdchen. Auf dem linken Oberschenkel ein fünfpfennigstückgroßes Muttermal. Für die Ergreifung des Täters sind tausend Mark Belohnung ausgesetzt. Zweckdienliche Mitteilungen nimmt jede Polizeidienststelle entgegen.«

Das Mädchen hinter der Theke stellte die eingewickelte Büchse vor Frank Gerholdt hin. »So ein Schuft«, sagte es mit Abscheu in der Stimme. »Ein Kind stehlen! Stellen Sie sich vor, man würde Ihr Kind stehlen.«

Gerholdt schluckte. »Ich würde den Kerl umbringen!« sagte er dumpf.

»Er hätte es nicht anders verdient.«

»Bestimmt nicht.« Er nahm die Büchse und die Milchflasche, bezahlte mit dem Geld, das er vorgestern so schwer in den Silos verdient hatte, und verließ schnell die Drogerie. Mit dem gestohlenen Rad fuhr er zur Laubenkolonie zurück und trat in den dumpfen Raum, als das Kind gerade erwachte und mit den Ärmchen in der Luft herumfuhr. Dabei quäkte es und sah Gerholdt – wie er glaubte – verwundert an.

»Ich mache dir zu essen«, sagte er zärtlich. Er streichelte Rita über die Locken und spielte mit den Fingerchen, die sich um seine Hand krallten. »Gleich bekommst du Breichen ...« Er gab ihr das Papier, in das die Dose eingewickelt war. Während er den Ofen anmachte und die Beschreibung durchlas ... pro Mahlzeit dreihundert Gramm, spielte Rita hinter ihm mit dem Papier, ließ es rascheln, zerknutschte es und schob es hin und her. Einmal quiekte sie vor Vergnügen und versuchte, den Oberkörper aufzurichten. »Gleich, gleich«, sagte Gerholdt leise. »Nur noch abkühlen . . .«

Er hielt die Flasche mit dem Brei unter den Wasserkran. Wie stand auf der Dose? Zur Feststellung der richtigen Breiwärme träufele man ein paar Tropfen auf den Handrücken. Er tat es, drückte aus dem Sauger Brei auf seine Hand und stellte fest, daß er nicht mehr zu heiß war. Dann setzte er sich auf das Bett, nahm das Kind auf seinen Schoß und gab ihm die Flasche.

Während der kleine Mund gierig an dem Sauger zog und das schmale Hälslein schluckte, war es Gerholdt, als öffnete sich vor ihm ein Tor und er blickte in eine Welt, die er nie gekannt hatte. Das junge, strampelnde Leben auf seinem Schoß, das glucksende Schlucken der kleinen Kehle, das stoßweise Atmen der winzigen, zarten Nase und die großen, blauen Augen, die ihn betrachteten, das alles nahm ihn so gefangen, daß er an nichts mehr dachte als an das Kind und an eine unbändige Zärtlichkeit, die in ihm emporstieg wie ein unaufhaltsames Naturereignis. Er drückte den kleinen Körper an sich, er schüttelte die Flasche, als der langsam erkaltende Brei etwas dicker wurde, er putzte den kleinen Mund ab und legte das Kind dann wieder in die Kissen, deckte es mit der gestohlenen Decke zu und saß neben dem Bett, bis Rita satt und zufrieden eingeschlafen war und mit lächelndem Gesicht tief atmete.

Auf Zehenspitzen verließ er die Laube, schwang sich auf das Rad und fuhr wieder nach Rahlstedt hinein. Vor einer öffentlichen Fernsprechzelle hielt er an, suchte im Telefonbuch die Nummer von Buckows und drehte sie, den Hörer fest an das Ohr pressend.

9–7–4–2–8–1.

Es knackte, eine Stimme meldete sich. Er drückte den Zahlknopf herunter und vernahm jetzt klar, was die Stimme sagte.

»Hier bei Buckow.«

»Ich möchte Herrn von Buckow sprechen«, sagte Gerholdt mit sicherer Stimme.

Der Mann am anderen Ende räusperte sich. »Ich nehme an, daß Sie der Entführer des Kindes sind. Sprechen Sie ruhig mit mir. Ich bin Kriminalkommissar Dr. Werner.«

Frank Gerholdt lehnte sich an die Glaswand der Fernsprechzelle. Schweiß trat plötzlich auf seine Stirn. Er umklammerte den Hörer und nahm allen Mut zusammen.

»Sie können das Kind wiederhaben«, sagte er laut. »Gesund und unbeschädigt. Für einhunderttausend Mark!«

Er schloß die Augen und hörte kaum, was die Stimme am anderen Ende sagte.

Die Würfel sind gefallen, dachte er. Jetzt gibt es kein Zurück mehr. Ich bin ein Gangster geworden. Ein ganz gemeiner Gangster.

In der Villa von Buckows war nach dem Aufschrei des Kindermädchens eine Welle von Entsetzen über alle Bewohner hinweggerollt. Renate von Buckow brach zusammen, sie fiel in die Arme ihres Mannes und wurde wie leblos in das Schlafzimmer zurückgetragen. Unterdessen rief der Gärtner schon die Polizei und den Arzt an, während das Kindermädchen hysterisch schreiend in das große Wohnzimmer geführt wurde und dort in einem Sessel hockte, am ganzen Körper zitternd. Werner von Buckow schloß die Tür des Kinderzimmers ab. Seine äußere Ruhe war die Maske einer ungeheuren Selbstbezwingung. In seinem Inneren aber tobte ein Vulkan und zerriß sein Herz unter tausend Schmerzen.

»Er kann nicht weit kommen«, sagte er immer wieder. »Es fällt sofort auf, wenn irgendwo ein kleines Kind auftaucht. Rundfunk und Presse werden alles alarmieren. Er kann nicht weit mit Rita kommen . . .«

Als die Polizei vor das Haus fuhr, war der Arzt schon bei Renate von Buckow und stellte ein schweres Nervenfieber fest. »Wenn das Herz durchhält, können wir sie retten«, sagte er ernst. »Aber das Herz ist schwach. Es will nicht! Das ist die große Gefahr . . . es *will* nicht!«

Kriminalkommissar Dr. Werner, ein mittelgroßer, etwas rundlicher Beamter, kam aus dem Kinderzimmer und setzte sich vor den offenen Kamin der Wohnhalle in den tiefen englischen Sessel. Er betrachtete mit Wonne die Kiste Zigarren, die ihm von Buckow hinhielt, und wählte umständlich unter den Importen eine gleichmäßig gefärbte aus.

»Der Täter war ein Laie«, sagte er nach den ersten Zügen, deren Genuß ihn fast verzauberte. »Er hat sich keine Mühe gemacht, Fuß- oder Fingerspuren zu verwischen oder gar zu vermeiden. Auf der Scheibe und auf der Fensterbank finden wir herrliche Abdrücke. Sie nützen uns nur nichts, weil ich garantiere, daß sie in keiner Kartei zu finden sind. Ein Einzelgänger und ein Anfänger.«

Werner von Buckow sah an die getäfelte Decke. »Sie haben wenig Hoffnung?«

»Das will ich nicht sagen. Keiner raubt ein Kind aus purer Kinderliebe. Sagen wir – kein Mann. Bei Frauen ist so etwas möglich.

Mutterkomplex nennen wir das! Aber einen Vaterkomplex hat es meines Wissens noch nicht gegeben. Der Bursche will also Geld –«

»Erpressung?«

»Genau! Nach dem Vorbild der amerikanischen Kidnapper. Geld und Kind zurück, oder kein Geld und Kind zurück, aber tot.«

»Ich werde ihm jede gewünschte Summe geben!« sagte von Buckow rauh. »Mein Kind ist mir alles wert!«

Dr. Werner betrachtete seine Zigarre und schob die Unterlippe vor. »Vom Standpunkt des Vaters ist das richtig. Vom Standpunkt der Polizei wäre es falsch! Unsere Aufgabe ist es nicht, den Verbrecher zu belohnen, sondern ihn zu fangen! Hat er erst das Geld sicher bekommen, so erwischen wir ihn nie, falls er intelligent genug ist, sein Geld so auszugeben, daß er nicht durch großspurige Ausgaben auffällt. Meistens ist das der Anlaß, daß wir diese Brüder ergreifen. Das plötzliche Geld, in solchen Summen, macht sie verrückt! Auf der Reeperbahn halten sie ganze Lokale frei und kaufen den Dirnen Brillanten. Dann haben wir sie. Aber ist der Kerl ein wenig intelligent, zieht weg von Hamburg und lebt irgendwo in Süddeutschland als biederer Kaufmann, macht ein Geschäftchen auf und wird ein guter Bürger ... wie wollen Sie bei siebzig Millionen Deutschen diesen einen gerade herausfischen?«

Werner von Buckow war aufgestanden und ging erregt in dem großen Raum hin und her. »Was schlagen Sie also vor?«

»Wir versprechen dem Kerl das Geld, wenn er sich meldet.«

»Gut. Und weiter.«

»Wir hinterlegen es da, wo er es haben will. Und wenn er es holt, haben wir ihn.«

»Falls er ein Idiot ist!« Von Buckow blieb stehen. »Sie glauben doch nicht, daß ein intelligenter Verbrecher in eine so plumpe Falle geht? In die geht kein Vierzehnjähriger mehr nach der Lektüre von zwei Kriminalromanen.«

»Es ist eine Frage der Summe.« Dr. Werner schnippte vorsichtig die Asche von der Zigarre. »Je höher die Summe, um so verwirrter werden die Gehirne. Nichts beeinträchtigt die Intelligenz mehr als ein plötzlicher Haufen Geld.«

»Theoretisch.«

»Lassen wir es auf die Praxis ankommen.«

Werner von Buckow seufzte tief. Er stand mit dem Rücken zu dem Kamin und sah Dr. Werner aus einem von Qual zerfurchten Gesicht an. »Das ist nicht alles, Herr Kommissar«, sagte er leise. »Wenn Rita innerhalb drei Tagen nicht wieder hier ist, muß sie sterben ...« Dr. Werners Kopf flog empor. In seine Augen trat plötzlich ein verbissener Zug. »Ja ... Sie haben richtig gehört ... sie *muß* sterben! Rita ist krank, sehr krank sogar ... Sie lebt von einem Tag zum anderen.« Er schlug die Hände vor das Gesicht und schwankte plötzlich. »Es ist furchtbar«, stöhnte er. »Wir haben keine Zeit zu langen Verhandlungen und Experimenten ...«

»Hören Sie mich?« fragte die Stimme.

Frank Gerholdt nickte.

Er hielt noch immer den Telefonhörer umklammert und lauschte auf die Worte von Kriminalkommissar Dr. Werner, deren Sinn ihm erst allmählich aufging.

»Ja, Herr Kommissar«, sagte er schwach.

»Sie haben eine verdammt schuftige Tat begangen«, rief Dr. Werner eindringlich durch das Telefon. »Herr von Buckow ist bereit, Ihnen alles zu verzeihen, und auch wir würden uns sehr loyal verhalten, wenn Sie das Kind sofort zurückbringen.«

»Erst hunderttausend Mark!«

»Sie sind ja verrückt! Wir sind hier nicht in den USA! Wir werden Sie jagen wie einen tollwütigen Hund! Und wenn wir Sie haben, merzen wir Sie aus der menschlichen Gesellschaft aus!«

»Wenn – – – «, sagte Gerholdt. Er hatte seine Klarheit wiedergewonnen. »Dem Kind geschieht gar nichts! Sagen Sie Herrn von Buckow, er soll mir hunderttausend Mark schicken!«

»Das weiß er sogar schon! Ich habe es ihm gesagt, außerdem hört er unser Gespräch am zweiten Hörer mit. Und er ist bereit, Ihnen diesen Preis zu bezahlen.«

»Das freut mich.«

»Wie mich das beruhigt.« Die Stimme Dr. Werners wurde sarkastisch. »Aber Sie werden die hunderttausend Mark nie erhalten. Ich werde es verhindern! Und nun hören Sie genau zu, mein Junge: Rita ist sehr krank! Sie wird sterben, wenn sie nicht jeden Tag ein bestimmtes Medikament bekommt!«

Frank Gerholdt war es, als habe man ihn in einen eisigen Fluß gestoßen und er treibe zwischen Eisschollen hilflos ins weite Meer hinaus. »Das ist nicht wahr ...«, stotterte er. Er sah das kleine, hellblonde Lockenköpfchen vor sich, die rosige Haut, die großen, blauen, strahlenden Augen. »Das ist ein Bluff. Sie wollen mich unsicher machen!«

»Sehen Sie es an, wie Sie wollen!« Dr. Werners Stimme war hart, fast roh in seiner zerschmetternden Realität. »Rita leidet an einer

Bluterkrankung. Die tägliche Erneuerung des Blutes ist gehemmt ... wenn sie drei Tage das Medikament nicht bekommt, stirbt sie an Blutzersetzung! Dieses Medikament ist ein Aufbauextrakt. Ohne es kann Rita nicht weiterleben ... begreifen Sie endlich, mein Junge? Sie haben ein todkrankes Kind geraubt, das innerhalb drei Tagen unter Ihren Händen rettungslos sterben wird, wenn Sie es nicht sofort zurückbringen!«

Gerholdt lehnte die heiße Stirn gegen das Glas der Telefonzelle. Eine Schwäche, die ihn fast zu Boden warf, übermannte ihn. »Das ist doch unmöglich ...«, stotterte er.

»Unter diesen Umständen habe ich Herrn von Buckow untersagt, Ihnen die hunderttausend Mark zu zahlen! Sie bringen Rita zurück. Heute noch!«

»Nennen Sie mir den Namen des Mittels!« schrie Gerholdt in das Telefon. Er umklammerte den an der Wand hängenden Apparat und schüttelte, als könne er damit den Namen herausreißen.

»Sie erfahren keine Silbe«, antwortete Dr. Werner kalt.

»Sie ermorden das Kind, Kommissar!«

»Nicht ich, sondern Sie! Sie haben es geraubt!«

»Den Namen!« schrie Gerholdt. »Den Namen, Dr. Werner! Ich bringe sie sofort zurück, wenn Sie mir den Namen sagen und hunderttausend Mark bringen.«

»Keins von beiden!« Dr. Werner wollte weitersprechen, aber Werner von Buckow riß ihm den Hörer aus der Hand. Sein Gesicht war verzerrt. Über die gelbliche Haut perlte kalter Schweiß.

»Hören Sie zu. Hier spricht von Buckow. Ich zahle Ihnen die hunderttausend Mark!«

»Verrückt!« Dr. Werner wollte den Hörer wieder nehmen, aber von Buckow boxte ihn verzweifelt weg. »Der Kommissar ist nicht der Vater ... er weiß nicht, wie es mir zumute ist. Glauben Sie mir – es geht wirklich um Leben oder Tod. Rita ist krank, sie muß heute und morgen das Medikament bekommen, sonst stirbt sie! Kein Tag darf ausgesetzt werden, bis sie später, wenn sie älter ist, durch einen großen Blutaustausch gerettet werden kann. Geben Sie mir mein Kind wieder. Bitte, bitte – geben Sie mir es wieder ...«

Dr. Werner nahm das Telefon aus den plötzlich kraftlosen Händen von Buckows. Der Reeder sank in einen Sessel und bedeckte die Augen mit den Händen. Er schluchzte. Dr. Werners Stimme war rauh vor Erregung.

»Hör zu, mein Junge: Wenn das Kind stirbt, weil es das Mittel nicht bekommen hat, wird die Anklage auf Mord lauten! Sie wissen, was das bedeutet. Noch gibt es in Deutschland die Todesstrafe. Ich möchte heute sagen: Gott sei Dank!«

Frank Gerholdt atmete schwer. »Ich weiß es, Herr Kommissar. Rita wird nicht sterben. Sie darf nicht sterben ...«

»Sie bringen sie also zurück?«

»Für hunderttausend Mark!«

»Ihr letztes Wort?!«

»Ja.«

»Gut!« Dr. Werners Stimme hatte etwas Endgültiges. »Dann sehen wir uns auf dem Schafott wieder! So ekelhaft eine Hinrichtung ist ... bei Ihnen werde ich zuschauen ohne das Gefühl des Grauens!«

Er hängte ab. Frank Gerholdt schüttelte den Hörer, er klopfte gegen den Apparat. »Den Namen des Mittels!« schrie er in die Hörmuschel. »Sagen Sie mir den Namen des Mittels, Kommissar.«

Er rannte aus der Telefonzelle, schwang sich auf das Rad und raste zurück zur Laubenkolonie. Wie von Furien getrieben trat er auf die Pedale, den Kopf weit über den Lenker gebeugt. Schweißgebadet kam er an der Laube an, warf das Rad in das hohe Unkraut und stürzte in die Hütte.

Rita schlief noch. Mit rosigem Gesicht lag sie in den Kissen, ein bißchen quer, weil sie sich im Schlaf gedreht hatte. Über das Gesicht fielen die blonden Löckchen, wie kleine Schlangen kringelten sie sich um den runden Kopf. Das Mündchen war ein wenig offen ... ganz, ganz leise schnarchte sie.

»Rita«, sagte Gerholdt erschüttert. »Rita – – – du darfst nicht sterben.«

Leise kochte er den zweiten Brei, füllte ihn in die Flasche, stellte sie in einem Wasserbad warm und saß am Fenster der Laube, darauf wartend, daß Rita erwachen würde.

Er ahnte nicht, daß in diesem Augenblick zwei Streifenwagen hinaus nach Schnelsen jagten, wo zwei Spaziergänger, unter Blättern verborgen, die nackte Leiche eines Kindes gefunden hatten. Als Dr. Werner die Meldung bekam, sah er von Buckow kurz an und griff nach seinem Hut.

»In zwei Stunden bin ich wieder da.«

»Eine Spur, Herr Kommissar?« Buckow stellte sich ihm in den Weg. »Sagen Sie die Wahrheit. Ich sehe es Ihren Augen an, daß etwas geschehen ist! Hat man Rita gefunden? Mein Gott, reden Sie doch! Sie können mir alles sagen, ich bin doch keine alte Jungfer! Ich kippe nicht um! Ist etwas mit Rita?!«

Dr. Werner zog den Mantel an und winkte den beiden Sekretären, schon zu den Wagen vorzugehen. »Man hat in Schnelsen einen Fund gemacht.«

»Rita!« Buckows Gesicht wurde fahl, aber er beherrschte sich und stand wie eine Säule.

»Das weiß ich noch nicht. Spaziergänger fanden das Kind in einem Waldstück unter Zweigen und Blättern.«

»Ich begleite Sie«, sagte von Buckow mühsam.

»Auf gar keinen Fall!« Dr. Werner winkte ab, als der Reeder etwas entgegnen wollte. »Sie haben Ihre Nerven genug strapaziert. Ich werde Ihnen sofort Nachricht geben, wenn es ein positiver Fund ist. Es kann auch ein anderes Kind sein . . . manchmal kommen solche Sachen zusammen.«

Er verließ schnell die Halle und stieg draußen in den schwarzen Horchwagen. Von Buckow rannte durch das Haus und prallte auf der Treppe auf seine Frau, die voll angekleidet aus dem Schlafzimmer kam.

»Renate!« rief er entsetzt. »Du hast strengste Bettruhe. Was machst du hier?! Sofort gehst du zurück.« Er wollte sie zärtlich, aber bestimmt unterfassen und wieder die Treppe hinaufführen, aber Renate wehrte ihn ab. In ihren Augen stand eine Hohlheit, eine Ausdruckslosigkeit, die Werner von Buckow erschreckte.

»Du fährst weg?« fragte sie. Ihre Stimme hatte allen Klang verloren. Es war, als schwängen die Stimmbänder nur widerwillig mit.

»Eine eilige Fahrt . . .«

»Wegen Rita?« Sie richtete sich auf, straffte den Oberkörper, als wolle sie eine der großen Tragödinnen des Theaters nachahmen. »Ich begleite dich.«

»Unmöglich, Renate!«

»Du kannst mich nicht mehr loswerden! Ich hänge mich hinten an den Wagen und lasse mich mitschleifen!« In ihre Augen trat der Glanz des Irrsinns. Ihr sonst so schöner Mund verzerrte sich. »Du weißt, wo Rita ist. Und du führst mich zu ihr! Sofort! Sofort!«

Sie klammerte sich an seine Rockaufschläge fest, ihr Körper flog und schien auseinanderzuflattern.

»Komm«, sagte von Buckow. Seine Mundwinkel zuckten. Renate, dachte er. Bist du noch Renate?! O dieser Lump, dieser Schuft! Er hat mir nicht nur das Kind genommen, sondern auch die Frau . . .

Sie eilten durch den Gang, der vom Flur zur Garage führte. Als sie den schweren Maybachwagen herausfuhren, sahen sie die Autos der Polizei gerade um die Ecke biegen. Von Buckow lenkte das schwere Fahrzeug vorsichtig aus der Ausfahrt hinaus ... auf der Chaussee aber drückte er den Gashebel hinab, daß der Wagen einen Satz machte, als spränge er mit allen vier Rädern in die Luft. Dann raste er über das glatte Band der Straße, schob sich an den Wagen Dr. Werners heran und folgte ihnen in Sichtweite nach.

Renate von Buckow saß neben ihrem Mann und starrte auf die Straße. Das Radio im Armaturenbrett spielte leise. Sie hörten nicht darauf, erst als eine Stimme sprach, wurden sie aufmerksam. »Die kleine Rita von Buckow ist noch nicht gefunden worden. Wie bekannt wird, leidet sie an einer Erkrankung, die täglich behandelt werden muß. Es steht zu erwarten, daß der Entführer dies nicht weiß und das Kind damit verloren ist, wenn er es nicht sofort den Eltern zurückbringt.«

Der Reeder stellte mit einem Fausthieb das Radio ab, aber Renate stieß den Knopf wieder herab und drehte es lauter. Die Stimme des Ansagers dröhnte durch den rasenden Wagen.

»Wie soeben bekannt wird, hat eine Gruppe Spaziergänger bei Schnelsen, in einer Waldschneise ...«

»Abstellen!« schrie von Buckow. Er wollte wieder auf den Knopf schlagen, aber Renate hielt ihm mit beiden Händen die Faust fest. Ihre Augen flatterten. Um ihren Mund zuckte es, als wolle er jeden Augenblick irre Schreie ausstoßen.

»Laß!« sagte sie mit schriller Stimme. »Laß ... laß ...«

». . . . eine nackte Kinderleiche gefunden. Bis zur Stunde ist noch nicht bekannt, ob es sich um die geraubte Rita handelt. Die Polizei hat eine Großfahndung eingeleitet, die sich über ganz Deutschland und alle Grenzübergänge erstreckt.«

Renate von Buckow saß vor dem Radio. Um ihre Lippen spielte ein starres Lächeln.

»Nackt«, sagte sie stockend. »Sie wird sich erkälten, meine Rita. Sie hat doch nur ein Hemdchen an und ein Strampelhöschen. Fahr schneller, Werner ... schneller ... sie friert ja so ...«

»Renate!« Von Buckow warf einen schnellen Seitenblick auf seine Frau. Sie sah ihn aus Augen an, in denen der helle Wahnsinn stand. Sie lächelte sogar ... die Lippen waren emporgeschoben, sie bleckte die Zähne. Ein Frieren überzog den Rücken des Reeders. »Renate«, sagte er mühsam. »Es wird alles gut. Es wird alles gut. Glaub es mir.« Und während er es sagte, verminderte er die Geschwindigkeit und fuhr in eine Seitenstraße, um zu wenden und sofort zurückzurasen. Einen Arzt, durchjagte es ihn. Sie wird ja irrsinnig ... sie weiß ja nicht mehr, was sie sagt.

Er raste aus der Seitenstraße hinaus, die Elbchaussee zurück. Der Motor des Maybachs heulte auf wie ein Flugzeug ... er ließ den schweren Wagen vorwärts schießen. Von Buckow wagte nicht, auf die Nadel des Tachometers zu sehen ... er starrte auf die Straße, die unter ihm hinwegflog.

»Wohin fährst du?« fragte neben ihm Renate.

Er schwieg. Sie legte die Hand auf seinen Arm.

»Die Polizeiwagen sind ja fort. Wir fahren falsch.«

Er schwieg. Der Druck ihrer Hand auf seinem Arm wurde stärker.

»Du fährst ja zurück.« Ihre Stimme war tonlos. »Kehre um, Werner ... sofort! Kehre um! Ich will Rita sehen ... sie friert ja ... Hörst du ... Sie hat nichts an im Wald ... Zurück, Werner ...«

Sie riß plötzlich an seinem Arm. Sie griff in das Steuerrad und riß es herum. Der schwere Wagen schleuderte ... Hundertzehn Kilometer ... das war es noch, was von Buckow sah, als die Hand Renates ihn zur Seite stieß.

»Renate!« schrie er grell. Das Ufer kam näher, rasend, schemenhaft ... die Uferböschung ... er versuchte, das Steuer herumzureißen, aber Renate umklammerte es und stieß mit dem Kopf gegen seine Brust und seinen Magen.

Das Ufer ... die Elbe ... der Hang. Von Buckow schloß die Augen. Der schwere Wagen schoß wie eine Rakete über die Uferböschung hinaus, schwebte einen Augenblick frei über dem Abgrund, bis er krachend aufschlug und sich mehrmals überschlagend den Hang hinabrollte. Nahe dem Wasser, auf den Steinen der Uferbefestigung blieb er, die Räder nach oben, liegen. Nur der Motor dröhnte noch weiter, bis er den letzten Tropfen der versagenden Benzinpumpe aufgesaugt hatte.

Kriminalkommissar Dr. Werner stand an den Trümmern des Wagens und beobachtete, wie man den toten von Buckow und die schwerverletzte, im Wahnsinn lachende Frau in den Sanitätswagen lud. Kriminalassistent Sengelke wischte sich über die Augen.

»Ob sie das beide gewollt haben?«

»Wer kann das jetzt sagen, Sengelke? Vielleicht wäre es nicht geschehen, wenn ich den Mund gehalten hätte. Man soll in unserem Beruf nie weich werden, das müssen Sie sich merken. Auch nicht, wenn Sie glauben, daß es eigentlich Ihre Pflicht wäre, zu sprechen. Unsere erste Pflicht ist, zu schweigen. Wenn sie gewußt hätten, daß das Kind nicht Rita ist, daß es ein Säugling von drei Tagen ist, den eine uneheliche Mutter ausgesetzt hat, wären sie gar nicht gefahren. Es ist zum Kotzen ...«

Dr. Werner wandte sich ab und kletterte die Uferböschung hinauf. Der Sanitätswagen rollte davon. Durch die Tür klang immer noch das schrille Lachen der wahnsinnigen Renate von Buckow.

»Ich werde auch das dem Kerl ankreiden«, sagte Dr. Werner verbittert. »Auch das ist sein Werk! Aus einer glücklichen Familie hat er in einer Stunde ein Chaos gemacht. Einen Toten, eine Wahnsinnige und ein sterbendes Kind. Wenn das nicht genügt, den Kerl zu enthaupten, zweifle ich an allen Gesetzen und allen Rechten von Menschlichkeit und Rettung der Humanität.«

Die Blätter der Abendzeitungen brachten als erste die Meldung von dem entsetzlichen Unglück an der Elbchaussee. Sie erwähnten auch, daß man Frau v. Buckow in eine Nervenheilanstalt eingeliefert habe und kaum die Hoffnung bestände, daß sie jemals wieder gesund würde. »So wurde durch die Tat eines Gangsters eine ganze Familie ausgelöscht«, schrieb die Zeitung. »Wir glauben, daß dieser Fall deutlich zeigt, wie sinnlos die Diskussionen über die Abschaffung der Todesstrafe sind.«

Frank Gerholdt las es, als er in Rahlstedt Windeln und zwei Strampelhöschen kaufte. Er saß auf einer Bank, das Paket neben sich, und konnte nicht glauben, was er las.

Verunglückt. Tot. In einer Irrenanstalt.

Er lehnte den Kopf nach hinten und blickte in den abendlichen Himmel. Das habe ich nicht gewollt, sagte er sich immer wieder vor. Das habe ich nicht gewollt. Nur hunderttausend Mark wollte ich haben, nur das Geld. O Gott, o mein Gott ... Was soll nun werden ...

Das Geld war verloren. Keiner würde es ihm zahlen. Nur jagen würde man ihn jetzt, wie einen tollwütigen Hund, so hatte Dr. Werner am Telefon gesagt. Er war zum Mörder geworden, zum indirekten Mörder an Werner und Renate v. Buckow. Und auch Rita würde sterben, wenn er das Mittel nicht bekam ... Rita, die eine Vollwaise war, durch seine Schuld, durch seine abscheuliche Tat, für die es keine Rechtfertigung gab. Weder vor den Menschen, und schon gar nicht vor Gott.

Als er zurück zur Laube kam, war Rita wach und weinte. Sie drehte den Kopf zur Seite, als er an das Bett trat, ballte die Fäustchen und schrie.

»Ahnst du es?« fragte er leise und setzte sich auf die Bettkante. »Willst du jetzt nichts mehr von mir wissen?« Er streichelte über die blonden Locken und sah, daß die Haut fahler geworden war, durchsichtiger, so, als sei sie aus Milchglas. Ein heißer Schrecken durchjagte ihn! Das Blut! Es erneuert sich ja nicht! In zwei Tagen wird sie tot sein, wenn er den Namen des Mittels nicht wußte. Aber was nutzte ihm der Name? Kein Arzt würde es ihm verschreiben, ohne die Polizei anzurufen: Hier ist das Kind! Wir haben es ja im Rundfunk gehört und in der Zeitung gelesen.

Eine Art Panik bemächtigte sich Frank Gerholdts. Er saß am Bett Ritas, streichelte ihre blonden Locken und war dem Weinen nahe. »Jetzt muß ich für dich sorgen«, sagte er leise. »Jetzt hast du keinen mehr auf dieser Welt, der sich um dich kümmert. Jetzt bist du wirklich mein Kind . . . meine Rita.«

Er überwand seine innere Schwäche vor dem bedrohlichen Morgen und Übermorgen und kochte wieder den Brei, legte das Kind trocken, wickelte es in die frischen Windeln, gab ihm die Flasche und spielte mit den kleinen Fingern, die sich ihm entgegenstreckten. Als er es mit dem Sauger am Mund kitzelte, lachte es . . . es war ein helles, quiekendes Lachen, die Äuglein leuchteten auf. Das ganze Gesichtchen war ein heller Spaß, eine Freude, zu leben.

In Frank Gerholdts Hals würgte es. »Du wirst nicht sterben«, sagte er gepreßt. »Du bleibst bei mir. Du bist jetzt meine Rita. Keiner kann dich mir nehmen. Keiner! Ich will für dich sorgen, mein ganzes Leben lang will ich für dich da sein. Ich will schuften wie ein Pferd. Du sollst alles haben, was du brauchst, du sollst keine Not kennenlernen, du sollst ein schönes Leben haben. Und wenn ich mich krumm arbeite, wenn ich auf allen vieren kriechen muß . . . du sollst es gut haben bei mir . . .«

Es war wie ein Schwur, und Gerholdt nahm ernst, was er sagte. Er wartete die Nacht ab und fuhr mit dem Rad nach Wandsbek. Dort stieg er in die Straßenbahn und fuhr hinaus nach St. Pauli. Von St. Pauli fuhr er nach Blankenese und strich um die Villa v. Buckows herum, die nun leer und öde inmitten der weiten Anlagen stand. Nur im Parterre brannte noch Licht. Der Gärtner und das Kindermädchen saßen am Radio. Sie froren in der weiten Einsamkeit des Hauses. Noch wußte keiner, was mit ihnen geschehen sollte. Wurde das Haus verkauft? Übernahm der neue Besitzer auch sie? Oder kam der Bruder Werner von Buckows aus Amerika und löste alles auf?

Gegen elf Uhr gingen sie auf ihre Zimmer. Gerholdt beobachtete, wie das Mädchen die Gardine zuzog, und sah dann ihren Schatten. Sie entkleidete sich . . . das große Licht erlosch, nur die Nachttischlampe warf einen dünnen Schein gegen die Gardine. Sie las noch ... dann erlosch auch dieses Licht. Dunkel lag das große Haus an der Elbe, über die die Lotsenboote glitten und die Scheinwerfer der Patrouillenboote der Seepolizei.

Frank Gerholdt wartete noch eine halbe Stunde, ehe er den Weg wieder nahm, den er bei der Entführung Ritas eingeschlagen hatte. Er überkletterte die Hecke, schlich über den kurzen Rasen, vorbei an dem Schwimmbecken, an der Terrasse entlang und stand unter dem Fenster des Kinderzimmers.

Das Fenster war geschlossen. Er drückte gegen die Scheiben. Sie bewegten sich nicht. Leise wandte er sich zurück zur Terrasse und untersuchte die große Glastür, die in die Wohnhalle führte. Es war ein kompliziertes Schloß. Er schlich weiter, um das Haus herum. Die Tür der Küche ... zwei Fenster ... ein Kellerschacht, abgedeckt mit einem Leichtmetallrost. Er beugte sich herunter und sah, daß das Fenster unter dem Rost nur angelehnt war. Vorsichtig hob er die Abdeckung hoch, lehnte den Rost gegen die Hauswand und ließ sich in den Schacht gleiten. Mit den Füßen stieß er die Fensterflügel auf und rutschte in den Keller auf eine Kiste mit Kartoffeln. Sie bullerten über den steinernen Fußboden und rollten gegen die Tür.

Mit verhaltenem Atem lauschte er nach oben. Er ging auf Zehenspitzen an die Tür und legte das Ohr an das Holz. Nichts. Im Haus war es still. Er atmete auf und drückte die Klinke der Tür herab. Wenn sie geschlossen ist, ist alles aus, dachte er. Dann war alles umsonst.

Er drückte gegen die Klinke und sah mit einer ihn heiß durchströmenden Freude, daß sich die Tür öffnete. Er ließ sie offen und schlich die Treppen hinauf. Noch eine Tür ... er stand in der Küche. Dort blieb er stehen und vergegenwärtigte sich die Lage der Zimmer. Links war das Eßzimmer, davor der große Wohnraum. Nach rechts zu lagen die Schlafzimmer. Von der Küche aus mußte er über einen Flur. Das zweite Zimmer an diesem Flur mußte das Kinderzimmer sein.

Er tappte durch die Dunkelheit und tastete sich an den Wänden entlang. Eine Tür ... noch eine Tür ... Das war sie. Er drückte sie auf, schlüpfte in das Zimmer und schloß sie schnell wieder zu. Auf der linken Seite stand das Bett. Er sah im ungewissen Licht, das von draußen durch das Fenster fiel, fahl die weißen Bezüge. Leise näherte er sich der Schlafenden, setzte sich vorsichtig auf die Bettkante und knipste die Nachttischlampe an.

Mit einem Laut des Erschreckens fuhr das Mädchen empor. Als

sie Gerholdt sah, als sie ihn wiedererkannte, wollte sie schreien, aber er legte die Hand auf ihren Mund und preßte sie in die Kissen zurück. Sie wehrte sich, sie schlug um sich, biß ihn in die Hand, trat ihn gegen den Bauch und stöhnte, weil er sie mit der freien Hand würgte und zurück in die Kissen warf.

»Ich bringe dich um!« keuchte er. Seine Hand, in die sie gebissen hatte, schmerzte. Er sah, wie das Kopfkissen rote Flecken bekam. Er blutete. Da schlug er zu, mit aller Kraft, er riß den Kopf des Mädchens an den Haaren herum und preßte ihn an sich.

»Wo ist das Medikament?!« zischte er sie an. »Los! Gib das Mittel heraus, oder ich schlage dich tot!«

Das Mädchen schüttelte den Kopf. Da schlug er sie wieder, brutal, gemein, rücksichtslos, bis sie in seinen Armen lag wie eine Tote. Nur ihre Augen sagten, daß sie noch lebte.

»Wo ist das Mittel?«

Er riß sie aus dem Bett und schleifte sie durch das Zimmer. Das Mädchen blieb vor einem Wandschrank stehen. Er öffnete ihn. Neben Puder, Creme, einigen Milchflaschen und Büchsen stand dort eine Flasche mit einer wasserhellen Flüssigkeit.

»Ist es das?!«

Das Mädchen nickte. Er riß die Flasche aus dem Schrank, stopfte sie in seine Tasche und schleifte das Mädchen zurück zum Bett.

»Keinen Ton mehr!« sagte er hart. Er schlug noch einmal zu. Als er auf die Fensterbank kletterte und die Glasflügel zum Garten aufstieß, hörte er hinter sich einen Fall. Das Mädchen war ohnmächtig geworden. Sie lag neben dem Bett, die Fäuste geballt, als hätte sie sich auf ihn stürzen wollen.

Mit weiten Sprüngen hetzte Gerholdt über den Rasen zur Hecke.

Ich habe das Medikament! Das war das einzige, was er dachte und fühlte. Ich habe es! Ich habe es! Rita wird nicht sterben! Sie wird weiterleben! Bei mir weiterleben! Es ist jetzt mein Kind, meine Rita! Und ich werde keine Hemmungen kennen, keine Gesetze, keine Moral, um sie weiterleben zu lassen, um sie glücklich zu machen, später, wenn sie größer ist und zu mir Vater sagt. Vater! Vater zu einem Lumpen, zu einem Mörder . . .

Der Morgen graute, als er wieder in Rahlstedt ankam und in seine Laube schlich. Im ersten Strahl der Morgensonne las er den Namen des Mittels.

Hämoginen.

Ein Name, der das Leben bedeutete. Ein neues Schicksal. Einen neuen Beginn. Einen neuen Menschen.

Ein Name, der zum Tor in die Freiheit wurde. Nach einer Wanderung durch Blut und Schrecken.

Dreimal täglich fünfzehn Tropfen, stand auf dem Etikett der Flasche, von der Hand eines Apothekers geschrieben.

Als er Rita am Morgen zum erstenmal die Tropfen gab, weinte er dabei wie ein Kind . . .

Kriminalkommissar Dr. Werner sah nach dem letzten Überfall die Kompliziertheit dieses Falles sofort ein. In einer Besprechung mit dem Polizeipräsidenten von Hamburg äußerte er die Ansicht – und keiner widersprach ihm darin –, daß die Entführungsgeschichte in das Stadium der »liegenden Fälle« getreten sei.

»Er hat jetzt das Mittel! Die Flasche hält etwa zwei Monate. Dann wird er sich irgendwie das Medikament selbst besorgen. Es bleibt uns gegen diese Möglichkeit nur übrig, alle Ärzte sofort aufzufordern, jeden unbekannten Patienten, der Hämoginen verlangt, der Polizei zu melden. Das gleiche gilt für alle Apotheken. Überprüfung aller Rezepte mit Hämoginen.«

»Wie stellen Sie sich das praktisch vor, Dr. Werner?« Der Polizeipräsident schüttelte den Kopf. »Wie wollen Sie alle Ärzte und Apotheken erfassen?«

»Durch Presse, Rundfunk und Rundschreiben der einzelnen Berufsverbände.«

»Bis die Aktion anläuft und bis sie durchgeführt ist, vergeht mindestens eine Woche!«

»Solange hält die Flasche ja auch noch! Zwei Monate! Er wird sich das Mittel besorgen, wenn er sieht, daß es zur Neige geht!«

»Hoffen wir es, Dr. Werner.« Der Präsident wiegte zweifelnd den Kopf. »Wir haben es mit einem Unbekannten zu tun, der so etwas zum erstenmal macht und sich dabei wirklich sehr intelligent benimmt. Er hinterläßt Spuren, wo er auch war . . . er hat nicht einmal die Absicht, sein Gesicht zu verbergen. Zweimal hat er sich dem Kindermädchen gezeigt. Er fühlt sich ungeheuer sicher, weil ihn niemand kennt.«

Dr. Werner legte die Hände aneinander. »Man sollte eine verrückte Sache machen, Herr Präsident«, sagte er sinnend. Über sein dickes Gesicht zog plötzlich der Schimmer einer inneren Freude. »Vergegenwärtigen wir uns die Situation: Ein Mann entführt nach amerikanischem Muster ein Kind. Warum: Er will Geld. Er braucht Geld! Er gehört also zu den Leuten, die auf der Straße liegen. Zu den Arbeitslosen.« Dr. Werners Stimme hob sich. »Auf jedem Arbeitsamt liegen aber bei den Karteien auch die Bilder der erfaßten Arbeitslosen, zwecks Arbeitsvermittlung, wie man so schön sagt. Man sollte diese Bilder durchgehen ... Bild für Bild ... und sie dem Kindermädchen zeigen. Vielleicht haben wir Glück.«

»Es werden schätzungsweise hundertzwanzigtausend Bilder sein!« Der Polizeipräsident lächelte mokant. »Bringen Sie das Kindermädchen nicht auch noch in die Irrenanstalt.«

»Es ist der einzige Weg, den Namen des Burschen festzustellen! Er muß gemeldet sein! In Deutschland gibt es keinen Deutschen, der nicht irgendwie erfaßt ist und über den nicht irgendwo eine Akte existiert. Jedem Deutschen wandert ein Aktendeckel nach ... das ist preußische Gründlichkeit! Wenn wir systematisch suchen – und wenn es Monate dauert – müssen wir den Kerl, wenigstens dem Namen nach, finden. Und haben wir den Namen und das Bild – was ist dann einfacher, als ihn selbst zu bekommen? Wir müssen es versuchen!«

Diese Besprechung fand am Nachmittag statt ... in der Nacht wurde in der Zentralapotheke von Wandsbek eingebrochen. Die Kasse blieb unberührt, die wertvollen Medikamente waren aus den Schränken gezerrt, alle Schubkästen waren offen, der Giftschrank war unberührt. Es fehlte nichts, so schien es auf den ersten Blick. Als die Polizei eintraf, waren die Apotheker dabei, die wichtigsten Arzneien wieder in die Regale zu stellen.

»Ein Rätsel«, sagte der Besitzer der Apotheke. »Wer in Apotheken einbricht, sucht entweder Gift oder Rauschgift-Präparate. Oder natürlich Geld! Von allen diesen Dingen ist alles unberührt. Nur der ganze Vorrat an Hämoginen fehlt! Dreiundzwanzig Flaschen zu je zwanzig Kubikzentimeter. Es muß ein Verrückter gewesen sein. Jeder Arzt kann Hämoginen verschreiben.«

Er schüttelte wieder den Kopf und verglich mit den Listen, was die Provisoren ansagten. Es stimmte alles ... nichts fehlte, nur das Hämoginen ...

Dr. Werner stand dem Polizeipräsidenten wieder gegenüber. Sein Gesicht war zerknittert. »Er hat auch die zweite Runde gewonnen«, sagte er matt. »Er hat Medizin für drei Jahre! Es bleibt uns wirklich nur noch die Kartei der Arbeitsämter. Ist auch das ein Fehlschlag –« Er sprach nicht weiter, sondern sah den Präsidenten wie ein geprügelter Hund an.

»Der Vater ist tot, die Mutter ist in der Nervenheilanstalt und wird sie nie wieder verlassen ... warum bringt er das Kind nicht wieder zurück?« Der Polizeipräsident ging in seinem großen Dienstzimmer hin und her. »Ich habe gestern nacht darüber nachgedacht, Dr. Werner. Er stiehlt ein Kind, um Geld zu bekommen! Dieses Geld erhält er nicht durch die sich überstürzenden Ereignisse. Der Raub ist also gegenstandslos geworden. Er war umsonst, ganz und gar nutzlos. Das Kind muß ihm jetzt also eine Belastung sein ... ein fünf Monate altes Kind für einen Kerl, der selbst nichts zu beißen hat! Was liegt näher, als daß er das Kind herausgibt, es irgendwo hinlegt, wo man es sofort findet? Was will er mit dem Kind ohne das Geld? Es ist ja – wie man respektlos sagt – wertlos geworden! Aber nein! Er gibt das Kind nicht her ... er überwältigt das Mädchen und holt sich die erste Flasche Hämoginen, obgleich er da schon wußte, daß er das Geld nicht mehr bekommen konnte und die Familie ausgelöscht war. Und er stiehlt alle verfügbaren Flaschen Hämoginen in Wandsbek. Warum?! Will er das Kind behalten ... auch jetzt noch, wo er keinen Pfennig dafür bekommt? Was hat er vor? Haben Sie schon einmal darüber nachgedacht, Dr. Werner? Wenn er die Medikamente stiehlt, hat er die Absicht, das Kind für immer bei sich zu behalten. Ich habe in der Nacht darüber nachgedacht und dieses psychologische Problem untersucht. Es ist nämlich ein psychologisches Problem geworden! Ein Gangster mit Herz! Ein Kidnapper mit moralischen Verpflichtungen. Können Sie sich so etwas denken?«

»Ehrlich gesagt – nein.« Dr. Werner strich sich über seine spärlichen, braunen Haare. »Vor allem, da die Gefahr der Entdeckung ungeheuer groß ist. Ein Mann mit einem kleinen Kind ... das fällt doch auf! Wenn nicht sofort, so doch mit der Zeit!«

»Unser Gangster muß also so etwas wie Gefühl und Seele besitzen.«

»Eine herrliche Mischung!«

»Wer kennt sich in der Seele eines Menschen aus? Können Sie sich denken, daß ihn plötzlich – bei Erkennen der geschaffenen Lage – ein Schuldgefühl ergriff? Hier das Kind, von ihm geraubt. Dort die Eltern, die durch seine Tat in wenigen Stunden Leben und Gesundheit verlieren, etwas, was er bestimmt nicht gewollt und eingeplant hat. In dieser Situation erfaßt ihn ein moralischer Schock! Er fühlt sich schuldig. Und er behält das Kind, um es als sein eigenes von jetzt ab großzuziehen.«

»Mir kommen gleich die Tränen, Herr Präsident.« Dr. Werner sah seinen Vorgesetzten sarkastisch an. »Der edle Gangster. Der Gentlemankiller! Der Räuber mit Herz. Fra Diabolo der Zweite. Da sitzt der gute Knidnapper am Bett des Kindes und weint bittere

Tränen der Reue. Hollywood würde Ihnen dieses Drehbuch aus der Hand reißen.«

»Sie halten eine solche Reaktion eines Verbrechers für unmöglich?«

»Sie paßt einfach nicht zu der Brutalität der Überfälle. Es ist gegen jegliche Erfahrung!«

»Und der Einbruch in die Apotheke? Das Hämoginen für drei Jahre?«

Dr. Werner schwieg. Er wußte darauf keine Antwort.

»Suchen wir die Karteien durch«, sagte er ablenkend. »Wenn wir wissen, wer es ist, haben wir vielleicht die Lösung dieses Rätsels in der Hand ...«

Während Dr. Werner noch mit dem Kindermädchen in den Arbeitsämtern die Karteien durchging – es vollzog sich alles schneller, als er geglaubt hatte, denn das Mädchen hatte einen festen Begriff von dem Aussehen des Räubers –, räumte Frank Gerholdt die Laube in Rahlstedt und verließ Hamburg.

Vorher hatte er wahr gemacht, was er Rita geschworen hatte: Er hatte im Hafen jede Arbeit angenommen. Stundenweise nur, denn nach vier Stunden raste er mit der Bahn (einmal sogar mit einem teuren Taxi, weil er die Zeit überschritten hatte) zurück zur Kolonie »Gute Hoffnung«, um Rita das Essen zu machen, sie trokkenzulegen, ihr ein gekauftes Spielzeug zu geben und sich mit ihr zu beschäftigen. Am ruhigsten konnte er nachts arbeiten ... dann schlief Rita fest, und er hatte keine Angst, daß sie aufwachte und schrie. So war er Nacht für Nacht im Hafen und löschte Eilgüter, schleppte Kisten und Ballen, Säcke und Kartons, bis er am Morgen wie zerschlagen in die Laube wankte und ein oder zwei Stunden schlief. Dann erwachte Rita, er kochte den Brei, er rieb ihr einen Apfel und gab ihr eine zerdrückte Banane mit Zucker, wie er es in einem kleinen Handbuch über Säuglingspflege las, das er in Hamburg in einer Buchhandlung kaufte.

So ging es fünf Tage lang. Am sechsten Tag zog er aus ... er hatte neunzig Mark verdient, sauer erschuftetes Geld, nach dem die Knochen schmerzten, als seien sie entzündet. Er kaufte für Rita eine Tragetasche, deckte sie gut zu und fuhr mit der Vorortbahn bis Volksdorf, von dort mit einem Eilzug nach Bremen, wo er umstieg in den D-Zug nach Münster–Köln–Aachen.

In Köln verließ er den Zug und stand in der riesigen Bahnhofshalle, verloren, ohne Ziel, ohne Heimat, ohne ein Dach über dem Kopf. Die Flucht aus Hamburg war geglückt.

Nun stand er in Köln. In einer anderen feindlichen Großstadt, in der die Tausende von Arbeitslosen auf den Bänken des Grüngürtels saßen und Skat spielten oder als Verkäufer billigster Margarine von Haus zu Haus zogen und um die Abnahme eines halben Pfundes bettelten. »Nur ein halbes Pfund, schöne Frau. Ich habe drei Kinder zu Hause.« Aber es kamen zu viele an die Türen . . . mit Margarine, mit Zeitungen, mit Waschmitteln, mit Schuhcreme, mit Zahnpasta, mit Rasierklingen, mit Wollsocken und Trockentüchern. Ein Heer von Not und Jagd nach ein paar Groschen.

Da stand er nun mit seinem Kind, inmitten des Menschentrubels, und wußte nicht wohin. Rita, in ihrer Tragetasche, quäkte. Eine Frau kam vorbei und blickte hinein. »Ein süßes Kind«, sagte sie bezaubert. »Suchen Sie Ihre Frau?«

»Ich bin Witwer!« Frank Gerholdt wandte sich ab und ging. Dummes Gewäsch, dachte er. Wo soll ich heute schlafen?

Er setzte sich zunächst in den Wartesaal Zweiter Klasse. Das bin ich Rita schuldig, dachte er. In der Dritten Klasse sind viele Pennbrüder, die rauchen einen schrecklichen Knaster. Rita würde husten von dem Qualm.

Er dachte überhaupt nur an Rita, sein ganzes Denken kreiste nur um sie. Er kaufte sich den Kölner Stadtanzeiger und las die Annoncen durch. Keine Arbeitsangebote, die waren sowieso so selten, sondern die Rubrik »Möblierte Zimmer«. Sie war lang, denn jeder vermietete heute einen Raum, den er abgeben konnte. Vermieten brachte Geld, und Geld war ein Ding mit Seltenheitswert.

Zimmer in Braunsfeld. Vierzig Mark. – Wohnschlafzimmer in Niehl – fünfunddreißig Mark. Elegantes Zimmer in Klettenberg – sechzig Mark. Preise, Preise . . . Er las weiter, mit dem Finger die Rubriken abgehend. Zimmer in Kalk – vierzig Mark. Zimmer in Riehl – fünfundzwanzig Mark. Teilmöbliert.

Fünfundzwanzig Mark! Wenn er zwei Monate im voraus bezahlte, blieben ihm noch fünfzehn Mark! Aber Rita hatte zwei Monate ein Dach über sich, sie lag zwei Monate im Warmen. Zwei ganze, lange Monate, in denen er suchen würde wie Diamantensucher: Arbeit, Geld, Essen für Rita . . . und wenn es die dreckigste und niedrigste Arbeit war.

Er fuhr mit der Straßenbahn hinaus nach Riehl. Das Zimmer lag unter dem Dach eines mehrstöckigen Hauses, in dem – er zählte die Klingelschilder – sechzehn Familien wohnten. Vom Fenster des kleinen Zimmers, in dem – man nannte das teilmöbliert – nur ein Bett, ein Stuhl und ein wackliger Tisch standen – hatte man einen freien Blick über die anderen Dächer und auf den großen Komplex des Amtsgerichts am Reichensperger-Platz.

»Mein Mann war Justizbeamter«, sagte die etwas schwammige Wohnungsinhaberin. »Ludwig hieß er. Justizwachtmeister. Er rief immer die Parteien und die Zeugen bei den Verhandlungen auf. Ein sehr verantwortlicher Posten. Stellen Sie sich vor, wenn er sich vertat und rief die falschen Zeugen!«

»Das wäre schrecklich gewesen.« Frank Gerholdt nickte. Er stellte die Tragetasche mit Rita auf den einzigen Stuhl und sah sich in dem kleinen Zimmer um. »Das kostet also fünfundzwanzig Mark?«

»Billig, sehr billig!« Die Frau Justizwachtmeister rieb sich die Hände. »Ich vermiete nur, weil ich mir ein neues Sofa kaufen will. In bar! Mein Mann sagte immer: Nichts auf Stottern! Teilzahlungen verderben den Charakter.« Sie blickte auf Rita. Ihr blondes Lockenköpfchen sah aus dem Kissen hervor, ihre großen, blauen Augen bestaunten die dicke Frau vor sich. »Ein Kind haben Sie auch?«

»Allerdings.«

»Wo ist denn die Mutter?«

»Tot.«

»Ach! Verzeihung.« Die Frau wischte sich über die Augen. Über ihr aufgeschwemmtes Gesicht zog der Schein tiefer Anteilnahme. »Und nun sind Sie ganz allein, was? Witwer mit Kind! Ja, ja, das Leben ist hart.«

»Sehr hart. Ich nehme das Zimmer.« Gerholdt setzte sich auf das Bett und holte sein altes Portemonnaie heraus. »Ich bezahle gleich.«

»Wie schön.« Das anfängliche Sträuben, das Gerholdt fühlte, schwand etwas. »Ich wollte eigentlich keine kleinen Kinder in meiner Wohnung haben. Wissen Sie, die Nachbarn. Wenn es quäkt und schreit. Die sind so penibel. Unter uns wohnt ein Sekretär vom Gericht. Kanzleivorsteher der Grundbuchabteilung. Alter Feldwebel. Der will seine Ruhe haben. Und wenn das Kind schreit – – – «

»Ich bezahle zwei Monate im voraus ...« Frank Gerholdt legte fünf Zehnmarkscheine auf den wackeligen Tisch. Das überzeugte, daß der Lärm, den Rita machen würde, nicht so groß sein konnte, daß sich der Herr Kanzleivorsteher, Sekretär und ehemalige Feldwebel, gestört fühlen konnte.

»Einen Ofen brauche ich auch, wenn es kalt wird«, stellte Gerholdt fest.

»Das Zimmer ist – – –«

»Ich weiß, ich weiß!« Er schnitt der Wachtmeisterswitwe das

Wort mit einer Handbewegung ab. »Teilmöbliert. Aber zu einer Teilmöblierung gehört auf jeden Fall ein Ofen. Ich kann mich ja bei dem Herrn Sekretär unter uns erkundigen.«

»Sie bekommen einen Ofen!« Sie schien eine höllische Angst vor dem Sekretär zu haben. »Ich stelle ihn morgen herein. Einen eisernen Ofen. Er heizt sofort. Aber das Brennmaterial müssen Sie selbst kaufen.«

»Natürlich. Und wie ist es mit dem Kochen?«

»Das können Sie auf der Platte des Ofens.«

»Und für Rita?«

»Ach. Rita heißt die Süße?« Frau Möllen, wie die Witwe hieß, beugte sich über die Tasche und tippte Rita auf das Näschen, was diese mit einem Quäken beantwortete. »Das Breichen können Sie bei mir kochen. Und der Trockenboden ist gleich nebenan ... für die Windeln.«

Frank Gerholdt war für den heutigen Tag zufrieden. Als Frau Möllen das Zimmer verlassen hatte, wickelte er Rita aus, legte sie trocken und steckte sie in das Bett. Er packte die wenigen Sachen aus, die er aus Hamburg mitgenommen hatte, und stellte alles auf den Tisch oder auf den Boden unter das Fenster. An einen Nagel neben der Tür hängte er seine Garderobe auf. Einen Anzug, zwei Hemden. Die Einrichtung war fertig.

»Sollen wir hier bleiben, Rita?« fragte er. Er setzte sich neben sie auf das Bett und hielt ihre kleinen, kalten Händchen fest. »Hier wird es warm sein, hier wird uns keiner suchen, so ganz nahe bei dem Gericht, in einem Haus mit einem Justizsekretär. Hier wollen wir ein neues Leben anfangen, ja? Ganz von vorne anfangen.«

Er stand auf und trat an das Fenster. Der Abend kam über die Stadt. Im Dunst sah er schwach, grau wie Nebelbänke, die beiden schlanken Türme des Domes. Unter ihm, aus einem offenen Fenster, hörte er Radiomusik. Einen Jazz. Sieh an, dachte er, der Herr Feldwebel a. D. hört sich Jazz an. Sicherlich hat er auch gehört, daß in Hamburg die einzige Tochter des Reeders von Buckow geraubt wurde. Aber das hat er wieder vergessen, denn es gehört nicht zu seinem Ressort. Er ist Kanzleivorsteher des Grundbuches. Und Hamburg ist weit. Wenn man das Kind in Köln geraubt hätte, ja, dann ... Vielleicht noch das Kind des Herrn Inspektors oder gar des Herrn Amtsgerichtspräsidenten. Aber das war unmöglich, denn der Herr Präsident zählte sechzig Jahre und hatte keine kleinen Kinder mehr. Also vergaß er es ... Jazz aber liebte er. Das ging in die Beine. Wie früher die Marschmusik. Alte Kameraden! Drei –

vier – – –! So schlug er eine Brücke zwischen Jazz und Marsch und lebte zufrieden außerhalb aller Probleme.

Frank Gerholdt dachte darüber nach, was jetzt in Hamburg geschehen würde. Ob Dr. Werner eine Spur gefunden hatte? Ob er ihn einkreiste? Wie sollte er aber wissen, daß der Räuber ein Frank Gerholdt war, einer der Millionen Arbeitslosen? Und doch bekam die Polizei so manchen Verbrecher zu fassen. Manchmal bewunderte er direkt die Polizei.

Während er an dem Fenster stand und über das abendliche Köln blickte, tat in Hamburg das Kindermädchen einen Schrei und zeigte auf das Bild in der Kartei des Arbeitsamtes Altona-West.

»Das ist er!« sagte sie mit zitternder Stimme. »Ich erkenne ihn wieder! Ganz genau! Das ist er.«

Dr. Werner atmete hörbar auf. Er las die Kartei und schüttelte dann den Kopf.

»Irren Sie sich auch nicht?«

»Nein, nein! Er ist es! Er hat mich zweimal überfallen – ich vergesse dieses Gesicht nie mehr!«

Dr. Werner hob die Schultern. »Na also . . . bringen wir den Guten ins Fahndungsblatt. Frank Gerholdt, jetzt vierundzwanzig Jahre alt, geboren am 18. 6. 1908 in Bremen. Volksschule, Realgymnasium bis Untertertia, dann Abgang, weil Vater verunglückte. Lehre als Schlosser, Gesellenprüfung 1930. Dann arbeitslos, verzogen nach Hamburg. Seemannsasyl. Vermittelte Arbeit: Stundenarbeit im Hafen.« Er sah den Leiter des Arbeitsamtes an und nickte. »Ein typisches Zeitschicksal. Das Leben begann voller Hoffnungen und endet im Sumpf des Verbrechens. Was wäre aus dem Jungen geworden, wenn der Vater weitergelebt hätte, wenn es keine Wirtschaftskrise gäbe, keine zwei Millionen Arbeitslose, keinen verlorenen Krieg?! Vielleicht hätte er sein Abitur gemacht, hätte Maschinenbau studiert, wäre Diplom-Ingenieur geworden und eine Kanone in der Wirtschaft. Jetzt ist er Kidnapper, ein betrogener Kidnapper auch noch, der alles umsonst machte!«

»Das entschuldigt alles nicht seine gemeine Tat«, sagte der Arbeitsamtsleiter hart.

»Natürlich nicht! Wir werden ihn jetzt auch jagen! Und wir bekommen ihn! Mit diesen genauen Personalien, mit diesem klaren Foto!« Dr. Werner steckte die Karteikarte in seine Aktenmappe. »Sie erhalten das Blatt morgen wieder. Ich brauche es für die Klischees und für die Beschreibung.« Er klopfte auf die Aktenmappe und lächelte selbstsicher. »In drei Tagen gehen die Plakate und Fahndungsschreiben in alle Winde hinaus. In spätestens acht Tagen haben wir ihn vor uns stehen! Es lohnt sich nicht in Deutschland, ein Verbrecher zu sein ...«

Am nächsten Morgen klapperte Frank Gerholdt die Fabriken ab. Die Deutzer Motorenwerke, die Humboldtwerke, die Fordwerke, die Auer-Mühle, die Chemische Fabrik Köln-Kalk. Dort erhielt er Arbeit, aus Zufall, weil ein Unfall gerade in einer Kolonne den Akkord störte. Zwischen drei Kesselhäusern wurden neue Rohrleitungen gelegt, durch die später die Basen und Säuren von Destillierkessel zu Destillierkessel fließen sollten.

Frank Gerholdt griff zu. Er fragte nicht lange, was es für Arbeit war. Er hörte nur den Stundenlohn. Neunzig Pfennig! Zehn Stunden – das sind neun Mark! Neun Mark mal sechs – das sind in der Woche vierundfünfzig Mark! Mein Gott – jede Woche vierundfünfzig Mark! Und das Zimmer kostet im Monat bloß fünfundzwanzig Mark! Er war ja reich ... er war ja so reich! Rita konnte essen, trinken, sie konnte neue Sachen bekommen, Spielzeug, eine Puppe! O Gott, eine Puppe für Rita ...

Er nahm die Arbeit an ... für den morgigen Tag. Fast übermütig vor Glück fuhr er mit der Straßenbahn zurück nach Riehl und stürzte in die Küche von Frau Möllen, als diese gerade über einem Waschbecken stand und ihre Haare wusch. Sie quietschte auf und wickelte das Handtuch um ihre nassen Haare.

»Ohne anzuklopfen!« sagte sie strafend. »Wenn ich nun was anderes gewaschen hätte!«

Gerholdt überhörte den Vorwurf. Er strahlte und war bereit, an diesem Tag sich über nichts mehr zu ärgern.

»Ich habe soeben meine Stellung gewechselt«, sagte er forsch.

Frau Möllen seufzte. »Und nun wollen Sie wieder ausziehen?«

»Im Gegenteil! Ich werde kaum zu Hause sein. Das ist es. Wer soll in dieser Zeit für Rita sorgen. Haben Sie etwas dagegen, wenn ich eine alte Frau einstelle, die tagsüber bei Rita ist und sie pflegt?«

»Eine alte Frau!« Frau Möllen war beleidigt und zog einen Schmollmund. Mit ihrer Unterlippe hätte man schaufeln können. »Bin ich schon zu alt dazu?«

»Sie wollen sich um Rita kümmern?«

»Wer denn sonst?« Sie drückte ihre nassen Haare in dem Handtuch aus und seufzte wieder. »Was zahlen Sie denn dafür?«

»Ich dachte, wöchentlich zehn Mark.«

»Das ist anständig«, stellte Frau Möllen befriedigt fest.

Frank Gerholdt war es, als beschiene ihn eine tropische Sonne, so heiß durchzog es ihn vor Freude. »Dann ist alles klar, Frau Möllen?« fragte er glücklich.

»Alles, junger Mann. Arbeiten Sie unbesorgt. Ich werde auf Rita aufpassen, als sei sie meine . . .«

In dieser Nacht schlief Frank Gerholdt nicht. Er lag wach und starrte an die fleckige Decke des Zimmers. Neben ihm bewegte sich Rita im Schlaf und schmatzte mit den Lippen.

Die Angst, man könne ihm Rita wieder fortnehmen, durchzog sein Herz.

In der gleichen Nacht stand Dr. Werner in der Laube der Kolonie »Gute Hoffnung«. Nach der ersten Bildveröffentlichung in den Abendzeitungen hatten ihn Nachbarn der Laube angerufen, daß ein Mann, der so aussah wie auf dem Bild in der Zeitung, nebenan gewohnt habe.

Dr. Werner untersuchte den Raum. Auf dem Herd waren Rückstände des Breies, neben dem Bett lag eine alte Windel, die Gerholdt vergessen hatte einzupacken. Auch eine Büchse von Nestles Kindernahrung lag in dem Abfalleimer.

»Ohne Zweifel, hier ist er untergekrochen!« Dr. Werner schüttelte den Kopf. »Er hat das Kind verpflegt wie sein eigenes. Sollte es tatsächlich einen Vaterkomplex geben?«

Die Fahndung nach Frank Gerholdt verlief im Sande. Wohl hingen in allen Polizeidienststellen die Plakate mit dem Bild und der Beschreibung des Entführers, auch auf dem Bahnhof und an einigen öffentlichen Plätzen klebten die Plakate, aber nicht alle Zeitungen brachten das Bild. Ein Zugunglück in Frankreich und der Mord an einem Briefträger bildeten spannendere Spalten. Dort gab es sechsunddreißig Tote, der Briefträger wurde von einer Frau erdrosselt, was Anlaß zu kriminalpsychologischen Studien über die Stellung der Frau in der modernen Kriminalität gab . . . wen interessierte da ein kleiner Knidnapper, dem man nicht einmal einen Mord anhängen konnte? Die »Kölnische Zeitung« brachte zwar das Bild Gerholdts . . . aber Frau Möllen und auch der Justizsekretär, wie überhaupt das ganze Haus, lasen nur den Stadt-Anzeiger, das Leib- und Magen-Blatt eines jeden aufrechten Kölners. So ging auch diese Gefahr vorbei . . . in drei Tagen erinnerte sich keiner mehr an das Bild, denn das Leben ging weiter, in Köln geschah genug anderes, und auch die übrige Welt sorgte für ständige Abwechslungen, die das Bild des jungen Mannes schnell überdeckten.

In Hamburg legte Dr. Werner die Akte Gerholdt in seinen Schrank zu den ›ruhenden Fällen‹. »Die Zeit arbeitet für uns«, sagte er weise und sich selbst tröstend. »Die großen Zufälle sind die Helfer der Kriminalisten. Er kann mit dem Kind nicht weit sein, – wo sollte er schon hin? Ohne Geld, ohne Herberge? Eines Tages wird er auftauchen in seiner ganzen Armseligkeit.«

In Köln arbeitete unterdessen Gerholdt in der Kolonne der Rohrleger. Er klebte auf schmalen Gerüsten an den Wänden der großen Kesselhäuser und Verdampfhallen der Chemischen Fabrik und schraubte die Rohrenden mit Doppeldichtungen aneinander. Oft glaubte er, verzweifeln zu müssen, wenn die zentnerschweren Röhren auf den Schultern vom Lager herangeschleppt werden mußten, an Seilen die Gerüste emporgezogen wurden, um dann auf den schwankenden Brettern montiert zu werden. An den ersten beiden Abenden schmerzten ihm die Arme und beide Schultern, als habe er den ganzen Oberkörper gequetscht. Die Knie waren weich, und wenn er saß, konnte er kaum wieder aufstehen, weil er einfach nicht mehr die Kraft besaß, seinen Körper mit den Beinen emporzustemmen. Aber wenn er dann auf Rita blickte, die gesund und fröhlich im Bett saß und mit einem Berg Holzklötzchen spielte, die er ihr gekauft hatte, biß er die Zähne zusammen und fuhr am nächsten Morgen wieder hinaus nach Kalk.

Zehn Stunden lang Rohre legen. Zehn Stunden lang im Akkord. Aber es waren vierundfünfzig Mark in der Woche! Zweihundertsechzehn Mark im Monat! Ein Vermögen! Er war reich! Und er lebte sparsam. Er aß die billige Leber- oder Blutwurst, die der Volksmund »Gummiwurst« nannte . . . er briet sie sich in der Pfanne mit Kartoffeln oder aß sie so mit Senf. Malzkaffee goß er sich dünn auf . . . ein Paket mußte lange reichen. Für jede Woche hatte er sich einen bestimmten Betrag als »Wirtschaftsgeld« zurückgelegt . . . was darüber hinaus von seinem Lohn übrig blieb, trug er weg. Frau Möllen staunte einmal mit offenem Mund, als sie auf dem Tisch ein hellrotes Buch liegen sah.

»Sie sparen?« fragte sie, als gehe die Welt unter.

»Ja. Für Rita. Das Sparkassenbuch lautet auf Ritas Namen.«

»Und Sie selbst essen nur Gummiwurst? Nicht ’mal ein Bier abends?«

»Noch nicht. Vielleicht später einmal.«

»Sie arbeiten wie ein Tier und leben wie ein ausgestoßener Hund. Das geht auf die Dauer nicht gut. Sie müssen vernünftig essen! Sonntags mal einen Braten . . . das gibt Kraft.«

»Wenn Sie ihn bezahlen, Frau Möllen.«

Das genügte, Frau Möllen schnell aus dem Zimmer zu bringen. Pünktlich zahlte er ihr die zehn Mark Lohn für Ritas Pflege. Oft saß er abends am Fenster und rechnete auf einem Papier.

Was brauche ich noch? Einen Kleiderschrank. Ein Kinderbett. Das zuerst. Wäsche für Rita und mich. Einen Anzug, um sonntags auch einmal ausgehen zu können. Einen Sportwagen für Rita, denn ich will sie ja auch ausfahren. Ganz nahe bei uns ist ja der Zoo und der Botanische Garten. Wie wird Rita staunen, wenn sie die Tiere sieht. Die bunten Vögel, die Kamele, die Giraffen, die Affen auf dem Felsen, die Eisbären . . .

Er rechnete und rechnete und studierte in Frau Möllens Zeitung die Gelegenheitsanzeigen.

Gebrauchter Kleiderschrank, wie neu. Vierzig Mark.

Verkaufe Kindersportwagen, gut gepflegt. Fünfunddreißig Mark. Mit Fußsack.

Anzug, Größe einundfünfzig, dunkelblau mit weißen Nadelstreifen. Wegen Todesfall nur fünfundzwanzig Mark.

Er zählte sein Geld. Nicht das, was er auf der Sparkasse hatte. Das gehörte Rita. Das tastete er nicht an. Zwei Wochen lang verzichtete er auf die Margarine, kaufte nur einmal Leberwurst und anstatt der Blutwurst zwei Abschnitte Mainzer Käse. Ihm fehlten noch drei Mark . . . er bekam sie so und kaufte den gebrauchten Kindersportwagen mit Fußsack.

Stolz schleppte er ihn am Sonnabend die vier Treppen hinauf. »Morgen machen wir einen Ausflug in den Zoo«, sagte er mit glänzenden Augen. Er hatte von seinem Lohn ganze vier Mark zur Seite gelegt. Es sollte ein schöner Sonntag werden. Eintritt für ihn eine Mark. Rita war ja frei. Für fünfzig Pfennig Tierfutter. Blieben zwei Mark fünfzig für Bier, Plätzchen für Rita, ein Stück Kuchen, vielleicht eine Tasse guten Kaffee. Es würde seit eineinhalb Jahren die erste Tasse Bohnenkaffee sein. O Gott, er war ja reich. Mit vierundfünfzig Mark in der Woche.

Am Sonntag trug er den Kinderwagen wieder die Treppen hinab. Frau Möllen watschelte mit Rita hinterher. Gemeinsam verstauten sie Rita in den Fußsack und deckten sie mit Decken dick zu.

»Sie ist noch viel zu klein für einen Sportwagen«, sagte Frau Möllen. »Sie hätten einen normalen Kinderwagen kaufen sollen.«

Frank Gerholdt sah es ein. Aber der Kauf war getan, und besser ein Sportwagen als gar kein Wagen. Zudem schien die Sonne, es war ein warmer Herbsttag.

»Gehen wir.« Frau Möllen wollte den Wagen nehmen, aber Gerholdt sah sie verblüfft an.

»Rita fahre ich!« sagte er, alle Diskussionen abschneidend. »Die erste Fahrt mit Rita mache ich!«

So gingen sie die Riehlerstraße hinunter zum Zoo. Gerholdt, den Sportwagen schiebend, Frau Möllen, ein wenig beleidigt, nebenher, den Kopf in den Nacken geworfen. Stolze Witwe eines Justizwachtmeisters.

Im Zoo gingen sie von Käfig zu Käfig. Von den Bären zu den Affen, von den Löwen zu den Lamas. Frau Möllen, die zu nahe an das Gitter kam und deshalb von einem Lama angespuckt wurde, zog sich in die Mitte des Weges zurück und war sehr konsterniert. »Rita begreift noch gar nicht, was sie sieht«, sagte sie murrend. »Gehen wir.«

»Meine Tochter begreift alles!« Frank Gerholdt schob den Wagen weiter zu den Giraffen. Frau Möllen blieb weit von dem Rasen stehen. Die langen Hälse der Tiere machten sie vorsichtig. »Wenn die auch spucken, gehe ich sofort nach Hause«, sagte sie störrisch.

Es wurde ein schöner Tag. Sie saßen auf der Terrasse des Zoorestaurants, Rita knabberte an einem Milchplätzchen, Frau Möllen aß Sahnetorte und Frank Gerholdt einen Nußkuchen. Dazu tranken sie Bohnenkaffee. Er war so würzig und köstlich, daß Gerholdt ihn nur in kleinen Zügen genoß und auf der Zunge hin und her schaukelte.

»Wie zwei Plutokraten«, stellte er lächelnd fest. »Man sieht uns nicht an, daß wir uns das abgespart haben.«

»Ich habe eine gute Pension«, sagte Frau Möllen giftig. Sie trug seelisch noch daran, daß man sie angespuckt hatte. Ihr Ludwig würde die Zooverwaltung sofort verklagt haben. Wegen Körperverletzung. Ja, der selige Ludwig war ein forscher Kerl und kannte die Gesetze! Sie seufzte voller Erinnerung und aß mit Genuß ihre Schwarzwälder-Kirschtorte zu Ende.

»Ich habe mir etwas ausgedacht«, sagte Frank Gerholdt, als er sich nach dem Kuchen eine Zigarette anzündete. Eine »Schwarzweiß« zu zweieinhalb Pfennig. »Wieviel Miete zahlen Sie?«

»Warum?« fragte Frau Möllen spitz. Sie witterte Unrat und ging in Abwehrstellung.

»Weil ich Ihnen einen Vorschlag zu machen habe.«

»Mit der Miete?«

»Auch. Er hängt damit zusammen. Also, – wie hoch ist sie?«

»Fünfundvierzig Mark.«

»Davon bezahle ich jetzt für ein Zimmer fünfundzwanzig!«

»Man will ja schließlich verdienen.« Frau Möllen errötete und ärgerte sich, daß sie den Preis genannt hatte.

»Das sollen Sie, und das will ich auch. Darum hören Sie mal zu: Wir teilen uns die Miete und die Wohnung.«

»Dann verdiene ich ja nichts mehr!«

»Doch! Ich nehme noch ein Zimmer dazu. Und in diesem Zimmer richten wir eine Werkstatt ein.«

Frau Möllen wandte sich ab. »Sie sind ein verdorbener Mensch! Das mir zu sagen.«

Gerholdt biß die Lippen aufeinander, um nicht laut zu lachen. Er beugte sich über den Tisch vor und berührte Frau Möllens dicke Arme. Sie zuckte zusammen wie ein junges Mädchen beim ersten Kuß. »Hören Sie genau zu«, sagte er eindringlich. »Dieses Zimmer räumen wir aus und machen es zu einem Werkraum. Ich werde versuchen, Heimarbeit zu bekommen. Ich bin gelernter Schlosser. Ich habe meine Prüfung als Werkzeugmacher in der Tasche. Wenn wir Heimarbeit bekommen, machen Sie mit, Frau Möllen. Den Verdienst teilen wir uns! Das ist eine gute Einnahme für uns.«

»Eine Werkstatt!« Frau Möllen fuhr herum. »Welchen Raum denn?«

»Den neben der Küche! Der liegt am ruhigsten. Dort können wir Rita nicht stören.«

»Das ist mein Schlafzimmer«, sagte Frau Möllen steif.

»Das räumen wir in Ihr Wohnzimmer um. Wozu ein Wohnzimmer mit Plüschmöbeln, wenn Sie doch nur in der Küche wohnen? So haben wir Platz für die Werktische.«

Frau Möllen verkrampfte die Hände ineinander. »Wenn das mein Ludwig wüßte«, seufzte sie. »Wo sein Bett stand, eine Werkstatt! O Gott, wie schwer sind doch die Zeiten.«

Am Montag wurde bereits umgeräumt. In das leere Schlafzimmer stellte Gerholdt zwei alte Tische, die er aus einer Baubude in Kalk mitnahm. Er hatte sie für vier Mark das Stück gekauft und schob sie auf einem Handwagen quer durch Köln nach Riehl. Dann ließ er sich auf dem Postamt das Adreßbuch geben und schrieb sich aus dem Branchenverzeichnis alle Firmen ab, die Eisenwaren herstellten, Federn, Messingkräne, Beschläge. Jeden Tag arbeitete er jetzt nur noch neun Stunden. Die zehnte Stunde verwandte er dazu, nach einem genauen Straßenplan Firma nach Firma abzugehen und um Heimarbeit zu betteln.

Nach zwölf Tagen, als Frau Möllen schon unter Zetern verlangte, den alten Zustand ihrer Wohnung wiederherzustellen, brachte er von einer Fabrik in Zollstock Arbeit mit. Einen kleinen Elektrotischbohrer und eine Kiste mit dünnen Stahlplättchen.

»Wir haben es!« rief er fröhlich. »Frau Möllen – wir haben es! Wir müssen Löcher in diese Stahlplatten bohren, genau sieben dreizehntel Millimeter vom oberen Rand an und zwanzig vierzehntel Millimeter von jeder Seite ab. Je tausend Stück zehn Mark. Das Stück also einen Pfennig. Brrrr – ein Pfennig. Brrrr – ein Pfennig. Das ist der Anfang, wir haben es geschafft!«

Frau Möllen schob die Unterlippe vor. »Löcher bohren . . .«, sagte sie pikiert. »Pro Loch einen Pfennig. Wenn das mein seliger Ludwig wüßte . . .«

Die Arbeit der Hamburger Kriminalpolizei ruhte unterdessen keinesfalls.

Kriminalkommissar Dr. Werner fuhr kreuz und quer durch die Hafenstadt und rollte die Spur Gerholdts auf. Seinen Optimismus, den er an die Fahndung mit Lichtbild und genauester Beschreibung geknüpft hatte, begrub er still und sich eingestehend, daß er sich verrechnet hatte. Die Trägheit der Gehirne hatte er nicht bedacht, die Denkfaulheit der Masse. Das war der große Vorsprung des Verbrechers . . . er dachte immer, er war immer auf der Hut, er ersann immer neue Tricks, und nur der kleine Kreis der Kriminalbeamten konnte ihm folgen, während die Masse überfahren wurde und erst zu denken begann, wenn schon der siebente Zug des Gesuchten getan und er achtmal aus den Netzen geschlüpft war.

Unangenehm für Dr. Werner waren stets die Berichte, die er dem Polizeipräsidenten vorlegen mußte. »Na, was macht unser Kidnapper?« fragte er jedesmal. Er sagte »unser Kidnapper«, aber Dr. Werner spürte, daß dies jedesmal eine scharfe Spitze war.

»Er lebt«, antwortete er dann trocken.

»Und wie er lebt! Papa mit Kind! Trautes Heim – Glück allein!« Der Präsident wurde ernst. »Ich glaube nicht, daß er noch in Hamburg ist.«

»Wo soll er sonst sein? Glauben Sie, der fährt mit einem Säugling in der Welt herum? Wo soll er schlafen? Wovon soll er leben? Er fällt doch überall sofort auf, wenn er mit dem Kind in einem Asyl erscheint. An alle Pennen haben wir die Plakate geklebt! Er muß hier in Hamburg irgendwo privat wohnen.«

»Und wovon lebt er?«

»Das ist ein neues Rätsel. Im Hafen ist er nicht mehr aufgetaucht.«

»Bei dem Arbeitsamt?«

»Natürlich auch nicht! Er hat weder sein Stempelgeld abgeholt, noch ist er irgendwie abgemeldet.«

»Also aufgelöst in Luft?«

»Man könnte es fast so nennen.«

Der Polizeipräsident und der Kriminalkommissar sahen sich an. Beide empfanden den gleichen Gedanken, ohne ihn laut auszusprechen: Sollte dieser Frank Gerholdt klüger sein als der beste Polizeiapparat Europas? Sollte er ein geheimnisvolles Leben als »Aktenstück schwebende Untersuchung« weiterführen, bis sein Fall verjährte und wieder ein Verbrechen ungesühnt mit ins Grab genommen wurde?

Der Polizeipräsident klappte die Protokolle der bisher erfolgten Untersuchungen zu. »Lieber Dr. Werner«, sagte er ernst. »In Deutschland gibt es so etwas nicht, daß ein Mann mit einem kleinen Kind einfach untertaucht! Wir haben Meldebehörden, wir haben eine Meldepflicht! In Deutschland hängt keiner in der Luft ... wir sind ein durchkonstruierter Rechtsstaat mit einer Kontrolle des kleinsten Individualismus! Irgendwo muß dieser Gerholdt auftauchen!«

»Er kann einen anderen Namen angenommen haben.«

»Auch eine Paßfälschung fällt eines Tages auf!«

Dr. Werner nickte schwer. »Aber darüber können Jahre vergehen ...«

»Haben Sie Gerholdts Leben aufgerollt? Verwandte?«

»Eine alte Tante, Schwester des Vaters, lebt in Erfurt. Sie hat von Frank seit Jahren nichts mehr gehört. Das letztemal war er zu Besuch als Quartaner der Oberrealschule. Sonst hat er keine Verwandten mehr. Er ist der typische Einzelgänger, der keinen zu fragen hat und seine Entschlüsse mit einem verblüffenden Aufwand an Intelligenz ausführt.«

»Trotzdem!« Der Polizeipräsident gab sich nicht geschlagen. »Schicken Sie noch einmal genaue Fahndungsblätter an alle Polizeipräsidien mit der Auflage, daß der kleinste Landjäger darauf achten soll, ob ein Fremder in seinem Revier ist.«

Dr. Werner nickte. »Ich werde es veranlassen, Herr Präsident. Aber wenn ich bemerken darf: Frank Gerholdt wird nie die Dummheit begangen haben, sich – wenn er aus Hamburg weggegangen ist – auf das Land zu begeben. Dort fällt er auf. Dort kennt jeder jeden. Das sicherste Versteck eines Verbrechers ist immer noch die Großstadt. Dort geht er in der Masse das Anonymität unter. Dort, in den Labyrinthen der Steinhaufen, achtet keiner auf den anderen.« Dr. Werner sah auf seine Hände, die in seinem Schoß lagen. »Ich habe das bestimmte Gefühl, daß Gerholdt in einer Großstadt lebt. Ihn dort zu suchen, ohne zu wissen, ob in München oder Köln, Düsseldorf oder Hannover, Dresden oder Breslau, ist wie das Abtasten eines Flugplatzes nach einem verlorenen Pfennig.«

»Tasten Sie ab, Dr. Werner.« Der Polizeipräsident gab dem Kommissar die Hand. »Wir haben Zeit! Suchen Sie Meter um Meter Ihres ›Flugplatzes‹ ab. Fangen Sie in Hamburg an und hören Sie in Königsberg auf! Einmal haben wir ihn . . . und dann Gnade ihm Gott!«

In den nächsten Tagen begann in allen norddeutschen Städten eine in der Öffentlichkeit kaum spürbare, großangelegte Überprüfungsaktion aller Einwohner. Unter Einschaltung aller Polizeireviere und listenführenden Behörden wurden die Bewohner abgeleuchtet und kontrolliert. Es war einer der grundlegenden Fehler Dr. Werners, daß er glaubte, Frank Gerholdt befinde sich noch in Norddeutschland, da er es nicht wagen würde, mit einem in ganz Deutschland gesuchten Baby eine große Reise in andere Gebiete zu unternehmen.

Die Arbeit des Löcherbohrens ließ sich gut an. Nach einer Woche lieferte Frank Gerholdt mit einer schweren Handkarre seine Kisten mit den bearbeiteten Stahlplättchen ab und stand daneben, als der Meister und später der Abteilungsleiter der Fabrik die Kästen stichprobenartig durchwühlten.

»Ausschuß?« fragte der Meister kritisch.

»Unter drei Prozent.«

»Wie bitte?« Er sah den Abteilungsleiter an. »Wohl größenwahnsinnig, was?«

»Sie können ja kontrollieren! Wenn ich eine Arbeit übernehme, dann liefere ich sie sauber und ordentlich ab!« Gerholdt griff in eine der Kisten und hob mit beiden Händen einen Haufen der Stahlplättchen heraus. »Bitte – eine wie die andere. Ich glaube, Sie können zufrieden sein.«

Der Meister und der Abteilungsleiter antworteten nicht darauf, sondern gaben ihm einige Kisten mehr an Arbeit mit. Drei Tage später fuhr ein Lastwagen vor dem Haus vor, und zwei Arbeiter wuchteten eine neue Bohrmaschine die Treppen hinauf und in Frau

Möllens Wohnung. Jammernd kam sie in das Zimmer, in dem Gerholdt an der kleinen Maschine saß und die Löcher in das Metall drückte.

»Sie bringen eine ganze Fabrik!« schrie sie erregt. »Das hier ist ein Miethaus, aber keine Zweigstelle von Krupp!«

Sie wurde zur Seite gedrängt. Die beiden Arbeiter schleppten die schwere Maschine ins Zimmer und stellten sie vor dem verwunderten Gerholdt an das Fenster. Es war eine nagelneue elektrische Bohr- und Fräsmaschine, die auf einem Fuß aufmontiert wurde.

Frank Gerholdt strich mit zitternden Händen über das blanke Metall. »Habt ihr euch nicht in der Adresse geirrt?« fragte er leise die Arbeiter.

»Nee!« Sie wischten sich den Schweiß vom Gesicht und sahen sich um. »Der Chef sagte, daß diese Maschine leihweise zu Ihnen kommen sollte. Alles weitere erführen Sie in den nächsten Tagen.« Sie blickten sich wieder um, als suchten sie etwas, und grinsten dann Gerholdt an. »Nach solch 'ner schweren Fuhre wäre ein Glas Bier das richtige.«

»Natürlich!« Gerholdt lief an die Tür und rief in den Flur hinauf. »Frau Möllen! Vier Flaschen Bier für meine Freunde! Und bitte schnell! Vier Flaschen!«

Frau Möllen stürzte aus der Küche. »Bier?« Sie machte mit dem Daumen und Zeigefinger das Zeichen des Bezahlens. Gerholdt winkte ab. »Gehen Sie schon«, sagte er unwillig. »Das machen wir gleich!«

Am Abend, als der Fuß heraufgetragen war, die Maschine fertig montiert neben dem Fenster stand, saßen Gerholdt und Frau Möllen davor wie vor einem wertvollen Standbild und betrachteten still und im Inneren glücklich das schwach im Lampenschein glitzernde Metall, die verchromten Handgriffe, die geölten Lager und Schienen. Nebenan, in einem neuen Kinderbettchen, schlief tief und mit einem stillen Lächeln auf den kleinen Lippen Rita.

»Jetzt werde ich nicht mehr auf Montage gehen«, sagte Gerholdt leise. Es war, als durchzöge ihn eine ganz neue Lebenskraft, als strahle diese Maschine eine Energie aus, die seinen Körper und sein Inneres ergriff. »Mit bloßen Händen haben wir angefangen . . . jetzt haben wir schon eine kleine elektrische Maschine. Wir sind Glückskinder, Frau Möllen . . . wir haben Arbeit, während draußen zwei Millionen Männer hungernd an den Straßenecken stehen!« Er wandte sich ab, trat an das Fenster und lehnte den heißen Kopf an die kühle Scheibe. Ein Gefühl von Scham und Schuld durchzog ihn und machte ihn unruhig und schlaff. »Ich habe es nicht verdient«, sagte er leise.

Frau Möllen sah ihn verblüfft an.

»Sie haben gearbeitet wie ein Pferd. Sie haben Ihre kleine Tochter versorgt, besser wie eine Mutter. Sie haben alles nur für sie getan. Sie sind ein guter Mensch, Herr Gerholdt.«

Er schüttelte den Kopf, aber er schwieg. Er starrte aus dem Fenster hinaus auf die stille, abendliche Riehlerstraße, auf die Bäume und auf den Rhein, den er ein kleines Stück sehen konnte. Unter ihm erklang aus einem geöffneten Fenster Musik. Der Herr Kanzleivorsteher saß wieder am Radio und las bestimmt in zufriedener Ruhe und bürgerlicher Beschaulichkeit seinen Kölner Stadt-Anzeiger.

»Von heute auf morgen kann alles vorbei sein, Frau Möllen«, sagte Gerholdt leise. »Versprechen Sie mir, daß Sie dann für Rita sorgen werden, so, als sei es Ihr Kind?«

»Aber Herr Gerholdt!« Frau Möllen schlug die Hände zusammen. »Was soll das?«

»Und denken Sie nicht zu schlecht von mir. Sie sind der einzige Mensch, zu dem ich Vertrauen habe und dem ich Rita geben würde.«

»Sie wollen weg? Ohne Rita?« Frau Möllen saß starr neben der Maschine. Sie begriff nicht, was sie eben gehört hatte, und wischte sich immer wieder mit der Hand über die Augen und das Haar.

»Wollen? Wenn es davon abhinge . . . ! Vielleicht muß ich weg. Für lange Zeit.«

»Sie müssen?!«

Frank Gerholdt drehte sich herum. Er sah die verständnislosen Augen Frau Möllens und lächelte schwach und krampfhaft. Mit einer gespielten Lustigkeit winkte er ab. »Was reden wir?!« rief er und trat in den Raum zurück. »Trinken wir auf unsere neue Maschine! Haben wir noch Bier, Frau Möllen?!«

»Eine halbe Flasche Wacholder nur noch . . .«

»Dann her mit dem Wacholder! Den heutigen Tag müssen wir begießen! Eigentlich gehört eine Flasche Sekt dazu!«

»Sekt?!« Frau Möllen erhob sich ächzend. »Sie sind ein Verschwender, Herr Gerholdt! Mein Seliger sagte immer: Man kann den Charakter des Menschen daran erkennen, wie er sich benimmt, wenn er Geld bekommt! Hat er das nicht klug gesagt?«

»Sehr klug!« Gerholdt schob Frau Möllen aus dem Zimmer. »Und nun schnell die Flasche Wacholder! Wir haben einen Grund zum Feiern.«

Dann stand er allein im Zimmer. Es roch nach Öl, Metallstaub, heißem Eisen und ranzigem Staufferfett. Der Mond schob sich durch das Fenster, nebenan schlief Rita in ihrem neuen Bettchen, vor ihm stand die blinkende Maschine, und er hatte das Gefühl, schluchzen zu müssen.

Wie soll das alles weitergehen, dachte er. Sie werden meine Arbeit anmelden müssen – – – und dann haben sie mich. Dann ist der Traum vorbei, kaum daß er begonnen hat. Dann wird Rita zum zweitenmal ihren Vater verlieren und in ein Waisenhaus kommen, während er hinter den dicken Zuchthausmauern die Jahre absitzen wird, die ein Gesetz bestimmte. In einem Waisenhaus würde sie aufwachsen, ohne persönliche Liebe, ohne das Glück, an der Hand des Vaters an einem Sommertag durch die Wälder zu tollen und mit ihrem Lachen den blauen Himmel zu erfüllen. Vielleicht adoptierte sie später jemand, das blasse, schmale, blonde Mädchen mit den traurigen Augen, und sie mußte Vater und Mutter sagen, und jedesmal gab es ihr einen Stich ins kleine Herz bei diesen Worten, die nicht aus der Seele kamen.

»Nie!« sagte Frank Gerholdt. »Nie! Und wenn ich durch die ganze Welt flüchte! Ich gebe Rita nie wieder her!«

Frau Möllen kam mit der halben Flasche Wacholder. Verwundert sah sie auf Gerholdt, der mit geballten Fäusten inmitten des Zimmers stand.

»Was haben Sie denn?« fragte sie und stellte die Flasche hin.

»Nichts.« Er winkte mit einem schwachen Lächeln ab. »Wissen Sie – manchmal ist es auch schwer, einen Aufstieg zu erleben . . .«

2

In der Universitäts-Kinderklinik des größten Kölner Krankenhauses, der »Lindenburg«, saß Gerholdt dem Oberarzt Dr. Manger gegenüber. Die Gardinen waren vor das Fenster gezogen, die kleine Nachttischlampe war abgeschirmt. Draußen stand die Nacht, eine stürmische Herbstnacht, die das Laub von den Bäumen wehte und es raschelnd vor sich her über die geharkten Wege der Klinikgärten trieb.

Rita schlief. Ihr schmales Gesicht sah blaß und spitz aus dem Kissen hervor. Die Hände, die auf der weißen Decke lagen, waren wie aus Glas . . . durchsichtig, dünn, durchzogen mit winzigen blauen Äderchen, in denen das Blut pulste . . . das farblose, sich kaum noch erneuernde Blut, das alle Kraft aus dem kleinen Körper saugte.

Dr. Manger hatte die Hände gefaltet und sah auf das leise atmende Kind. Gerholdt, am Kopfende des Bettes, saß zusammengesunken in der Dämmerung und starrte in das großflächige Gesicht des Arztes.

»Sie sagen nichts, Herr Doktor . . .« Gerholdts Stimme war verloren in dem stillen Zimmer. Sie hatte keinen Klang mehr. Die ganze Dumpfheit einer schrecklichen Ohnmacht vor dem Geschehen war in ihr.

Dr. Manger sah kurz zu Gerholdt hinüber. »Wir müssen den Laborbericht abwarten.« Er legte seine Hand auf den Puls Ritas und sah auf seine Armbanduhr.

»Schwach?« stammelte Gerholdt.

»Sehr schwach.«

Gerholdt grub die Zähne in die Unterlippe. Er hatte das Gefühl, weinen zu müssen, haltlos zu weinen. »Sie darf nicht sterben«, sagte er kaum hörbar. »Es ist unmöglich, daß sie stirbt. Sie ist das einzige, was ich auf dieser Welt noch habe! Sie ist – – –« Er schwieg abrupt und wandte den Kopf zur Seite. Dr. Manger blickte kurz zu ihm hinüber. Er hatte viele Eltern an den Betten sterbender Kinder sitzen und stehen sehen, er hatte die Tränen der Mütter miterlitten und den stillen, fast verbissenen Schmerz der Väter, die weder Gott noch das Schicksal mehr verstanden. Er war abgehärtet gegen Schmerz und Nichtbegreifenkönnen des Unabänderlichen.

»Das Hämoginen versagt.« Dr. Mangers Stimme war leise. »Der Körper ist durch die ständige Gabe des Mittels immun geworden und reagiert nicht mehr darauf. In der jetzigen Blutzusammensetzung spricht aber auch ein anderes Mittel nicht mehr an. Wir haben nur noch den großen Blutaustausch als letztes Mittel!«

»Aber so tun Sie es doch!« Gerholdt beugte sich über das Bett vor. »Ich habe mich angeboten! Ich will Blutspender sein! Wer anders käme dafür in Frage als ich, der Vater?! So fangen Sie doch an damit, ehe es ganz zu spät ist!«

»Wir müssen den Laborbericht abwarten! Sie haben zwar die gleiche Blutgruppe, aber wir wissen noch nicht, ob sich noch andere Blutfaktoren mit denen des Kindes decken! Es wäre sinnlos, eine Transfusion vorzunehmen, wenn Ihr Blut auch wieder nach wenigen Tagen nicht regenerierfähig ist!«

Gerholdt nickte. Er verstand alles, er sah es ein, aber er sah auch, daß sie keine Zeit mehr hatten, daß hier ein kleiner Mensch lag, der langsam verlosch, so, wie in einer Lampe das Öl ausbrennt und die Flamme des Dochtes kleiner und kleiner wird, flackernd, unruhig, um dann ganz sanft, ganz leise, fast unmerklich auszugehen, hinabzugleiten in die ewige Finsternis.

Er erhob sich und trat an das Fenster. Durch die Parkanlagen jagte der Herbststurm. Er heulte um die Ecken und wirbelte die Blätter vor sich her. Kreiselnd trieb das Laub über die Wiesen. Hinter den Fenstern einiger niedriger Steinbaracken flimmerte noch Licht. Die Isolierstation für Scharlach und Diphtherie.

»Wie lange dauert das denn noch?« fragte er gequält.

Dr. Manger hob die breiten Schultern. »Ich weiß nicht, Herr Gerholdt. Der Herr Professor ist selbst ins Labor gegangen. Man kann eine solche wichtige Entscheidung nicht übers Knie brechen.«

»Natürlich nicht.« Gerholdt starrte hinaus in die stürmische Nacht.

Ein Jahr ist es jetzt her, daß ich Rita stahl, dachte er. Wie rasend schnell so ein Jahr vergeht. Er sah noch die Villa von Buckows vor sich ... die große Wiese, über die er schlich, die Terrasse, das offene Fenster, das schreiende Kindermädchen Lotte, das er schlug und mißhandelte, um den Namen des Mittels zu erfahren, das Rita retten sollte. Er sah noch ihre großen, entsetzten Augen, seine Flucht mit dem Fahrrad in die Laubenkolonie, der Tod der Familie von Buckow, seine Reise nach Köln, das Zimmer bei Frau Möllen in Köln-Riehl, die Arbeit in der Chemischen Fabrik Kalk, zehn Stunden lang Rohre verlegen bei Wind und Kälte und sengender Herbstsonne. Die Heimarbeit ... Löcher in Stahlplättchen stanzen, die neue elektrische Maschine, die sie mit einer halben Flasche Wacholder auf den Namen »Fortuna« tauften ... alles, alles war so nah, so wie gestern oder heute geschehen ... Und ein ganzes Jahr war doch vorbeigegangen, ein Jahr des Versteckspielens vor der Kriminalpolizei, vor dem Spürsinn Dr. Werners, der Stadt nach Stadt durchkämmte und auch heute noch – Gerholdt wußte es nicht – systematisch vorging und sich von Duisburg aus den Rhein hinauftastete.

»Welcher Arzt hat die Kleine bisher behandelt?«

Die Stimme Dr. Mangers riß Gerholdt aus seinen Gedanken und ließ ihn herumfahren.

»Seit einem Jahr keiner mehr!«

Dr. Manger sah erschrocken auf Gerholdt. »Das war aber mehr als leichtsinnig von Ihnen!« sagte er laut. »Sie wußten doch, was Ihre Tochter hat!«

»Das schon! Aber der Hamburger Arzt sagte mir, daß es kein anderes Mittel gäbe als Hämoginen und daß später ein großer Blutaustausch stattfinden müßte. Solange sollte ich nur Hämoginen geben! Auf diese Auskunft habe ich vertraut und dachte, daß bis zu dem Blutaustausch kein anderer Arzt mehr sagen könne als dieser Hamburger.«

»Man hätte die Transfusionen eher geben können!« Dr. Manger erhob sich und zog eine herzstärkende Spritze auf. »Es ist jetzt tatsächlich so, daß Sie im letzten Augenblick gekommen sind. Ein Glück, daß Sie Dr. Herzberger sofort riefen, als Sie die Veränderungen bei der Kleinen merkten.«

»Ich habe immer auf diesen Tag gewartet.« Gerholdt sah Dr. Manger in stumpfer Verzweiflung an. »Ich habe diesen Tag wie nichts auf der Welt gefürchtet und sogar gebetet, daß er nie kommen möge. Ich habe gebetet! Wenn Sie wüßten, was das bedeudet ...«

Dr. Manger wurde einer Antwort enthoben. Durch die Tür kam ein großer, schlanker Arzt, dessen weiße Haare wie bei einem Schauspieler alter Schule bis fast auf die Schulter hingen. Hinter der schmalen Goldbrille funkelten die Augen, als er in den Lichtschein der Lampe trat. Er hatte eine schmale Mappe unter den Arm geklemmt und trat auf Gerholdt zu.

»Sie sind der Vater?« Er verbeugte sich knapp. »Sentz.«

Prof. Dr. Sentz musterte den bleichen, ihm mit starren Augen entgegensehenden Mann. Kurz dachte er an die Personalakten, die in der dünnen Mappe lagen. Ehemaliger Arbeiter, jetzt kleiner Zubringerbetrieb für eine Fabrik in Zollstock. Halbfertigwaren in Federn. Ein fleißiger Mann, der nur seine Arbeit und sein Kind Rita kannte. Ein Mann, der vielleicht seinen Weg machen würde. Wie nannten die Amerikaner doch diese Männer noch mal? Ach ja – Selfmademan! Prof. Dr. Sentz gab Gerholdt impulsiv die Hand.

»Eine erfreuliche Nachricht, Herr Gerholdt: Wir können Ihr Blut gebrauchen! Die Faktoren stimmen überein. Nur ...« er stockte. Gerholdt umklammerte die Hand des Professors.

»Nur ...« sagte er leise. Ein eisiger Ring legte sich um sein Herz. Es ist zu spät. Das wird er sagen. Zu spät ... zu spät ... durch meine Schuld!

»Wir werden mit der Transfusion das Leiden nur aufhalten können«, hörte er weit weg die Stimme Prof. Sentz'. »Wir zögern es hinaus ... es kann sein, daß wir unter Hinzuziehung des neuen Mittels Regasanz jedes Jahr einen großen Blutaustausch vornehmen

hat dein Blut in sich, sie ist dein Wesen, sie ist von dir neu geboren worden ... zurückgerissen von der Schwelle des Todes, an der sie stand und von der sie niemand retten konnte als ich! Ich, ihr Vater! Jetzt, jetzt wirklich ihr Vater ...

Er spürte eine tiefe Mattigkeit durch seinen Körper rinnen. Er fühlte, wie sein Herz langsamer schlug, wie eine große Müdigkeit ihn ergriff, ihm die Lider über die Augen zog, wie eine wohltätige Schwäche durch seine Glieder rann.

Mein Blut fließt in sie hinein, dachte er glückselig. Mein Blut rettet sie jetzt. Mein Herzblut ... Er hörte die leisen Worte Prof. Sentz' und Dr. Mangers, er spürte ab und zu ein Rucken in der Vene, wenn der Zweiwegehahn bedient wurde, er spürte, wie sein Blut hinüberfloß in die Adern Ritas.

Er lächelte, als sich das Gesicht Prof. Sentz' über ihn beugte.

»Wie fühlen Sie sich?«

»Wunderbar.« Er schluckte. Die Ergriffenheit würgte in seiner Kehle. »Kann man in diesem Augenblick sagen, daß man glücklich ist? Glücklich wie noch nie?«

Prof. Sentz nickte schweigend. Er hob den Kopf und sah Dr. Manger an. Ihre Blicke trafen sich. Es muß gelingen, sagte der Blick des Professors. Wir wollen es hoffen, antwortete der Blick Dr. Mangers.

Langsam tropften die Minuten durch die Nacht. Langsam floß das Blut durch die Glas- und Gummiröhrchen von Körper zu Körper. Unerträglich langsam, wenn ein Leben an diesem ständigen Fließen hängt, an diesem dünnen Blutstrom, der von Vene zu Vene rinnt.

In ihrem Wartezimmer war Frau Möllen unterdessen eingeschlafen. Mit dem Kopf gegen die Wand lehnend, saß sie im Korbsessel und schlief mit offenem Mund. Aber noch im Schlaf wurde ihr massiger Körper von Schluchzen geschüttelt.

Zwei Uhr morgens. Der Sturm vor den Fenstern heulte noch. Er schüttelte die Bäume leer. Trieb die bunten Blätter an den Hauswänden zu kleinen Hügeln empor. Vor der Chirurgischen Klinik hielt knirschend ein Krankenwagen. In dem stillen Haus zuckten die roten Lampen auf und riefen die Ärzte herbei. Alarm. Ein Autounfall. Sofort operieren!

Die großen Häuser des Leidens schliefen nie. Leben kam und Leben ging ... der große Kreislauf der Natur.

Im OP 3 der Kinderklinik schloß Prof. Sentz den Hahn der Transfusionsleitung.

»Wir wollen an ein Wunder glauben«, sagte er leise.

Frank Gerholdt hörte es nicht mehr. Er schlief, erschöpft, aber mit einem glücklichen Lächeln.

Zehn Tage später wußte es die ganze Kinderklinik: Rita Gerholdt würde weiterleben. Das Mittel Regasanz schlug an, das frische, unverbrauchte Blut Gerholdts durchzog die kleinen Organe mit einer bisher unbekannten Lebenskraft. Jeden Tag besuchte Gerholdt seine Tochter, er brachte ihr Schokolade mit, frisches Obst, Spielzeug und saß stundenlang an ihrem Bettchen, glücklich, wenn sie mit ihren großen blauen Augen zu ihm aufschaute und »Papa« sagte. Er spielte mit ihr, baute aus Holzklötzchen Türme, die sie mit ihren Händchen jauchzend einriß, schleifte an einem Faden eine nickende und gackernde Ente durch das Krankenzimmer oder las aus einem Bilderbuch die kleinen Verse vor... von der Muhkuh, vom Schäfchen und der Pilleente. Ein paarmal betrat Prof. Sentz das Zimmer, wenn Gerholdt auf einem Tablett gewissenhaft ein Haus aus Bausteinen zusammenstellte. »Wo soll das hinführen, Herr Gerholdt?« sagte Prof. Sentz einmal. »Sie verwöhnen das Kind zu sehr.«

»Ich muß ihm Vater *und* Mutter sein, Herr Professor.«

»Ihre Frau ist früh gestorben?«

»Acht Wochen nach der Geburt des Kindes.«

»An den Nachwirkungen einer schweren Entbindung?«

»Nein. An Rippenfellentzündung. Sie wurde zu spät erkannt. Die Rückenschmerzen hielt man eben für Nachwirkungen der Geburt – dabei war es das Rippenfell.«

Prof. Sentz nickte schwer. »Man hat auch als noch so guter Arzt die Versuchung, solche Dinge zu vereinfachen und auf einen bekannten Nenner zurückzuführen. Leider.« Er sah Rita an und lächelte. »Rita ist über den Berg, Herr Gerholdt. Zufrieden mit mir?«

Gerholdt senkte den Blick. »Ich weiß nicht, wie ich Ihnen danken soll. Worte sind so dumm . . .«

Prof. Sentz beschäftigte sich mit der Fiebertabelle und sah schräg zu Gerholdt hinüber.

»Sie sollten wieder heiraten.«

Gerholdts Kopf fuhr herum.

»Nie, Herr Professor.«

»Verstehen Sie mich nicht falsch. Ich möchte keinerlei Pietätsgefühle verletzen. Ich glaube, daß Sie Ihre Frau sehr geliebt haben.

Aber das Leben geht weiter ... heute ist Ihr Kind fast zwei Jahre ... wie schnell wird es drei – sechs – zehn Jahre alt sein. Und einmal kommt der Augenblick, wo es eine Mutter brauchte, wo ein Vater allein nicht ausreicht. Leider ist es so. Väter haben immer etwas Souveränes für ein Kind an sich, etwas Unnahbares, Respektheischendes, was viele Kinder – vor allem aber Mädchen ab eines bestimmten Alters – davon abhält, sich ganz und gar seelisch dem Vater zu offenbaren. Hier ist es die Mutter, die alles und immer versteht. Hier ist die Mutter allein die Vertraute, die Ausgleichende, die Ratende. Der Vater ist die Autorität ... die Mutter wird zur Freundin, zur Mitverschworenen. Und deshalb sollten Sie bald, recht bald daran denken, wieder zu heiraten. Wenn Rita beginnt, ihre Umwelt mit Verstand zu begreifen, wenn das Erinnerungsvermögen einsetzt, wenn sie aus dem Babyalter in das des denkenden Kindes tritt, soll sie eine Mutter vorfinden, die ihren weiteren Lebensweg begleitet.« Prof. Sentz legte die Fieberblätter hin. Sein Blick war gütig und doch ernst. »Sie verstehen mich, Herr Gerholdt.«

»Ja, Herr Professor. Nur wüßte ich nicht, was ich Rita an Vertrauen nicht geben könnte.«

»Sie, mein Lieber! Aber ein Kind, ein Mädchen vor allem, empfindet anders. Ein reifendes Menschenleben ist psychologisch zarter und empfindsamer als die zarteste Pflanze. Da können wir Männer noch so zartfühlend sein – wir bilden uns ein, es zu können –, wir werden nie so ganz und gar den Blick ins Innere unserer Töchter tun wie die Mutter.« Prof. Sentz lächelte und nickte Gerholdt zu. »Glauben Sie es mir ... ich habe selbst drei Töchter. Alle drei hatten ihre großen und kleinen Probleme ... ich erfuhr sie erst von meiner Frau. Bei den Söhnen ist es genauso. Zum Vater kommen sie, um Geld zu pumpen, oder wenn sie etwas ausgefressen haben ... aber das seelische Vertrauen schenken sie der Mutter. Das ist ja das große Geheimnis der Mütter: sie sind der Mittelpunkt der Welt!«

Am Abend dieses Tages saß Frank Gerholdt in seinem Zimmer und dachte an seine Mutter. Sie starb an Schwindsucht, kurz nachdem er seine Gesellenprüfung als Schlosser gemacht hatte. Er hatte sie in Erinnerung, daß sie klein und schmal war, viel weinte, sich auflöste in ein Nichts. Ihr Sarg war so leicht, daß er ihn hätte allein tragen können. Mutter ... sie war immer still gewesen, immer um ihn herum, sie hatte nie geschimpft, sich nie beschwert, nie einen Wunsch geäußert. Und als sie starb, hatte er alles verkauft und war nach Hamburg gefahren. Er hatte innerlich unter der Dumpfheit seiner Umgebung gelitten und war nun froh, nach Hamburg zu kommen, in eine Weltstadt, die er erobern konnte, mit zwei gesunden Händen und ein bißchen Verstand. In Hamburg aber war er auch zum Verbrecher geworden. Zu einem Wild, das noch heute gehetzt wurde und das sich im Dschungel der Großstadt verbarg, unter dem Dach als Untermieter bei einer Frau Möllen. Wäre das alles so geworden, wenn er in Bremen geblieben wäre?

Würde er ein Verbrecher sein, wenn Mutter noch lebte?

Er wußte die Antwort auf diese Frage, aber er gab sie sich nicht. In Bremen hatte er eine gute Gesellenstelle, er hätte seinen Meister machen können, er wäre ein ehrlicher Handwerker geblieben, wenn ... Und dieses Wenn im Leben eines Menschen ist der Drehpunkt des Schicksals, ist die Weiche, deren Wege nach zwei Seiten gehen. In das Licht und in das Dunkel. Er hatte die Nacht gewählt. Um so heller sollte das Leben Ritas werden, die er herausgerissen hatte aus einem Leben voller Sorglosigkeit und Reichtum.

Heiraten? Eine fremde Frau sollte die Mutter Ritas werden?

Er trat an das Fenster und schloß es. Der Kanzleivorsteher hatte das Radio wieder laut gestellt. Es gab schon einen Krach deswegen zwischen Frau Möllen und ihm. »Wenn Sie in Ihrer Wohnung Löcher stanzen, kann ich Radio spielen!« hatte der Feldwebel a. D. lauthals gesagt. »Das Prummprumm der Maschine stört mich mehr, als Sie mein Radio stören kann! Meine Musik ist anständig!« Dann hatte er die Tür zugeworfen und den Apparat auf volle Lautstärke gedreht.

»Ein unhöflicher, unerzogener Mensch!« stellte Frau Möllen empört fest. »Wenn mein Seliger noch lebte, wäre das nicht vorgekommen.«

Wie kann jemand Rita jemals so lieben wie ich, dachte Frank Gerholdt. Immer wird sie die Stiefmutter sein. Und wenn sie eigene Kinder bekommt, wird Rita in den Hintergrund treten. Es kann nicht gutgehen, es kann bestimmt nicht gutgehen.

Er glaubte, damit alles überdacht zu haben, und warf den Gedanken, den ihm Prof. Sentz so eindringlich vorgestellt hatte, wieder von sich. Arbeiten, sagte er sich. Das ist alles. Geldverdienen, Rita ein schönes Leben bieten, eine gute Erziehung, das soll ein Ziel sein.

Es wurde alles anders.

An einem Sonnabend trat Gerholdt in die NSDAP ein.

Er wollte es eigentlich nicht, ihn kümmerte die Politik wenig, und wenn auch ein Hitler am 30. Januar 1933 als Reichskanzler an des

Reiches Spitze stand, so wußte Gerholdt wenig von ihm und seinen Ideen. Zwar hatte er in den Jahren viel von ihnen gelesen, er hatte die Straßenschlachten der Kommunisten mit den SA-Leuten miterlebt, er sah auch, daß in diesem Jahre 1933 die ersten Arbeitslosen von der Straße kamen und zum Bau von Staatsbauten und Straßen eingesetzt wurden, er sah jeden Sonntag die braunen Kolonnen durch Köln marschieren, mit wehenden Fahnen über den Ring, singend, blitzende Standarten vor sich tragend wie römische Legionen. Aber er hatte nie gefragt, was sich eigentlich geändert hatte. Er stanzte weiter, und er wußte, daß auch die neue Regierung ihn ins Zuchthaus sperrte, wenn man ihn fangen würde. Sie war für ihn genauso gefährlich wie die alten Regierungen, gefährlicher noch, denn die Polizei wurde weiter ausgebaut, eine Geheime Staatspolizei unterstützte die Suche nach schweren Fällen, die Richter wurden härter und verhängten Höchststrafen. Er sah also keinen Grund, sich um die braunen Herren zu kümmern, und doch trat er an diesem Samstag der Partei bei und wurde sogar SA-Mann. In Sturm 83, Sturmbann 37, Standarte 5 unter Standartenführer Hans Henselberg, einem Schuhmacher aus dem Hafenrevier Kölns.

Als Gerholdt wieder seine Kisten mit den fertigen Teilen ablieferte . . . er hatte jetzt sogar einen alten Tempo-Dreirad-Laster, mit dem er ratternd durch Köln fuhr . . . empfing ihn in Zollstock der neue Personalchef der Fabrik. Sehr jovial, sehr freundlich lud er ihn zu sich ins Büro ein, bot ihm eine Zigarre an und bat Gerholdt, Platz zu nehmen. Im Knopfloch trug der Personalchef einige Ordensbänder und auf dem Revers das runde Parteiabzeichen.

»Mein Lieber«, sagte Herr Bender und betrachtete Gerholdt eingehend. »Sie arbeiten jetzt über ein Jahr für uns. Wir sind zufrieden mit Ihnen, wir sind sogar bereit, Ihnen größere Aufträge zu geben, nicht mehr als Lohnarbeit, sondern auf eigene Rechnung. Der nationale Aufschwung unserer Nation, die Gesundung der Wirtschaft unter dem Genie Adolf Hitlers hat es mit sich gebracht, daß auch wir größere Absatzmöglichkeiten haben. Vor allem ist da so allerlei in der Planung . . . Federn für Geheimaufträge, Bolzen, Klammern . . . kurz und gut: Es geht mit Deutschland aufwärts! Auch mit Ihnen soll es aufwärtsgehen, nur wundern wir uns alle, daß in einem durch und durch nationalsozialistischen Betrieb ein so guter Arbeiter wie Sie nicht Mitglied der Partei ist.«

»Welcher Partei?«

»Erlauben Sie mal!« Herr Bender war sehr konsterniert und legte die Zigarre hin. Gerholdt hob bedauernd die Schultern.

»Ich bin politisch gar nicht interessiert. Ich will verdienen!«

»Eben! Eben! Man verdient heute mehr mit der Politik als ohne sie! Ich könnte mir vorstellen, daß die Direktion unserer Firma sehr wohlwollend bei der Vergabe der Aufträge sein könnte, wenn ich sage: der Parteigenosse und SA-Mann Gerholdt bittet um bevorzugte Lieferung. Außerdem könnten wir dann melden, daß unser Betrieb zu neunundneunzig Prozent in der NSDAP ist. Wir bekämen das goldene Schild! Mein Lieber, das bedeutet, daß man uns auch bei Staatsaufträgen berücksichtigt.« Herr Bender lächelte Gerholdt freundlich an. »Na, wie ist's also? Werden wir Mitglied der Partei?«

»Wenn es sein muß.« Gerhold nickte. Herr Bender strahlte, schob ihm die Kiste mit Zigarren hin und ging beschwingten Schrittes zu einem Schrank, aus dem er eine Flasche Kognak und zwei bauchige Gläser holte. Er goß sie halbvoll und hob das seine empor.

»Auf weitere gute Zusammenarbeit, Parteigenosse Gerholdt!« rief er fast enthusiastisch. »Melden Sie sich morgen bei Standartenführer Henselberg. Ich werde Sie telefonisch anmelden. Alles andere besorge ich!«

So wurde Frank Gerholdt Mitglied der Partei. Er wurde SA-Mann und bekam nach zwei Wochen, als er die ersten Beiträge und einige freiwillige Spenden bezahlt hatte, zwei neue Maschinen geliehen sowie eine kleine Baracke. »Sie können alles abzahlen«, sagte Herr Bender liebenswürdig. »Es läuft alles auf langfristigen Kredit. Im übrigen darf ich Ihnen gratulieren: Sie sind der erste selbständige Zweigbetrieb unserer Fabrik.«

»Selbständige Zweigbetrieb?«

»Ja. Sie sind völlig selbständig und unterstehen lediglich unserem neuen Konzern, der Sie kontrolliert. Sie versteuern Ihren Verdienst selbst, während Sie die Arbeit von uns zugeteilt bekommen. Als Halbfertigproduktionsbetrieb sind Sie Mitglied unseres Konzerns. Sie verstehen?«

»Natürlich.«

Frank Gerholdt lächelte zu Herrn Bender zurück.

»Man nennt das: Konzentrierte Dezentralisierung.«

Nach dieser Definition wurde Herr Bender sehr wortkarg, und Gerholdt verließ ihn bald in dem Bewußtsein, ihm angedeutet zu haben, daß er nicht ganz so idiotisch sei, wie ihn Herr Bender bisher insgeheim betrachtet hatte.

Es geschah in diesen Wochen, daß Gerholdt zum erstenmal Bilanz über sein bisheriges Leben machte.

Was hatte er erreicht seit seiner Flucht aus Hamburg?

Er hatte Rita das Leben gerettet.

Er war Besitzer einer Baracke, an deren Eingang stand: Fedenstanzwerk.

Er besaß vier elektrische Maschinen.

Er beschäftigte seit vierzehn Tagen drei Arbeiter.

Er fuhr einen Tempolieferwagen.

Er war Mitglied der Partei und SA-Mann in Sturm 83.

Auf seinem Schreibtisch lagen die Bestellzettel. Arbeit für ein halbes Jahr im voraus.

Wenn er das Leben so betrachtete, konnte er zufrieden sein.

Die Wiedergeburt eines neuen Frank Gerholdt war gelungen. Der alte Gerholdt, der Verbrecher, der Kidnapper, der streunende Arbeiter aus dem Hamburger Hafen, war gestorben.

Und vor allem: Rita lebte! Sie würde weiterleben, hatte Prof. Sentz gesagt.

An diesem Abend trank Frank Gerholdt eine Flasche Wein. Eine »Zeller Schwarze Katz« auf der Reichert-Terrasse, gegenüber dem Dom, der, von Scheinwerfern beleuchtet, in den nächtlichen Himmel ragte.

Es war eine kleine Siegesfeier, denn er glaubte, daß er den richtigen Weg beschritten hatte, seine große, geheime Schuld zu sühnen.

Im neuen Landeskriminalamt hatte der große Widersacher Gerholdts, Dr. Werner, das Aktenstück endgültig weggelegt und sich ganz auf andere, neue Fälle geworfen. Der Polizeipräsident war gewechselt worden ... ein SS-Gruppenführer stand jetzt an der Spitze, ein Regierungsrat als Leiter der Geheimen Staatspolizei residierte und schaltete sich in alle Kapitalverbrechen ein, der Gauleiter wollte gefragt sein und – was noch schlimmer war – gehört werden. Es war schon ein schweres Leben, das Dr. Werner führte. Hinzu kam, daß Reeder von Buckow für seine antinationalsozialistische Einstellung in den jetzt regierenden Kreisen bekannt war und deshalb eine weitere Verfolgung des »Falles Rita von Buckow« nicht mehr im Sinne des Polizeichefs war. Als Dr. Werner doch noch einmal an die schwebenden Untersuchungen erinnerte, bekam er von dem SS-Gruppenführer eine ziemlich rüde Antwort.

»Was interessieren uns die Familienangelegenheiten der alten Sozis?«

»Es handelt sich immerhin um Kindesentführung. Um Kidnapping.«

»Unterlassen Sie die amerikanischen Ausdrücke, Dr. Werner! Wissen Sie, ob es nicht ein Racheakt war? Die verständliche Reaktion eines Arbeiters gegen die Methoden dieser gewissen Herren?«

»Es ging um die Erpressung von hunderttausend Mark!«

»Hätte der Buckow ja leicht zahlen können!« Der SS-Gruppenführer sah auf Dr. Werner herunter. »Noch etwas, Herr Kriminalkommissar?«

»Nein, Herr Präsident.«

»Gruppenführer, bitte.«

»Herr Gruppenführer.«

»Danke. Heil Hitler!«

»Heil!«

Dr. Werner verließ das große Dienstzimmer und schloß die Akte endgültig weg. Aber dieser Wegschluß bedeutete nicht, daß er sie vergaß. Die Tragik des Hauses von Buckow hatte er so unmittelbar miterlebt, daß es für ihn unmöglich war, mit einigen Allgemeinreden ein Verbrechen vergessen zu lassen, dessen schreckliche Auswirkungen zu seinen erschütterndsten Erlebnissen gehörten. Immerhin erkannte er die Leistung seines Gegners an, in Deutschland unterzutauchen, obgleich sein Name bekannt war, sein Bild in allen Dienststellen hing und sein Leben durch die Mitnahme eines Säuglings ungeheuer gehemmt war und deshalb dauernd in Gefahr, entdeckt zu werden.

Ganz privat, gewissermaßen als Freizeitgestaltung, recherchierte er weiter und verhörte die ehemaligen Bekannten und Arbeitskameraden Frank Gerholdts, sprach mit dem Leiter des Seemannsasyls und zwei Zimmerwirtinnen, bei denen Gerholdt kurze Zeit gewohnt hatte, bis ihm das Geld wieder ausging und er zurück ins Asyl wanderte, in diesen Sumpf, der ihn wie mit tausend Armen festzuhalten schien und immer wieder von einem Ausflug in ein anständiges Leben zurückriß in das Zwielicht einer Ansammlung gescheiterter Menschen. Langsam, aber stetig tastete er sich in alle Lebensgewohnheiten Gerholdts hinein, soweit er sie aus den Aussagen erkennen konnte. Wie ein Mosaik setzte er das Bild zusammen, Steinchen auf Steinchen, bis er zu erkennen glaubte, wie Frank Gerholdt jetzt weiterleben konnte, trotz Kind, trotz Verfolgung, trotz der Angst im Nacken, entdeckt zu werden.

Er war kein gewöhnlicher Verbrecher, das hatte Dr. Werner schon zu Beginn gesagt. Er war ausgeglitten, er war einmal im Leben in eine ganz große Gemeinheit hineingezogen worden, durch einen äußeren Umstand, den Dr. Werner nicht kannte. Dann aber, als der erste Schritt getan war, setzte er das Verbrechen systematisch und folgerichtig, mit einer eiskalten Logik weiter fort. Diese Konsequenz allen Dingen gegenüber, die einmal begonnen waren, hatte Dr. Werner aus allen Urteilen von Gerholdts Bekannten herausgehört: Er hatte Charakter ... Charakter im Guten wie jetzt auch im Verbrechen. Es klang merkwürdig, fast scheußlich, aber es war so: Gerholdt war ein Verbrecher mit Charakter geworden, der seine Tat ebenso innerlich verarbeitete wie etwa eine große Liebe oder einen nachhaltigen seelischen Schmerz. Was er tat, tat er gründlich. Er ging in seinen Handlungen auf. Das war vielleicht auch der Schlüssel zu dem bisherigen Geheimnis, daß Gerholdt samt Kind wie von der Erde verschwunden war, eine völlige Novität in der Geschichte des Kindesraubes.

Dr. Werner, der alle Kapitalfälle in einem gewissenhaften privaten Tagebuch aufzeichnete, schrieb an diesem Abend in das dicke Heft:

»Das Neue an dem Fall Gerholdt ist, daß er nicht, wie alle bisher bekannten Kidnapper, sich des Kindes einfach entledigte, als er einsah, daß seine Forderung von hunderttausend Mark nie erfüllt werden konnte. Er setzte das Kind weder aus, noch tötete er es, noch gab er einen Hinweis, wo man es finden könnte. Im Gegenteil – er tauchte mit dem Kind unter, er scheint es rührend zu pflegen und für es zu sorgen. Völlig abseitig aller bisherigen Erkenntnisse über die Mentalität der Kindesräuber, die lediglich einen materiellen Zweck mit ihrer abscheulichen Tat bezweckten, hat bei Gerholdt anscheinend der Kindesraub zu einer merkwürdigen Kindesliebe geführt, vor allem nach Bekanntwerden des tragischen Todes der beiden Eltern. Vielleicht ist das der Grund seiner Sorge um das Kind: ein plötzliches Schulderwachen, eine innerliche Verpflichtung, ein Anfall von Sühne, der sehr gut in das psychologische Bild paßt, das wir von Gerholdt gewonnen haben: er hat trotz aller Schlechtigkeit Charakter und ist im Inneren ein sehr weicher Mensch ...«

Dr. Werner erkannte in dieser Zusammenfassung des seelischen Rätsels auch seine Unmöglichkeit, mit reiner Routinearbeit der Kriminalpolizei den Fall zu lösen und Gerholdt zu überführen. Er würde keinerlei Blößen entdecken können, die zu einer Entlarvung des Untergetauchten führen würden. Er lebte sicherlich als angesehener Bürger – als Witwer mit Kind – irgendwo in Deutschland, hatte Arbeit gefunden und würde seine Tochter Rita großziehen, wie es alle Väter taten. Vielleicht heiratete er sogar ... dann war die Spur völlig verwischt. Nur die beiden Grabsteine auf dem Blankeneser Friedhof klagten stumm ein Verbrechen an, das für immer ungesühnt blieb.

Dr. Werner schloß sein Tagebuch in die Schreibtischschublade und brannte sich eine gute Zigarre an. Den Ringen des Rauches nachsehend, die langsam gegen die weiße, getünchte Decke stiegen, empfand er eine merkwürdige innere Leere, die das Gefühl erzeugt, in einer wichtigen Angelegenheit glatt versagt zu haben. Ich habe von Buckow versprochen, Gerholdt zu überführen, dachte Dr. Werner. Es war das letzte, was ich mit Buckow besprach, ehe er verunglückte. Ich habe es damals wie einen Schwur aufgefaßt, unter dem Eindruck der schrecklichen Tat. Ich werde diesen Schwur halten müssen, auch wenn sich alles um uns verändert hat und der Herr Gruppenführer an der Entführung eines »Sozikindes« nicht interessiert ist.

Er blies gegen einen Rauchring und zerstörte ihn. »Denken wir an etwas Erfreulicheres«, sagte er halblaut zu sich. Er erhob sich, holte vom Rauchtisch die neuesten Gewinnummern der »Norddeutschen Klassenlotterie« und ging mit dem Zeigefinger die Rubriken der Auslosung entlang, ob nicht auch seine Zahl gezogen worden war. Seit zwei Jahren spielte Dr. Werner ein Viertellos. Fünfundzwanzigtausend oder fünfzigtausend oder gar hunderttausend Mark gewinnen, dachte Dr. Werner manchmal. Dann gibt es für mich keinen SS-Gruppenführer mehr, vor dem ich alter Kriminalkommissar strammstehen muß wie vor einem Unteroffizier. Dann gehe ich mit dem Geld in die Privatwirtschaft und atme eine freiere Luft.

Er nahm sein Los aus der Brieftasche und suchte weiter die Nummern ab, die gezogen worden waren. Es war das beste Mittel, für eine kurze Zeit Frank Gerholdt und alle anderen Fälle zu vergessen.

Rita gedieh prächtig.

Gerholdt hatte, sehr zum Mißfallen Frau Möllens, die weinend in der Wohnung herumrannte und von der Undankbarkeit der Welt und der Männer im besonderen sprach, eine kleine 3-Zimmer-Wohnung gemietet, in der Nähe seiner Fabrikbaracke. Das war jedoch nicht alles, was Frau Möllen die Fassung raubte: Frank Gerholdt hatte sich plötzlich entschlossen zu heiraten.

Wie alles in seinem bisherigen Leben, so spielte auch hier der große Zufall die entscheidende Rolle, gewissermaßen die große

Kupplerin. Es begann damit, daß Gerholdt an einem Sonntag als braver SA-Mann in seiner braunen Uniform, den Tschako, mit dem Sturmriemen unter dem Kinn, keck auf dem Kopf, hinter der roten Fahne hermarschierte und draußen im Stadion Kölns, nach Auflösung der Kolonne, in einer Gartenwirtschaft ein Bier trank.

Hinter der Theke stand ein nettes, haselnußbraunes Mädchen und zapfte die Gläser voll. Als Gerholdt bestellte, trafen sich ihre Augen kurz, für eine ganz kleine Sekunde, dann blickten sie wieder weg, und Gerholdt nahm den »Völkischen Beobachter«, um das Neueste aus der Welt zu erfahren, kommentiert im Geiste der neuen Ideologie.

Das Mädchen stellte das Bier vor ihm auf den runden Tisch und sagte: »Wohl bekomm's.« Gerholdt nickte und las weiter. Als sie sagte: »Dürfte ich gleich kassieren?« blickte er wieder auf und legte die Zeitung zur Seite.

»Haben Sie Angst, ich brenne Ihnen durch?«

»Nein. Aber es ist hier üblich, gleich zu zahlen.«

»Wie in einem Wartesaal.«

»So ähnlich. Wir sind hier ein Ausflugslokal, und es geht 'raus und 'rein. Da verliert man leicht die Kontrolle. Vor allem am Sonntag, wenn die ganzen Kolonnen heranmarschieren. SA, BDM, HJ, Pimpfe, Politische Leiter, NSV und was so alles kommt.« Das Mädchen griff unter ihre Schürze und klimperte mit dem Geld, das sie in einem schwarzen Beutel um den Leib trug. »Fünfunddreißig Pfennig macht es«, sagte sie, das Gespräch abschließend.

»Schön.« Gerholdt betrachtete das Mädchen. Es trug unter der weißen Schürze ein geblümtes Lavabelkleid, knielang und die schönen, schlanken Beine freigebend. Der Ausschnitt war über der festen, wohlgeformten Brust mit einer Nadel zusammengehalten. Das runde Gesicht war etwas blaß, so als käme sie wenig in die Sonne und hocke immer in den Gasträumen. Wundervoll aber war ihr Haar ... ein Haselnußbraun, das rötlich schimmerte, wenn die Sonne darauf fiel, in kleine Locken gelegt, die dem Gesicht etwas aggressiv Reizendes verliehen. Die Lippen, ein klein wenig getönt, waren voll und das einzig hervorstechend Farbige in der Blaßheit.

»Was ist schön?« fragte das Mädchen.

Gerholdt lächelte zu ihr hinauf. »Alles, mein Fräulein. Der Sonntag, daß ich hier sitze, daß das Bier fünfunddreißig Pfennig kostet – am schönsten sind natürlich Sie.«

»Das ist ein billiges Kompliment – das sagen sie alle! Wenn ich kassieren dürfte ...«

»Fünfunddreißig Pfennig oder andere, schönere Komplimente?«

»Das erste wäre mir lieber.«

»Bitte.« Gerholdt griff in die Tasche seiner Uniform und legte einen Fünfzigmarkschein auf den Tisch. Das Mädchen schob die Unterlippe vor.

»Größer haben Sie's nicht?«

»Leider nicht.«

»Für fünfunddreißig Pfennig legen Sie fünfzig Mark hin.«

»Das hat seinen Grund. Sehen Sie – Sie müssen jetzt zurück und wechseln. Dann kommen Sie wieder, Sie zählen mir das Geld auf den Tisch, ich zähle es nach – wenn ich zähle, fehlt eine Mark –, Sie zählen wieder nach, es stimmt. Dann zähle wieder ich – jetzt ist es eine Mark zuviel! So geht es hin und her . . . und ich habe – sagen wir zehn Minuten – Zeit, mich mit Ihnen zu unterhalten, Sie anzusehen, Ihnen zu sagen, wie nett ich Sie finde –, überhaupt, diese zehn Minuten werden die Krönung des Sonntags sein.«

»Und andere Sorgen haben Sie nicht?« Das Mädchen schob die fünfzig Mark zurück.

»Im Augenblick nicht.«

»Aber ich!« Sie sah ihn mit wütenden Augen an. Süß ist sie, durchfuhr es Gerholdt. Wie ihre Augen blitzen, wie ihr blasses Gesicht plötzlich rötlich wird, so, als durchpulse das Blut schneller ihren Körper. Das Mädchen warf den Kopf in den Nacken. »Damit Sie nicht in die Versuchung kommen, lange Geld zu zählen . . . ich schenke Ihnen das Glas Bier! An diesen fünfunddreißig Pfennig werde ich nicht pleite gehen!«

»Bravo! Ich nehme an!«

Gerholdt steckte die fünfzig Mark wieder in den Uniformrock, erhob sich, grüßte und verließ das Lokal.

Am nächsten Mittwoch fuhr er wieder hinaus ins Kölner Stadion und betrat, diesesmal in Zivil, den Gastraum. Das Mädchen stand am Spültisch und spülte die Gläser, als er eintrat und seinen Hut mit einem Schwung an den Garderobenhaken warf. Er hatte das zu Hause zwei Tage lang geübt, bis es vollendet aussah.

Das Mädchen blickte ihn mit zur Seite geneigtem Kopf an.

»Das imponiert mir gar nicht«, stellte es nüchtern fest.

»Guten Tag, meine Schöne.« Gerholdt nickte ihr zu und setzte sich an den gleichen Tisch wie am vergangenen Sonntag. »Ein Bier bitte.«

»Zu fünfunddreißig Pfennig?«

»Kein anderes!«

»Bitte.«

Das Mädchen zapfte, ließ das Glas unter dem Hahn stehen, bis der Schaum sich etwas setzte, und füllte dann auf. Dabei sah sie zu Gerholdt hinüber, der sie betrachtete und anscheinend in bester Laune war.

»Ich kenne Männer, die setzen sich hierhin und fangen an zu himmeln«, sagte das Mädchen. »Ich frage mich manchmal, ob sie sonst nichts zu tun haben.«

»Genug, meine Schöne. Aber manchmal packt sie die Sehnsucht, sie entfliehen dem grauen Alltag und stürzen sich in die Arme der Schönheit und der erahnten Liebe.«

Das Mädchen kam um die Theke herum, stellte das Bier mit einem festen Ruck auf den Tisch und wandte sich ab.

»In welchem Groschenheft haben Sie denn das gelesen?«

»In ›Zwiespalt der Liebe‹. Oder halt! War es vielleicht ›Die Ehe der Gräfin Hummelstein‹? Es kann auch in ›Wenn du weggehst, sterbe ich‹ gewesen sein ... Immerhin müssen Sie zugeben, daß es schön klingt. So romantisch, so voller Seele. Wie das Aufgehen des Mondes an einem dunklen Nachthimmel – dann sind die Bäume wie Silber, der stille See träumt, das Käuzchen schreit, die Frösche quaken, und der stolze Jäger umarmt wild seine Vroni und stammelt: Durch dich wird diese Welt erst vollkommen!«

Das Mädchen nickte. »Genau das habe ich gedacht! Bei Ihnen ist wohl 'ne Schraube ganz locker, was?«

»Es liegt nur an Ihnen, sie wieder fest anzuziehen.«

»Ich bin Servierfräulein, aber kein Monteur.« Sie spülte wieder die Gläser und sah Gerholdt nicht mehr an.

»Wie ist es eigentlich mit dem Kassieren?« fragte er, um das abgebrochene Gespräch wieder in Fluß zu bringen.

»Das hat Zeit.«

»Ich denke, Sie müssen gleich kassieren?«

»Am Sonntag.«

»Ach so.« Gerholdt holte seine Brieftasche aus dem Rock und klappte sie auf. Das Mädchen schielte zu ihm hinüber.

»Wieder fünfzig Mark?«

»Natürlich. Ich will doch nicht aus der Gewohnheit kommen.«

Sie klapperte mit den Gläsern. Man sah und hörte, daß sie wütend war. Eine Lockensträhne war in ihr Gesicht gerutscht, es bekam dadurch etwas Wildes, das Gerholdt begeisterte.

»Ich schenke Ihnen das Bier!« zischte das Mädchen.

»Phantastisch!« Gerholdt lehnte sich zurück. »Ich komme jeden

Tag hierher und trinke ein Bier für fünfunddreißig Pfennig! Immer mit einem Fünfzigmarkschein! Und immer schenken Sie mir das Bier. Das wird ein fabelhaft billiger Frühschoppen!«

»Das nächste Mal schreibe ich es an.«

»Aber Sie wissen doch gar nicht, ob ich wiederkomme.«

Sie sahen sich an, und plötzlich lachte das Mädchen und warf den Kopf zurück. Das Kleid über ihren Brüsten straffte sich, und Gerholdt hatte den stillen Wunsch, sie möge so stehenbleiben.

»Soll ich nun sagen: Solange ich hier bin, kommen Sie? Den Gefallen tue ich Ihnen nicht«, sagte sie unlogisch.

Gerholdt nickte mit gespieltem Ernst. »Natürlich sagen Sie mir es nicht. Ich habe auch nicht gehört, daß Sie es bereits gesagt haben . . .«

Das Mädchen legte die Spülbürste hin. Ihre Augen blitzten.

»Sie sind ein ekelhafter Kerl!«

»Ein Kompliment?«

»Die Wahrheit!«

»Um so anziehender finde ich Sie. Wissen Sie – wir singen da in der SA ein Lied. ›Schwarzbraun ist die Haselnuß, schwarzbraun bin auch ich, ja ich. Schwarzbraun muß mein Mädel sein, geradeso wie ich . . .‹ Und Sie haben haselnußfarbene Haare. Immer, wenn ich jetzt dieses Lied singe, denke ich an Sie, sehe Sie vor mir. Ja, mich erfaßt sogar eine innere Eifersucht, daß alle die anderen Kerle auch davon singen: Schwarzbraun muß mein Mädel sein. Und dann träume ich davon, daß es ganz allein nur mein Mädel ist. Leider ist es nur ein Traum. Wenn ich aus ihm erwache, sitze ich an einem Tisch und bekomme ein Glas Bier für fünfunddreißig Pfennig geschenkt. Von dem schwarzbraunen Mädel! So sind Traum und Wirklichkeit zwei ganz verschiedene Welten! Man müßte versuchen, irgendwie zwischen beiden eine Annäherung zu finden.«

Das Mädchen schüttelte den Kopf. »Entweder sind Sie wirklich so blöd, wie Sie reden, oder Sie reden nur so, um blöd zu erscheinen. Warum eigentlich? Ich glaube, wir könnten ganz vernünftig miteinander reden, wenn Sie Ihre dumme Art, überlegen sein zu wollen, ablegen.«

»Das soll ein Wort sein!« Gerholdt erhob sich und trat an die Theke. Er beugte sich über die blitzende Platte aus Chrom und sah dem Mädchen frei in das jetzt leicht gerötete Gesicht. »Sonntag abend um acht Uhr am Ausgang des Stadions? Ich hole Sie mit meinem Wagen ab.«

»Sie haben ein Auto?« Das Mädchen sah Gerholdt kritisch an.

»Und was für eins! Vorne eine Stoßstange – hinten eine Stoßstange, dazwischen Räder mit luftgefüllten Reifen!«

»Jetzt werden Sie wieder ekelhaft.«

»Verzeihung. Aber ich wollte Ihnen damit nur eine Enttäuschung ersparen. Ich sagte Auto – es ist kein Opel und kein Maybach, kein Horch und kein Mercedes – es ist ein ganz einfacher, alter, gebrauchter Tempo-Dreiradlieferwagen, der furchtbar knattert und aus dem Auspuff stinkt, der hin und her schaukelt und jedes Schlagloch zehnfach verstärkt. Aber vorne in der Führerkabine sind zwei Plätze. Sie reichen genau für Sie und mich!«

Das Mädchen lächelte sanft. In ihre Augen trat ein Schimmer von Zuneigung. Gerholdt sah es und spürte, wie sein Herz schneller schlug.

»Ich wäre nicht gekommen, wenn Sie wirklich einen großen Wagen gehabt hätten. Ich weiß, wohin das führt. Großer Mann führt kleines Mädchen aus. Am Ende wollen sie alle das eine – und das finde ich so gemein!«

»Sie kommen also?« rief Gerholdt glücklich.

»Ja. Aber nur, wenn Sie wirklich einen Tempowagen haben. Ich kehre um, wenn es ein anderer ist!«

»Ehrenwort!« Er verbeugte sich leicht. »Im übrigen: Ich heiße Gerholdt. Frank Gerholdt.«

»Irene Hartung.«

»Irene.« Gerholdt griff in die Tasche und legte – genau abgezählt – fünfunddreißig Pfennig auf die blitzende Theke. »Ich will damit unser Kriegsbeil begraben.«

»Sie haben das Geld gehabt?« Irene Hartung preßte die vollen Lippen zusammen. »Sie sind doch ein ekelhafter Kerl!«

Lachend verließ Gerholdt das Lokal. Draußen rannte er wie ein übermütiger Junge, pfiff und schlug mit einer abgerissenen Gerte durch das Laub. Vor dem Stadion kletterte er in seinen Tempo-Lieferwagen und ratterte zurück nach Köln zu seiner Baracke, in der seine drei Arbeiter an den Maschinen standen und Federn stanzten.

Irene heißt sie. Irene Hartung. Was wird sie sagen, wenn sie von Rita erfährt?

Der Gedanke trübte seine große innere Freude. Er fuhr langsamer und hielt vor einem Spielwarengeschäft an. Er kaufte eine große Puppe und neue, bunte Bausteinchen. Irgendwie hatte er das Gefühl, mit dem heutigen Tag Rita verraten zu haben. Das tat ihm weh, und auch die schönen gekauften Spielzeuge konnten in ihm das Gefühl einer Schuld nicht vertreiben.

Hatte Frau Möllen schon den Beitritt Gerholdts zur SA mit einem Kopfschütteln begleitet, so geriet sie vollends aus dem Häuschen, als am nächsten Sonntag abend Gerholdt in einem neuen Anzug in der Küche erschien und nach einem sauberen Taschentuch fragte. Frau Möllen musterte ihren Untermieter kritisch . . . neuer Anzug, neues Hemd, neuer Schlips, Haare frisch geschnitten. Sie seufzte tief.

»Wenn ein Mann zum Verschwender wird, steckt eine Frau dahinter!« sagte sie grob. »Stimmt's?!«

»Erraten, Frau Möllen!« Gerholdt strahlte sie an. Frau Möllen empfand dieses Glück als eine persönliche Beleidigung und trat zwei Schritte zurück.

»Es mußte ja einmal so kommen!« stellte sie laut fest. »Die Frau tot, das kleine Wurm in Pflege, der Vater in Arbeit, endlich mal etwas Geld in der Tasche – und hupp – da kommen die Weiber und ziehen es wieder heraus!«

»Es handelt sich hier um kein Weib, Frau Möllen, sondern um ein nettes, bescheidenes Mädchen.«

»Ist ein Mädchen etwa kein Weib, he?«

»Nicht in dem Sinne, in dem Sie es meinen! Irene ist fleißig, sauber, anständig, lieb, unschuldig . . .«

»O Gott, o Gott! Noch mehr?! Man sollte euch Männer dauernd ohrfeigen, daß ihr immer auf so etwas hereinfallt! Aber bitte, bitte – rennen Sie zu Ihrer Irene! Kaum ein bißchen Geld, und schon kommen die Weiber dran! O Gott!«

Sie warf ihm ein sauberes Taschentuch hin und wandte sich dann ab. Klappernd schob sie die Töpfe auf dem Herd hin und her, würdigte Gerholdt keines Blickes mehr und brummte Worte vor sich hin, die er nicht verstand, die aber deutlich Ausdruck ihres tiefsten Mißfallens waren.

Pünktlich um acht Uhr abends stand er vor dem Eingang des Stadions auf dem großen Parkplatz und wartete auf Irene. Er hatte seinen Tempowagen auf Hochglanz gebracht. Gewaschen, poliert, die Ladefläche mit weißem Sand bestreut, die Sitze in der engen Kabine mit einer Decke belegt – Irene konnte zufrieden sein.

Zehn Minuten nach acht, als er schon verzweifelte und die sechste Zigarette angeraucht und wieder fortgeworfen hatte, sah er sie über den Weg kommen, der zwischen Büschen sich hindurchwindend bis zu dem Lokal führte. Sie hatte einen leichten blauen Mantel an, Schuhe mit hohen Absätzen, ein weites Kleid, das um ihre schlanken Beine wippte und kreiselte. Ihr Gang war fast ein Trippeln, zierlich und zerbrechlich anzusehen wie der Menuettschritt einer Rokokofigur. Die Haare trug sie offen, ohne Mütze, ohne Hut, ein lustiger Lockenkopf, der jetzt emporfuhr und lachte, als sie ihn an seinem Wagen bemerkte.

Frank Gerholdt lief ihr entgegen und streckte ihr beide Hände hin.

»Ich hatte solche Angst, daß Sie nicht kommen«, sagte er. Es klang, als habe sie ihn von einer großen Last befreit.

Irene Hartung schüttelte den Kopf. Ihr unbefangenes, jugendfrisches Lachen nahm Gerholdt in sich auf wie den Duft starker Blüten, den er nie vergessen würde.

»Was ich verspreche, halte ich.« Sie sah den Tempowagen an und schielte zu Gerholdt hinüber. »Geliehen oder wirklich Eigentum?«

»Ehrenwort: Eigentum!«

»Und das ist Ihr einziger Wagen? Sie haben keinen anderen, großen Wagen? So einen Privatwagen?«

»Nein.« Er öffnete die Tür und kletterte hinter das abgegriffene Steuerrad. »Warum sind Sie eigentlich so kritisch und vorsichtig, Fräulein Hartung?«

»Weil ich wenig Männer kenne, die ein Mädchen wie mich nicht anschwindeln. Nur, um etwas zu erreichen. Die einen machen sich größer, die anderen machen sich kleiner ... am Ende wollen sie mich.«

»Und für so einen Strolch halten Sie mich auch?«

»Ich weiß nicht ...« Sie stieg in das enge Führerhaus und schloß die Tür. Sie saßen jetzt nahe zusammen ... ihre Arme berührten sich, ihre Schultern ... als Gerholdt zur Handbremse griff, strich er an ihren Beinen entlang. Mit ihrem Einstieg war die kleine Kabine von einem zarten Parfüm erfüllt, die Nüchternheit entfloh aus dem Wagen ... er weitete sich zu einem luxuriösen Fahrzeug, in dessen Fond die Herrschaften saßen ... Frack, große Toilette, Pelze, Brillanten. Gerholdt atmete tief auf und lehnte sich zurück.

Irene wandte den Kopf zu ihm hin. »Warum fahren wir nicht?«

»Wissen Sie, daß ich Angst habe?« fragte er leise.

»Angst? Sie?« Irenes Augen bekamen einen merkwürdigen Glanz. Etwas wie Furcht stand in ihnen. »Wovor haben Sie Angst?«

»Vor dem heutigen Abend. Halten Sie mich bitte nicht für einen Wahnsinnigen. Es ist nur so, daß dieser Abend eine Wende bedeuten könnte. Es kann sein, daß Sie gleich zu mir sagen: Halten Sie an, ich steige aus! Und dann steigen Sie aus, für immer ... und alles wird so bleiben, wie es jetzt ist!«

Irene nickte. »Ich werde bestimmt aussteigen, wenn Sie anfangen, mich zu belästigen.«

Gerholdt lächelte gequält. »Diese Angst ist unbegründet. Es ist etwas anderes.« Er stockte und biß sich auf die Unterlippe. Ich muß es ihr sagen, durchfuhr es ihn. Ich kann jetzt nicht Rita verleugnen. Es wäre gemein, es wäre ein Rückfall in die Zeit, die ich vergessen will. Für immer vergessen. »Stellen Sie sich vor, Irene«, sagte er stockend, »ich wäre ein Witwer ...«

Irene Hartung nickte. Sie legte ihre Hand auf Gerholdts Arm. Er empfand es als eine mütterliche, beruhigende Geste.

»Dann wären Sie mir lieber als ein junger Bursche. Dann kennen Sie das Leid, einen Menschen zu verlieren. Und Sie haben vor allem Achtung vor der Frau, was vielen Männern fehlt.«

Gerholdt wandte das Gesicht zur Seite. Wie gemein das alles ist! Wie verlogen! Wie teuflisch von diesem Schicksal! Nichts als Lüge – das wird mein ganzes Leben sein. Nur Betrug an anderen Menschen, Betrug an Rita, Betrug an mir selbst. Das ist die Strafe Gottes, nie ruhig und zufrieden zu werden wie Millionen andere Menschen.

»Es ist nicht alles, Irene«, sagte er leise.

Sie nickte wieder und ließ ihre Hand auf seinem Arm liegen. »Ich ahne es, Herr Gerholdt. Sie haben ein Kind.«

»Ja, Irene. Ein Mädchen, Rita.«

»Und dieses Mädchen braucht eine Mutter – – –«

»Ja, Irene – – –«

Sie sah aus dem kleinen Fenster hinaus auf die dunkle Straße und die schwarze Wand des Stadtwaldes. Sie blickte auf die erleuchteten Fenster der gegenüberliegenden Häuser und dann die Straße hinab. Haus an Haus, Fenster an Fenster... Tausende von Fenstern. Hinter ihnen lebten die Menschen, junge und alte, gesunde und gebrechliche, liebende und sich hassende, gebärende und sterbende, hoffende und hoffnungslose, glückliche und trauernde. Menschen wie sie und Frank Gerholdt.

»Fahren wir«, sagte sie leise. »Wir haben einen ganzen, langen Abend Zeit ...«

Knatternd sprang der Motor an. Als sie anfuhren, wurde sie gegen Gerholdt geschleudert, ihr Kopf lag an seiner Schulter, und ihre Locken kitzelten an seiner Wange. Er saß kerzengerade und rührte sich nicht. Mit starrem Gesicht lenkte er den Wagen durch die Nacht. Und sie ließ den Kopf an seiner Schulter liegen und fuhr mit ihm dahin, mit einem Lächeln um die Lippen und dem Wissen im Herzen, daß ihn das glücklich machte wie nichts auf der Welt.

Der Abend verlief harmonisch, so wie ein Abend zu verlaufen hat, wenn zwei junge Menschen zum erstenmal miteinander ausgehen und hoffen, daß dieses Zusammentreffen nicht das letzte bleibt, sondern der Beginn einer schönen, gemeinsamen Zeit ist.

Sie hatten in einem kleinen Lokal zu Abend gegessen, waren dann in die Stadt gefahren und hatten getanzt, eine Flasche Wein getrunken, und sie hatten sich in der Ecke in einer kleinen, intimen Bar nahe der Hohen Straße zum erstenmal geküßt, ganz zart, ganz vorsichtig, so, als müsse dieser Kuß beweisen, daß er nicht aus Leidenschaft und schnell wieder verlöschender Begierde gegeben wurde, sondern aus einer inneren Regung heraus, aus einer Mitsprache des Herzens, aus einem echten Gefühl für die Verbundenheit, die dieser Kuß zwischen ihnen auslöste.

Dann hatten sie selig der Musik gelauscht, Hand in Hand, zwei Verliebte wie aus einem Bilderbuch romantischer Maler. Irene hatte den Kopf wieder an seine Schulter gelehnt; sie tranken den Wein aus einem Glas und waren glücklich wie beschenkte Kinder.

Aus dieser seligen Stimmung schreckte ihn eine Frage empor. Sie kam so plötzlich, sie schnitt so sehr den Traum in die Wirklichkeit zurück, daß er zusammenzuckte und zunächst, wie erwachend, nicht wußte, wo er sich befand, als er ihre Stimme hörte.

»Wie alt ist deine Tochter, Frank?«

»Meine – ach ja.« Er atmete tief und war wieder der Frank Gerholdt, der aus den Slums Hamburgs geflüchtet war, um ein neues Leben aufzubauen. »Fast zwei Jahre.«

»Hast du kein Bild von ihr bei dir?«

»Nein.« Er schämte sich, daß er nein sagen mußte. Natürlich hätte er ein Bild bei sich haben müssen. Alle Väter haben ein Bild ihrer Kinder in der Brieftasche oder in einer durchsichtigen Seitenklappe des Portemonnaies. An solchen Kleinigkeiten sah er, wie viel ihm an der wirklichen Vaterschaft fehlte, und er schämte sich vor sich selbst, daß er so nüchtern war und Rita so schlecht behandelte. »Ich werde es dir das nächste Mal zeigen«, versprach er ihr.

»Und wer ist jetzt bei ihr?«

»Meine Wirtin. Eine gute, alte, dicke Frau, die rührend für Rita sorgt.«

»Keine junge, hübsche, schlanke Frau, Frank?«

»Schon eifersüchtig, Irene?«

Sie lächelte und nickte an seiner Schulter. »Sehr, Frank. Ich bin überhaupt sehr, sehr eifersüchtig. Du kennst mich noch nicht! Ich bin ein Biest, wenn ich eifersüchtig bin!«

»Ein süßes Biest.«

»Aber mit Krallen! Mit ganz, ganz scharfen, spitzen Krallen! Wie eine Löwin. Damit zerkratze ich dir das Gesicht.«

Er lachte und nahm ihre Hand. Er küßte ihre Finger, jeden einzeln, und sie legte sie ihm auf die Lippen und grub ganz leicht ihre Nägel in seinen Mund.

»Spürst du die Krallen?« flüsterte sie in sein Ohr.

»Sie machen mich willenlos«, sagte er schwer atmend.

Sie nahm die Hand von seinem Mund und war plötzlich nüchtern und irgendwie unnahbar.

»Ich möchte Rita sehen«, sagte sie, als habe sie den Entschluß so fest gefaßt, daß sie gleich weggehen wollte, um ihren Willen auszuführen.

Gerholdt verkrampfte die Hände. »Sprich jetzt nicht von Rita«, sagte er gepreßt. Es war ein körperlicher Schmerz, dies zu sagen, aber er sprach es aus, weil die Nähe Irenes ihn fast betäubte. Wann hatte ich zum letztenmal ein Mädchen im Arm, dachte er und glühte innerlich. Vor zweieinhalb Jahren. In Hamburg! Ich hatte vierzehn Tage Arbeit bekommen und dreißig Mark gespart. Damit ging ich über die Reeperbahn . . . eine ganze Nacht. Lilo hieß sie, und sie war blond, üppig, mit wippenden Hüften und einem frechen Mund. Und sie war nicht billig . . . als ich sie verließ, hatte ich das halbe Geld bei ihr gelassen! Pfui Teufel . . . das war die letzte! Vor zweieinhalb Jahren! Drei Stunden in einem muffigen Zimmer, mit einem alten Eisenbett, einem Krug Wasser, einer Waschschüssel und einem Geruch nach kaltem Rauch und abgestandener Geilheit. Und nun Irene . . . dieses Mädchen, das so rein war, das seine Berührung beschmutzen mußte und die nicht ahnte, wer neben ihr saß. Der steckbrieflich verfolgte Frank Gerholdt, der Kindesräuber, der moralische Mörder von Herrn von Buckow und seiner Frau Renate. Der Gejagte, sich Verbergende, aber auch der Bereuende und Sühnende.

Er legte den Arm um Irenes Schulter und zog ihren Kopf zu sich heran.

»Laß uns von uns sprechen. Wenn ich dich sehe, kann ich nichts anderes denken als Irene . . . Irene . . . Es ist wie ein Rausch.«

»Hast du ein Bild von deiner Frau?« fragte sie sanft.

»Ja«, log er. Er küßte sie auf die Wange und auf die Beuge des Halses.

»Ich möchte es sehen. War sie hübsch?«

»Ja.«

»Hübscher als ich?«

»Anders. Sie war groß, schlank, blond, stolz.« Er dachte an Renate von Buckow. Jetzt mache ich sie geistig zu meiner Frau. Wie abscheulich ich bin. Wie geschmacklos. Er hatte das Gefühl, sich übergeben zu müssen. »Sie war aus einer guten Familie«, sprach er tonlos weiter. »Sie war aus dem Norden. Kühl und steif . . .«

»Und du warst glücklich mit ihr?«

»Ja«, antwortete er gequält.

»Woran starb sie denn?«

»An einer Rippenfellentzündung«, setzte er die Reihe seiner Lügen fort. Er erinnerte sich, diese Lüge zum erstenmal bei Dr. Manger in der Universitäts-Kinderklinik gebraucht zu haben. Man hatte sie ihm geglaubt.

»Liegt sie hier in Köln begraben?«

»Nein. In Kiel.«

Er goß sich das Glas wieder voll. Seine Hand zitterte, und er vergoß den Wein auf das Tischtuch. Irene wischte ihn mit ihrem Taschentuch auf und nahm ihm die Flasche aus der Hand.

»Es wird alles anders werden«, sagte sie. Mitleid und Verstehen lagen in ihrer Stimme. Sie streichelte Gerholdt über das Haar und küßte ihn innig auf die Lippen. »Du bist so ganz anders als damals, als du in Uniform zu mir ins Lokal kamst und so frech warst und anmaßend wie alle Männer, die etwas von mir wollten. Vielleicht ist es gut und wirklich Schicksal, daß wir uns kennengelernt haben.«

»Bestimmt, Irene. Bestimmt.«

Später brachte er sie mit seinem Tempowagen nach Hause. Sie wohnte bei einer verheirateten Schwester in Sülz. Ehe sie aus der Führerkabine stieg, küßte sie Frank noch einmal mit einer Hingebung, die ihm den Atem raubte.

»Bis übermorgen«, sagte sie leise an seinen Lippen. »Warte wieder am Eingang des Stadions. Um acht Uhr . . .«

Dann war er allein und fuhr langsam durch die nachtstillen Straßen der Außenviertel nach Riehl zurück. Er fühlte noch ihre Lippen und spürte den Geschmack ihres Lippenstiftes auf seiner Zunge. Wie Kirschen, empfand er. Süßlich und doch herb.

Würde Irene eine neue Mutter für Rita sein?

Er hielt den Wagen an, zündete sich eine Zigarette an und blickte hinaus in die Nacht.

Eine ganze, vollkommene Familie würden sie sein. Frank, Irene, Rita Gerholdt. Es würde ein herrliches Leben werden, ein vollendetes Glück, eine Erfüllung des Lebens.

Am anderen Morgen kaufte er sich ganz früh den Stadt-Anzeiger und fuhr mit seinem Tempowagen kreuz und quer durch Köln. Der Anzeigenteil der Zeitung lag neben ihm.

Er suchte eine neue Wohnung für Rita und Irene ...

Die Rechnung Herrn Bergers, daß der Eintritt Gerholdts in die Partei von großem Nutzen für seine weitere geschäftliche Entwicklung sein konnte, ging schneller auf, als es selbst Gerholdt erhofft hatte. Er stanzte jetzt aus großen, zusammengerollten Feinstahlbändern, die ihm das Hauptwerk anlieferte, eine bestimmte Sorte Federn, die verdächtig nach Gewehrfedern aussahen, nach Schlagbolzenspannern und anderen äußerst zum Nachdenken reizenden Verwendungszwecken. Gerholdt kümmerte das nicht ... er produzierte, was verlangt wurde, er sah nur, daß es aufwärtsging und daß einmal der Tag kommen würde, an dem er in einem eigenen schönen Heim Irene Hartung als seine Frau umarmen konnte.

Mittwochs absolvierte er seine SA-Heimabende. Er stand stramm, er hörte die Führerparolen an, er sang neue Lieder, er übte im Grüngürtel, auf einer großen Wiese, einen Vorbeimarsch mit Stechschritt und Augen rechts, die linke Hand am Koppel, die rechte weit durchschwingend, Sturmriemen unter dem Kinn, das energisch weit vorstehen mußte. Er machte alles mit. Warum nicht? Man schaffte sich Verbindungen, man verschaffte sich Ansehen, man konnte geschäftlich weiterkommen. In seinem SA-Sturm war auch ein Außenhandelskaufmann. Rottenführer. Er nahm eines Abends Gerholdt nach dem Dienst zur Seite und zog ihn in eine stille Wirtschaft am Rande Zollstocks.

»Du machst doch Federn?« fragte er. Dabei bot er Gerholdt eine Zigarre an und bestellte zwei Kognaks.

»Ja. Als Zubringerfirma für die Zollstocker Walzwerk AG.«

»Du solltest dich selbständig machen. Immer für die anderen arbeiten!«

»Dazu brauche ich Maschinen. Betriebskapital. Aufträge.«

»Idiot!« Der SA-Kamerad tippte an seine Stirn. »Sieh mal ... ich liefere deutsche Halbfertigwaren nach dem Orient. Türkei, Arabien, Ägypten ... das sind unsere besten Kunden. Sie zahlen zwar säumig, aber die Regierung gibt eine Bürgschaft. Wir verlieren nichts, und das Devisenkonto des Staates wächst von Monat zu Monat! Wie wäre es, wenn du für mich Federn lieferst? Gerade im Orient sucht man gute Stahlwaren.«

Gerholdt sah den Exportkaufmann sinnend an. »Das wäre

schön«, sagte er leise. »Aber ich bin durch die Aufträge der Walzwerk AG voll ausgelastet.«

»Ausgelastet ist ein deutscher Kaufmann nie! Wir werden neue Maschinen anschaffen und den Betrieb ausbauen!«

»Und wer bezahlt das?«

»Unser guter Adolf, mein Lieber! Staatskredite für politisch wichtige Lieferungen! Laß mich das nur machen . . . ich besorge dir die Gelder, und du produzierst. Ich kenne die Türen, die man aufstoßen muß und hinter denen die Geldsäcke stehen. Wir kommen jetzt in eine Konjunktur hinein, mein Junge! Es tut sich Großes in Deutschland! Ich sage nur ein Wort: Aufrüstung!«

»Quatsch!« Gerholdt starrte den SA-Kameraden an. »Die Versailler Verträge . . .«

»Alte Kamellen! Wer wird sich jetzt noch darum kümmern wollen? Wir sind jetzt an der Macht, und wir werden der Welt einmal zeigen, was es heißt: Deutschland erwache! Wir werden so erwachen, daß die anderen nichts tun können, als schleunigst schlafen zu gehen. Die Welt gehört uns! Mensch, das mußt du doch gemerkt haben! Wozu haben wir unsere Schulungsabende?«

»Natürlich.« Gerholdt nickte. Er verstand von dem gar nichts. Er hörte nur einen Schwall von Worten, hochtrabende Worte, die jeden Samstag aus dem Radio klangen und nicht anders waren als das, was der SA-Rottenführer ihm gegenüber sagte. Aufbau der Nation. Befreiung von den Ketten aller entehrenden Verträge. Das Erwachen des völkischen Geistes. Die Fahne hoch . . . »Wenn du mir Aufträge besorgst und das Geld für die neuen Maschinen, will ich mir die Sache überlegen«, sagte Gerholdt vorsichtig.

»Überlegen! Kerl – was ist da noch zu überlegen! Die Aufträge liegen bei mir auf dem Tisch! Und wem gäbe ich sie lieber als einem alten SA-Kameraden. Dazu noch aus meinem Sturm. Und wegen des Geldes, mein Lieber – keine Sorgen. In zwei Monaten stehen die neuen Maschinen da!« Er hob sein Kognakglas empor und stieß mit Gerholdt an. »Auf den Orient, Kamerad! Auf die neue Zeit!«

Sie tranken ex und kamen in Stimmung. Erst gegen Morgen kam er nach Hause, ein wenig schwankend, mit einem schalen Geschmack in der Kehle. Frau Möllen war schon auf und kochte für Rita den ersten Schokoladenbrei.

»So ist's richtig!« sagte sie und rührte wie wild in dem Topf herum. »Erst 'n Mädel anschaffen, dann nachts herumstrolchen und dann noch besoffen nach Hause kommen! Die Männer sind doch alle gleich, wenn se mal ein paar Piepen in der Tasche haben . . .«

Ohne eine Antwort schlich sich Gerholdt in sein Zimmer und warf sich angekleidet auf das Bett. Er starrte an die fleckige Decke, auf der sich die ersten Schimmer der Morgensonne ausdehnten, in Streifen aufgelöst durch die Streifen der Gardine. Es sah wie das Schattenbild eines Zellenfensters aus . . . wie das Gitterfenster in einem Zuchthaus.

Gerholdt schnellte von seinem Bett empor. Er fuhr sich mit den Händen durch die Haare und über das plötzlich schweißnasse Gesicht. Zuchthaus! Der ganze Jammer seines Lebens sprang ihn an. Das Nichtvergessenkönnen, das Gejagtwerden griff wieder nach seinem Herzen.

Konnte man nie der Vergangenheit entfliehen? Gab es nie ein Heute, ein Morgen, immer nur ein Gestern, das einen verfolgte und niederdrückte?

Durfte man nie eine Hoffnung haben?

Er starrte wieder an die Decke. Die Streifen verdickten sich. Unentrinnbar wirkten sie, unzerbrechlich . . . Gitter, die sein ganzes Leben umschlossen.

»Nein!« sagte er laut. »Nein! Nein!«

Er sprang auf, raste zum Fenster und riß die Gardine zur Seite. Sie blieb in seinen zitternden Händen, er fetzte sie von der Stange und warf sie in die Ecke. Dann fuhr er herum und sah wieder zur Decke. Sie war glatt . . . voll schien die Sonne darauf . . . die Gitter waren fort, aufgelöst in Licht und Wärme.

Tief atmend stand er am Fenster, die Fäuste vor der Brust.

»Gebt mir weiter eine Chance«, sagte er leise. Er wußte nicht, zu wem er sprach, aber es war wohltuend, die Worte zu hören, den Klang der Stimme, die Auflösung seiner Erregung in vernehmbare Gedanken. »Ich will alles tun, ein anständiger Mensch zu werden. Nur gebt mir die Zeit dazu . . . bitte . . . bitte.«

Am nächsten Abend sprach er mit Irene darüber.

»Ich würde mich nicht zu sehr von der Partei abhängig machen«, meinte sie nach einer Weile des Nachdenkens. »Alles im Leben hat immer zwei Seiten. Hinter der Großzügigkeit dieses Angebotes verbirgt sich etwas anderes.«

»Du siehst zu schwarz, Irene.« Gerholdt war in froher Laune. Er hatte am Vormittag mit dem SA-Kameraden telefoniert und dabei erfahren, daß allein aus der Türkei ein Auftrag vorlag, der einen Reingewinn von zwanzigtausend Mark garantierte. »Was soll er für Hintergründe haben?«

Irene sah auf ihre schmalen, durch das viele Spülen der Gläser etwas geröteten Hände. »Ein Gast erzählte gestern, daß sie in Thüringen Gewehrläufe herstellen. Er hat es selbst gesehen. Er ist Vertreter für optische Instrumente.«

»Na, und?«

»Warum stellt man heimlich Gewehre her? Mir ist das alles etwas unheimlich, Frank. Wer Gewehre herstellt, wird sie auch einmal gebrauchen wollen.«

Gerholdt hob die Schultern. »Es geht eben ein neuer Wind durch Deutschland«, sagte er. Aber während er es aussprach, bemerkte er die Hohlheit der Worte. Er plapperte die Parolen der Schulungsabende nach, die Leitartikel Goebbels' aus dem »Völkischen Beobachter«. Irene sah ihn mit schrägem Kopf an.

»Du bist zu sorglos, Frank. Du stürzt dich in ein Abenteuer, das vielleicht ein paar Jahre gutgehen kann ... aber was kommt dann?«

»Wir haben eine neue Nation, Irene. Hitler sagt, daß unser Reich tausend Jahre bestehen wird!«

»Sprich doch nicht solch einen Blödsinn nach.«

»Irene –«

Gerholdts Stimmung sank etwas. Daß Irene seine Pläne nicht guthieß, enttäuschte ihn. Vielleicht sah sie alles aus dem Blickwinkel ihrer Theke, hinter der sie stundenlang stand und Bier abzapfte und Schnaps in kleine, runde Gläser goß. Sie hatte noch nie mit industriellen Planungen zu tun gehabt, mit dem Weitblick über Jahre hinaus.

Industrielle Planungen! Wie das klang. Gerholdt mußte trotz seiner Enttäuschung lächeln. Vor drei Jahren stand er noch um fünf Uhr morgens am Hamburger Hafen und bettelte um ein paar Stunden Arbeit in den Silos. Zweizentnersäcke schleppen, Kisten, Juteballen, Kartons, Fruchtkörbe. Wenn er dann auf dem Lohnbüro die Hand aufhielt, warf ihm der Boß ein paar Mark hinein, die gerade ausreichten, den nötigsten Hunger zu stillen. Und jetzt – industrielle Planungen.

»Du bist ein kleines Schaf«, sagte er milde gestimmt zu Irene. »Man sollte dich tatsächlich mit solchen Dingen nicht belästigen, sondern dir nur sagen: ich liebe dich! Und wenn du mir nicht sofort einen Kuß gibst, schreie ich!«

»Kindskopf.« Sie beugte sich über den Tisch und hauchte ihm einen Kuß auf die Augen. »Zufrieden?«

»Du hast dich um eine Etage geirrt.«

Sie lachte und küßte ihn auf die Lippen. Ganz schnell, fast verschämt, denn sie waren nicht allein im Lokal und konnten beobachtet werden.

»Ich habe noch eine Überraschung für dich«, sagte Gerholdt. Umständlich, um es besonders spannend zu machen, öffnete er seine Brieftasche und entnahm ihr einen blaugrünen Zettel mit vielen Schnörkeln und Zahlen. Fast feierlich legte er ihn auf den Tisch. Irene schüttelte lachend den Kopf.

»Ein Los?«

»Norddeutsche Klassenlotterie. Kein achtel, kein viertel, ein halbes Los!« sagte er stolz.

»Verschwender!«

»Wenn wir gewinnen, dann –«

Sie hob schnell die Hand und legte sie ihm auf den Mund. »Keine Pläne machen, Frank. Nicht im voraus sagen: das wird gemacht. Dann gewinnst du nie! Das Glück kommt unverhofft. Es überrascht. Selten kommt es zu denen, die auf es warten.«

»Ich wollte nur sagen: dann wird sofort geheiratet!«

»Und wenn du nicht gewinnst? Nie gewinnst?«

Gerholdt nahm ihre Hand und küßte sie. »Dann heiraten wir auch. Nächstes Jahr, wenn die neuen Maschinen arbeiten.«

Irene nahm das Los und betrachtete es.

Nr. 23 68 45.

»Es muß Glück bringen«, sagte sie versonnen. »Ich bin dreiundzwanzig Jahre alt und wohne in einem Haus mit der Nummer 45.«

»Und ich in Nr. 68.« Gerholdt sah erstaunt auf das Los. »Man sollte nie abergläubisch sein . . . aber merkwürdig ist es doch.«

»Ein Zufall, ein ganz dummer Zufall.«

Er nahm das Los aus Irenes Hand und steckte es wieder in die Brieftasche.

»Wenn es gewinnt –« setzte er zum Sprechen an, aber sie hob wieder die Hand und schüttelte den Kopf.

»Nicht davon sprechen! Es gewinnt bestimmt nicht!« Sie blinzelte ihm zu. Er nickte und sprach ihr nach.

»Es gewinnt bestimmt nicht.«

»So ist es gut.« Ihre Stimme war klein wie bei einem Kind. »Das Glück soll gar nicht merken, daß wir auf es warten.«

Er nahm wieder ihre Hand und küßte sie. In diesem Augenblick wußte er, wie tief er Irene liebte, und daß es neben Rita nun auch sie gab, für die es sich lohnte, zu leben und ein anderer Mensch zu werden.

*

Der Exportkaufmann und SA-Kamerad hielt Wort. Vierzehn Tage später erschienen bei Gerholdt in der Fabrikbaracke drei Herren und wünschten den Chef zu sprechen. Sie hatten alle drei das Parteiabzeichen deutlich auf dem Revers ihrer Anzüge, und ihre Haltung drückte aus, daß sie stramm und halbmilitärisch dachten und sich bewußt waren, Träger einer neuen Idee zu sein, die einmal die Idee der Welt sein sollte.

Frank Gerholdt führte sie in die Ecke der Baracke, wo er einen Schreibtisch stehen hatte und die ihm als Büro diente. Die Ecke war abgeteilt durch einige Spinde, ein paar Ordner standen herum, eine alte, gebrauchte Schreibmaschine, vier einfache Stühle und eine Flasche mit Mineralwasser.

»Mein Privatbüro«, lachte Gerholdt und bot den drei ein wenig erstaunten Herren Platz auf den alten Stühlen an. »Meine Sekretärin hat gerade Urlaub, der Bürochef ist krank, der Hauptbuchhalter ist zur Hochzeit seiner Kusine. Ich nehme an, Sie haben sich einen anderen Betrieb vorgestellt, nicht wahr? Das, was man ein Werk nennt! Ich muß Sie nun enttäuschen: Ich bin ein ganz kleiner Krauter, der im Lohnauftrag Federn stanzt.«

»Das soll ja nun anders werden.« Einer der Herren entnahm seiner hellen Ledertasche ein dünnes Aktenstück und blätterte darin herum. »Uns liegt hier ein Schreiben vor, daß Sie mit Unterstützung eines staatlichen Sonderfonds Ihren Betrieb erweitern möchten. Sie sind Mitglied der Partei?«

»Ja. Auch der SA.«

»Wir wissen. Was haben Sie als Sicherheit zu bieten für einen eventuellen Kredit?«

»Nichts.«

»Das ist wenig.« Die drei Herren wechselten einen schnellen Blick. »Man sagte uns, daß Sie sofort einen türkischen Auftrag annehmen würden, wenn Sie die Kapazität Ihres Betriebes erweitern könnten.«

»Das stimmt.« Gerholdt setzte sich auf die Kante des Schreibtisches und nahm einen Schluck aus der Mineralwasserflasche. »Wenn ich sage, es stimmt, so kann ich mich nur auf das verlassen, was man mir selbst erzählt hat. Wie Sie sehen, ist das, was Sie Betrieb nennen, eine elende Bude mit Maschinen. Die Baracke läuft auf Abzahlung, die Maschinen sind geliehen von der Walzwerk AG, ich bin nichts anderes als ein winziges Rädchen im Getriebe dieses Konzerns, das von der Gnade eines Herrn Berger lebt, der den Ehrgeiz hat, daß sein Betrieb mit hundert Prozent in der Partei ist!«

Die drei Herren hielten es unter ihrer Würde, darauf zu antworten. Sie wechselten nur schnell wieder einen Blick und packten den dünnen Aktendeckel in die helle Ledertasche zurück.

»Wenn wir bereit wären, Ihnen die Mittel zum Aufbau einer eigenen Firma zu geben, müßten wir damit die Einstellung eines Herren verbinden, der als Produktionsleiter Sie entlastet.«

In Gerholdt zuckte eine Flamme auf. Plötzlich, schlagartig, wie nach einer alles niederreißenden Explosion, sah er die Wahrheit des Angebotes und verstand das Mißtrauen, das Irene aus ihrem feinen Gefühl für alle dunklen Dinge heraus geahnt hatte. Er umklammerte die Mineralwasserflasche und bezwang sich, sie nicht den Männern vor sich an den Kopf zu werfen.

»Reden wir ein klares Deutsch, meine Herren«, sagte er gepreßt. »Sie geben das Geld, der Betrieb wird vergrößert, ich stelle den Namen – ein friedliches Aushängeschild – aber der Chef ist dieser sogenannte Produktionsleiter. Und hergestellt werden Dinge, die laut internationaler Verträge für Deutschland verboten sind. In Suhl Gewehrläufe, in Essen Kanonenrohre, in Augsburg Panzerketten, im Thüringer Wald Gewehrschäfte, in Berlin und München Flugmotoren und bei mir, dem ganz kleinen, proletarischen, emporgekommenen Arbeiter dumme Federn aller Größen, Stärken und Profile, die später, irgendwo eingebaut, das Schießen ermöglichen oder das Fahren oder das Fliegen.«

»Wofür Sie produzieren, kann Ihnen doch gleichgültig sein. Die Hauptsache ist, daß Sie Arbeit haben und gut daran verdienen.«

»Und ich mache mich abhängig von staatlichen Plänen.«

»Jetzt sind Sie abhängig von den Plänen der Walzwerk AG. Sie liefert im übrigen auch für den Staat. Die ganze Produktion wird staatlich gelenkt . . . sollten Sie das noch nicht gemerkt haben? Was produziert wird, wie produziert wird, die Absatzmärkte, die Preise, die Kapazitäten . . . alles bestimmt die Planung der Jahrespläne. Im übrigen sei Ihnen gesagt, daß wir auf Sie nicht angewiesen sind.«

Die drei Herren erhoben sich und verließen die Baracke. Gerholdt brachte sie nicht einmal bis an die Tür. Er saß auf der Schreibtischkante und stierte vor sich auf den schmutzigen Zementboden. Er suchte nach einer Erklärung für sein Verhalten und fand sie nicht. War es die Warnung Irenes gewesen? Hatte er plötzlich einem Gefühl von Vorsicht nachgegeben? Spürte er instinktmäßig eine Gefahr hinter dem Angebot? Er wußte keine Antwort auf seine Frage und nickte, als das Telefon schrillte.

Der Exportkaufmann. Er würde toben und schreien. Zögernd hob er den Hörer ab und meldete sich.

»Du Vollidiot!«

Das war das erste Wort, was er hörte. Er nickte wieder, legte den Hörer auf den Tisch, trank die Flasche Mineralwasser leer und lauschte auf die schnarrende Stimme im Telefon. Dann hob er den Hörer wieder ans Ohr und klopfte auf die Membrane.

»Ruhe!« sagte er laut. Wie damals, als er mit Dr. Werner über die hunderttausend Mark Lösegeld verhandelte, waren seine Nerven bis ins Letzte angespannt. »Was du sagst, ist Quatsch! Ich habe die Kerle 'rausgeworfen, weil sie aus mir einen Popanz machen wollten! Sie haben meine Baracke gesehen und gedacht: den kaufen wir uns! Der ist billig. Das ist ein verhungerter Hund, der froh ist, wenn man ihm einen abgenagten Knochen hinwirft. Ein bißchen mit dem Geld unter dem Hintern kitzeln, dann fliegt er los wie ein Gasballon! Mag sein, daß ich ein armes Schwein bin, aber ich bin noch nicht so arm, um mich ganz zu verkaufen! In die Anatomie kommen Leichen, aber keine Lebenden. Ich habe einen eigenen Willen, und den lasse ich mir nicht nehmen.«

»Willen! Mensch – die machen dir die Bude zu, wenn du die große Fresse hast!« Der Exportkaufmann hieb mit der Faust auf den Tisch. Gerholdt hörte den Knall durch das Telefon. »Sie haben bereits der Walzwerk AG gesagt, daß sie dir keine Aufträge mehr geben sollen! Sie holen dir die Maschinen nächste Woche heraus! Willst du noch mehr wissen?«

Frank Gerholdt setzte sich schwer. Das war mehr, als er befürchtet hatte. Er erkannte die Macht der neuen Herren und sah seine eigene Ohnmacht, in niederschmetternder Klarheit. Keine Maschinen mehr, keine Aufträge, die Baracke weggepfändet. Wieder stempeln gehen, auf Röhrenmontage, als Straßenarbeiter, als Schlepper im Kölner Hafen . . . Drei Jahre umsonst geschuftet.

Was würde Irene sagen? Mein Gott – er konnte ja nie Irene heiraten, wenn das wahr würde, was er eben gehört hatte. Und Rita? Was würde aus Rita werden?

»Hör mal«, sagte er schwach. »Ist das sicher?«

»Was?«

»Daß sie die Maschnien abholen wollen.«

»Sie haben es gesagt. Aber ich habe noch einmal eine Frist von vierundzwanzig Stunden herausgeholt. Wir müssen uns unbedingt sprechen, Frank! Du bist dabei, ein ganzes Leben zu vermisten. Wenn du nicht vernünftig wirst, hänge dich lieber gleich auf. Du bist jetzt in der großen Mühle drin, und du mußt mitmahlen, um nicht selbst verschrottet zu werden. – Wann können wir uns sehen?«

»Heute abend. Ich komme hinaus nach Zollstock in das Stammlokal.«

»Um neun Uhr?«

»Ja.«

Er hängte ab und saß wie niedergeschlagen am Tisch. Sie machen mich fertig, dachte er. Sie haben alle Mittel in der Hand, mich völlig zu zerstampfen. Wenn sie erst erfahren, wer ich bin ... Er wagte nicht weiterzudenken und starrte vor sich auf die schmutzige Tischplatte. Er hörte nicht, wie seine drei Arbeiter am Abend die Maschinen abstellten, sich wuschen, ihre Anzüge aus den Spinden holten und die Baracke verließen. Er saß in seiner abgeteilten Ecke und starrte vor sich hin.

Keine Maschinen ... keine Aufträge ... wieder gejagt werden von Ort zu Ort ... ruhelos, unerbittlich ... Irene verloren ... Rita verloren .. Seine Rita ...

Er legte den Kopf auf die Arme und schluchzte.

Am nächsten Morgen erklärte er sich bereit, allen Bedingungen, die man ihm stellte, zuzustimmen. Die Aussprache mit dem Exportkaufmann und später mit Herrn Berger von der Walzwerk AG war kurz gewesen. Beide sagten ihm das gleiche – der eine grob, der andere umschreibend, eleganter, aber deshalb auch weitaus gefährlicher.

»Wir stehen alle in einem gewaltigen Umerziehungs- und Umschmelzungsprozeß«, sagte Herr Berger philosophisch-weltanschaulich. Er spielte dabei mit seinem Parteiabzeichen an seinem Revers und fühlte, daß er wirklich selbst glaubte, was er sagte. »Wir schmieden eine neue Nation, Herr Gerholdt. Eine Nation, die Geschichte macht und die stärkste und bleibendste der Welt sein wird. Das erfordert den Einsatz eines jeden von uns, auch des kleinsten Betriebes, wie Sie einer sind. Stellen Sie sich eine Riesenmaschine vor. Wenn nur eine Schraube locker ist, ein Rädchen sich verklemmt, eine Stelle nicht geölt ist, kann der ganze Apparat zum Stillstand kommen! Wir alle sind eingespannt in die große Idee des Führers. Solange der Aufbau ist, kennen wir keine persönlichen Wünsche mehr, keine kleinlichen Überlegungen, keine bürgerlichen Plüschmoralien. Wir kennen nur eins: das Leben Deutschlands! Das Erwachen der Nation! Das Schmieden eines neuen Weltbildes! In

zellen, umklammerte mit beiden Händen den Hörer. Welche Situation, durchfuhr es ihn. Von einer Fernsprechzelle habe ich von Bukkow angerufen, um hunderttausend Mark zu erpressen. Und jetzt habe ich sie. Jetzt habe ich sie!

Die Nummer Irenes . . . Er drehte sie. Als er ihre Stimme hörte, tanzte er in der engen Zelle herum und benahm sich wie ein Irrer.

»Unser Los!« schrie er. »Irene – unser Los! Hunderttausend Mark! Unser Los!«

Dann lehnte er den Kopf an die Glasscheibe und fühlte sich schwach werden wie nie in seinem Leben. In seiner Kehle würgte es – er hatte das Gefühl, weinen zu müssen. Laut weinen zu müssen, um Luft zu bekommen in seinem Herzen, das gegen die Rippen schlug, als wolle es aus der Brust springen.

»Ich komme sofort zu dir«, stammelte er. »Wirf alles hin und komme mir entgegen. Ich glaube, ich werde verrückt, Irene. Ich weiß schon nicht mehr, was ich tue . . .«

Er hängte ab und wählte eine andere Nummer. Der Exportkaufmann meldete sich, zackig, laut.

»Hier Petermann. Heil Hitler!«

»Heil Hitler!« schrie Gerholdt zurück. Seine Stimme überschlug sich fast. »Von heute ab kannst du mich . . . !«

»Wer ist dort?« brüllte Petermann.

»Gerholdt. Frank Gerholdt. SA-Kamerad Gerholdt!«

»Bist du plötzlich verrückt geworden?«

»Vielleicht! Und nun hör einmal genau zu, mein Weltverbesserer: Ich denke nicht daran, auf eure Vorschläge einzugehen. Verstanden?! Ich pfeife auf euer Geld! Und im übrigen gilt für alle das, was ich eben bei der Begrüßung gesagt habe.«

Petermann schien eine Weile sprachlos zu sein. Dann hörte Gerholdt wieder, wie er auf den Tisch schlug.

»Bist du besoffen?« schrie Petermann durchs Telefon. »Wo hängst du überhaupt? Schlaf deinen Suff aus und komm morgen zu mir.«

»Einen Dreck werde ich tun! Ich will mit euch allen nichts mehr zu tun haben. Habt ihr mich verstanden? Laßt mich in Ruhe! Ich pfeife auf eure Protektion! So – und nun tatsächlich l– m– a– A–!«

»Frank!« brüllte Petermann. Aber Gerholdt hatte bereits eingehängt.

»Ist der Kerl besoffen«, sagte Petermann grinsend zu seiner Sekretärin. »Hätte ich ihm gar nicht zugetraut, so einen anständigen Suff.«

Gerholdt wartete am Apparat, bis man in der Personalabteilung

Herrn Berger herbeigeholt hatte. Er befand sich in einer Konferenz, aber Gerholdt hatte energisch darauf bestanden, daß er sofort geholt würde.

»Was ist los, Gerholdt?« brummte Herr Berger sehr unwillig. »Ist Ihre Baracke eingestürzt? Ich habe eine wichtige Konferenz und wenig Zeit. Fassen Sie sich kurz.«

»Ganz kurz, Herr Berger.« Gerholdts Stimme war fast jubelnd. »Ich wollte Ihnen nur eine Frage stellen.«

»Eine Frage? Bitte.« Herr Berger schob die Unterlippe vor. Eine Frage! Unverschämtheit, ihn deswegen holen zu lassen.

Gerholdt lehnte sich genießerisch gegen das Telefon.

»Sie sprachen vor ein paar Stunden noch von dem Schmied der Nation, der wir alle sein müssen. Vom kleinen Rädchen in der Riesenmaschine! Angenommen, das Rädchen hat die Tendenz, sich selbst zu vergrößern und der Schmied schlägt mit dem Hammer nicht von links, wie man soll, sondern von rechts . . . was könnte dann geschehen?«

»Wie bitte?« Herr Berger zwinkerte mit den Augen. »Haben Sie etwas getrunken, Herr Gerholdt?«

»Ja! Zwei Gläser vom Brunnen der Erkenntnis, gemixt mit einigen Spritzern persönlicher Freiheit. Der Cocktail nennt sich: Unabhängigkeit. Er schmeckt vorzüglich.«

»Ich verstehe Sie nicht.« Herr Berger sah zu der Stenotypistin hinüber, die ihn gerufen hatte, und legte die Hand auf die Sprechmuschel. »Er ist total betrunken.« Er wollte noch etwas sagen, als das, was er hörte, sein Gesicht verfärbte.

»Ich stelle Ihnen Ihre vier Maschinen wieder zur Verfügung«, sagte Gerholdt. Seine Stimme klang nüchtern und klar. Ohne Zweifel, er war weder betrunken noch irgendwie geistesgestört. Herr Berger mußte sich setzen. Der kleine Schock nahm ihn sichtlich mit. »Ich entlasse meine drei Arbeiter«, sprach Gerholdt weiter, »gebe die Baracke zurück und erwarte, daß morgen einer Ihrer Wagen kommt und den ganzen Mist hier abholt. Ab morgen mittag ist keiner mehr im Betrieb – ich kann also für die Maschinen nicht garantieren, wenn Sie sie nicht am Vormittag abholen lassen.«

Herr Berger atmete tief durch. »Gerholdt«, sagte er mit bebender Milde. »Kommen Sie doch bitte zu mir hinaus. Ich glaube, wir besprechen das alles mündlich viel besser.«

»Auf eine Aussprache mit Ihnen verzichte ich!« Gerholdt kostete die Köstlichkeit seines großen Tages voll aus. Ihr habt mich überfahren, dachte er. Ich sollte ein Werkzeug in euren Händen sein.

Ein Objekt, das keine Seele besitzt, sondern nach euren Worten und Gedanken hin und her geschoben wird. »Ich habe kein Interesse mehr an einer Zusammenarbeit mit Ihnen! Ist das klar, Herr Berger? Kein Interesse. Schluß! Punkt! Holen Sie die Maschinen ab und vergessen Sie, wer ich bin. Sie zu vergessen wird mir nicht schwerfallen!«

Er hängte ein und rieb sich die Hände. Herr Berger in Zollstock starrte auf die schweigende Hörmuschel und schüttelte den Kopf.

»Die Welt wäre trostlos ohne Idioten«, meinte er philosophisch. »Aber was zuviel ist, ist zuviel!«

Bis ins tiefste beleidigt, rief er seinen Sturmbannführer an.

Die Auszahlung der gewonnenen hunderttausend Mark erfolgte auf ein Konto der Städtischen Sparkasse Kölns, wo Frank Gerholdt sofort ein Konto eröffnete. Nachdem er das Los eingereicht hatte, nachdem die Nummer geprüft und das Los auf seine Richtigkeit untersucht wurde und als keine Fälschung erkannt wurde, stand der Auszahlung nichts mehr im Wege. Mit verzückten Augen saßen einige Tage später Gerholdt und Irene vor dem ersten Kontoauszug, den die Post gebracht hatte.

Ein Stück Papier. Darauf einige Zahlen. Aber eine ganze Welt, eine ganz neue Welt.

»Lies vor, was da steht«, sagte Gerholdt leise und hielt Irenes Hände fest. »Lies es ganz langsam.«

»Einhunderttausend Reichsmark«, sagte Irene mit schwankender Stimme.

Gerholdt nickte. Er lehnte den Kopf an Irenes Schulter und spürte, wie sie innerlich bebte und sich zusammenriß, stark zu sein vor diesem plötzlichen Glück.

»Weißt du, was das bedeutet, Irene?«

Sie nickte und legte den Arm um ihn.

»Was wollen wir mit dem Geld machen?« fragte sie zaghaft. »Wir müssen doch irgend etwas damit machen. Wir können es doch nicht einfach liegenlassen. Hast du schon darüber nachgedacht, Frank?«

Gerholdt nahm das Papier aus ihrer Hand und faltete es zusammen. Vorsichtig, als sei es ein Barscheck über hunderttausend Mark, verbarg er es in seiner Tasche.

»Das Geld gehört Rita«, stellte er fest.

Irene sah ihn aus verständnislosen, großen Augen an.

»Rita?«

»Ja. Aus ganz bestimmten Gründen. Ich kann sie dir jetzt nicht erklären. Später vielleicht ... Sie hat ein moralisches Recht darauf. Die hunderttausend Mark gehören ihr. Ihr ganz allein! Aber ich werde mit ihnen arbeiten, ich werde sie vermehren, ich werde mit ihnen ein Leben aufbauen, das nicht weniger schön und glänzend sein wird, als – – –« Er stockte und biß sich auf die Lippen.

»Als – – –«, fragte Irene mit großen Augen.

»... als das, was wir uns immer erträumt haben«, vollendete er schnell den Satz. »Ein Leben ohne Sorgen.« Er umarmte Irene, um sie abzulenken, und küßte sie auf die Schläfe. »Wir haben es alle verdient.«

Das Problem, wie das Geld gut anzulegen sei, wurde wirklich zu einem Problem. Solange man kein Geld hat und von ihm träumt, ist es einfach, Luftschlösser zu bauen und Pläne zu machen. Doch das Geld in der Hand, plötzlich, wie vom Himmel gefallen, modernen Sterntalern gleich, sitzt man davor und weiß nicht, was man mit dem Reichtum beginnen soll. Alle bisherigen Pläne, geschmiedet aus der Sehnsucht heraus, einmal reich zu sein, erweisen sich als nicht so beständig und sicher, wie man es aus der sicheren Hut eines kleinen Lebenskreises heraus erdachte. Jetzt, fast nackt in eine Welt gesetzt, die anders aussah, die Gefahr im Nacken, dieses Geld wieder durch eigene Unkenntnis zu verlieren und den Sturz in das Elend wieder zu erleben, grauenhafter, nachhaltiger und ohne Hoffnung auf Rückkehr in die verlorene Sonne, wird dieses Geld eine Bürde, die man zu tragen glücklich bereit ist, die aber die Gefahr in sich birgt, den Träger entweder in die Knie zu zwingen oder einen glanzvollen Weg zu führen. Nur auf die Straße kommt es an, die man geht, auf die richtige Abzweigung an der Kreuzung des Lebens, an der man jetzt steht, einer Kreuzung ohne Wegweiser und ohne Kilometerzahl. Wege ins Ungewisse, in den Nebel der Zukunft, die offen liegt. Mit hunderttausend Mark in der Tasche.

Bei Gerholdt begann es damit, daß er seine neue Wohnung, die er bereits vor dem Gewinn gemietet hatte, renovieren ließ und endgültig von Frau Möllen wegzog.

Der Abschied war herzzerreißend. Frau Möllen zerfloß in Tränen, sie umarmte Rita, als wolle man ihr das eigene Kind aus den Armen reißen, sie klagte laut der Welt ihr unermeßliches seelisches Leid und erlebte einen großen Zusammenstoß mit dem Feldwebel außer Dienst und Kanzleivorsteher, der auf dem Flur erschien und im Kommandoton um Ruhe bat.

»Jedes Lärmen auf den Treppen ist zu vermeiden!« schrie er.

»Wer macht hier Lärm?!« Frau Möllen, im Zustand völliger Auflösung, war nicht bereit, sich auch noch dieses bieten zu lassen. Sie wuchtete die Treppe hinab und hing wie eine drohende Lawine über dem Kanzleivorsteher. »Wer schreit hier? Wer hetzt die Mieter auf? Wer macht aus diesem friedlichen Haus eine Kaserne? Sie! Nur Sie! Kommandieren Sie Ihre Schreiber in der Kanzlei – hier haben Sie still zu sein!« Sie sah auf den zornbebenden kleinen Mann herab und fügte mit aller Verachtung, deren sie mächtig war, hinzu: »Sie Männchen, Sie!«

Der Herr Kanzleivorsteher rang nach Luft. Alles konnte er vertragen, nur eine Anspielung auf seine kleine Figur machte ihn zum Berserker. Schon beim Militär hatte man sich sehr überlegt, ihn zum Feldwebel zu machen, weil er keine Respektsfigur hatte, wie man es nannte. Immer hatte er unter seiner Kleinheit gelitten – sogar im Amt, jetzt, in der Kanzlei, hatte er einmal gehört, wie man sich zuraunte: Der Zwerg kommt. Er war daraufhin acht Tage krank gewesen, geschüttelt von Wut und Komplexen! Und nun nannte ihn Frau Möllen vor allen Mietern ein Männchen. Er schnappte nach Luft wie ein Ertrinkender.

»Das ist Beamtenbeleidigung!« brüllte er hell. »Das werde ich zur Anzeige bringen! Darauf steht Gefängnis!«

Frau Möllen räumte das Schlachtfeld und schloß sich in ihre Küche ein. Während die Möbelpacker die wenigen Stücke die Treppe heruntertrugen, die sich Gerholdt in diesen zwei Jahren angeschafft hatte ... eine Couch, das Kinderbett Ritas, einen Schrank, zwei Sessel, viel, viel Spielzeug, einen Sportwagen für Rita, einen Haargarnteppich ... weinte sie dicke Tränen in ihre Schürze und kam sich vor, als sei sie zum zweitenmal Witwe geworden.

Sie hörte die helle Stimme Ritas, die zwischen den Packern herumsprang und plapperte.

»Neue Wohnung«, hörte sie. »Papa hat neue Wohnung! Papa ganz große Wohnung. Und Mutti kommt auch ...«

Das war der größte Stich im Herzen Frau Möllens. Irene Hartung! Gerholdt wollte sie heiraten. Sie schüttelte den Kopf und drückte die Schürze an die Augen. »Die Männer«, schluchzte sie. »Diese dummen Männer ... wie gut hätte er es bei mir haben können ...«

Nach dem Umzug – Gerholdt hatte für Rita ein Kindermädchen eingestellt, das in einem eigenen Zimmer neben Ritas Kinderzimmer schlief – begann für Gerholdt die Jagd nach dem vernünftigen Anlegen des Geldes. Zunächst hatte er Petermann und Herrn Berger abzuwehren. Sie waren nacheinander gekommen und sehr schnell wieder gegangen.

»Na, alte Nulpe!« begrüßte ihn Petermann jovial, als er eintrat. »Ausgeschlafen? Hab' amal ein Räuscherl g'habt, was?! Kann vorkommen! Nehme ich dir nicht übel. Auch nicht deine klassischen Götz-Zitate. Hatte im übrigen eine Stange Arbeit, den Sturmbannführer zu beruhigen. Dieser Idiot von Berger hatte ihn wild gemacht und alles geglaubt, was du ihm gesagt hast. Ein Mann ohne Humor. Gibt es auch in unseren Kreisen!«

Gerholdt sah Petermann mit dem ruhigen Blick eines Mannes an, der weiß, daß er außerhalb aller Anfechtungen steht und es sich leisten kann, sein Gegenüber zu brüskieren.

»So«, sagte er langsam. »Er hat alles geglaubt?«

»Ja. Welch ein Idiot, was?«

»Stimmt! Sieh mal dort in den Spiegel. Was siehst du?«

Petermann wieherte hell. »Meinen Charakterkopf.«

»Einen noch größeren Idioten siehst du! – Was ich gesagt habe, war wahr! Berger hat das richtig erkannt.«

»Aber . . .« Petermann riß den Mund auf. Er sah in diesem Augenblick dumm aus. Eine Kaulquappe, die nach Luft schnappt.

»Kein Aber, Petermann! Ich habe es satt! Einfach satt! Was ihr da machen wollt, ist von eurem Standpunkt ganz schön. Es bringt Geld, und wenn man ab und zu den Oberen, den Befehlenden in den Hintern kriechen muß . . . gut, kriechen wir. Es gibt ja Seife und Ata genug, sich nachher wieder von dem Dreck reinzuwaschen. Hauptsache: Man verdient!«

Petermann setzte sich schwer. »Junge, wenn das einer hört, biste sofort abtransportiert.«

»Du sagst es! Das ist genau das, was ich hören wollte! Abtransportiert! Wer nicht so tanzt, wie geflötet wird, wird abgeschoben! Ist das Freiheit? Ist das Entfaltung der Persönlichkeit?!«

»Blödsinn! Geldverdienen willst du! Rede doch nicht solch idealen Schmus!« Petermann steckte sich wütend eine Zigarette an. »Seit wann operierst du mit solchen verstaubten Ansichten? Es gibt einen Führer – der befiehlt! Und es gibt uns – wir folgen ihm! Das ist klar, verpflichtet zu keinerlei eigener Initiative, zu keiner Übernahme der Verantwortung. Und verdienen tun wir blendend!«

»Du bist ein erbärmliches Gesinnungsschwein!« Gerholdt sagte es mit aller Verachtung. Petermann zuckte auf.

»Erlaube mal! Wir sind SA-Kameraden – – –«

»Scheiße sind wir! Berger hat mich in die Partei hineingeboxt, weil er seinen Betrieb als hundert Prozent nationalsozialistisch melden wollte. Für die goldene Plakette, die er sich auf den Lokus hängen kann! Damals habe ich auch geglaubt, daß dies der richtige Weg sei. Eine Parteinummer, und dann Aufträge.«

»Na also –«

»Aber Aufträge in persönlicher Freiheit! Nicht Aufträge, mit denen man einem den Hals umdrehen kann! Nicht einen Betrieb, wo bloß ein Ortsgruppenleiter zu erscheinen braucht, um zu bestimmen, was gemacht wird! Ich will meine persönliche Freiheit behalten, vielleicht, weil ich weiß, was es bedeutet, unfrei zu sein!«

Petermann kniff die Augen zusammen. Er erkannte, daß Gerholdt nicht bloß Worte dahersagte, sondern daß dies seine feste Meinung war, aus der alles Bisherige resultierte. Er erhob sich. Seine Haltung war starr, drohend.

»Berger sagt mir, du hast die Maschinen zurückgeschickt?«

»Ja.«

»Die Baracke ist abgerissen und zurückgegeben?«

»Und meine Arbeiter habe ich entlassen – damit du nicht weiter zu fragen brauchst.«

»Und wovon lebst du?«

»Von Essen und Trinken.«

Petermann ballte die Fäuste. »Deine dusseligen Reden habe ich jetzt satt! Was steckt dahinter? Hast du jüdisches Vermögen billig aufgekauft? Hast du ein jüdisches Geschäft übernommen? Bekommst du Gelder aus dem Ausland?!«

»Ich würde mal in der Frageecke des Stadt-Anzeigers danach fragen.«

Petermann hob die Fäuste. Aber er kam nicht dazu, zuzuschlagen. Schneller als er, wendiger, katzenhaft schnellte Gerholdt vor und hieb Petermann unter das vorgestreckte Kinn. Es war ein kalter, trockener Schlag. Es klang wie das Durchbrechen eines Holzscheites. Petermann machte einen Satz nach hinten und sank auf dem Teppich zusammen. Seine Augen wurden glasig.

»Mit dieser Faust habe ich in Hamburg stundenlang Zweizentnersäcke geschleppt«, sagte Gerholdt ruhig. »Ich habe Zentnerkörbe damit hochgehoben! Und damals war ich hungrig, arm, am Ende. Und nun mach, daß du 'rauskommst, oder ich schlage dich mit diesen Arbeiterfäusten unkenntlich!«

Taumelnd verließ Petermann die Wohnung. Blut rann aus seinem Mund. Er schmeckte den süßlichen Geschmack, und eine plötzliche Angst vor Gerholdt überkam ihn. Er jagte die Treppen hinab und lief zu seinem Auto, das am Bordstein parkte. Erst hinter dem Steuer wurde er ruhig und klar.

»Dich mache ich fertig«, sagte er voll wilden Hasses. »Du Kommunistenlümmel! Freiheit der Person – ins nächste Zuchthaus bringe ich dich!«

Eine halbe Stunde später betrat Herr Berger die Wohnung Gerholdts. Er kam sehr distinguiert herein, in einem gut sitzenden dunkelblauen Winteranzug, auf dem das runde, rote Parteiabzeichen besonders klar funkelte. Er machte sogar eine kleine Verbeugung vor Gerholdt, der verblüfft über den plötzlichen Publikumsverkehr in seiner Wohnung sogar Herrn Berger die Hand bot.

»Bitte, nehmen Sie Platz«, sagte er höflich. Er wies auf einen der Sessel und rückte dabei mit dem Fuß den Teppich gerade, den der hinfallende Petermann etwas verschoben hatte.

Herr Berger begann die Unterhaltung geschickter als Petermann. Er rückte seitlich vor und versuchte, die Flanke des Gegners aufzureißen. Er setzte sich, freundlich lächelnd, ganz auf Versöhnung präpariert. Wohlwollend betrachtete er Gerholdt, der abwartend, gespannt und sich der Gefährlichkeit Bergers bewußt an einem kleinen Schränkchen lehnte. »Ihnen geht es gut?« stellte Berger fest.

»Ich kann nicht klagen.«

»Das freut mich. Das freut mich sehr für Sie. Sie sind ein fleißiger Mensch. Dem Fleißigen, dem Arbeitenden gehört die Zukunft.«

»Hm«, sagte Gerholdt, als Berger erwartungsvoll schwieg.

»Ich habe mir alles reiflich überlegt, mein Lieber. Vor allem Ihre philosophische Fangfrage, damals am Telefon. Seien wir ehrlich – ob der Schmied von rechts oder von links schlägt, das ist doch egal! Hauptsache: Er schlägt. Er schmiedet das Schwert der Nation! Jung Siegfried, das ist es, was wir heute brauchen! Wir verstehen uns, Herr Gerholdt?«

»Nicht ganz.« Gerholdt war auf der Hut. Er witterte eine Falle. »Ich habe Sie verstanden, aber Sie anscheinend nicht mich.«

»Wir ziehen beide am gleichen Strang.«

»Aber jeder am anderen Ende.«

»Soll das heißen . . .«

Gerholdt winkte ab. »Das soll gar nichts heißen! Suchen Sie keine verfänglichen Dinge hinter Worten, die Sie ebensogut verstehen wie ich. Sie sind eine AG. Sie werden also geleitet von den Aktionären, vom Aufsichtsrat, von der Direktion. Haben Sie einmal nachgesehen, wer innerhalb eines Jahres die Majorität Ihrer Aktien erworben hat?«

»Das interessiert mich nicht.« Herr Berger wurde steif, verschlossen. »Wir produzieren, wir haben unsere Kapazität um das Dreifache erhöht. Ist dies kein sichtlicher Beweis von der Richtigkeit unserer Prognosen?«

»Ich würde es eher als ein Alarmzeichen ansehen. Wo sollen die ganzen Waren hin, die wir produzieren?«

Herr Berger sah Gerholdt mitleidig an, so wie man einen Schuljungen ansieht, der das kleine Einmaleins trotz langer Übung immer wieder durcheinanderbringt. »In den Export, mein Lieber«, sagte er sanft.

»Es wird nicht lange dauern, und das ganze Ausland wird sich sperren gegen deutsche Waren!«

»Ach! Sie sind Kommunist?!«

Bergers Kopf schoß vor. Wie eine Viper, die vorschnellt und zubeißt, durchfuhr es Gerholdt. Das Verhalten Bergers mahnte ihn zur Vorsicht ... erst kürzlich stand in der Zeitung, daß in Köln noch einige Kommunisten verhaftet wurden und in den Klingelpütz – dem Kölner Gefängnis – eingeliefert worden waren. Als Staatsfeinde!

»Ist alles, was irgendwie weiterschaut, bei Ihnen ein Kommunist? Wo kommt nach all den Hungerjahren das viele Geld her? Woher so plötzlich? Unsere Goldschätze sind doch minimal ... das haben wir immer gesagt bekommen! Und jetzt flattern die Millionen nur so in die tote Wirtschaft und wirken wie eine Bluttransfusion!«

»Wir drucken es selbst«, sagte Berger gemütlich. »Die Reichsdruckereien arbeiten Tag und Nacht! Deckung? Die deutsche Arbeitskraft! Die ist nicht nach Billionen zu berechnen.«

»Und Sie glauben wirklich, daß das Ausland diese merkwürdige Währung anerkennt?«

»Es wird es müssen.«

»Müssen?!«

»Ja, müssen!« Bergers Stimme wurde hart, befehlend. Er kam in den Jargon der nationalsozialistischen Propagandareden. »Das neue Deutsche Reich wird Europa und der Welt zeigen, wer der Mittelpunkt ist! Wir werden über Nacht eine Stärke aus der Erde stampfen, dem nichts entgegenzusetzen ist! Und dabei sollen, dabei müssen Sie mitarbeiten, Gerholdt! Sonst – – –«

»Sonst – – –?«

Bergers Augen wurden schmal. Das Joviale fiel ab. Das Nackte seines Wesens war erschreckend und brutal zugleich. »Sonst wird man Sie zwingen!«

»Und das nennen Sie dann die ›Neue Freiheit‹?«

Gerholdt blieb ruhig, auch bei dieser massiven Drohung. Er hatte große Lust, Herrn Berger wie vorher den winselnden Petermann einfach an den Kragen zu fassen und vor die Tür zu setzen. Doch das Gefühl, tiefer in Dinge zu blicken, die ihm bisher verschlossen waren, hinderte ihn an der Ausführung seines geradezu drängenden Willens. Herr Berger winkte abrupt ab.

»Beim Aufbau einer Nation muß einer befehlen, und die anderen gehorchen! Auch Sie werden gehorchen, Gerholdt! Woher haben Sie übrigens das Geld, um so infernalisch unabhängig zu sein?«

»Das geht Sie einen Dreck an, Berger«, sagte Gerholdt mit Wonne. Berger schluckte mehrmals, ehe er eine Antwort fand.

»Ich werde die Steuerfahndung auf Sie hetzen!« drohte er Gerholdt.

»Bitte.«

»Die Partei.«

»Die kann mich kreuzweise.«

»Herr Gerholdt!« Berger richtete sich auf. »Sie beleidigen ...«

Er konnte nicht weitersprechen, weil Gerholdt plötzlich vor ihm stand. Er stand so nahe vor ihm, daß Berger das Gefühl hatte, das Zimmer wäre verdunkelt worden. Er sah nur noch die Augen Gerholdts. Sie waren kalt, entschlossen, von einer Kraft des Willens, die Berger allen Mut nahm.

»Sie gehen jetzt sofort!« sagte Gerholdt leise. Aber seine Worte stachen in Berger hinein; fast schmerzhaft fühlte er es. »Sie können tun und lassen, was Sie wollen. Sie können die Partei anrufen, die Polizei, die Gestapo, die Steuer, von mir aus den Adolf Hitler selbst! In meinen Augen sind Sie ein jämmerliches Konjunkturschwein, das für ein paar Mark Gewinn jeder neuen Regierung den Hintern lecken würde. Und nun 'raus! Sofort!«

Fast fluchtartig verließ Herr Berger die Wohnung Gerholdts. Es war bezeichnend für die bereits sich vollziehende Gleichheit der Gehirne, daß er auf der Straße den ähnlichen Gedanken hatte wie vor einer Stunde Petermann: Ich mache diesen Kerl fertig! Fix und fertig! Mit allen Mitteln, die uns der Staat und die Partei geben! So ein Lump, so ein Volksfeind, so ein Defätist!

Empört, in seiner nationalen Gesinnung zutiefst getroffen, setzte sich Herr Berger in seinen neuen Mercedes und ließ sich hinaus nach Zollstock zu seiner Fabrik fahren. Woher hat er bloß das Geld, um so aufzutreten, grübelte er während der Fahrt. Vor wenigen Tagen noch war er der kleine Bohrer und Stanzer, der froh war, wenn er Aufträge erhielt. Ein wenig aufsässig war er ja immer. Ein Kind seiner Zeit. Aber so wie heute? So sicher, so siegesgewiß, so souverän?

Herr Berger nahm sich vor, das weitere Leben Gerholdts genau auszuleuchten und auch einmal in die Vergangenheit zu blicken. Vielleicht gab es da einen Punkt, mit dem man ihn treffen konnte. Eine dunkle Stelle, die seine Sicherheit untergrub. Jeder Mensch hat in seinem Leben einmal irgendwo einen Fleck, vor dem er sich schämt.

Herr Berger lehnte sich in die Polster des Wagens zurück. Die Überlegungen befriedigten ihn. Sie glätteten seine moralisch-völkische Empörung. Ich werde ihn vernichten, sagte er sich immer wieder vor. Ich werde etwas ausgraben, was ihn von seinem Thron hinunterstürzen läßt.

Und wenn es ein Jahr dauert! Wir haben ja Zeit, viel Zeit. Wir haben ja das Tausendjährige Reich erst begonnen – – –

Vierzehn Tage lebte Gerholdt unbehelligt in seiner neuen Wohnung.

Rita war glücklich. Sie hatte jetzt ein Kinderzimmer, in dem sie toben konnte, soviel sie wollte. Ein Kindermädchen, das in einer Mansarde des gleichen Hauses schlief, umsorgte sie. Ein Haufen Spielzeug stapelte sich in den Spielschränken. Es gab nichts, was Gerholdt nicht für Rita in den großen Spielwarengeschäften Kölns erstand . . . die modernsten und teuersten Puppen, Wagen, Schaukeln und Stofftiere schleppte er heran und überschüttete Rita mit diesen Dingen in dem Glauben, mit diesen Äußerlichkeiten das Bewußtsein des Schuldhaften in sich immer mehr zu verdrängen und Rita jetzt das geben zu können, aus dem er sie damals herausgerissen hatte. Er verwöhnte sie, wie nie ein Vater jemals seine Tochter verwöhnt hat. Er ließ ihr die schönsten Kleider anfertigen, kaufte sich einen kleinen, gebrauchten Wagen – einen Opel – und fuhr mit Rita den Rhein hinauf und hinab, den kleinen Augen die Schönheit des Landes zeigend und sie daran gewöhnend, nur das wirklich Schöne des Lebens zu ergreifen und alles Dunkle von sich fernzuhalten.

Auf diesen Fahrten nahm er oft Irene Hartung mit. Rita saß neben ihr, ihr Händchen in der Hand Irenes. Einmal sagte sie sogar »Mutti« zu Irene. Glücklich lächelte sie Gerholdt an.

»Hast du's gehört, Frank?«

»Ja, Irene. Jetzt weißt du, daß du ganz zu uns gehörst.«

Bei einem Glas Wein in Rüdesheim besprachen sie den Termin

ihrer Heirat. Er sollte im kommenden Frühjahr sein. Bis dahin wollte Frank etwas gefunden haben, das eine sichere Anlage seiner hunderttausend Mark bedeutete. Ein für alle Zeiten fest gegründetes Leben.

Eine Sparkasse in Köln, bei der Gerholdt seinen Gewinn eingezahlt hatte, bemühte sich ebenfalls rührend um die Anlage des Geldes. Sie schickte Frank Aufforderungen zur Zeichnung von Reichsanleihen. Gerholdt zerriß sie sofort und verfeuerte sie im Küchenherd. Auch Frau Möllen erschien eines Tages mit einem Paket Schokolade und einer kleinen Puppe für Rita. Sie weinte vor Rührung über die »süße Kleine«, drückte sie an sich und baute die Schokolade vor Rita auf. Es war genug für vierzehn Tage.

Später, vor einer Tasse Kaffee und einem Berg Sahnekuchen – »Aber, Herr Gerholdt! Wo bleibt meine Linie!« –, taute sie weiter auf und entwickelte Frank einen Plan, wie er sein Geld sicher anlegen könnte.

»Machen Sie eine Waschanstalt auf!« sagte sie fest.

»Was?«

»Eine Wäscherei mit chemischer Reinigung. Da liegt was drin, Herr Gerholdt! Ich werde mit eintreten! Ich komme aus dem Fach! Seit Sie weg sind, ist es so leer in meiner Wohnung, so einsam. Ich renne den ganzen Tag herum und weiß nicht, wie ich die langen Stunden herumkriege! Da habe ich mir gedacht: eine Wäscherei! Das ist es! Ich kann die Wäscherei kontrollieren, ich kann die Hemdbügelei selbst machen. Keine Falte in den Kragen. Glatt wie 'ne Schlittschuhbahn. Und schön gesteift. Mein Seliger sagte immer: Deine Hemden sind ein fast erotischer Genuß. Hihi!« Sie lachte verschämt und tat sehr geziert. »Das wäre doch etwas, Herr Gerholdt.«

Frank Gerholdt schwieg einen Augenblick nach diesem Wortschwall Frau Möllens in erschütterter Überlegung. Er wußte, Frau Möllen meinte es gut, sie hatte die ganzen Tage darüber nachgegrübelt, was zu tun sei, um den Reichtum zu vermehren. Und sie war als letzte Rettung auf die Wäscherei gekommen, weil ihr Leben über den bestimmten Kreis ihrer Vorstellungswelt nicht hinauskam. Sie war eine gute, liebe Frau, und es war bitter, sie zu enttäuschen. Deshalb suchte er nach einer Erklärung und nach Worten, die nicht weh taten und doch überzeugten.

»Ihr Gedanke ist gut«, sagte er vorsichtig.

»Sehn Sie!« jubelte Frau Möllen. Gerholdt schüttelte leicht den Kopf.

»Aber es geht nicht.«

»Ach –«

»Ich hatte, bevor ich nach Köln zog, in Hamburg eine kleine Fabrik«, log er. »Diese Fabrik ging ein ... Inflation, Arbeitslosigkeit, keine Aufträge. Die Auswirkungen des verlorenen Krieges. Ich wurde dann Hilfsarbeiter. Aber immer habe ich im Herzen die Hoffnung getragen, einmal wieder eine solche Fabrik zu gründen.« Er sprach ein wenig dramatisch, um Frau Möllen zu überzeugen und ihre Mentalität anzusprechen. »Und nun – über Nacht – kommt das große Glück zu mir.« Frau Möllen bekam rote Augen. Gleich weint sie vor Rührung, dachte Gerholdt. »Sehen Sie«, sprach er schnell weiter, »jetzt bin ich meinem Ziele wieder nah! Jetzt kann ich meine Fabrik wieder aufbauen. Und darum geht das nicht mit der Wäscherei. Das sehen Sie doch ein ...«

Frau Möllen nickte. Sie war ergriffen. »Sie sind ein tapferer und strebsamer junger Mann«, stellte sie leise schluchzend fest. »Wie schade, daß Ihre Frau das nicht miterleben konnte.«

Gerholdt nickte ernst. Er nahm sich vor, das Gespräch schnell abzubrechen. Er wollte nicht mehr an die Vergangenheit erinnert werden, an diese Fülle von Lügen und Gemeinheiten, die sein Leben randvoll auffüllten und die ein unergründliches Schicksal mit hunderttausend Mark krönte.

Als der Kaffee ausgetrunken war und die Tortenberge über Frau Möllens Gaumen entschwunden waren, erhob sie sich, küßte Rita noch einmal schmatzend auf beide Backen und ging. Gerholdt sah ihr vom Fenster aus nach, wie sie zur nächsten Straßenbahnhaltestelle watschelte. Eine dicke, gutmütige, biedere Frau, die glücklich war, eine nette Stunde bei lieben Menschen verlebt zu haben.

Nach diesen vierzehn Tagen Ruhe kam über Frank Gerholdt ein Sturm. Nicht von seiten Herrn Bergers oder Petermanns, nicht von der Partei oder der SA, nicht von der Steuer oder sonstigen staatlichen Stellen, sondern der Sturm lag in einer harmlosen Anzeige verborgen, die Gerholdt eines Morgens in der »Westfälischen Landeszeitung – Rote Erde« las.

»Kleine Fabrik im Rheinland, Kaltwalzerei mit zwei Walzenstraßen, Bahnanschluß und Rheinverladerampe, großer Lagerplatz usw. umständehalber zu verkaufen. Es kommen nur Barkäufer in Frage. Schnelle Angebote unter CF 3478 an die Expedition des Blattes.«

Eine Fabrik! Eine Kaltwalzerei.

Frank Gerholdt schrieb sofort einen Brief und brachte ihn zu der Anzeigenabteilung. Schon zwei Tage später erhielt er ein Antwortschreiben des kleinen Werkes. Es lag etwas außerhalb Düsseldorfs, nach Duisburg hin. Ein unbekannter Name. Eine Klitsche sicherlich, die völlig veraltet war und nun den Konkurs durch einen schnellen Verkauf abwenden wollte.

Gerholdt setzte sich in seinen Opel P 4 und fuhr den Rhein hinab. Er sagte niemandem von dieser Reise, selbst Irene Hartung nicht. Er wollte sich erst einmal dieses Werk ansehen, ehe er genauer darüber sprach. Vielleicht lohnte sich nicht einmal ein Gedanke.

Nach über drei Stunden Fahrt sah er am Ufer des breit und träge fließenden Rheins ein paar alte, abbröckelnde Ziegelbauten stehen. Zwei Schornsteine ragten in den regnerischen Himmel. Die Verladerampe am Rhein entpuppte sich als ein Eisensteg, der über einem wippenden Ponton lag. Hinter den verschmutzten, blinden Scheiben der beiden Fabrikhallen schien kein Leben mehr zu sein. Daß die Schornsteine rauchten, war fast gespenstisch in dieser Atmosphäre des Verfalls. Das einzige, was groß war und ein wenig reizen konnte, war der Platz um dieses Anwesen herum. Unbebaute Wiesen, ein riesiger Lagerplatz, alles eingezäunt mit Stacheldraht. Wie ein Gefangenenlager.

Frank Gerholdt hielt unten am Rhein neben der Verladerampe und stieg aus seinem Wagen. Er ging zu Fuß, den Kragen seines Regenmantels hochgeschlagen, an dem Stacheldrahtzaun entlang und blickte hinüber zu den düsteren, schon fast grau-schwarz gewordenen Backsteingebäuden der Fabrik. Er sah zwei Arbeiter lustlos eine Karre mit einer Eisenplatte über den Hof ziehen. Sie gingen langsam, so als hätten sie viel Zeit und keiner warte auf sie und ihre Eisenplatte. Frank Gerholdt lächelte. Ein Gedanke war ihm gekommen: Das würden sie bei mir nicht machen! Ich würde auf dem Hof stehen und kontrollieren! Ich würde genaue Zeiten einführen! Akkorde, Prämien, Anreize zur schnellen, aber sauberen Arbeit. Ich ... ich ... Er schüttelte den Kopf und ging weiter.

Der Eingang zu dem »Werk« war ein altes Eisentor, das schauerlich quietschte, als er die Tür aufdrückte. Ein mit Zementplatten gepflasterter Weg führte zu einem niedrigen Anbau an der linken Halle. Eine Tür, aus hellem Eichenholz, stach grell von dem alten Gemäuer ab. Neben der Tür war ein Schild, aus Emaille, mit verschnörkelten Buchstaben: Comptoir. Ein Schild noch aus der Gründerzeit. Ein Schild, das als einziges schadlos die Jahrzehnte überlebt zu haben schien.

Gerholdt drückte die Klinke herunter und trat ein.

Ein kleiner Vorraum, dann ein mit Holz abgeteiltes Zimmer.

Ein Privatvertrag, von dem niemand etwas zu wissen braucht. Sie fahren gut dabei ... Ich bin ein alter Mann und werde nicht lange mehr Ihr Teilhaber sein.« Er lächelte schwach. »Vielleicht hilft sogar der Staat nach, daß Sie schnell selbständig werden.« Silberbaums Stimme zitterte ein wenig. »Heute singen sie noch: Stellt die Juden an die Wand – – – morgen werden sie es vielleicht tun!«

»Sie wollen nicht ins Ausland?«

Silberbaum schüttelte schwer den Kopf.

»Wo soll ich alter Mann noch hin? Emigration ist etwas für die Jüngeren.«

»Sie haben keine Nachkommen?«

»Eine Tochter. Sie ist verheiratet. In Düsseldorf. Mit einem Arzt. Sie wurde ausgezahlt, als sie heiratete. Mein Schwiegersohn will eine Praxis in New York gründen.«

»Er ist auch Jude?«

»Nein. Aber meine Tochter. Und er liebt sie. Darum geht er weg aus Deutschland.«

»Und Sie wollen nicht mit nach New York?«

»Ein alter Mann hindert nur. Er ist ein Ballast, gerade in der Fremde, die man erst erobern muß. Ich wurde hier geboren, und ich will hier auch bleiben, bis alles vorbei ist. Es wird nicht lange dauern«, wiederholte er.

»Kommen Sie.«

Gerholdt wandte sich vom Rheinufer ab und ging durch den grauen Tag zur Fabrik zurück. Trippelnd folgte ihm Herr Silberbaum. Er putzte dabei seine Brille, die durch die feuchte Luft beschlagen war.

Im Privatbüro sah Gerholdt die Bilanzen durch, die der Glatzkopf plötzlich sehr unterwürfig hereintrug. Es hatte sich herumgesprochen, daß der Regenmantel voraussichtlich der neue Chef werden würde. Ein Chef, der schon bei seinem ersten Eintritt brüllte und das Büro aus der Lethargie scheuchte.

»Danke«, sagte Gerholdt knapp, als der Glatzkopf die Geschäftsbücher aufschlug. »Das andere mache ich allein!«

Herr Franz Kreck, wie der Glatzkopf hieß, empfahl sich schnell. Im Büro setzte er sich ächzend auf seinen Stuhl und sah die erwartungsvollen anderen zwei Buchhalter düster an.

»Wenn der den Laden kauft, wird es Veränderungen geben«, sagte er ahnungsvoll. »Das ist einer von dem neuen Unternehmertypus: hart wie Kruppstahl, zäh wie Leder! Mit der Silberbaumschen Gemütlichkeit ist es aus!«

Als es Abend wurde, hatten Gerholdt und Silberbaum den Kaufvertrag im Rohbau zusammengestellt. Es waren zwei Verträge ... einer für den Notar mit einer Anzahlung von fünfundfünfzigtausend, nach der Frank Gerholdt Alleinbesitzer der Fabrik wurde. Den Rest von hundertzwanzigtausend Mark sollte er in fünf Jahresraten zahlen, einschließlich siebeneinhalb Prozent Zinsen. Der zweite Vertrag lautete über eine stille Teilhaberschaft Herrn Jakob Silberbaums in Höhe von sieben Prozent auf Lebenszeit. Gerholdt hatte drei Prozent noch heruntergehandelt ... mit diesen drei gewonnenen Prozenten wollte er systematisch ein Privatkonto Ritas auffüllen. Ein Konto, das keiner anrührte und keiner kannte. Auch wurde besprochen, die Fabrik als eine Kommanditgesellschaft zu führen. Kommanditisten sollten neben Gerholdt seine Tochter Rita und die zukünftige Ehefrau Irene Hartung sein.

Am Abend stand Frank Gerholdt wieder allein neben seinem kleinen Opelwagen und starrte hinüber zu der dunklen Fabrik. Der Rhein rauschte und klatschte an das flache Ufer. Zwischen dicken Wolken schwamm der Mond. Es war, als läge er in einer riesigen, milchglasigen Badewanne.

In dem dunklen Komplex der Gebäude brannte nur hinter einem Fenster Licht. Das Zimmer Jakob Silberbaums. Er saß an seinem Schreibtisch und trank allein, versonnen eine Flasche Wein.

Er nahm Abschied von seinem Lebenswerk.

Frank Gerholdt öffnete die Tür des Wagens. Er glaubte, alles richtig gemacht zu haben. Er sagte sich vor, den entscheidenden Schritt heute gesetzt zu haben. Was jetzt kam, würden Jahre einer Aufbauarbeit sein, die keine Ruhe kannten und kein Verschnaufen.

Bevor er in den Wagen stieg, warf er noch einmal einen Blick zurück. Zwei Schornsteine ... zwei Hallen .. ein kleines Bürogebäude ... ein Lager ... ein Lagerplatz ... ein Lokomotivschuppen ... eine Rampe am Rhein ...

Gerholdt legte die Hände aneinander. Eine fast irrsinnige Freude stürzte über ihn herein wie ein Naturereignis. Er hätte schreien können vor Glück.

Er hatte eine Fabrik. Eine eigene Fabrik.

Die Zukunft Ritas war licht geworden.

3

Die letzten Eisschollen trieben den Rhein hinab.

An der Pontonverladerampe der »Niederrheinischen Walzwerk KG« standen vier Arbeiter und stießen mit langen Eisenstangen die Schollen von den Pontons weg zurück in den Strom und die Strudel, die sie mitrissen, gegeneinandertrieben und zersplittern ließen. Träge quoll der Qualm aus den beiden hohen Schornsteinen. Über den Fabrikhof fuhren drei Elektrokarren und zogen kleine Wagen auf Gummireifen hinter sich her. Die Tore der beiden Hallen waren weit geöffnet ... das Dröhnen der Pressen und das dumpfe Rollen der Walzenstraßen tönte bis zum Rhein hinunter zu den vier Männern, die das letzte Eis des Rheines von der Rampe wegstießen.

Gerholdt stand am Fenster seines Privatbüros und sah hinaus auf die beiden Hallen. Es hatte sich in diesen Monaten vieles verändert. Der kleine Raum Jakob Silberbaums und das Zimmer, über dem einmal Buchhaltung stand, waren durch Wegnahme der Trennwand zu einem großen Raum geworden, in dem Gerholdt seine Verhandlungen führte. Auch die Bretterwand des »Comptoirs« war verschwunden. Das ganze Bürohaus war umgebaut worden – große, lichte Räume waren so entstanden, abgetrennt durch undurchsichtige Glaswände, deren Schwingtüren geräuschlos hin und her pendelten. Das Eisentor vor dem Eingang war abgerissen worden ... eine breite Einfahrt führte zu dem Bürohaus, das verputzt wurde und wie ein weißer Fleck gegen die noch dunklen Hallenwände abstach. Statt des Stacheldrahtes umzog ein brauner Holzzaun das ganze Grundstück ... einmal würde es eine Mauer sein mit Einfahrten ... später, wenn noch weitere Hallen hinzukamen und fahrbare Kräne an langen Eisenschienen über den Hof glitten und die Eisenplatten zu den Walzstraßen transportierten.

Auch im Betrieb selbst war die neue, junge Hand spürbar. Herr Franz Kreck, der als erster die düsteren Ahnungen hatte, konnte seine Stellung als Hauptbuchhalter nur halten, weil seine Bücher wirklich makellos geführt waren. Seinen altmodischen Kneifer hatte er schnell gegen eine Brille umgetauscht und bearbeitete jeden Abend seine Glatze mit einem Haarwuchsmittel. Auch fühlte er sich bemüßigt, bei jedem Eintritt in das Chefbüro mit strammer Haltung und weit erhobener Hand »Heil Hitler!« zu rufen, weil Gerholdt der Ruf vorausging, ein altes Mitglied der SA zu sein. Das bedeutete für den bisher jüdischen Betrieb, vollkommen umzuschalten und dort supernational zu sein, wo man bisher Silberbaum zuliebe auf die Nazis geschimpft hatte. An erster Stelle war es Herr Kreck, der seiner Meinung Ausdruck gab, indem er feststellte:

»Diese neue Luft war notwendig, Herr Gerholdt! Wir wären in dem Synagogengestank bald erstickt!«

»Aber am Ersten jeden Monats haben Sie wie die anderen schön Ihr Händchen aufgehalten und Ihr Gehalt angenommen, was?« war die Antwort Gerholdts auf solche schleimigen Anbiederungsversuche. Herr Kreck wußte dann nie, ob es ein Scherz war oder eine moralische Ohrfeige, und saß in der folgenden Stunde still hinter seinen Büchern und brütete darüber nach.

Mit der Übernahme der Fabrik durch Gerholdt kam auch ein Trupp Facharbeiter in die Hallen. Neue Maschinen wurden auf Kredit gekauft, die Verbindungen zu den Auslandskunden wurden anhand der Korrespondenzmappe wieder aufgenommen. Nach der Neueintragung ins Handelsregister war Gerholdt eine Stunde beim Präsidenten der Industrie- und Handelskammer vorstellig geworden. Er legte seine Lage klar, er verschwieg nicht, daß er um Aufträge bettelte. Vor allem in den Export wollte er wieder hinein. Schon drei Wochen später bestellten die ersten Fertigungswerke kaltgewalzte Stücke bei Gerholdt. Die ersten Auslandskunden fragten an. Vorsichtig, tastend, noch nicht wissend, wer den alten, guten Silberbaum abgelöst hatte. Man erkundigte sich zunächst nach Lieferterminen und dem neuen Lieferprogramm.

Von diesem Tage an begann der Kampf Gerholdts gegen die wachsame Konkurrenz, die sich schon sicher glaubte, das Erbe des vernichteten Silberbaums angetreten zu haben.

Es war ein stiller, unterirdischer Kampf. Ein Kampf in der Dunkelheit der Anonymität. Er begann mit Rückfragen der Devisenbeschaffungsstelle und endete mit Kreditsperren der Reichsbank. Aber – getreu der Parole Bergers, daß nur eine Parteinummer zum Sieg gehört – überwand Gerholdt diese Schwierigkeiten mit dem Hinweis auf seine SA-Zugehörigkeit. Resignierend wurden ihm die notwendigen Devisen bewilligt, ja, es vollzog sich sogar ein Umschwung in der Auffassung der maßgebenden Stellen, den Gerholdt daran merkte, daß man ihn wohlwollend behandelte und ihm in einigen Dingen sogar entgegenkam.

Die Konkurrenzfirmen schwiegen. Ein SA-Mann als Nachfolger des alten Silberbaums – das war schlimmer, als man es jemals gedacht hatte. Von jetzt an mußte man mit den »Niederrheinischen Walzwerken« rechnen.

In den Direktionszimmern von Düsseldorf und Duisburg, Essen und Oberhausen, Bochum und Wanne-Eickel stellte man Nachforschungen an. Wer ist dieser Frank Gerholdt? Woher kommt er? Ist er Fachmann? Woher kann er das Geld haben, den alten Silberbaum einfach aufzukaufen? Die Nachforschungen verliefen im Sande. Schimmelpfennig und andere Auskunftsinstitute liefen sich tot ... man wußte nur eins, daß das Privatkonto Gerholdts fast fünfzigtausend Mark betrug, daß er große Bankkredite erhalten hatte und daß sein Walzwerk sogar staatliche Aufträge erhielt. Kein Wunder – er war SA-Mann.

Dabei hatte Gerholdt seinen SA-Sturm seit über einem Jahr nicht mehr gesehen. Er zahlte zwar treu und brav in die Parteikasse ein, zeichnete auf allen Sammellisten und gab seinen Arbeitern samstags frei, wenn sie zu Versammlungen oder Aufmärschen mußten; aber das war auch alles, was er sich politisch leistete. Er besuchte keine Veranstaltung ... er stiftete einige hundert Mark für ihre Ausgestaltung. Er marschierte am Erntedankfest nicht mit ... er schickte lediglich an die Kreisleitung der NSV zwei Zentner Lebensmittel zur Verteilung an die Armen. So kam er in den Ruf, ein guter, ein großer Nationalsozialist zu sein, ein glühender Idealist und treuer Gefolgsmann des Führers.

Als außerhalb Düsseldorfs ein Heim für ledige Kinder erbaut wurde, stiftete er sofort viertausend Mark für die Anschaffung von Betten und Wäsche. Der Kreisleiter und der Leiter der NSV bedankten sich persönlich bei Gerholdt in der Fabrik. Sie kamen in großer Uniform, mit den Orden des Ersten Weltkrieges geschmückt, sprachen markige Worte des Dankes und versprachen ein immerwährendes Gedenken der Nation. »Ihre nationalsozialistische Hilfsbereitschaft wird unvergessen bleiben!« sagte der Kreisleiter, fast selbst erschüttert von seinen herrlichen Worten. »Wir sind stolz, Sie in unserer Mitte zu wissen. Mit Männern wie Ihnen wird unser Volk aufblühen und nie mehr untergehen!« Daß der Herr Kreisleiter dabei ein wenig grammatikalisch falsch sprach, fiel nicht so sehr ins Gewicht wie die Überreichung einer Plakette der NSV, auf der zu lesen stand, daß mit ihr die Dankbarkeit der Reichsleitung zum Ausdruck komme.

Das alles nahm Gerholdt am Rande seines Lebens wahr und mit. Sein Ziel lag weiter, als ein Wohltäter der Partei zu sein. Mit der Partei gegen die Partei, das war eine der stillen Thesen Gerholdts. Er bediente sich für dieses Puzzlespiel der Mentalität eines Herrn Berger und kam sich durchaus nicht schlecht vor. Andererseits aber, in der Stille, baute er Stein für Stein seines Werkes weiter auf. Jeder Auftrag bedeutete eine Stufe der Leiter zum Empor, jeder Exportauftrag vermehrte die stillen Konten, die er in den Ländern unter den Namen seiner dortigen Vertreter anlegen ließ. In Deutschland nannte man das Devisenschiebung ... für Gerholdt war es Sicherheit. Sicherheit für jenen Augenblick, an dem einmal sein Vorleben an die Öffentlichkeit kam und alles wieder zusammenbrechen mußte, was er aufgebaut hatte.

Er dachte ungern an diese Möglichkeit. Er zwang sich, zu vergessen, wer er gewesen war. Nur die Gegenwart war maßgebend und die Zukunft. Er war der Fabrikant Frank Gerholdt. Es würde nicht lange dauern, und er würde die goldene Plakette bekommen. Was vor Jahren einmal geschehen war, schien wie ein Traum zu sein. Er verblaßte immer mehr. Nur Rita blieb von ihm übrig, Rita, sein Kind, das nie Not kennenlernen würde und so erzogen wurde, wie es ein Herr von Buckow nicht besser getan hätte.

Bis zu diesem Tage, an dem die vier Arbeiter mit Eisenstangen das Eis von den Pontons der Verladerampe am Rhein drückten, war der Aufstieg langsam und mühsam gewesen. Heute, in dieser Stunde, stand Gerholdt vor der Möglichkeit, das Glück mit beiden Händen zu ergreifen.

Er sah aus dem Fenster auf den Rhein. Hinter ihm saß in einem der neuen, tiefen Polstersessel Dr. Schwab. Ein noch junger Mann mit blonden, welligen Haaren, blauen Augen und einem merkwürdig eckigen Kinn. In der Hand hielt er eine dünne Kollegmappe. Auf dem Schreibtisch Gerholdts aber lagen vier lose Blätter, bedeckt mit einigen Zeichnungen und vielen, vielen Berechnungen. Die Augen Dr. Schwabs sahen erwartungsvoll auf Gerholdt.

»Warum bieten Sie gerade mir diese Sache an?« fragte Gerholdt. Über den Fabrikhof fuhren wieder die Elektrokarren, Eisenplatten, Eisenbänder, ein Formstück, gegossen in der neuen, aber noch kleinen, auszubauenden Gießerei.

»Ich glaube, daß ich mit Ihnen als einem jungen Betrieb gerade dieses Patent in mehr Ruhe und mit mehr Verständnis weiterentwickeln kann als bei den großen Werken. Sie kaufen die Sache auf und lassen sie womöglich liegen oder detaillieren sie nicht. Ich halte ein kleines Werk für besser, wenn es darum geht, ein solches Patent gründlich auszuarbeiten.«

»Sie denken also an eine Beteiligung?«

»Nicht direkt. Ich würde mich freuen, wenn ich als Leiter einer neu zu gründenden Forschungsabteilung für Ihr Werk meine Erfindung entwickeln könnte. Wenn die Produktion anläuft, wäre vielleicht eine Prämie, die sich nach dem Umsatz richtet, nicht unbescheiden.«

Gerholdt wandte sich in den Raum zurück. Er war in diesen Monaten etwas voller geworden. Nur die strengen Falten des ehemals asketischen Gesichtes waren geblieben, diese tiefen Furchen an den Mundwinkeln, die seinem Antlitz immer etwas Gequältes verliehen. Dr. Hans Schwab, der junge Diplomingenieur aus Krefeld, folgte Gerholdt erwartungsvoll mit den Blicken. Dieser ging in dem großen Raum hin und her. Er rang mit sich und seinen Grundsätzen, denen er zum erstenmal untreu zu werden begann.

»Sie wissen, was aus meiner Fabrik wird, wenn ich Ihr Patent in mein Programm aufnehme?«

»Ja, Herr Gerholdt.«

»Ein Rüstungsbetrieb! Ein geheimer Rüstungsbetrieb, der alle Versailler Verträge verletzt.«

»Die Versailler Verträge waren ein Verbrechen.«

»Was Sie hier herstellen wollen, ist ein noch größeres.«

»Es gibt dem deutschen Volk einen Vorsprung für Jahrzehnte.«

»Einen Vorsprung – wofür? Für die Machterweiterung eines Hitler? Für einen möglichen neuen Krieg?«

»Wer denkt an Krieg, Herr Gerholdt?« Dr. Schwab lächelte schwach. Er ist ein Pessimist, dachte er. Er ist vor allem kein Nationalsozialist, wie man mir sagte. »Mit meiner neuen Stahllegierung können wir eines Tages Raketen herstellen, die beim Abschuß nicht den Mantel ihres Treibsatzes zerstören. Die Legierung – das zeigt meine Berechnung – hält extremste Belastungen und Drucke aus. Wir sind unserer Zeit um mindestens zwanzig Jahre voraus, wenn Sie zugreifen.«

Gerholdt blieb vor seinem Schreibtisch stehen. Die Zahlen auf den weißen Blättern flimmerten vor seinen Augen. Raketen. Ein Stahl, der ungeheure Druckstärken aushält. Zwanzig Jahre allen anderen voraus! An der Spitze der deutschen Industrie, wenn Dr. Schwabs Berechnungen stimmen.

Er atmete tief auf, um sein stark klopfendes Herz zu beruhigen. »Was wird dieses Experiment kosten?«

»Im Zeitraum der Entwicklung vielleicht eine Million.«

»Wahnsinn!« Gerholdt hob beide Hände. »Für mich ist eine Million so unerreichbar wie der Nanga Parbat.«

»Der Staat wird Ihnen das Geld geben, wenn Sie mein Patent vortragen.«

»Er wird es für kriegerische Zwecke ausnutzen.«

»Das kann Ihnen und mir gleichgültig sein. Bei allen Erfindungen wurde das Gute durch das Böse abgelöst. Nobel erfand das Dynamit und glaubte, es sei so schrecklich, daß es die Völker abschrekken würde, noch einmal Krieg zu führen! Und was wurde das Dynamit? Die Grundlage moderner Kriege überhaupt! Ist Alfred Nobel darum zu verfluchen? Ist seine Erfindung verwerflich? Wäre die Welt besser, wenn er das Dynamit nicht erfunden hätte?« Dr. Schwab hatte sich erhoben. Über sein schmales Gesicht zog eine hektische Röte, bis in die blonden Haare hinein färbte sich sein Gesicht hellrot. Er trat auf Gerholdt zu und legte seine Hände auf die vier weißen Blätter. »Vor der gleichen Frage stehen Sie und ich. Wir können mit meinem Patent Druckstahl erzeugen, der einmal für Turbinen oder Dampfkessel unschätzbaren Wert erhält. Allerdings auch für Raketengeschosse.«

Gerholdt wandte sich ab. »Was reden Sie da, Dr. Schwab. Raketengeschosse! Das ist reine Utopie. Sie haben zuviel Dominik gelesen.«

»Auch Jules Vernes Zukunftsromanne sind heute durch die Wirklichkeit längst überholt. Es wird den anderen Zukunftsträumern auch so ergehen. Heute schießt man noch Granaten, aus dem Rohr getrieben durch eine Kartusche mit Pulver. In einigen Jahrzehnten werden es Raketen sein.«

Gerholdt winkte ab. »Es mag ein Für und Wider geben . . . wir wollen es nicht analysieren. Alle Pläne scheitern an meinem Unvermögen, Ihnen für die Forschungen eine Million zur Verfügung zu stellen. Gehen Sie zu Krupp, zu Rheinmetall, zu dem Bochumer Verein, Thyssen oder Haniel oder Stinnes. Dort gibt man Ihnen zehn Millionen.«

»Dort wird man auch an erster Stelle die militärisch auswertbare Seite meiner Erfindung erkennen und ausnützen.«

Frank Gerholdt wandte sich wieder zum Fenster. Wie vor Monaten, als er die Fabrik des alten Silberbaum aufkaufte und nicht wußte, ob er damit den rechten Weg gegangen war, kämpfte er gegen sich selbst und seine Einstellung, nichts zu produzieren, was jemals den Menschen Schmerzen zufügen würde. Er dachte daran, daß er Herrn Berger hinauswarf, weil er Federn für Gewehre herstellen sollte. Was heute an ihn herangetragen wurde, war so ungeheuer zukünftig und noch so wenig mit dem Verstand erfaßbar, daß dagegen Herrn Bergers Spannfedern eine lächerliche Lappalie waren. Eine Million würde die Entwicklung kosten . . . eine Entwicklung, die Millionen einbringen mußte und an der vielleicht auch Millionen verbluten würden.

Die vier Arbeiter an den Pontons hatten ihre Eisenstangen ins Gras gelegt. Das Treibeis war vorüber ... nur noch wenige Schollen schoben sich in der Mitte des Stromes träge abwärts. Die Gefahr, daß die Laderampe gerammt werden konnte, war vorbei. Eine kleine Gefahr bloß ... aber im Zimmer, in seinem Privatbüro, an dessen Wand, fast aggressiv, das Bild des Herrn Jakob Silberbaum hing, stand eine viel größere, eine alles überwältigende Gefahr. Die neue Zeit klopfte bei ihm an. Die Zeit ohne Bedenken. Eine Zeit, in der der Mensch über sich hinauswachsen würde. Gerholdt ahnte es in diesem Augenblick, er sah es in den verwirrenden Zahlen der Schwabschen Berechnungen. Und er hatte diese Zukunft in seiner Hand. Für eine Million Mark!

Einst waren es nur hunderttausend Mark gewesen, die für ihn ein neues Leben bedeuteten. Er hatte sie bekommen. Das Glück hatte sie ihm in die Hand gelegt, nachdem er es durch Gemeinheit und Tod zwingen wollte. Würde es mit der Million genauso gehen? Würde sie sich zwingen lassen – oder mischte auch hier wieder das unfaßbare Schicksal die Karten?

»Ich will es versuchen«, sagte Gerholdt leise.

»Sie nehmen es an?« Dr. Schwab atmete auf. Er sah sein Lebenswerk wachsen ... aus einem Gedanken, aus vier Seiten Berechnungen und Zeichnungen wurde eine Realität.

»Ich will erst die Million beschaffen. Daran hängt alles. Bekomme ich sie, machen wir einen Vertrag. Lehnt man sie ab, steht Ihnen der Weg frei zu Krupp.« Gerholdt wandte sich um. »Ich möchte vorerst eine Option auf Ihr Patent.«

Dr. Schwab nickte. »Sie steht zu Ihrer Verfügung. Und ich glaube fest daran, daß Sie diese eine Million beschaffen werden. Bevor ich zu Ihnen kam mit meinen Plänen, habe ich mich erst erkundigt ... über Sie ...«

»Ach!» Gerholdt sah Dr. Schwab lauernd an. Was bedeutete dieser Satz? War er eine Drohung ... was wußte Dr. Schwab? Sollte er für irgendeine noch unbekannte Schweinerei erpreßt werden? Dr. Schwab schloß die Schnappverschlüsse seiner neuen Aktentasche.

»Ich habe erkannt, daß Sie das sind, was man in Amerika heute einen Selfmademan nennt. Einer, der nicht in den Betrieb geboren wurde, sondern der ihn mit eigenen Händen und eigenem Schweiß aufbaute. Sie werden das meiste Verständnis aufbringen für das, was vor uns liegt. Sie haben selbst mit hochgekrempelten Ärmeln an der Maschine gestanden und waren zäh bis zum Erfolg. Diese Zähigkeit brauchen wir. Darum – das gestehe ich Ihnen jetzt frei – kam ich auch zuerst zu Ihnen. Wir sind eine neue, junge Generation, die Deutschland im Geiste des –«

»Stop!« Gerholdt hob die Hand. »Keine Propagandarede im Sinne der Sonntagsschulung der Partei! Das kann der Kreispropagandaredner besser als wir. Was uns angeht, ist – wie Sie eben sagten – nur der Erfolg! Das Ziel, Herr Dr. Schwab! Dafür leben wir.«

»Wir verstehen uns, Herr Gerholdt.« Dr. Schwab lächelte.

Gerholdt atmete auf. »Ich glaube es auch.« Er drückte auf einen Klingelknopf neben dem Schreibtisch. »Ich werde den Optionsvertrag gleich diktieren. Morgen fahre ich nach Düsseldorf und dann nach Berlin. Wir werden die Million bekommen.«

Es klopfte. Die Sekretärin, ein neues Gesicht im Werk, trat ein. Sie hatte den Stenogrammblock unter den Arm geklemmt und nickte den Herren zu.

»Bitte?«

Gerholdt winkte zu einem Stuhl hin. Er ging mit großen Schritten hin und her und diktierte. Wenn er an dem großen Fenster vorbeiging, fiel das Licht des kalten Wintertages auf seine Haare. Sie begannen, an den Schläfen grau zu werden.

Im Frühjahr sollte die Hochzeit sein.

Irene Hartung lebte nur für diesen Tag. Der plötzliche Wechsel in ihrem Leben, die Turbulenz, die Gerholdt erfaßte, als er den Gewinn von hunderttausend Mark in den Händen hielt, der Kauf und der Ausbau der Fabrik des alten Jakob Silberbaum, alles floß an ihr vorüber wie ein reißender Strom, vor dem sie eine instinktive Angst empfand, obwohl sie nicht sagen konnte, vor wem sie Furcht empfand oder was ihr an dem Erfolg Gerholdts fast unheimlich war. Sie hatten in diesen Wochen und Monaten nur wenig Zeit füreinander ... Gerholdt war stets unterwegs, führte in vielen Städten Verhandlungen, vor allem in Süddeutschland. Norddeutschland mied er ... dorthin schickte er einen Beauftragten mit allen Vollmachten ... nach Hamburg sogar vermied er den Abgesandten und verhandelte mit Bremen, wenn es darum ging, Rohstahl aus Schweden zu entladen.

Um Hamburg machte er stets einen Bogen ... dort saß noch immer in der Kriminalpolizei Dr. Werner. Er hatte das Morddezernat übernommen und jagte im Augenblick – wie die Zeitungen schrieben – die Autofallenverbrecher, die nach einem Sondergesetz im Schnellverfahren zum Tode verurteilt wurden.

Die Akte Frank Gerholdt hatte er in sein Dezernat mitgenommen. Sie hatte mit Mord nichts zu tun, aber für Dr. Werner war dieser rätselvolle, ungeklärte Fall so etwas wie die Klippe seines Lebens, an der er nicht vorbeigesegelt war, sondern an der er zerschellte und mit Not und Mühe wieder das Ufer erreichen konnte. Es gab manche ungeklärte Fälle in den Aktenschränken der Hamburger Kriminalpolizei ... der Fall Gerholdt wanderte mit, wohin Dr. Werner auch zog. Er war zu einem Symbol für ihn geworden: Wenn ich jemals diesen Gerholdt vor mir stehen habe, werde auch ich auf dem Höhepunkt meiner Karriere stehen!

Es war, als ob Frank Gerholdt dieses ahnte. Anzeigen in den Fachblättern, Briefköpfe und Vertreterausweise trugen nur den neutralen Firmennamen, nicht seinen eigenen. Der Name Gerholdt wurde nie bekannt ... man kannte ihn nur in den Hallen und dem Verwaltungsgebäude der Fabrik. Vertreterbesuche empfing ein Prokurist, den Gerholdt dem zuerst sehr beleidigten Hauptbuchhalter Kreck vor die Nase setzte. Nur ganz wenige Außenstehende durchbrachen die Abschirmung und verhandelten mit Gerholdt selbst. Meistens kamen sie aus dem Ausland, aus der Schweiz, Italien, Rumänien, Bulgarien und den vorderasiatischen Ländern.

Die wenigen Sonnabende und Sonntage, die Gerholdt für sich frei nahm, verlebte er mit Irene Hartung und Rita. Sie fuhren mit dem Wagen den Rhein hinauf und gingen spazieren ... Rita in der Mitte, die kleinen Händchen selig in denen von Vati und Mutti, wie sie Irene nannte. Es waren unbeschwerte, glückliche Sonntage, in denen die ganze Last des Aufbaues von Gerholdt abfiel und er Mensch sein konnte, so vollkommen Mensch und losgelöst von allen Gedanken, daß er einmal sagte: »Ich habe nie gewußt, daß ein einziger Tag Glück ausreicht, Kraft für einen ganzen Monat zu geben.«

In den Tagen, an denen Gerholdt in Berlin wegen des Kredites von einer Million verhandelte, erlebte Irene Hartung den Besuch eines Mannes, der sich schlicht mit Petermann vorstellte und sich mit zwei uniformierten SA-Leuten in die Wohnung Irenes schob.

»Sie wünschen?« fragte Irene steif. Petermann grinste frech.

»Zunächst, daß Sie schön brav sind und uns auf alles eine Antwort geben.«

Irene spürte, wie die Gefahr sie körperlich ansprang. Sie wich zum Fenster zurück, während sich Petermann ohne Aufforderung in den Sessel neben dem Ofen setzte und die Beine übereinanderschlug. Die beiden SA-Leute, junge Burschen mit glatten, unausgebildeten Gesichtern, standen an der Tür und sahen Irene wie ein Ausstellungsstück an.

»Was wollen Sie hier?« sagte Irene laut und scharf.

»Psst!« Petermann hob die Finger an den Mund. »Sie sehen die beiden SA-Männer, Fräulein Hartung?«

»Sie sind kaum zu übersehen.«

»Sie haben den Befehl, Sie sofort mitzunehmen, wenn Sie mir eine falsche Auskunft geben!«

»Wer hat den Befehl gegeben? Wer hat überhaupt so etwas zu befehlen! Wer sind Sie denn?« Irene Hartung fühlte es kalt um ihr Herz werden. Es geht um Frank. Sie wußte es in dem Augenblick, in dem Petermann ihre Wohnung betrat. Sie wollte noch etwas sagen, aber Petermanns Hand fuhr energisch durch die Luft.

»Werden Sie nicht frech!« Er richtete sich in dem Sessel etwas auf. »Es geht Sie einen Dreck an, wer befohlen hat! Wichtig ist allein, daß wir die Macht haben, Sie zum Sprechen zu bringen, wenn Sie so dumm sein sollten, nichts oder die Unwahrheit zu sagen.«

»Sie drohen mir?« Irene starrte Petermann an. Angst ergriff sie. Eine kalte, den ganzen Körper durchzitternde Angst vor der Gnadenlosigkeit, der sie gegenüberstand.

»Ich warne Sie!« Petermann legte die Hände aneinander. An seinem Ringfinger schimmerte ein dicker goldener Siegelring. Auf der Platte, die fast bis zum ersten Fingergelenk reichte, sah Irene eine tiefe Gravur. Ein Hakenkreuz. Ihr wurde übel vor Angst. Sie wandte sich ab. Petermann lächelte mokant.

»Wo ist Frank?«

»In Berlin«, sagte Irene leise.

»Ach!« Petermann riß die Augen auf. »Wo?«

»Im Wirtschaftsministerium und der Planungsstelle für den Vierjahresplan.«

Petermann schluckte. Mist, dachte er. Verdammter Mist. Ich will ihn fertigmachen, und der Kerl verhandelt mit den höchsten Parteistellen. Um seine plötzliche Unsicherheit zu verbergen, wurde er laut und schnauzte Irene an.

»Woher hat er das Geld?«

»Welches Geld?«

»Stellen Sie sich nicht blöd an!« schrie Petermann. Er schnellte aus seinem Sessel empor und trat auf die zitternde Irene zu. »Frank hat eine Fabrik gekauft.«

»Ja.«

»Mit welchem Geld?«

»Ich weiß es nicht –«

Petermann hob die Hand und schlug Irene ins Gesicht. Sie taumelte gegen die Wand und legte beide Hände schützend vor die Augen. Die beiden SA-Männer grinsten dumm. Die Szene amüsierte sie. Petermann geht 'ran, dachten sie. Ein forscher Bursche.

»Woher?« fragte Petermann kalt.

»Ich –«

Sie konnte den Satz nicht beenden, weil Petermann rücksichtslos auf sie einschlug. Er hieb ihre Hände vom Gesicht und ließ seine flache Hand klatschend über ihre Wangen fallen, rechts, links mit dem Handrücken, daß die große Goldplatte des Siegelringes sich tief in ihre Haut grub und helle, rote Flecken hinterließ. Irene sank an der Wand zusammen. Sie klammerte sich an einem Tischchen fest und sah mit verzweifelten Augen zu den beiden Männern an der Tür hin. Die SA-Männer grinsten dumm.

Da schrie sie. »Hilfe!« schrie sie grell. »Hilfe!« Sie wollte zum Fenster taumeln, um es aufzureißen und ihren Schrei über die Straße zu schicken. Petermann riß sie zurück und stieß sie ins Zimmer hinein.

»Ruhe!« schrie er. »Sofort bist du still, oder ich schlage dich tot!« Er ballte die Fäuste und baute sich vor der wimmernden Irene auf, wie ein Henker, der sein Opfer sadistisch quält, ehe er es hinrichtet. »Wo ist das Geld her?«

»Er hat es gewonnen«, stöhnte Irene Hartung leise.

»Gewonnen?« Petermann ließ die Fäuste sinken. »Gewonnen?« wiederholte er verblüfft. »Wo denn?«

»In der Lotterie.«

»Alles?«

»Hunderttausend Mark.«

Petermann pfiff durch die Zähne. Aha, dachte er. Das war damals, als der Bursche so renitent wurde und mich zu Boden schlug. Plötzlich war er stark und nicht mehr der kleine Arbeiter, der um Aufträge bettelte und mit der Handkarre bis nach Zollstock zog, um Material abzuholen. Mit hunderttausend Mark im Rücken kann man frech werden!

Einen Augenblick wurde Petermann wieder unsicher. Er dachte an die Worte Herrn Bergers, der ihm gestern sagte: »Wenn Sie es fertigbekommen, diesen Gerholdt auszuschalten, wie, das ist Ihre eigene Sache, dann bekommen Sie für uns die gesamte Balkanvertretung.«

Wie kann man einen Mann ausschalten, der hunderttausend Mark in bar auf der Kasse hat?

Petermann setzte sich wieder in den Sessel. Er sah Irene kritisch an. Ihr Gesicht war von den Schlägen etwas aufgedunsen. Wo die Goldplatte des Ringes ihr Gesicht traf, waren die Stellen jetzt dunkelrot. Auf der linken Backe sah er sogar die Konturen des eingravierten Hakenkreuzes auf der Haut. Wie ein roter Siegelabdruck wirkte es. Wie ein Brandzeichen auf der Kruppe einer Stute. Petermann lächelte leicht.

»Und was macht er in Berlin?«

»Er verhandelt wegen einer Million.«

Petermann verschlug es die Stimme. »Eine Million?!« sagte er schwach.

»Ja. Er hat einen staatswichtigen Auftrag bekommen.« Irene betrachtete Petermann aus den Augenwinkeln heraus. Sie bemerkte seine Unsicherheit. Eine unbändige Wut, vermischt mit einem flammenden Haß, quoll in ihr empor. »Wenn er zurückkommt, wird er Sie für die jetzige Stunde an den Galgen bringen!«

Petermann sah zu den SA-Männern hinüber. Das Wort Staatsauftrag hatte eine magische Wirkung. Sie grinsten nicht mehr. Sie sahen zu Petermann hin und schwankten, ob sie gehen sollten oder gleich warten, bis er abgeholt werden würde. Ein Mann, der in Berlin eine Million bekommt, ist stärker als ein kleiner Petermann, hinter dem nur ein Herr Berger und ein SA-Obersturmbannführer stehen. Petermann spürte die Gefahr und rettete sich in eine feige Schleimigkeit. Er sprang auf und verbeugte sich vor der erstaunten Irene Hartung.

»Ein Mißverständnis, gnädiges Fräulein«, sagte er müde lächelnd. »Ein bitteres, ein unangenehmes, ein fast fatales Mißverständnis. Wir haben geglaubt, daß er irgendwelche Gelder unterschlagen hatte. So etwas kommt vor, auch bei SA-Kameraden. Haha!« Er versuchte ein Lachen, es klang trocken und gequält. »Vergessen Sie bitte diese Stunde. Ich werde mich bei Frank offiziell entschuldigen.«

Mit einer Schnelligkeit, die wie eine Flucht wirkte, verließ er die Wohnung. Es war sicher, daß er sich nie bei Frank entschuldigen würde, denn er verspürte keine Lust, einige Wochen im Krankenhaus zu liegen. Auf der Straße verabschiedete er abrupt die beiden SA-Männer und stieg in seinen Wagen. Von seinem Büro aus rief er Herrn Berger an.

»Na, wie ist's?« sagte Herr Berger gemütlich. »Haben Sie den Kerl abholen lassen?«

»Hören Sie mal!« Petermann ballte die Faust auf dem Schreibtisch. »Wenn Sie dreckige Wanze etwas von Frank wollen, dann gehen Sie gefälligst selbst hin!«

»Petermann!« rief Herr Berger konsterniert. »Welchen Ton –«

»Quatsch!« sagte Petermann breit. »Ich habe mit Ihnen die Nase voll! Wenn Gerholdt erfährt, wer hinter der ganzen Sache steckt, schlägt er Sie tot, Berger. Prost!« Er hängte ab und hinterließ Herrn Berger in Zollstock voller sich widersprechender Gedanken.

Nach dem Weggang Petermanns sank Irene Hartung neben dem Fenster zusammen. Sie sah noch, wie Petermann auf der Straße die beiden SA-Männer wegschickte, wie er in seinen Wagen kletterte und abfuhr. Dann taumelte sie, wollte sich an der Gardine festhalten und fiel zu Boden. Sie lag fast eine Stunde bewußtlos, ehe sie von einer Nachbarin gefunden wurde, die ein wenig Zucker leihen wollte. Ein Krankenwagen brachte sie in das größte Kölner Krankenhaus, die »Lindenburg«, wo der Arzt einen Nervenschock und eine lebensgefährliche Verkrampfung der Herzkranzarterien feststellte. Man injizierte Strophantin und Traubenzucker, gab ihr künstliche Atmung und wartete auf das Wunder, daß der Körper sich von selbst aus der inneren Verkrampfung löse, die der übergroße seelische Schock ausgelöst hatte.

Frank Gerholdt, der aus Berlin zurückkam, in der Tasche die Zusage, einen Kredit von einer Million für die Entwicklung eines neuen Druckstahles innerhalb drei Monaten zu erhalten, fand Irenes Wohnung leer. Von der Nachbarin erfuhr er die plötzliche Erkrankung und raste hinaus zur Lindenburg. Der Stationsarzt fing ihn auf dem Flur ab, als er durch die Gänge rannte und das Zimmer suchte. Die Pfortenschwester hatte bereits nach oben angerufen.

Dr. Schauchardt nahm Gerholdt mit in sein Zimmer und bot ihm eine Zigarre an. Gerholdt dankte.

»Was ist mit Irene?« fragte er atemlos. »Bitte, beruhigen Sie mich nicht mit einer Zigarre oder einem Kognak! Ich möchte die Wahrheit wissen. Ich kann sie vertragen. Ist es ernst?«

Dr. Schauchardt sah auf seine langen, schmalen Hände. Er hob dabei die Schultern.

»Was soll man als ernst bezeichnen? Im Augenblick ist es ernst ... im nächsten Augenblick kann sie geheilt sein. Es ist ein starker Nervenschock mit einer Verkrampfung der Herzkranzarterien. Sie wollen die Dame heiraten?«

»In zwei Monaten.«

»Hm.«

»Der Termin war fest.«

Dr. Schauchardt sah kritisch zu Gerholdt hin. »Ihre Braut ist geschlagen worden . . .«

»Geschlagen –« Gerholdt war aufgesprungen. In seine Augen trat jene Leere, die völlige Hilflosigkeit und Verblüffung erzeugt. Der Arzt nickte schwer.

»Als sie eingeliefert wurde, zeigte die Gesichtshaut deutliche Druckstellen von Schlägen. Auf der linken Backe befand sich ein kleiner Bluterguß, der in der Mitte deutlich einen Abdruck aufwies. Sinnigerweise war es ein Hakenkreuz.«

»Ein –« Gerholdt atmete hastig. Dr. Schauchardt steckte sich eine Zigarette an.

»Ihr Fräulein Braut muß von einem Mann geschlagen worden sein, der an der Hand einen dicken Siegelring mit einem Hakenkreuz trägt. Eine andere Erklärung dieses Druckmales ist nicht möglich. Können Sie darüber Auskunft geben?«

Gerholdt schüttelte den Kopf. »Ich habe keine solchen Schweine in meiner Bekanntschaft.«

»Folgern Sie bitte nicht falsch, Herr Gerholdt. Nicht alle Parteigenossen sind so. Auch ich bin Parteigenosse. Deshalb interessiert es mich besonders, wer der Bursche war, der Ihrer Braut so zusetzte. Leider hatten wir bis heute keine Möglichkeit, Fräulein Hartung zu fragen. Sie liegt seit ihrer Einlieferung in dem Nervenfieber und einer Art Koma, wird künstlich ernährt und ist überhaupt nicht ansprechbar.«

»Darf ich sie sehen?« fragte Gerholdt schwach. Eine wahnsinnige Angst fiel ihn an. Er dachte daran, wie er das Kindermädchen von Buckows so lange schlug, bis sie wimmernd den Namen des Rita rettenden Medikaments nannte. Auch bei diesem Mädchen stellte sich ein Nervenschock ein, nur war er nicht so schwer und gefährlich wie bei Irene. Gerholdt senkte den Kopf. Unser ganzes Leben ist ein Kreis . . . mal größer, mal kleiner . . . Wir bekommen alles zurück, was wir einmal anderen getan haben. Das Schicksal vergißt nicht. Es ist wie eine gut addierende Rechenmaschine, die einmal mit einem Ruck die Gesamtrechnung ausspuckt. Und wir müssen bezahlen, auch wenn wir dabei zugrunde gehen. Es gibt nichts Gnadenloseres als die Rechnung des Schicksals.

Dr. Schauchardt erhob sich und drückte die Zigarette aus.

»Kommen Sie. Aber nur ganz kurz. Einen Blick ins Zimmer nur. Wir wissen nicht, wie sie reagiert, wenn sie Sie wirklich erkennen sollte. Vielleicht kann es vor neuer innerer Erschütterung zum Exitus kommen . . . vielleicht heilt sie der Anblick. Wir wissen es nicht und wollen deshalb vorsichtig sein.«

Frank Gerholdt nickte wortlos. Er ging mit unsicheren Schritten hinter dem Arzt her bis zu einem Zimmer am Ende des langen, weißen Ganges. Dort brannte über der Tür eine kleine rote Lampe. Eintritt verboten, hieß das. Das kleine rote Licht fiel wie ein ganzer Berg auf das Herz Gerholdts. Sie liegt im Sterbezimmer . . . man hat sie aufgegeben . . . Er schloß die Augen und lehnte sich gegen die Wand. Dr. Schauchardt blieb stehen.

»Ich glaube, es ist besser, Sie betreten nicht das Zimmer«, sagte er leise.

Gerholdt schüttelte den Kopf. »Nein, nein . . . es war nur eine Schwäche. Ich komme soeben aus Berlin. Ich bin die ganze Nacht durchgefahren. Ich möchte Irene sehen –«

Er riß sich zusammen. Wie eine aufgezogene Puppe, mit steifen Knien, ging er die wenigen Schritte bis zur Tür. Er sah verschwommen die kleine schwarze Nummer auf dem Türblatt. Nr. 46. Dann öffnete Dr. Schauchardt sie einen Spalt und schob Gerholdt heran.

Das Zimmer war lang und schmal. Vor dem Fenster stand das Bett. In den Kissen und unter der weißen Decke sah er den Kopf Irenes liegen. Schmal, weißgelb, spitz. Die haselnußbraunen Haare fielen auf das Weiß des Kissens wie ausgerupfte Federn. Die Hände, die auf der Decke lagen, waren leblos, fast kindlich in ihrer Schmalheit und Blässe. Irene hatte die Augen geschlossen. Unter den Jochbeinen waren die Wangen eingefallen, das Kinn ragte spitz empor.

Durch Gerholdt lief ein Zittern. »Sie – sie – ist ja tot –« röchelte er. Schnell schloß Dr. Schauchardt die Tür. Er faßte Gerholdt am Arm und zog ihn weg. Willenlos folgte ihm Gerholdt bis zu einer Korbsesselgruppe, die in einer Ausbuchtung des Ganges stand und für wartende Besucher eingerichtet war.

»Der Anblick ist erschütternd«, sagte er leise. »Das Koma wirkt wie der Tod . . . aber sie lebt noch. Wie lange noch – das weiß allein Gott.«

»Gott? Wo ist Gott?!« sagte Gerholdt bitter. Der Arzt sah Gerholdt groß an.

»Sie glauben nicht an Gott?«

»Ich habe ihn noch nicht gesehen. Wenn es einen Gott gibt, so haßt er mich.«

»Er prüft Sie.«

»Ein ganzes Leben lang?«

»Unser Leben ist nur eine Prüfung Gottes.«

»Dann wäre es besser gewesen, mich erst gar nicht auf diese Welt zu setzen. Ich werde keine Prüfung bestehen – ich werde immer aufbegehren und schreien: Warum? Wofür? Von einem Gott erwarte ich Milde – aber keine immerwährende Rache.«

Dr. Schauchardt hob erstaunt den Kopf. »Rache? Wofür Rache, Herr Gerholdt?«

Frank Gerholdt winkte ab. »Es ist lange her. Ich war dabei, es zu vergessen. Aber der, den Sie Gott nennen, der vergißt anscheinend nicht. Nie!« Er erhob sich und streckte Dr. Schauchardt die Hand hin. »Vergessen wir dieses kurze Gespräch, Herr Doktor. Ich nehme an, daß Sie in einem guten Elternhaus aufgewachsen sind, daß Ihr Vater Sie umsorgte, daß Sie immer einen vollen Teller vor sich stehen hatten, daß Sie das besaßen, was man eine Jugend nennt. Sie haben ein Recht, ja eine Verpflichtung, an Gott zu glauben. Aber ich?« Er winkte ab. Etwas Tragisches lag in dieser müden Handbewegung, etwas Resignierendes, das Dr. Schauchardt mit Mitleid erfüllte. »Ich bin der Fabrikant Gerholdt, gewiß. Ich habe soeben von Berlin eine Million mitgebracht. Wer das hört, wird in Ehrfurcht erstarren. Der Millionär Gerholdt! Auch wenn's nur ein Kredit ist – wem man eine Million anvertraut, muß etwas vorweisen können, das dieses Vertrauen rechtfertigt. So sieht's nach außen aus, lieber Herr Doktor. Und wer meine Hände betrachtet, wird sagen: Typische Fabrikantenfinger. Der hat nie einen Eisenträger angepackt!« Gerholdt lachte gequält. »Es hat ein halbes Jahr gedauert, bis die letzten Hornhautschwielen verschwanden.«

»Alle Achtung vor Ihnen, wenn Sie sich emporgearbeitet haben«, sagte Dr. Schauchardt ehrlich. »Erkennen Sie daran nicht Gottes Hilfe?«

»Gott?« Gerholdt atmete tief. »Wenn alles, was mit mir in diesen Jahren geschehen ist, von Gott kam, dann ist er ein alter, tauber, blinder, lahmer Herr, der seine Handlungen nicht mehr übersehen kann und bitterlich weinen würde, wenn man ihm jemals die Wahrheit sagt.« Er wandte sich um und sah auf die kleine weißlackierte Tür, mit der schwarzen Zahl 46 und dem roten Punkt der Lampe darüber. »Wann darf ich wiederkommen?«

»Jederzeit.«

»Danke, Herr Doktor.«

»Wenn sich der Zustand verschlechtern sollte, was wir nicht hoffen, rufe ich Sie sofort an.« Dr. Schauchardt erhob sich gleichfalls und reichte Gerholdt die Hand. »Halten Sie es für zweckmäßig, daß wir die Kriminalpolizei einschalten?«

»Die Kriminalpolizei? Warum?«

»Um den Mann zu finden, der Ihr Fräulein Braut so zurichtete.«

Gerholdt schüttelte den Kopf. In seine Stimme kam ein bitterer Sarkasmus. »Glauben Sie, die Kriminalpolizei gäbe sich etwas Mühe, wenn Sie ihr erzählen, daß auf der Wange Irenes der Abdruck eines Hakenkreuzes war? Glauben Sie das wirklich? Einen besseren Freifahrschein für den Kerl gibt es gar nicht.«

»Wie Sie denken.« Dr. Schauchardt begleitete Gerholdt bis zu der Glaspendeltür, die den Zimmerflur von der Treppenhalle abschloß. »Sie sind kein Parteigenosse?« fragte er, indem er den einen Flügel aufstieß.

»Doch!« Gerholdt knöpfte seinen Mantel zu. »Von heute ab mehr denn je...«

Kopfschüttelnd sah ihm Dr. Schauchardt nach, wie er die Treppe hinabging. Ein mittelgroßer, athletisch gebauter Mann. Merkwürdig, dachte Dr. Schauchardt. Er kommt mir bekannt vor. Gleich, als ich ihn sah, war es mir, als hätte ich ihn schon einmal gesehen. Aber auch die Bilder, die einmal in Zeitungen stehen, verblassen mit den Jahren. Nur ein Schemen bleibt zurück ... der Nebelschleier verschwommener Figuren in einem registrierenden Gehirn. So wußte auch Dr. Schauchardt nicht mehr, wo er Gerholdt schon einmal gesehen hatte.

Eine Neueinlieferung auf seiner Station ließ ihn das Suchen nach Erinnerung völlig vergessen. Der Dienst, das tägliche Leben ging weiter...

Drei Tage später starb Irene Hartung, ohne aus ihrem Koma erwacht zu sein. Gerholdt saß an ihrem Bett und hielt ihre schmalen, schon gestorbenen Hände, bis sich die flache Brust zum letzten, tiefen Atemzug hob. Am Kopfende kniete eine Schwester und betete. Ihr Murmeln war der einzige Laut, der den Raum erfüllte. Dr. Schauchardt stand am Fußende und sah auf das schmale, blasse Gesicht, über das die gelbliche Farbe des Todes glitt.

Es war ein stilles Sterben. Das Herz setzte einfach aus. Müde und ohne Blutzufuhr flatterte es noch ein wenig, ehe es aufhörte zu klopfen, so wie ein Motor erlischt, wenn der Treibstoff aufhört zu fließen. Der schlanke Körper streckte sich. Über das bisher etwas verkrampfte Gesicht glitt ein tiefer Frieden, eine sichtbare Erlösung von aller irdischen Schwere. Es war, als sähe man die Geburt eines Engels ... eine fast fühlbare Seligkeit glitt über den Körper und um den schmalen, bisher zusammengekniffenen Mund.

Frank Gerholdt zerbrach nicht an diesem Tod. Er saß mit zusammengebissenen Zähnen an dem Bett und hielt die erkaltenden Finger Irenes, bis Dr. Schauchardt die Hand auf seine Schulter legte. Da erst erwachte er aus einer Art Versunkenheit und erhob sich vom Bettrand. Seine Augen waren leergebrannt.

»Wir hatten keine Möglichkeit mehr, sie zu retten«, sagte der Arzt leise. Die Schwester faltete Irenes Hände auf der Bettdecke und steckte einen kleinen Blütenstrauß, den Gerholdt mitgebracht hatte, zwischen die erstarrenden Finger.

Gerholdt nickte. »Ihr Gott hat versagt.«

»Er hat Ihre Braut heimgeholt.«

Gerholdts Kopf fuhr herum. »Glauben Sie nicht, daß es ihr auf Erden besser gefallen hätte? Sie lebte so gerne. Sie ging ganz auf in den Vorbereitungen für unsere Hochzeit. Sie wollte nicht ›heim‹ – wie Sie es nennen!«

»Vielleicht hat Gott den besseren Teil erwählt?« sagte Dr. Schauchardt aus einer dunklen Ahnung heraus. Gerholdt schwieg. Er wandte sich plötzlich ab und verließ das Zimmer. Über den Gang rollte bereits die fahrbare Bahre, die Irene in den Waschraum und dann in den Keller bringen würde, wo sie bis zur Aufbahrung in der Leichenhalle bleiben würde. Das Geschäftliche, das einem Tode im Krankenhaus minuziös folgt, nahm seinen Anfang. Die Vorschriften setzten ein, und irgendwo in den vielen Zimmern wartete schon ein anderer Mensch, um in dem kleinen Raum Nr. 46 am Ende des weißen Ganges zu sterben.

Dr. Schauchardt trat aus dem Zimmer. Sein Gesicht war ernst. »Ich bedaure es sehr«, sagte er vorsichtig, »aber der Tod Ihres Fräulein Braut zwingt uns dazu, nun doch die Kriminalpolizei einzuschalten. Es ist ein Tod als Folge einer starken Körperverletzung. Wir kommen nicht umhin, dies zu melden, denn ich kann den Totenschein nicht anders ausstellen.«

»Machen Sie, was Sie wollen«, sagte Gerholdt schwach. »Es kommt auf einen Niederschlag mehr oder weniger gar nicht mehr an.« Er sah den Arzt an. Hilflose Qual schrie aus seinen Augen. »Was soll ich nur Rita sagen? Jeden Tag fragt sie: ›Wann kommt denn Mutti wieder?‹ Was soll ich ihr bloß sagen? Zum zweitenmal verliert sie die Mutter –« Gerholdt schüttelte den Kopf, als wolle er die Antwort auf die kommende Frage schon vorwegnehmen. »Ist auch das Gottes Wille?« Er schluchzte. »Was kann so ein Kind dafür –?«

Dr. Schauchardt musterte Gerholdt erstaunt. »Wofür?«

»Für die Sünden der Väter.«

»Sprechen Sie biblisch oder extrem selbstbezogen?«

Gerholdt winkte ab. Er sah, wie die furchtbare Bahre ins Zimmer geschoben wurde. Das gelangweilte Gesicht des Krankenpflegers machte ihm übel. »Wenn es Gott gibt, wird er wissen, was ich meinte. Überlassen wir ihm das Urteil! Ich werde ihn nie verstehen, wenn er es bejaht.«

Er verließ die »Lindenburg«, bevor man Irene Hartung aus dem Zimmer fuhr, zugedeckt mit einem weißen Leinentuch, ein Körper, der jetzt in den Geschäftsgang der Behörden eingegliedert wurde und am Ende nur noch eine Grabnummer war, eine kleine Parzelle auf dem Südfriedhof von Köln, dem parkähnlichen Ruheort der Toten.

Am Abend dieses Tages saß Gerholdt am Bettchen Ritas und las ihr aus einem dicken Märchenbuch vor. Es war ein trauriges Märchen. Das Märchen von einem kleinen Waisenkind, dem eine gütige Fee Glück schenkt.

Er las dieses Märchen mit stockender Stimme. Rita lag im Bettchen, die goldenen Locken mit zwei hellroten Schleifchen zusammengebunden. Im Nebenraum, der Küche, hörte man das Klappern von Geschirr. Das Hausmädchen wusch ab und räumte die Teller und Tassen in den Küchenschrank zurück.

Rita betrachtete Gerholdt aus großen runden Augen.

»Papi«, sagte sie. Gerholdt unterbrach seine Vorlesung. »Papi, was ist eine Waise?«

Gerholdt schluckte. Er richtete Rita in dem Bettchen auf und ergriff ihre kleinen, kalten Hände. Eine Welle von Liebe und unerklärbarer Verbundenheit strömte von ihm zu dem Kinde über. »Sieh einmal«, sagte er stockend, um jedes Wort ringend, daß es nicht zu hart klang und doch in das Verständnis Ritas einging. »Wenn ein Mädchen oder ein Junge keinen Papi und keine Mutti mehr hat, dann ist es eine Waise. Es gibt Kinder, die haben nur einen Papi, und welche, die haben nur eine Mutti ...«

»Aber ich habe doch einen Papi und eine Mutti –«

»Du hast einen Papi –«

»Und eine Mutti!« sagte Rita fest.

»Auch.« Gerholdt umklammerte die Hände Ritas, als könnten sie ihm Halt geben. »Aber deine Mutti ist weggegangen.«

»Wohin denn?«

»Weit weg ... zu den Engeln. Weißt du ... dort, wo der liebe Gott ist –« Er würgte an dem Wort ›Gott‹ und empfand es schal, als er es aussprach. Aber als er sah, wie über Ritas Gesicht ein helles Leuchten zog, verlor das Wort für ihn den bitteren Geschmack.

»Ein richtiger Engel?« fragte Rita.

»Ja.«

»So, wie es im Märchen steht, Papi? Mit Flügeln?«

»Auch mit Flügeln, Rita.« Er sah zur Seite. In seinen Augen brannte es. Er spürte die Finger Ritas in seinen Händen beben.

»Und Mutti wird beim lieben Gott bleiben?«

»Ja.«

»Und wartet auf uns?«

Gerholdt nickte. Er war nicht mehr fähig, ein Wort zu sagen. Seine Kehle war zugeschnürt. Er fühlte, wie es aus den Augenwinkeln über seine Wangen tropfte. Er schämte sich dessen.

»Warum nimmt uns Mutti nicht mit?« fragte Rita. Gerholdt zuckte hoch. Nein, schrie es in ihm. Nein! Wenn es einen Gott gibt, dann ist dies das Ende der Prüfung! Laß mir Rita! Laß mir das Letzte vom Leben, was ich liebe. Es wäre ja alles sinnlos gewesen, was bisher geschehen ist! Der Tod Irenes war schon sinnlos ... warum nun diese Frage? Wenn du mir Rita auch nimmst, werde ich dich verfluchen, daß die Sterne von deinem Himmel fallen!

»Wir müssen auf der Erde bleiben, Rita«, sagte er mühsam. »Mutti will, daß wir weiterleben. Du mußt groß werden, und Papi soll dir alle Schönheiten der Welt zeigen. Das hat Mutti gesagt, bevor sie zum lieben Gott ging.«

»Und ein Engel wurde, Papi ...«

»Und ein Engel wurde –«

Später, in der Nacht, trat er noch einmal an Ritas Bett. Sie schlief, mit einem glücklichen Lächeln um die kleinen, rosa Lippen.

Sie träumte von Mutti, die ein Engel war.

Und es war, als schwebe der Geist Irenes durch das dunkle Zimmer und streiche über die goldenen Locken des Kindes.

Die Locken, die zusammengebunden waren mit zwei roten Bändern ...

Petermann war weniger erstaunt als bis zur Feigheit erschreckt, als er nach dem Klingeln öffnete und Gerholdt vor sich sah.

»Du?« sagte er gedehnt. Er dachte daran, daß er allein in der Wohnung war und daß er keine Möglichkeit mehr sah, in Sekundenschnelle Verstärkung heranzuholen. »Was willst du denn?«

»Dich sprechen.« Gerholdt war freundlich, was Petermann um so mehr in eine heillose Angst trieb.

»Bitte.«

Gerholdt betrat die Wohnung ... eine Diele, ein geschmackvoll eingerichtetes Herrenzimmer mit schweren altdeutschen Möbeln, tiefen, lederbezogenen Klubsesseln und einer breiten Couch. Petermann folgte ihm. Er hatte die Hand in der Tasche und umklammerte den Griff seiner Walther-Pistole, die er aus der Kampfzeit der SA in sein Privatleben hinübergerettet hatte. Ich schieße ihn einfach um, wenn er mich angreift, dachte er. Es wird heißen: Notwehr. Der Obersturmbannfuhrer wird für mich aussagen. Gerholdt ist ein Abtrünniger ... dafür können wir Zeugen bringen. Einen ganzen SA-Sturm stark!

»Was willst du von mir?!« sagte er grob. Er blieb in der Nähe der Tür stehen und sah, wie sich Gerholdt setzte. »Seit damals glaube ich, daß wir uns nichts mehr zu sagen haben.«

»Von deinem Standpunkt aus hast du recht.« Gerholdt nahm ein Etui aus der Tasche und klappte es auf. Gute Zigarren. Coronas, in Zedernholz gewickelt. Petermann schielte zu Gerholdt hinüber. Was soll das, dachte er. Warum greifst du nicht an? Warum spielst du den Jovialen? Was soll dieses Theater?

Gerholdt blickte zu Petermann hin. »Rauchst du nicht mehr?«

»Heute nicht. Sage endlich, was du willst!«

»Es hat mich eine große Überwindung gekostet, zu dir zu kommen. Aber es ist etwas in meinem Leben eingetreten, das mich alle persönlichen Rücksichten vergessen läßt und sie einfach zur Seite schiebt. Ich suche einen Mann, Petermann! Einen Mörder! Ich gebe dem fünftausend Mark, der ihn findet.«

Petermann atmete auf. Einen Mörder sucht er ... Dann hat diese Irene Hartung geschwiegen. Verdammt, wie konnte man so ängstlich sein. Er nahm die Hand aus der Tasche vom Griff seiner Pistole und legte sie auf den Rücken. Er lächelte sogar. Er wußte nichts vom Tode Irenes und fühlte sich wieder sicher und Gerholdt gleichwertig.

»Ich bin doch kein Detektiv«, sagte er sogar scherzend.

»Aber du kennst eine Menge strammer Parteigenossen. Darum komme ich zu dir. Du bist sozusagen der einzige, der helfen kann. Du brauchst nur die Augen offenzuhalten. Der Mann, den ich suche, ist nicht zu verfehlen. Er trägt ein untrügliches Zeichen mit sich herum, eine Art Kainszeichen.« Gerholdt schob die Zigarren über den Tisch. »Aber rauch erst eine. Es erzählt sich besser.«

Petermann trat an den Tisch und griff nach dem Etui. Dabei benutzte er die rechte Hand. Als er die Zigarre herauszog, sah Gerholdt auf dem Ringfinger einen dicken Siegelring mit einer schweren, goldenen Platte. Die Gravur – ein Hakenkreuz.

Gerholdt wurde es dunkel vor den Augen. Einen Moment nur –, wie ein Schatten, der vorüberfliegt. Dann wurde es strahlend hell um ihn, so hell, daß er nur den Ring sah und den Finger, der langsam eine Zigarre, in Zedernholz gerollt, aus dem Etui zog.

Er legte die Hände zusammen, als wolle er beten. Sie waren schweißig, und er spürte das Zittern, das durch seinen Körper fuhr.

Petermann schnitt die Spitze der Zigarre mit einem silbernen Abschneider ab. Dabei leuchtete der Ring an seinem Finger auf. Gerholdt stöhnte auf. Erstaunt sah Petermann auf ihn hinab.

»Was hast du auf einmal?«

»Nichts. Gar nichts.« Gerholdts Stimme war rauh, fast tonlos. Er hatte die Augen geschlossen. Petermann! Nur dieses eine Wort war in seinem Kopf, seinem Herzen, seinem Körper, im Kreislauf seines Blutes. Petermann!

»Du wolltest mir doch etwas von einem Mann erzählen, den du suchst«, riß die Stimme Gerholdt aus seinem Taumel der Gedanken. »Ein Mörder, sagst du?«

Gerholdt nickte. »Ja, ein Mörder.« Er öffnete mit einem Ruck die Augen und starrte Petermann an. Lächelnd holte dieser eine Flasche Kognak und stellte sie vor Gerholdt hin. Sein Gesicht war breit, jovial, dumm und dreist in seiner Anbiederei.

»Du meinst, daß ich ihn kenne?« Petermann lachte meckernd. »Du traust mir ja allerhand zu ... Verkehr mit Mördern!«

Gerholdt nickte langsam. »Das hätte ich dir wirklich nicht zugetraut«, sagte er dunkel. Er klopfte auf den Sitz neben sich. »Komm, setz dich hierher. Ich will dir ein paar Fotos zeigen ... von dem Opfer des Mörders.«

Petermann schob sein Glas zu Gerholdt hin und kam um den Tisch herum. Ächzend setzte er sich. Seine Biedermännigkeit erzeugte in Gerholdt einen Ekel, der bis zur Kehle drang und ihn fast erwürgte. »Her mit den Fotos«, sagte Petermann fröhlich. »Woher hast du sie eigentlich?«

Gerholdt wandte sich um. Er sah Petermann an, lange, schweigend, sinnend. Petermann wurde unruhig.

»Was hast du, Frank?« fragte er.

»Glaubst du an Gott?«

Petermann lachte grell. »Dumme Frage! Wer im SA-Sturm glaubt noch daran? Alter Mann mit weißem Bart, was? Gütiger Opa, der die Schäfchen auf den Wolken hütet! Haha!«

»Glaubst du überhaupt an Gerechtigkeit? An die Berechtigung des alten Bibelspruches ›Auge um Auge, Zahn um Zahn‹?«

»Mensch, hör auf!« Petermann winkte ab und kippte das Glas Kognak herunter. Er wischte sich mit der Zunge über die wulstigen Lippen. Gerholdt beugte sich vor.

»Schmeckte der Kognak?« fragte er leise.

»Und wie! Ist 'n Dreistern.«

»Es war dein letzter Kognak ...«

Über Petermanns Rücken zog ein eiskaltes Kribbeln. Er fuhr herum und sah in kalte, fast leblose Augen. Augen, die kein Gefühl kannten, keine Regung, kein Verstehen, kein Mitleid.

»Frank –«, stotterte er. Er wollte aufspringen, aber die Faust Gerholdts warf ihn zurück. Mit weit aufgerissenen Augen starrte Petermann Gerholdt an. Er sah, wie Frank die Finger spreizte.

»Du kennst Irene Hartung?« fragte Gerholdt leise.

»Frank! Es war ein Irrtum ... Ich schwöre dir ...«

Petermann sprang empor, aber Gerholdts Faust schlug wieder zu. Eine wahnsinnige Angst erfaßte ihn ... er schlug mit beiden Armen um sich und riß den Mund auf wie ein um Luft ringender Fisch. »Hilfe!« wollte er schreien. »Hilfe!« Aber Gerholdt hinderte ihn daran ... er schlug drei-, viermal auf den Mund, bis er blutete und Petermann stöhnend die Vorderzähne ausspuckte.

»Irene ist tot!« sagte Gerholdt mit unheimlicher Ruhe. »Du hast sie erschlagen!«

»Nein!« Petermann wollte sich aufrichten, ein Fußtritt in den Magen warf ihn zurück. »Sie lebte, als ich sie verließ. Sie lebte!« schrie er dumpf.

»Du hast sie geschlagen, daß sie einen Nervenschock und eine Herzlähmung bekam! Sie ist vor einer Woche gestorben. Ich kam zu dir, um dich zu bitten, mit mir den Mörder zu suchen. Den Mörder mit dem Ring, auf dessen Platte ein Hakenkreuz graviert ist.« Petermann hob die Hand. Der Ring blitzte im Licht der Lampen.

»Hör mich an, Frank ...« stotterte er. Aber Gerholdt winkte ab. Er riß Petermann empor und schleifte ihn in die Mitte des Zimmers. Dort ergriff er ein Schüreisen, das neben dem Ofen lag. Petermanns Augen weiteten sich unnatürlich. Er fiel auf den Boden, wimmernd und die Hände hebend. »Frank«, schrie er. Er spuckte Blut aus dem zerschlagenen Mund und kroch winselnd zu Gerholdt hin. »Frank ... du willst mich doch nicht umbringen ...«

»Ich werde es müssen, Petermann«, sagte Gerholdt ruhig, so, als handle es sich um eine alltägliche Abmachung. »Ich habe kein Vertrauen zu den Gerichten, die heute Recht zu sprechen haben. Ich kenne eure Methoden, sich durch Zeugen zu decken. Ein ganzer SA-Sturm würde im Gerichtssaal antreten und aussagen, daß du zu der fraglichen Zeit bei ihnen im Stammlokal warst. Ich kenne heute nur eine Gerechtigkeit, die so alt ist wie die Menschheit selbst: das Recht der Rache!«

»Frank!« Petermann schlug die Hände vor die Augen. »Du kannst mich doch nicht erschlagen ...«

»Ich werde es können. Wie einen tollen Hund ... mit dem Feuerhaken ...«

»Frank!« Petermann wollte sich aufrichten. Da traf ihn der erste Hieb. Er ging über die Schulter und schleuderte ihn auf den Boden zurück. »Hilfe!« schrie er grell. »Hilfe! Mörder!!« Er wollte sich emporschnellen, aber Gerholdts Schläge prasselten auf ihn nieder. Stöhnend sank er zusammen und rollte sich über den Boden.

»Gnade«, wimmerte er. »Gnade ...«

Es waren Worte, die Gerholdt nicht mehr erreichten. Mit leeren Augen, mit ausgebranntem Herzen schlug er zu. Immer und immer wieder, mechanisch fast, wie das Stampfen einer Maschine. –

Nach einer Stunde verließ er die Wohnung Petermanns.

Er fuhr mit seinem Wagen nach Hause und legte sich angezogen auf sein Bett.

»Jetzt hast du einen Grund, mich zu verfluchen, du Gott da oben«, sagte er laut. »Jetzt zeige, daß du lebst! Ich bin zu allem bereit!« –

Am nächsten Morgen brachten die Zeitungen die Meldung vom Tode des Außenhandelsvertreters Petermann. Da nichts fehlte, kam ein Raubmord nicht in Frage. Es war ein Racheakt, so folgerten die Zeitungen. Der »Westdeutsche Beobachter« der NSDAP schrieb:

»Petermann, ein alter SA-Mann, stand öfter unter den Drohungen ehemaliger Kommunisten, ihn heimtückisch umzubringen. Aus seiner Kampfzeit her hatte er viele Feinde, denn Petermann war ein guter Kämpfer für die Ideale des Volkes. Er war einer der ersten, der 1933 in die Kommunistenviertel von Köln eindrang und die Rädelsführer des Widerstandes gefangennahm.

Nun hat die Kommune Rache genommen! Wir aber rufen: Sein Blut wird euer Blut kosten! Wir werden die Kommunisten ausräuchern wie Ratten!«

Verwundert las Frank Gerholdt diese Version. Gegen Mittag brachte der Sender Köln die Meldung, daß zwei lang gesuchte Kommunisten aus der Thieboldsgasse den Mord vor der Geheimen

Staatspolizei gestanden hätten. Sie sagten aus, daß sie Petermann erschlagen hätten, weil er ihre Freunde ins Zuchthaus gebracht habe.

»Die schnelle Auflösung dieses widerlichen Mordfalles ist eine Meisterleistung der Geheimen Staatspolizei«, sagte der Rundfunksprecher mit sonorer Stimme. »Der Erste Staatsanwalt wird sofort Anklage erheben. Die Todesstrafe dürfte sicher sein. Wie bekannt wird, hat das Justizministerium die schnelle und abschreckende Aburteilung der beiden Mordbuben angeordnet.«

Frank Gerholdt unternahm nichts, als er diese Meldungen las und hörte. Er saß in seinem Zimmer und starrte hinaus auf die Straße.

Nun bin ich wirklich ein Mörder, dachte er. Und nicht nur ein einfacher ... ein dreifacher! Der Tod der beiden unschuldigen Kommunisten kommt auch auf dein Konto. Zwar ist ihre Aburteilung ein Zeichen der Zeit ... sie würden auch hingerichtet werden, wenn er den Mord an Petermann gestand. Man war froh, einen Grund zu haben, die noch lebenden Kommunisten zu schocken – es war vielleicht ein lang gesuchter Fall, den die Parteistellen nicht mehr aus der Hand gaben.

Er zog sich an und fuhr zum Hauptpostamt. Von dort, aus einer der öffentlichen Fernsprechzellen, rief er den Oberstaatsanwalt an. Er war nicht erreichbar. Gerholdt zögerte, dann rief er erneut an ... diesmal den Kreisleiter.

»Hören Sie«, sagte er mit verstellter Stimme. »Sie haben da zwei Kommunisten verhaftet, die Petermann erschlagen haben sollen. Das war ein Fehlgriff. Ich habe ihn erschlagen.«

Die Stimme des Kreisleiters war unwillig. »Reden Sie kein Blech, Mann! Diese Ablenkungsversuche ziehen bei uns nicht. Sie haben ja gestanden.«

»*Was* haben sie?« rief Gerholdt verblüfft.

»Gestanden, Mann! Unsere Gestapo kriegt jeden zum Geständnis! Was wollen Sie also? Sie hätten sich den Groschen sparen können!«

Klick. Der Kreisleiter hatte eingehängt. Benommen verließ Gerholdt die Telefonzelle. Sie haben gestanden ... sie haben – – – Er wischte sich über die Augen und stand eine lange Zeit vor dem Hauptpostamt und starrte in den regen Verkehr, der zum Kölner Dom flutete.

In welcher Zeit lebe ich, dachte er. Hier werden Morde begangen, die andere gestehen und dafür büßen. Ist denn die ganze Welt irrsinnig geworden ...

Und das Leben ging weiter.

Frank Gerholdt fuhr wie jeden Tag in seine Fabrik am Ufer des Rheins. Die Arbeiter und Angestellten grüßten ihn stramm mit dem deutschen Gruß. Dr. Schwab wartete schon im Büro ... er sollte heute mit Hilfe einiger Ingenieure seine neue Versuchsabteilung übernehmen.

Gerholdt drückte ihm die Hand. Es war ein schlaffer Druck. Dr. Schwab sah erstaunt auf.

»Sind Sie krank, Herr Gerholdt?«

Gerholdt schüttelte den Kopf. Er trat ans Fenster und blickte über den im Morgendunst hinfließenden Rhein.

»Eine schlaflose Nacht, Dr. Schwab. Ich habe über Ihr Projekt nachgedacht.« Er lächelte schwach, als er sich wieder in den Raum drehte. »Man wird älter, mein Lieber. Ich werde in Zukunft schlaflose Nächte vermeiden ...«

Zwei Jahre später kaufte Frank Gerholdt am Rhein, in der Nähe Düsseldorfs, ein großes Grundstück und begann, nach Plänen eines bekannten Architekten sein Landhaus zu bauen. Es sollte ein lang hingestreckter, flacher Bau werden mit einer überdeckten Terrasse, einem Schwimmbecken inmitten einer kurzgehaltenen Wiese, weiten Rosenrabatten und einem parkähnlichen Abschluß zur Straße hin, die hinter dem Haus am Rhein entlangführte. Ein Tennisplatz wurde angelegt, ein Bootshaus mit einem Motorboot schaukelte auf Schwimmern im Rhein. Dr. Schwab lächelte, als er die Pläne sah, und nickte dazu.

»Man sieht, wer Geld hat«, sagte er neckend.

»Es ist alles für Rita.« Gerholdt faltete die Pläne zusammen und steckte sie in eine Mappe. »Ich käme mit einem Bett im Büro aus.«

Dr. Schwab schob die Laboratoriumsberichte zusammen, die er Gerholdt vorgelegt hatte. »Sie lieben Ihre Tochter über alles?«

»Wundert Sie das?«

»Ich möchte – wenn ich mir die Freiheit erlauben darf – fast sagen, daß Sie in sie vernarrt sind. Das ist ein Fehler, Herr Gerholdt. Sie wollen Rita erziehen zu einem Kind, das nur die Sonnenseiten des Lebens kennt.«

»Allerdings.«

»Es wäre besser, wenn sie auch weiß, was Schatten sind. Das Leben ist nicht nur sonnig.«

»Das ihre soll es sein! Dafür schufte ich Tag und Nacht. Schatten habe ich genug kennengelernt ... es reicht aus für einige hundert Schicksale. Ritas Schicksal will ich gestalten – ich ganz allein! Und so wird keiner sein, der mir ins Handwerk pfuscht, solange ich denken und arbeiten kann!«

»Sie vergessen Gott.«

»Dr. Schwab – hören Sie bitte davon auf!« Gerholdt legte die Hände auf den Rücken, er war plötzlich erregt. »Ich habe vor zwei Jahren Gott herausgefordert! Ich habe ihn zum Duell geladen! Er kam nicht! Im Gegenteil – er vergoß Blut an einer völlig unschuldigen Stelle. Er ließ zu, daß man Unschuldige verurteilte. Gäbe es einen Gott, hätte er da eingegriffen! ›Aber nichts geschah. Gar nichts!«

Dr. Schwab schüttelte den Kopf.

»Verzeihen Sie bitte meine Kritik, aber Sie haben eine merkwürdig primitive Ansicht von der göttlichen Wirksamkeit. Gott zum Duell rufen! Glauben Sie, er läßt sich auf so etwas ein? Er wird Ihnen seine Macht zeigen, wenn Sie am wenigsten daran denken. Wenn Sie glauben, der strahlende Sieger zu sein. Gott hat Zeit, viel Zeit – – –«

Gerholdt öffnete das Fenster. Vom Rhein herüber wehte der Frühlingswind. Auf den Wiesen blühten die Krokusse. Schleppkähne, tief geladen mit Ruhrkohle, stampften den Rhein hinauf. Etwas unterhalb der Fabrik schaukelte ein mächtiger Bagger im Wasser und schaufelte den Rheinsand aus dem Flußbett. Es war warm in der Sonne.

»Sie reden wie ein Pastor, Dr. Schwab. Sie avisieren mir Gottes Bannstrahl – – – ich wüßte nicht, warum.«

»Sie sagten doch eben selbst – – –«

»Ich spielte mit Ideen, Dr. Schwab. Ich rechnete mit Annahmen. Kleiner philosophischer Seitensprung . . . das war alles.« Gerholdt winkte lächelnd ab. »Zu Ihren Versuchsreihen zurück, Dr. Schwab: Wann können wir mit der Produktion beginnen? Noch einmal bekommen wir keine Million geliehen. Berlin will Erfolge sehen.«

»Wir können den ersten Abstich in vierzehn Tagen wagen, Herr Gerholdt.«

»Ohne uns zu blamieren?«

»Ohne, Herr Gerholdt.«

»Na, dann viel Glück.« Er gab Dr. Schwab die Hand und ging hinaus in den Hof. Dort stieg er in seinen Wagen und fuhr den Rhein hinauf bis zu der Baustelle, auf der sein Landhaus entstand. Das Kellergeschoß wuchs schon aus der Baugrube – es ruhte, des Grundwassers wegen, in einer riesigen Betonwanne, die es vor der Feuchtigkeit abschirmte.

Den ganzen Vormittag verbrachte er auf der Baustelle. Meistens saß er auf einem Steinhaufen in der Nähe des Rheines und sah zu, wie die Mauern unter den Händen der Maurer emporwuchsen.

Eine Fabrik . . . ein großes Haus . . . ein Patent, das uns Millionen einbringen kann . . . alles für Rita! Was konnte ihm noch geschehen? Er hatte das Schicksal besiegt. Er war der Stärkere geblieben. Einen Augenblick hatte er den Gedanken, stolz auf sich zu sein. Aber dann verwarf er ihn wieder. Stolz ist die Wiege des Mißerfolges, Demut ist das Gift des Unterdrücktwerdens . . . nur Härte ist die Leiter zum Erfolg. Härte gegen sich selbst und gegen alles. Eine dämonische Philosophie, aber sie gefiel Frank Gerholdt und gab seinem Aufstieg recht.

So unnahbar er in seiner Fabrik war, so weich wurde er zu Hause, wenn er Rita sah. Sie lebte in einer sorglosen Welt von Freude und Erfüllung aller Wünsche, umsorgt von einem Kindermädchen, umgeben mit Spielgefährtinnen, die Gerholdt genau aussuchte und bestimmte, damit nicht der geringste Makel in das Leben Ritas trat.

Die erste Wohnung hatte er aufgegeben und eine leerstehende Villa in Lindenthal gemietet. Dort konnte Rita im Garten spielen. Er ließ einen riesigen Sandkasten zimmern und mit goldenem Rheinsand füllen, er stellte eine Wippe auf, eine Schaukel, ein Karussell . . . an ihrem vierten Geburtstag kaufte er ihr sogar ein Shetlandpony und ein buntes Wägelchen. Wenn die Sonne schien, fuhren dann Rita, ihre Freundinnen und das Kindermädchen mit dem Pony und dem Wägelchen durch den großen Garten oder hinaus über die Wege des Kölner Stadtwaldes, vorbei an den Weihern mit den Schwänen und den herrlichen, künstlich angelegten Wäldern.

Oft stand dann Gerholdt am Eingang des Hauses und verging vor Freude und Glück, wenn er Rita jauchzend zurückkommen sah, die Zügel in den kleinen Händen, eine kleine Herrin, der die ganze, herrliche Welt gehörte . . . durch ihn, durch Frank Gerholdt, der ein zweites Schicksal aufbaute, nachdem er das erste zerstört hatte.

Ritas Krankheit machte keine Sorgen mehr. Zwar nahm sie noch täglich dreimal ihre Medizin, aber es schien, als ob der große Blutaustausch die blutbildenden und bluterneuernden Organe des Körpers angeregt hätte, selbst normal zu arbeiten und dem kleinen Körper die nötige Lebenskraft zu geben. Zwar war Rita immer noch blaß, eine Art Anämie ließ sich nicht ganz entfernen – – – aber das Blut zersetzte sich nicht mehr und regenerierte sich von selbst.

Von Irene Hartung sprachen sie nicht mehr. Im ersten Jahr nach ihrem Tod fragte Rita noch ein paarmal nach der Mutti. Dann erzählte Gerholdt wieder mit stockender Stimme von den Engeln des lieben Gottes und von Mutti, die dort oben sei und alles mit ansehe, was auf der Erde geschieht. Nach einem Jahr verblaßte auch das Bild Irenes bei Rita, und nach zwei Jahren erinnerte sie sich kaum noch an sie und wandte sich anderen Dingen zu, die greifbar waren und Leben bedeuteten.

Von Herrn Berger hörte Gerholdt nichts mehr. Nach dem Mord an Petermann und der Verurteilung der beiden geständigen Kommunisten zum Tode durch das Fallbeil hielt es Herr Berger für angebracht, sich still von allen diesen Dingen zurückzuziehen und nicht mehr an das Gestern zu denken. Die letzten telefonischen Worte Petermanns hatten eine tiefe Nachdenklichkeit bei ihm erzeugt. Dieser Frank Gerholdt schien stärker zu sein, als man bisher angenommen hatte. Wenn Petermann in seiner rüden Art versagte, war auch das Feld für einen Herrn Berger zu steinig, um darauf zu pflügen und zu säen. Der Mord schließlich – an die Kommunisten glaubte Herr Berger ebensowenig wie die Gestapo selbst – überzeugte ihn vollends, sich aus allem herauszuhalten. Er wechselte sogar die Stellung und wurde Produktionsdirektor eines süddeutschen Stahlwerkes.

Frank Gerholdt erfuhr es aus einer kleinen Meldung im Fachblatt der Stahlindustrie. Es wunderte ihn nicht, daß nun der letzte Gegner aus seinem Gesichtskreis gegangen war. Er hatte es sich abgewöhnt, sich noch über etwas zu verwundern. Das Schicksal schien weich geworden zu sein vor seiner Härte. Es erfüllte alle Wünsche, selbst die heimlich gedachten.

Mit dem Beginn der Schulpflicht Ritas begann für Gerholdt eine neue Sorgenzeit. Die Schulbehörde verlangte die Geburtspapiere Ritas, das Impfzeugnis, den Taufschein.

An einem Abend stellte sich Gerholdt hinter den Kölner Hauptbahnhof an die Straße. Dort, wo die kleinen winkligen Gassen münden, in der Nähe der großen Überführung, stand er, bis ihn ein Mann mit einer Schirmmütze ansprach.

»Wie ist es mit 'ner kleinen Dose Schnupftabak?« fragte er vorsichtig. Gerholdt lächelte.

»Behalte deinen Koks für dich, mein Junge.«

»Ach – vom Fach?«

»Nicht ganz. Ich suche Papiere.«

»Was?«

»Papiere! Geburtspapiere, Impfschein, Taufschein, Trauschein, Todesschein . . . alles!«

»Das ist ein dicker Hund.« Der Mann mit der Schirmmütze kratzte sich den Kopf. »Sehr schwer, mein Sohn. Sehr schwer.«

»Du kriegst fünfhundert Mark!«

»Für die Vermittlung?«

»Ja.«

»Will mal sehen. Komme übermorgen wieder. Um acht Uhr abends. Aber mit den Piepen!«

»Auf mein Wort.«

Vier Tage später besaß Frank Gerholdt die besten und naturgetreuesten Papiere. Sie bekundeten schwarz auf weiß, daß Rita Gerholdt in Köln geboren war, die Mutter gestorben sei und das Kind in der Antoniter-Kirche getauft worden war. Ohne Erfolg zweimal geimpft. Papiere, die keiner anzweifelte, die zerknittert waren, so, wie Originaldokumente nach Jahren auszusehen pflegen.

Sie kosteten Gerholdt bare zweitausend. Aber mit ihnen gewann er Rita ganz für sich. Es gab jetzt keine Klippe mehr, die sich in den Strom seines Lebens schob. Die Zukunft war frei . . .

Der erste Abstich der neuen Stahllegierung war ein voller Erfolg. Die Druck- und Zerreißproben bestätigten die Berechnungen Dr. Schwabs. Im Wirtschaftsministerium in Berlin wurde Gerholdt in Sonderaudienz empfangen. Der deutschen Wiederaufrüstungsproduktion, die heimlich bereits angelaufen war, eröffneten sich neue Möglichkeiten. Es war wieder einer der großen Glücksumstände, daß die Stahlveredelung der Niederrheinischen Stahlwerke als geheim bezeichnet wurde und der Name Gerholdts nie in die Presse kommen würde. Die Anonymität seines Daseins wurde von Staats wegen gefördert. Nur noch wenige Jahre, und die Hamburger Delikte Gerholdts waren verjährt. Dann war er wirklich ein freier Mann und hatte den Letzten nicht mehr zu fürchten, der wie er in der grauen Masse lebte und nicht vergessen konnte, was einmal geschehen war: Dr. Werner.

Ab und zu hörte Gerholdt von ihm. Ein Mord im Hafen, ein Raubmord an einem Taxifahrer, ein Eifersuchtsdrama in Altona . . . dann kehrte der Name Dr. Werner in der Presse wieder. Für ein oder zwei Tage nur . . . aber es genügte, um Gerholdt zu sagen, daß sein ärgster Feind noch lebte und weiterhin die Jagd nicht aufgab.

An einem Abend – es war im Jahre 1937 – trafen sich in Hamburg der ehemalige, jetzt pensionierte Polizeipräsident von Hamburg und Kriminalrat Dr. Werner in einer alten Weinstube zu einem Wiedersehen. Der Frühling wehte über die Stadt, die ersten Ausflugsboote fuhren die Hafenbesichtigungen an den Kais und riesigen Stahlkränen vorbei, an den Lagerhäusern und Silos, Fruchthallen und Kohlenlagern.

Dr. Werner sprang von seinem Stuhl auf, als der Polizeipräsident das Lokal betrat, und eilte ihm entgegen. Er half ihm aus dem Mantel und freute sich, daß der alte Herr ihm gutgelaunt auf die Schulter klopfte.

»Ein bißchen grau geworden, Dr. Werner.«

»Es sind immerhin fünf Jahre ins Land gegangen, Herr Präsident.«

»Fünf Jahre schon. Wie die Zeit rast, Werner. Auch ich bin klapprig geworden. Arthritis ... ein scheußliches Gefühl.« Sie setzten sich in eine Ecke, umgeben von dunkel getäfelten Wänden. Dr. Werner bestellte eine Rüdesheimer Rosenberg Spätlese und betrachtete seinen ehemaligen Präsidenten genauer. Das Forsche war von ihm gewichen ... er war ein Greis geworden, ein Greis, der darunter litt, daß man ihn 1933 einfach wegjagte, wie man einen flegelhaften Jungen aus der Schulklasse weist. Fast über Nacht erschien der neue Präsident, ein SS-Gruppenführer, und setzte den alten Herrn vor die Tür. Das war ein Schlag, den er nie überwinden konnte und der ihn schneller altern ließ, als es seine Natur vorschrieb.

Dr. Werner füllte den goldgelben Wein in die bauchigen Gläser. »Stoßen wir auf unser Wiedersehen an, Herr Präsident.«

»Auf Ihre weiteren schönen Erfolge, Dr. Werner.«

Sie tranken und verharrten eine Weile andächtig im Genuß des Weines. Dann nahm Dr. Werner ein Lederetui aus der Tasche und entnahm ihm eine gute, hellblonde Zigarre. Der Präsident lächelte.

»Noch immer verliebt in Havanna?«

»Das wird sich nicht ändern bis zum endgültigen Rauchverbot.« Er schnitt die Spitze ab, beleckte sie ein wenig, damit das Deckblatt nicht abblätterte, und zündete sie an.

»Eine fast sakrale Handlung«, spottete der Präsident.

Dr. Werner blies einen kunstvollen Ring gegen die dunkle Decke.

»Fast die einzige Freude, die mir noch geblieben ist.«

»Und Ihr Beruf.«

»Zum Kotzen, Herr Präsident. Die Kriminalpolizei ist eine Farce geworden. Kapitale Fälle werden nach ihrer Aufdeckung der Gestapo überstellt. Was dort geschieht – na ja, schweigen wir. Mit Justiz und Gerechtigkeit hat das nichts mehr zu tun. Aber können wir es ändern?«

Der alte Präsident nickte schwermütig. Doch dann blitzten seine

Augen wieder auf. Er beugte sich über den Tisch hinweg und tippte Dr. Werner auf die Schulter.

»Was macht Ihre Blamage?«

»Welche?«

»Ihre größte: der Fall Gerholdt.«

Dr. Werner legte die Zigarre auf den Rand des großen Aschenbechers. »Er wird in Kürze wieder aufgerollt werden.«

»Sie haben ihn, Werner?!«

»Ich weiß es noch nicht. Die Ermittlungen laufen geheim, fast illegal. Der neue Präsident hat damals die Weiterverfolgung eingestellt. Ich unternehme die ganze Sache privat.«

»Immer noch der alte Feuerkopf?«

»Das nicht. Aber es läßt mir einfach keine Ruhe, daß diese gemeine Tat meinen Fingern entgleiten soll. Ich habe in Bremen einen Mann beschatten lassen, auf den die Beschreibung dieses Frank Gerholdt paßt. Er wohnt in einem Außenviertel Bremens und hat ein Kind, das jetzt fünf Jahre alt ist. Ein Mädchen. Das Alter stimmt also. Die Mutter ist angeblich gestorben. Der Mann – er nennt sich Hans Weidel – zog 1932 – man beachte das Jahr – nach Bremen und kam aus Hamburg! Mit einem Säugling!«

Der Präsident umklammerte sein Weinglas. »Und warum greifen Sie nicht zu?! Wenn das keine stichhaltigen Indizien sind – – –«

»Ich brauche Beweise, um bei der vorgesetzten Behörde die Wiederaufnahme zu beantragen. Ich bin dabei, das Vorleben dieses Hans Weidel aufzurollen. Es beginnt in Hamburg und endet in Bremen! Ein kleiner Zeitraum von sieben Jahren ... was davor war, liegt in tiefem Dunkel.«

»Was bei Frank Gerholdt aber durchaus nicht der Fall war, wenn ich mich richtig erinnere.«

»Bei Gerholdt hatten wir alle Unterlagen, von der Geburt an. Das eben macht mich stutzig. Dieser Hans Weidel hat überhaupt kein Vorleben. Alles ist dunkel. Wenn er Gerholdt ist, hat er selbstverständlich ein großes Interesse daran, daß sein wahrer Name nie ans Licht kommt. Deshalb die Vertuschung seines Vorlebens.«

»Eine sehr gewagte Kombination, Dr. Werner.« Der Präsident wiegte den weißhaarigen Kopf hin und her. »Was macht er denn, dieser Weidel?«

»Er lebt vom Schrotthandel.«

»Ein lukratives Geschäft. Und das Kind?«

»Lebt bei einem alten Mütterchen, das er sich für die Pflege anstellte. Wir haben es verhört.«

»Und?« Der Präsident beugte sich gespannt über den Tisch.

»Wenig. Das Kind heißt Helga. Es ist blond. Hans Weidel ist sehr nett zu ihm, auch zu dem Mütterchen. Er spricht Hamburger Dialekt.«

»Das tat Gerholdt auch?«

»Unbekannt. Darüber hat niemand etwas ausgesagt.« Dr. Werner nahm einen vorsichtigen Schluck Wein. Der Rüdesheimer Goldberg wollte geschlürft und genossen sein. Wie in allen Dingen des Feingeschmackes, vor allem beim Rauchen seiner Zigarren, machte Dr. Werner aus dem Trinken eines guten Weines eine edle Tugend, die seinem Wesen als Ästhetiker angepaßt war.

Der greise Polizeipräsident wiegte unschlüssig den Kopf wieder hin und her. Sein Pessimismus gerade im Falle dieses Gerholdt hatte bisher immer einen gesunden Boden gehabt.

»Sie schneiden sich in den Finger, Werner.«

»Mit Hans Weidel? Vielleicht.«

Der Präsident hob die Augen. Er war verblüfft. »Sie glauben selbst, daß Weidel nicht Gerholdt ist?!«

»Ich möchte mir einreden, er sei es. Das wäre ein zu schöner Wunsch und eine geradezu märchenhafte Erfüllung.«

»Aber warum dann dieser Rummel?«

Dr. Werner lächelte in sein Glas hinein. Er nahm fast die Züge eines Wilhelm Buschschen Genießers an oder eine Personifizierung Morgensternscher Galgenvögel. »Wenn der Fall verjährt, ist uns Gerholdt für immer entwischt. Gelingt es aber, kurz vor der Verjährung eine Wiederaufnahme zu inszenieren, mit allen Voruntersuchungen, Beweisaufnahmen und was so alles zusammenkommt, dann wird die Verjährung hinausgeschoben und läuft noch einmal um den vollen Zeitraum weiter. Das heißt, daß wir Gerholdt noch ein Jahrzehnt lang jagen können – – – auch, wenn die Spur Weidel falsch war. Weidels Verhaftung und Untersuchung rettet uns in jedem Fall die weitere Verfolgung Gerholdts!«

»Sie sind ein raffinierter, ein gefährlicher Fuchs, Werner.« Der alte Präsident trank sein Glas leer und schüttete sich aus der Flasche wieder ein. »Sie müssen ja eine Heidenwut auf diesen Gerholdt haben.«

Dr. Werner sah auf die Spitze seiner Zigarre und löste vorsichtig die Aschenkrone am Rande des Aschenbechers. »Wut ist nicht der richtige Ausdruck, Herr Präsident. Um einen frivolen Vergleich zu bringen: Ich bin wie ein geschändetes Mädchen, das jetzt ein Leben lang seinen Verführer sucht. Ich werde nie das Telefongespräch mit

Gerholdt vergessen, nach dem das Leben Rita von Buckows an einem dünnen Faden hing. Damals war ich mir sicher, daß er das Kind zurückgibt. Zu sicher. Bis er das Medikament stahl ... bei Buckows, in der Apotheke. Damit versetzte er mir einen Schlag, unter dem ich heute noch leide.«

»Und wessen wollen Sie ihn jetzt anklagen, wenn Sie ihn wirklich einmal fangen?«

»Nicht des Einbruchs, nicht der Kindesentführung, nicht der Körperverletzung des Kindermädchens ... das sind in der heutigen Justiz kleine Fische, die niedergeschlagen würden, weil von Buckow ein Sozialdemokrat war. Ich werde ihn anklagen des mittelbaren Mordes an Frau und Herrn von Buckow.«

»Das wird unmöglich sein, Dr. Werner«, sagte der Präsident entsetzt. »Das gibt es ja gar nicht.«

»Dann wird man es einführen! Frau von Buckow wäre ohne diese Tat nie irrsinnig geworden, und der Wagen wäre nie das Elbufer hinabgestürzt! Das war Mord!«

Der Präsident schwieg. Er sah in den Augen Dr. Werners eine plötzliche Welle von Haß, die ihn erschütterte. Das Wesen des ruhigen, besonnenen Mannes war aufgewühlt und jenseits aller Vernunft, die ihn bisher auszeichnete.

Wer wußte auch, daß Dr. Werner die große blonde Renate von Buckow einmal geliebt hatte ... heimlich, still, versonnen in dem Ideal, sie einmal heiraten zu können. Damals, als er Primaner war und Renate das Lyceum besuchte, und später, als junger Student der Rechte, wenn er gegen Mittag abseits an der Straßenecke stand und beobachtete, wie die schlanke, schöne Renate Iversen mit ihren langen, blonden Haaren mit anderen Primanerinnen die Schule verließ. Später heiratete sie jung noch den Reeder von Buckow, während Dr. Werner als schmaler Assessor in Hannover im Aktenstaub erstickte. Er sah sie erst wieder, als er in die Villa kam, um sie zu trösten und ihr die Rückgabe des Kindes zu versprechen. Eine gehetzte, zerbrochene Renate, deren flackernder Blick Dr. Werner erschreckte und sich tief in sein Herz grub.

Dr. Werner seufzte. Er trank langsam sein Glas leer und stellte es vorsichtig, als könne der dicke Fuß zerbrechen, auf den Tisch.

»Ich habe eine gewisse moralische Verpflichtung, mit allen erlaubten und unerlaubten Mitteln nach Gerholdt zu fahnden«, sagte er sinnend. »Schliemann brauchte Jahrzehnte, um Troja auszugraben ... für mich ist dieser Gerholdt mein Troja, dem ich Jahrzehnte opfern könnte ...«

*

Das Richtfest war vorüber. Noch flatterten die bunten Bänder vom Gerüst des Daches, der Richtkranz wiegte sich im Frühlingswind. Man ahnte schon das endgültige Gesicht des langen, repräsentativen Baues, der einmal weiß leuchtend inmitten von Wiesen und Blüten, Bäumen und Sträuchern zu den Schiffen hinübergrüßen würde, die langsam den breiten Rhein hinauf- und hinabglitten.

Manch einer mochte dann an der Reling der Schiffe stehen und hinüberblicken auf das Haus. Ein Traumhaus, mochte er denken. Wer mag darin wohnen? Auf jeden Fall hat er Geld. Selten sieht man ein solches Landhaus, eine solche Großzügigkeit der Konzeption, eine solche Verschwendung von Raum. Ab und zu sah man dann auch vielleicht ein goldlockiges Mädchen über den Rasen tollen, begleitet von einem rotweißen Shetland-Pony, das wie ein Hund hinter ihm herlief und es spielend mit der Nase antupfte. Lauf, Rita, lauf ... wir spielen Nachlaufen. Ich fange dich ... ich, Joyce, das Pony ... Und Rita lief, am Ufer des Rheines entlang, jauchzend, die Haare im Wind flatternd. Ein Teil Lebensfreude, ein Strahl der Sonne, ein Stück seligen Glückes.

Auf der Terrasse saß an den Sonntagen auch ein mittelgroßer, stämmiger Mann mit ergrauenden Schläfen und sah dem Kinde zu. Sein Herz war weit und glückselig.

Dr. Schwab war Direktor der neuen Stahlgußwerke geworden. Sosehr sich Gerholdt dagegen gewehrt hatte, er war in den Sog der Aufrüstung gekommen und lieferte seinen Stahl mit der ungeheuren Festigkeit für Panzerbeplattung und Schiffsausrüstungen. In der geheimen Versuchsanstalt in Norddeutschland stellten sie Versuche mit Raketen an, deren Mantel aus dem Schwabschen Stahl bestand. In seiner Fabrik saßen jetzt zwei Ingenieure des Wirtschaftsministeriums. Sie nannten sich wenigstens so. In Wahrheit waren es zwei Beamte des neuen deutschen Geheimdienstes, die das Werk von allem abschirmten, was nicht vorher genau untersucht worden war. Ein Export war unmöglich geworden. »Wir lassen diesen Stahl doch nicht ins Ausland, bester Herr Gerholdt«, sagte man in Berlin. »Wo denken Sie hin? Wir zahlen Ihnen eine Ausfallsumme für den Export. Das ist müheloses Geld für Sie! Ihr Stahl bleibt in Deutschland! Der Führer hat sogar angeordnet, daß Ihre Produktion als Geheime Reichssache betrachtet wird. Um nicht ganz aufzufallen, können Sie weiterhin Druckkessel und Kaltwalzteile ausführen ... es stehen Ihnen dafür alle Devisenkonten zur Verfügung.«

Ein Aufstieg in den Himmel, das empfand auch Gerholdt, als er mit einem Privatflugzeug des Ministeriums in Köln-Ossendorf auf dem Flugplatz landete. Längst waren die grünen Wiesen neben den Hallen, die einmal Jakob Silberbaum mit einem rostigen Stacheldraht umzogen hatte, mit neuen Hallen und Bürogebäuden zugebaut worden ... die Fabrik wuchs sogar nach beiden Seiten hinaus, das Ufer des Rheines entlang. Auf Grund eines Gesetzes wurden die Bauern enteignet und pauschal entschädigt. Staatswichtig, hieß es. Ein guter Parteigenosse unterstützt das neue Reich!

1938 besuchte Hermann Göring das Werk. An allen Ecken und von allen Dächern der Fabrik flatterten die Fahnen. Eine Kapelle der Luftwaffe stand im Hof und spielte den Präsentiermarsch. Auf der Straße, vor der langen, neuen Anfahrt, stand eine Kompanie und präsentierte. Die fast fünfzehnhundert Arbeiter hoben die Hand und schrien Heil. Es war ein durchaus feierlicher Tag, ein Höhepunkt der Niederrheinischen Walzwerke.

Frank Gerholdt gab in seinem neuen Haus am Rhein einen Empfang für Hermann Göring. Rita sagte ein Gedicht auf und bekam eine große Schachtel Pralinen geschenkt. Fräcke und glitzernde Uniformen wogten durch die Räume, über die Terrassen, über die Wiesen bis hinunter zum Rhein. Der ganze Park war mit Lampions erleuchtet ... auf dem Höhepunkt des Empfanges fuhr die kleine Flotte der Stahlwerke den Rhein hinauf ... sieben Schlepper, über und über mit Glühlampenbändern illuminiert. Ein donnerndes Hurra! Hurra! schallte vom Rhein hinüber zu den begeisterten Gästen auf der langen Terrasse. Es war eine sehr wirksame, theaterreife Inszenierung Gerholdts.

Acht Tage später traf der Dank ein. Die Stahl- und Walzwerke wurden zu Nationalsozialistischen Musterbetrieben erklärt. Ein Regierungsbeauftragter sicherte die Produktion auf Jahre hinaus. Die deutsche Wehrmacht wurde fieberhaft aufgebaut. Österreich kam zu Deutschland. Die Spannungen mit Polen verschärften sich. Die Politik schlug Kapriolen. Chamberlain und Daladier kamen nach München, um einen Krieg zu verhindern. Der dämonische Hitler siegte auch hier ... er war der neue Napoleon, vor dem Europa zitterte.

Dr. Schwab saß mit nachdenklichem Gesicht in seinem Direktionszimmer, als Gerholdt ihn eines Morgens aufsuchte.

»Schlecht geschlafen, Doktor?«

»Haben Sie die Morgenzeitungen gelesen, Herr Gerholdt?«

»Noch nicht. Wieder ein Schachzug aus Berlin? Man gewöhnt sich schon bald an die politischen Überraschungen.«

»Man beginnt, ein Kesseltreiben gegen Polen anzuzetteln.«

»Wenn's denen in Berlin Spaß macht – – –«

Dr. Schwab atmete tief auf. »Sie haben sich nie viel um Politik gekümmert, was?«

»Nie, Dr. Schwab. Ich hatte alle Hände voll zu tun, mein Werk aufzubauen. Ich habe nicht nach rechts oder links gesehen – nur geradeaus auf das Ziel! Politik für einen Außenstehenden ist in meinen Augen so etwas wie eine Feiertagsbeschäftigung ähnlich dem Skat. Außerdem hat irgendein Philosoph einmal gesagt, daß die Politik schmutzige Hände verursacht.«

»Ein Angriff auf Polen, ähnlich wie die Streiche in Österreich oder Böhmen und Mähren, bedeutete einen neuen Weltkrieg. Polen hat mit England und Frankreich ein Militär- und Hilfsbündnis. Es kommt in diesem Moment zur Ausführung, in dem ein deutscher Soldat polnisches Gebiet betritt.«

»Na und?«

»Das ist ein Weltkrieg, Herr Gerholdt!«

»Wenn's denen da oben Spaß macht.«

»Es werden Millionen Menschen fallen!«

Gerholdt nickte. »Aber nicht Sie und auch nicht ich! Wir werden produzieren und Millionen verdienen.«

Dr. Schwab sprang auf. Sein Gesicht war rot. Empörung durchzitterte seine Stimme. »Ich möchte Sie daran erinnern, Herr Gerholdt, daß Sie bei unserem allerersten Gespräch sich weigerten, meine Erfindung für militärische Zwecke zu gebrauchen. Sie waren der glühendste Pazifist, den ich je kannte. Sie haßten alle Gewalt!«

Gerholdt hob die Schultern. Er sprach ruhig, gemessen, leidenschaftslos. »Dazwischen liegen Jahre, Dr. Schwab. Kurz nach der Übernahme Ihrer Erfindung durch mich, ein paar Tage nach der Bewilligung der ersten Million meines Lebens durch Berlin, lernte ich die andere Seite unserer Welt kennen, nämlich den Nutzen der Gewalt. Die Anwendung der unbedingten, konsequenzlosen Gewalt, die allein imstande ist, Dinge zu regulieren, denen mit Idealen nicht beizukommen ist. Seit diesem Tage – was es war, interessiert hier nicht – habe ich eine innere Schwenkung gemacht. Ich griff zum Zweck, der die Mittel heiligt. Der Erfolg gab mir wiederum recht. Immer habe ich bisher recht behalten, bei allem, was ich tat! Ein so gemeines Recht meiner Taten, daß ich manchmal selbst daran zweifle, ob es überhaupt auf dieser Erde Gerechtigkeit gibt. Und wenn es jetzt Krieg gibt, Dr. Schwab, werden wir an diesem gemeinen Krieg, an dem Blut der Millionen so unvorstellbar verdienen, daß uns schwindelig werden wird vor den Zahlen, die durch unsere Geschäftsbücher laufen. Aber diese Zahlen –« er klopfte mit der Faust auf den Tisch – »diese Millionen sind eine Realität! Und ich rechne nur noch mit Realitäten!«

»Und wenn wir den Krieg verlieren?«

»Halten Sie das jemals für möglich?«

»Wir können keiner Welt in Waffen standhalten.«

»Gut!« Gerholdt lächelte mokant. »Verlieren wir den Krieg, dann liefern wir unseren Stahl an die Sieger und verdienen weiter. Wir werden uns in allen Sätteln halten.«

Wortlos verließ Dr. Schwab sein Zimmer. Er war angeekelt von der Haltung Gerholdts und verstand ihn nicht mehr.

Die Produktion wurde verdoppelt. Berlin schaufelte Geld in die Werke am Rhein ... es kam auf Millionen nicht mehr an. Wir brauchen Panzer, wir brauchen Flugzeuge, wir brauchen Stahlplatten für U-Boote, Schnellboote, Kreuzer. Stahl! Stahl! Wir sind in einem Wettlauf mit der Zeit und den anderen Völkern. Wir müssen schneller sein ... die Welt wartet darauf, nationalsozialistisch zu werden.

Frank Gerholdt wurde zum Wehrwirtschaftsführer ernannt. Er erhielt alle Vollmachten ... er baute Montagehallen, er lieferte jetzt sogar fertige Panzerplatten, die nur, maßgerecht zugeschnitten, auf den Werften angenietet zu werden brauchten. In Peenemünde bildete sein Stahl die Grundlage von geheimen Forschungen. Man munkelte von Raketengeschossen, von Granaten, die in die Stratosphäre geschossen wurden und dort, im luftleeren Raum, weitere Strecken zurücklegten, bis sie nach genauer Winkelfallberechnung auf das Ziel herunterfielen wie ein alles vernichtender Meteorit.

Dr. Schwab verstummte vor diesen Geheimberichten. Sein Gesicht war zerfurcht. Das Schicksal des Erfinders, dem das eigene Werk über die Kontrolle hinauswächst, verschonte auch ihn nicht und drückte ihn seelisch nieder. Um so unbekümmerter und fast gewissenlos wurde Gerholdt. Er begann, kraft seiner Vollmachten über gewisse Devisenkonten, einen Teil seines Privatvermögens in der Schweiz, in Chile, in Argentinien, in Spanien und sogar in England und Amerika anzulegen. Immer unter dem Namen Rita von Bukkow. Als der Krieg 1939 ausbrach und Hitler im Reichstag sagte, daß seit dieser Nacht zurückgeschossen würde, besaß Rita in vierzehn Ländern ein Konto von insgesamt zwei Millionen Mark, die Gerholdt in kleinen Beträgen über Jahre hinweg aus dem Betrieb gezogen hatte.

Er sah der Zukunft mit Ruhe entgegen. Er hatte wieder gezeigt, daß er dem Schicksal die Stirn zu bieten vermochte und klüger war als Gott, mit dem er – nach seiner Auffassung – in einen offenen Streit getreten war.

Als die ersten Sondermeldungen durch das Radio kamen, begleitet von Liszts mächtiger Musik aus »Les Préludes«, als Polen zusammengeschlagen wurde und die Stukas über die Ebenen der Weichsel heulten und Panik unter die Menschen trugen, als deutsche Panzer sich durch die sonnenflimmernden Wälder mahlten und über die staubigen Straßen deutsche Truppen nach Osten zogen, saß Gerholdt zufrieden und ein wenig korpulenter geworden in seinem tiefen Sessel und sah zu Dr. Schwab hinauf, der die neuen Produktionszahlen vortrug und davon sprach, eine neue Halle einzurichten.

»Schon wieder eine!« sagte Gerholdt lässig. »Was habe ich Ihnen vor einem halben Jahr gesagt: Der Krieg ist unser bestes Geschäft.«

»Bitte ersparen Sie mir darauf eine Antwort«, sagte Dr. Schwab steif. »Was ich vortrage, sind lediglich werktechnische Dinge, die meine eigene Meinung nicht wiedergeben.«

»Unsere Panzerplatten fahren durch Polen, Dr. Schwab. Sie sind allen anderen überlegen!«

»Ich habe es gelesen.«

»Zur Verstärkung des Westwalles werden sie jetzt in die Bunker eingebaut. Vor allem in die Geschützstellungen.«

»Auch das ist mir bekannt.«

»Man wird Ihnen bald für Ihre unvergleichlichen Dienste am Reich ehrenhalber das Goldene Parteiabzeichen verleihen«, scherzte Gerholdt. »Und das, obgleich Sie so ziemlich der letzte meiner Angestellten sind, der nicht in der NSDAP ist!«

Er wußte, daß er damit Dr. Schwab an der empfindlichsten Stelle traf. Hier war die Grenze des Scherzes ... Dr. Schwab wandte sich ab.

»Ich muß in den Betrieb zurück«, sagte er hart.

»Noch einen Augenblick.« Gerholdt erhob sich und trat auf den Physiker zu. Er faßte ihn an der Schulter und drehte ihn zu sich herum. Nahe standen sie sich gegenüber. Das Gesicht Dr. Schwabs war gerötet vor innerer Erregung. Gerholdt schüttelte den Kopf.

»Ich will mit Ihnen einmal ganz privat sprechen. Sie sind ein ausgemachter Vollidiot!«

»Herr Gerholdt!« rief Dr. Schwab konsterniert.

»Wie lange kennen wir uns?«

»Fast fünf Jahre.«

»Und in diesen fünf Jahren haben Sie nichts gemerkt?«

Dr. Schwab erstarrte. »Nein«, sagte er stockend.

»Sie halten mich für einen riesengroßen Nazi, was? Für einen Glücksritter, für einen Menschen, der – wie der Volksmund so schön sagt – ›über Leichen geht‹!«

»Soll ich Ihnen darauf antworten, Herr Gerholdt?«

Gerholdt winkte ab. »Nicht nötig. Ihre Frage ist Antwort genug. Und deshalb nenne ich Sie jetzt privat einen ungeheuren Vollidioten!« Er trat zurück und ging in dem großen, sonnendurchfluteten Raum hin und her. Sein jetzt schon stark ergrautes Haar schimmerte fast weiß in der grellen Beleuchtung. »Ich trage eine Parteinummer – eine ziemlich niedrige sogar, denn ich trat 1933 in die SA ein. Haben Sie an mir schon eine Uniform gesehen?«

»Nein –«, sagte Dr. Schwab gedehnt.

»Ich wurde Ehrenmitglied der Partei ... trage ich ein Parteiabzeichen?«

»Nein.«

»Ich will noch weitergehen. Ich besuche keine Versammlungen. Ich habe sogar Göring bei seinem Besuch nicht mit Heil Hitler begrüßt, sondern mit einer leichten Verbeugung. Es fiel in dem Begeisterungsrummel gar nicht auf. Das sind alles Äußerlichkeiten, gewiß. Lächerlichkeiten vor dem, was ich mit meinem Werk zur Unterstützung des Staates tue. Das mögen Sie jetzt denken. Aber Sie wissen nicht, daß ich durch diesen Staat, diese hundsgemeine Partei, durch diese Clique organisierter Verbrecher das Liebste verlor, was ich nach Rita auf dieser Welt besaß. Sie wissen nicht, wie erbärmlich, wie abscheulich klein ich durch diese Partei gemacht wurde. Sie wollten mich durch Skrupellosigkeit vernichten ... ich habe es überlebt, weil ich noch skrupelloser war! Das ist eines der großen Geheimnisse meines Erfolges. Ich heulte nicht gegen, ich heulte mit den Wölfen. Ich rannte mit dem Rudel mit, nicht, um mit an der Beute zu fressen, sondern um zu sehen, wie ich dieses widerliche Rudel auflösen kann. Und jetzt vertraue ich Ihnen wieder ein Geheimnis an: Die beste Vernichtung des Feindes ist, ihn durch sich selbst vernichten zu lassen. Man gebe ihm eine Illusion, man stärke seinen Glauben bis zu jenem Grad, wo er Irrsinn wird ... man unterhöhle ihn mit der eigenen, eingebildeten Stärke. Der Zusammenbruch des sich Übersteigernden ist der leichte Sieg. Ein Sieg, bei dem man sogar mühelos verdient hat ... wie ich, Herr Dr. Schwab!«

Dr. Schwab starrte den Rücken Gerholdts an. Es war, als sei ein

Staudamm gerissen und die Wassermassen drückten ihn nieder und erstickten ihn. Ein Rauschen war um ihn, ein plötzlich aufkommendes Schwindelgefühl. Er setzte sich schwer.

»Sie sind noch teuflischer als die Nationalsozialisten«, sagte er erschüttert.

»Wie können Sie unterscheiden, was bei mir teuflisch ist oder einfach notwendig?« Gerholdts Stimme war hart. »Ich hatte vor vielen Jahren eine Aufgabe übernommen, die keine Rücksichten kennt, weil ich damals ebenso rücksichtslos –« er stockte und wischte sich über die Augen. »Sie werden es nie verstehen, Dr. Schwab. Und ich sagte es Ihnen auch nur, um in Ihnen ein klein wenig Verständnis zu erwecken für das, was geschehen ist, geschieht und noch geschehen wird. Wir verdienen an diesem Krieg nicht nur Millionen – wir erreichen auch die Auflösung dieses Staates damit! Wir lassen ihn mit unseren Stahlplatten zu Tode siegen! Das ist zwar die gemeinste, aber auch die lukrativste Art der Vernichtung.«

»Und die Millionen Toten, die dieser Krieg kosten wird?«

Gerholdt schwieg. Er wußte darauf keine Antwort. Es war eine Frage, die er sich in all den Jahren heimlich gestellt hatte. Es war eine widerliche Frage, die an die Grundfesten seiner Seele bohrte. Es war eine Frage, die ihn in diesen Jahren grau werden ließ. Was wußten die anderen davon? Sie sahen nur den großen Gerholdt, den aufsteigenden Stern der deutschen Wirtschaft. Sie sahen nur den Erfolg ... nicht die immer mehr wachsende Last, die ihn niederdrückte. Nach außen hin war er kaltschnäuzig, zynisch, wenn er mit Dr. Schwab in solche Diskussionen kam. Er verkroch sich in eine Lässigkeit gegenüber allen Konsequenzen ... aber zu Hause, in seinem weißen, fast schon märchenhaften Landhaus am Rhein, saß er oft in dem gläsernen Wintergarten seines Arbeitszimmers und starrte hinaus auf den dunklen, gurgelnden Strom.

Die Gemeinheit des Lebens, die bedingungslose Schuftigkeit seines Daseins, erschütterte ihn immer wieder. Es war wie ein Sog, der ihn einmal erfaßt hatte und nun strudelnd immer tiefer zog. Mit hunderttausend Mark Erpressung fing es an, mit einer geliehenen Million in seiner Hand endete es. Ein unübersehbarer Berg des Verbrechens, der ihn in der Achtung der Menschheit höher und höher trug.

Er stand in der strahlenden Sonne und fror ...

Kurz vor Ausbruch des Krieges, gewissermaßen in der letzten Minute, bevor die »Größe der Zeit« solche Verbrechen als Lappalie abtat, schlug Dr. Werner in Bremen zu. Er verhaftete den ahnungslosen Schrotthändler Hans Weidel.

Dr. Werner wußte zu diesem Zeitpunkt, daß der biedere Schrotthändler unschuldig war. Seine verschwiegene Vergangenheit erklärte sich damit, daß er einmal – vor zehn Jahren – wegen Unterschlagung zwei Jahre Zuchthaus abgebüßt hatte, allerdings unter dem Namen Werner Brettschneider. Das war das einzige gegenwärtige Delikt, das man dem Schrotthändler nachweisen konnte: die Führung eines falschen Namens und falscher Ausweispapiere.

Dr. Werner ging systematisch vor, um nicht den geringsten juristischen Fehler zu begehen. Brettschneider alias Weidel wurde wegen Kindesraubes verhaftet und als Frank Gerholdt bezeichnet. Das war ein kühner Griff Dr. Werners, der aber zur Folge hatte, daß der »Fall Gerholdt« wieder hervorgeholt wurde und in die Maschinerie der Ermittlung rollte. Haftbefehl, Verhaftung, Vorführung vor den Haftrichter, der routinemäßig wegen Fluchtverdacht die Aufrechterhaltung der Untersuchungshaft bestimmte ... die Akte Gerholdt war gerettet worden! Die Verjährung wurde hinfällig!

Dr. Werner behandelte den verstörten Brettschneider mit ausgesuchter Milde und Freundlichkeit. Die Angaben stimmten genau: Die Frau Brettschneiders war kurz nach der Geburt des Mädchens gestorben. Allein auf sich gestellt, verfiel Brettschneider auf die Idee, Schecks zu fälschen, um die Arbeitslosigkeit zu überwinden und aus der Masse der sechs Millionen Hungernden herauszukommen. Da er kein Fachmann war, fielen seine Fälschungen sofort auf. Nach der Entlassung aus dem Zuchthaus und der Rückgabe seines Kindes aus der Fürsorge verzog er nach Bremen, nannte sich Weidel und machte einen Schrotthandel auf, der ihm ein Existenzminimum einbrachte, bis nach 1933 das Altmetall einen großen Wert bekam und er seinen Betrieb ausbauen konnte.

Dr. Werner entließ Brettschneider wieder aus der Haft, nachdem sich seine Unschuld erwiesen hatte und er das Ziel erreicht sah, den Fall Gerholdt wieder auf die Tagesordnung gesetzt zu sehen. Er überließ Brettschneider dem Dezernat für Fälschungen und nahm die Akte Gerholdts wieder zu sich.

In seinem Landhaus am Rhein ahnte Gerholdt nichts von diesem für ihn tödlichen Schachzug Dr. Werners. Er wartete. Er zählte die Jahre und wußte, daß sein Verbrechen in Kürze verjähren würde. Er hatte sogar die wahnwitzige Idee, einen Monat nach der Verjährung nach Hamburg zu fahren und sich Dr. Werner vorzustellen. Ein billiger Triumph, ein widerliches Theater, gewiß – aber für

Gerholdt bedeutete dies den Abschluß mit der Vergangenheit, ein endgültiger Abschluß und eine Befreiung von einer Angst, die ihn noch immer im Inneren überschattete. Er wollte Rita sogar mitnehmen und Dr. Werner vorstellen: »Sehen Sie, Herr Rat – das habe ich aus Rita gemacht. Eine moderne Prinzessin. Sie lebt besser als bei von Buckow. Ich habe für sie geschuftet und meine Schuld damit abgetragen. Meine Schuld vor einer möglichen göttlichen Gerechtigkeit ... dem Gesetz gegenüber bin ich ja straffrei geworden. Und nun lassen Sie uns die Hand reichen und auch unsere persönlichen Differenzen begraben.« Das wollte er sagen. Großmütig, ehrlich und sich damit von dem letzten Makel befreiend.

Die Tötung Petermanns? Sie war in seinen Augen kein Mord. Petermann hatte Irene getötet. Er hatte ihm das genommen, was Petermann zerstörte ... das Leben! Wie die Menschen in den Jahrhunderten vor ihm und heute noch auf Korsika und Nordafrika lebte er in der Vorstellung, damit ein gutes Werk getan zu haben. Die Vernichtung des Bösen ist die edelste Aufgabe der Rache, so heißt es im Ehrenkodex der Maffia. Wem das Gesetz nicht hilft, der hat das Recht, sich selbst zu helfen Es war eine primitive Auffassung, aber für Gerholdt war sie die Beruhigung, die Sache mit Petermann nicht so wichtig zu nehmen wie sein Verbrechen an Werner von Buckow.

Dr. Werner nahm es auf sich, von seinen Kollegen für seinen Mißgriff verspottet zu werden. Auch die Zurechtweisung des Polizeipräsidenten ertrug er standhaft.

»Haben Sie noch immer keine Ruhe in dieser Sache?« fragte ihn der SS-Gruppenführer. »Wir stehen im Schicksalskampf unseres Volkes und Sie graben dusselige Fälle aus der Systemzeit aus! Was haben Sie nun davon, daß der Fall nicht verjährt ist?«

»Nichts, Herr Gruppenführer.«

Der Polizeipräsident sah Dr. Werner verblüfft an.

»Das sagen Sie so daher?«

»Ja. Im Augenblick habe ich nichts davon. Die Sache ruht wie seit Jahren. Aber ich warte auf den großen Zufall.«

»Blödsinn!«

»Dieses Warten wollte ich retten! Ich weiß es, Herr Gruppenführer, ich fühle es fast körperlich, daß ich ihn eines Tages bekomme!«

»Und was haben Sie davon? Der Bursche kriegt höchstens drei Jahre, wenn das Kind noch lebt.«

»Ich zweifle nicht daran, daß Rita lebt.«

»Auch das noch!« Der SS-Gruppenführer trommelte mit den

Fingern auf den Tisch. Unwillig, erregt. »Wegen einer solchen Entführung ein solches Theater! Wir haben andere Fälle, die auf Eis liegen! Kapitalsachen! Dahinter sollten Sie sich knien.«

»Sie vergessen, daß Herr und Frau von Buckow ums Leben kamen.«

»Autounfall.«

»Als Folge einer Suchaktion nach dem Entführer.«

»Mein bester Werner, wenn wir alle Folgen von Verbrechen auch noch bestrafen sollten, müßten wir statt Kasernen nur noch Zuchthäuser bauen! Machen Sie sich doch nicht lächerlich. Sie kommen mir vor wie ein moderner Don Quichote!«

Dr. Werner schluckte auch dies. Er verließ den Präsidenten mit einem laschen deutschen Gruß, zu dem er verpflichtet war. In seinem Zimmer nahm er noch einmal die Akte Gerholdt vor und schlug sie auf.

Obenauf lag ein Foto.

Frau von Buckow.

Renate. Schön, blond, schlank, groß.

Dr. Werner betrachtete es lange. Dann klappte er die Akte zu und verschloß sie in seinem Schreibtisch.

Er wußte, daß er die Suche nie aufgeben würde.

Nie, solange Gott ihn leben ließ . . .

Die Werke am Rhein arbeiteten in drei Schichten.

Tag und Nacht.

Frankreich wurde erobert, Norwegen, Griechenland, der Balkan, Rußland schluckte mit seinen Weiten die deutschen Armeen. Der Krieg wurde weltweit, unübersehbar, erschreckend groß. Über Deutschland tauchten die ersten Bombengeschwader auf und zerhämmerten das Ruhrgebiet, Berlin, Köln, die Städte am Rhein und an der Küste. Auch vor der weißen Villa am Rhein machten sie nicht halt . . . in einer Nacht fielen um das Landhaus Gerholdts herum sieben Bomben, die die Fenster wegrissen und die Wände abbröckeln ließen. Schreiend verbarg sich Rita an der Brust Gerholdts . . . das Zittern ihres kleinen Körpers war für ihn grauenhafter als das donnernde Detonieren der Bomben und das Schwanken der Kellerwände.

Am Morgen waren zwei Hallen des Werkes zerstört. Das Bootshaus am Rhein war ausgebrannt . . . über die große Wiese verteilt lagen die Trichter, auf deren Grund das Grundwasser gluckerte. In seinem Stall lag das Shetlandpony. Ein Splitter hatte ihm den Hals aufgerissen. Allein, inmitten des Feuers, war es gestorben. Seine Augen waren groß, starr und fast verwundert, als verstehe es die Menschen nicht mehr, die es töteten, wo es doch immer Freude gebracht hatte und mit Rita Nachlaufen spielte.

Der Tod von Joyce warf Rita nieder. Schluchzend kniete sie neben dem toten Pony und streichelte den aufgerissenen Hals.

»Joyce!« rief sie. »Mein lieber, lieber Joyce. Du darfst nicht tot sein. Komm, steh doch auf, spiel mit mir ... Joyce ... steh doch auf ...«

Mit Mühe riß Gerholdt Rita von dem Pony zurück. Er trug sie ins Haus und wußte nicht, wie er ihren Schmerz besänftigen sollte.

»Wer hat das getan, Papi?« schrie Rita. »Wer hat Joyce getötet?« Sie weinte den ganzen Tag und schlief dann vor Erschöpfung an der Brust Gerholdts ein.

Der Krieg kam zu ihm. Die Vernichtung, die er herbeisehnte, machte auch vor ihm nicht halt. Aber er wich ihr aus – er schickte Rita mit dem Kindermädchen auf ein Gut nach Ostpreußen. In die Sicherheit! Ostpreußen lag weitab aller Flieger. In Ostpreußen war noch der Frieden. Dort weideten die großen Herden der Trakehner, dort wuchs das Korn, dort schien die Sonne, ohne daß sie die Tragflächen der Geschwader verdunkelten und die Erde aufbrüllte aus zerrissenen Wunden.

In Angerburg fand er ein großes Gut, das Rita aufnahm. Dort konnte sie die Schule besuchen. Dort konnte sie abwarten, bis der Krieg zu Ende war. Er war glücklich, als er sie in Düsseldorf in den Zug setzte und ihre kleine Hand festhielt.

»In Angerburg wirst du viele, viele Joyce finden«, sagte er zärtlich und strich ihr über die blonden Locken. »Jeden Monat komme ich dich besuchen. Es wird dir gefallen auf dem Gut.«

»Ja, Papi.«

Er küßte sie noch einmal, ehe er die schwere Tür schloß. Durch das Fenster sah er, wie sie im Abteil den Mantel auszog und ihm zuwinkte. Dann fuhr der Zug an, langsam, schnaufend. Das breite Spruchband war grell in der Sonne. Räder müssen rollen für den Sieg ...

Er lief neben dem Abteilfenster her, solange es ging. Er winkte mit beiden Armen. Rita stand am Fenster und lächelte schwach. Sie verbiß die Tränen. Papi sollte nicht sehen, wie traurig sie war. Das Kindermädchen las in einer Zeitung. Deutsche Truppen auf dem Vormarsch nach Smolensk. Sie wußte nicht, wo Smolensk lag, aber sie war stolz auf die deutschen Soldaten.

Am Ende des Bahnsteiges blieb Gerholdt schweratmend stehen. Noch einmal sah er die flatternden Locken Ritas, ihre schmale Hand, die ein weißes Taschentuch schwenkte. Dann fuhr der Zug in einen Bogen und verdeckte mit den anderen Wagen den Blick.

Der Fahrdienstleiter stand neben Gerholdt. Das runde, grüne Abfahrtsschild hatte er unter den Arm geklemmt.

»Ihre Tochter?« fragte er. Gerholdt nickte.

»Ja.«

»Nach Ostpreußen?« Der Fahrdienstleiter lächelte wissend. »Ein sicherer Ort, mein Herr. Das letzte Paradies. Dort ist Ihre Tochter gut aufgehoben, bis wir den Krieg gewonnen haben.«

Wortlos verließ Gerholdt den Bahnhof. Eine unerklärliche Angst drückte auf sein Herz.

4

Während Rita in Angerburg auf dem weiten Gut der Freifrau von Knörringen lebte, mit einem Ponywägelchen durch die Felder fuhr und an den ostpreußischen Seen am Ufer herumtollte und mit dem Kindermädchen badete, sorglos, fern allen Kriegslärms und aller Sorgen, ging am Rhein die Fabrik Gerholdts in einer riesigen Feuersäule unter.

Es war in einer Nacht, als Gerholdt und Dr. Schwab noch in der neuen Halle standen und der Veredelung des Stahles zusahen, die Dr. Schwab vervollständigt hatte. Von Berlin, vom Kriegswirtschaftsministerium, war der hochoffizielle Auftrag nach Düsseldorf gekommen, eine Stahllegierung herzustellen, die es ermöglichte, eine geplante Wunderwaffe, die in eingeweihten Kreisen V 1 und V 2 hieß, nicht nur herzustellen, sondern zu einem siegentscheidenden Objekt werden zu lassen. Dr. Schwab, der in Berlin die geheimsten Pläne einsah und sie zu Gerholdt mitbrachte, war teils begeistert, teils bestürzt über das, was man ihnen da in die Hand gab.

»Wenn es gelingt, diese Raketengeschosse herzustellen, wird das Bild der Welt innerhalb kürzester Zeit gewandelt werden«, sagte er nachdenklich.

Gerholdt saß über den Zeichnungen und studierte die geradezu phantastischen Pläne. »Es wird die Krönung unserer Arbeit sein«, sagte er leise. »Wissen Sie noch, Dr. Schwab, was Sie sagten, als Sie als junger Erfinder zu mir ins Werk kamen und mir Ihre Idee anboten: Mit meinem Stahl werden wir einmal das Weltall erobern können! Das sagten Sie damals. Ich hielt Sie für einen Phantasten – – aber ich habe eine Vorliebe für Dinge, die außerhalb des nüchternen Verstandes liegen. Ich griff zu, ich pumpte eine Million . . . jetzt stehen wir vor dem Ziel! Wir werden nicht nur den Krieg gewinnen, wir werden ein neues Zeitalter einleiten. Ein Zeitalter, wie es Jules Verne und Dominik erträumten! Wir werden von kleinen Krämerseelen zu Herrschern werden!«

»Oder wir werden untergehen«, sagte Dr. Schwab dunkel.

»Wir?«

»Wir alle, Herr Gerholdt. An den Fronten verbluten wir – in der Heimat zerhämmern uns die Bombengeschwader. Was gehört uns denn noch von Deutschland, wenn wir nicht einmal Besitzer der Luft mehr sind? Ich habe Angst.«

»Das haben Sie vor Jahren schon einmal gesagt, als der Führer begann, sich für unsere Arbeit zu interessieren.«

»Hatte ich nicht recht? Der Krieg ist gekommen.«

»Wir werden ihn gewinnen.«

Dr. Schwab nickte schwer. »Eben davor habe ich Angst. Was wird, wenn wir ihn wirklich gewinnen?«

Gerholdt erhob sich und schob die Pläne zusammen. »Warum uns darüber Gedanken machen, Dr. Schwab? Wir haben einen Auftrag, der Millionen wert ist und der uns an die Spitze der deutschen Industrie führt! Er macht uns unentbehrlich! Er macht uns zur Macht! Das allein sollte maßgebend sein. Wir werden in wenigen Jahren zu einer Weltgeltung kommen. Es wird kein Mädchen auf der Welt sein, das glücklicher leben kann als Rita.«

Er sagte es stolz, selbstbewußt, überzeugt, wirklich auf der obersten Sprosse der Leiter zu stehen, den einen Fuß schon auf der Plattform . . . der letzten Höhe, die erreichbar war. Dr. Schwab schwieg. Er warf lange Zahlenkolonnen auf das Papier, er rechnete und schuf mit geheimnisvollen Formeln die Grundlage einer nur in der Phantasie lebenden Wunderwaffe.

Sie rechneten auch in dieser Nacht in der neuen Halle, als die Sirenen aufheulten und von Ferne das Brummen vieler Motoren über den Rhein dröhnte. Die Finger der Scheinwerfer pendelten über den Himmel . . . hier und da blitzte ein silberner Leib auf . . . die Flak schoß, zögernd, vereinzelt, lahm fast, sich ihrer Unterlegenheit bewußt. Sie schoß nur, weil sie schießen mußte, nicht, weil sie Hoffnung hatte, die Sintflut der Bomben, die vom Himmel fiel, aufzuhalten.

Dr. Schwab und Gerholdt standen draußen auf dem Hof der

jetzt großen und schwarz am Rhein liegenden Fabrik und starrten in den Himmel. Die Arbeiter waren in die Fabrikkeller und Betonbunker gerannt, die Gerholdt am Rhein hatte in die Erde gießen lassen. Tiefe, sichere Bunker ... drei Stockwerke unter dem Niveau mit vielen Notausgängen wie ein Fuchsbau. Allein standen sie auf dem Hof und sahen hinüber nach Düsseldorf, wo ein greller Wald von Scheinwerfern die Schwärze des nächtlichen Himmels auflöste in ein zuckendes Grau.

»Sie überfliegen Düsseldorf«, sagte Dr. Schwab.

Gerholdt nickte. Keine Detonationen ... nur das helle Bellen der Flakgeschütze.

»Sie werden Duisburg angreifen oder nach Köln schwenken.«

Dr. Schwab senkte den Kopf. »Wieder werden es Tausende Tote und Verletzte sein. Der Krieg ist ein Verbrechen.«

Gerholdt schwieg. Er hörte das Brummen der Motoren näher kommen, er lauschte wie ein witterndes Tier in den Himmel, erfüllt von einer dunklen, unbestimmbaren Angst, die plötzlich seinen ganzen Körper durchzog und ihn fast lähmte.

Er wollte etwas sagen, er wollte schreien ... da rauschte es schon vom Himmel, Entsetzen verbreitend und gnadenlos.

Am Rheinufer schlug es ein ... die Erde schrie auf und brüllte rot in den Nachthimmel. Und dann, in rascher Folge, kam die feurige Walze näher ... vom Rhein aus auf sie zu laufend ... Krachen, Bersten, feurige Fontänen, bebende Erde ... Dr. Schwab riß den einer Handlung unfähigen Gerholdt mit sich fort. Sie rannten, von den Luftdruckwellen geschüttelt, dem nächsten Bunkereingang zu, und sie fielen, von einer unheimlichen Faust in den Rücken gestoßen, die Betonstufen hinunter, als die erste Bombe das alte Bürohaus des Jakob Silberbaum zerfetzte und die zweite Bombe die Eisengießerei in den Himmel schleuderte.

Dann war nichts mehr um sie herum als das Inferno. Sie unterschieden keine Geräusche mehr ... sie wurden eingehüllt in ein einziges Krachen und Zittern der Erde, vor dem sie die Augen schlossen und sich wie eine sterbende Kreatur in eine Ecke verkrochen, ein Bündel Angst und eine Handvoll keuchender Atem, der nach Luft rang, während draußen die Welt unterging in Brand, Zerstampfung und riesigen Trichtern.

»Mein Werk«, sagte Gerholdt, als die erste Welle über sie hinweggeflogen war. »Mein ganzes Werk ...«

Dr. Schwab lehnte an der Wand und starrte an die bröckelnde Betondecke. Sein Gesicht war grau von Staub.

»In der Halle lagen alle Pläne«, sagte er leise.
»Alles?«
»Alles – – –«
»Die V-1- und V-2-Berechnungen ...«
»Alles – – –«
Frank Gerholdt schloß die Augen. Das graue, fast schon weiße Haar umrahmte sein Gesicht, das fahl und eingefallen war wie das eines Toten. Er lehnte den Kopf zurück an die rauhe Betonwand und schloß die Augen.
»Das ist das Ende, Dr. Schwab – – –«
»Das Ende des Krieges.«
»Das Ende meines Lebens ...« Gerholdt legte beide Hände über die Augen. Es war, als weinte er und schämte sich der Tränen. »Es war alles umsonst ... alles ... Gott ist doch stärker ... er hat mich geschlagen ...«
»Gott?« fragte Dr. Schwab verwundert. »Sie sprechen von Gott, Herr Gerholdt?«
»Zum erstenmal! Jetzt, wo er mich vernichtet hat.«
Sie duckten sich wieder und schwiegen. Sie krochen eng an die Betonmauer und versteckten die Köpfe unter den erhobenen Armen.
Die zweite Welle ... die dritte ... die vierte ...
Die Erde ging unter, der Himmel barst.
Eine Welt wurde zerstampft.
Die Erde schrie – – – schrie – – – schrie – – –
Als die wenigen noch arbeitenden Sirenen die Entwarnung bliesen, standen Frank Gerholdt und Dr. Schwab auf der obersten Stufe der Bunkertreppe und sahen hinüber auf das Werk.
Es war nicht mehr.
Keine Halle ... kein Bürohaus ... kein Lager ... kein Fuhrpark ... keine Werkstätten ... keine Hochöfen ... keine Walzenstraßen ... Ein Gewirr von verbogenem Stahl und rauchenden Trümmern ragte in die fahle Nacht, durchglüht mit schwelenden Feuern, in denen das Brennbare noch einmal der endgültigen Vernichtung übergeben wurde.
Hinter Gerholdt und Dr. Schwab standen die Arbeiter auf den Treppen und sahen hinüber auf das vernichtete Werk.
Sie schwiegen. Sie sahen zu Gerholdt hinüber, der barhäuptig, verdreckt, mit flatternden, weißen Haaren im Wind stand, der vom Rhein herüberwehte und den Geruch von Brand und Vernichtung über das zitternde Land trug.

»Was nun?« fragte Dr. Schwab leise. Er sprach aus, was sechshundert Arbeiter dachten, die wie eine riesige Trauergemeinde stumm, mit gesenkten Köpfen vor den Trümmern der Fabrik standen.

Frank Gerholdt sah auf seine Armbanduhr. Um seine Mundwinkel lief ein Zucken.

»Dreiundzwanzig Minuten«, sagte er laut. »Genau dreiundzwanzig Minuten hat es gedauert, bis das Werk vernichtet war. Eine reife Leistung! Ein ganzes Leben sinnlos geworden durch dreiundzwanzig Minuten.«

Er schwieg. Er dachte plötzlich an den Raub Ritas, an jene dunkle Nacht in Hamburg, in der er durch das Fenster des Kinderzimmers eindrang, das Kindermädchen überwältigte und mit dem Säugling auf dem Arm hinaus in den Garten sprang.

Es hatte keine dreiundzwanzig Minuten gedauert . . . und doch vernichtete er damit das Leben der Familie v. Buckow.

Er biß die Lippen aufeinander und wandte sich ab. Dr. Schwab sah ihn erstaunt an.

»Was nun?« wiederholte er laut.

»Was nun?!« Gerholdt sah über die dunkle Menge der schweigenden Arbeiter. »Was heißt: was nun?! Wir arbeiten weiter! Wir werden die Trümmer beseitigen, ich werde neue Maschinen holen, ich werde Baracken aufstellen, Wellblechbaracken . . .« Und plötzlich schrie er, daß es über den stillen Platz gellte und selbst das ferne Prasseln der schwelenden Feuer übertönte: »Wir werden weitermachen! Ich lasse mich nicht unterkriegen! Ich nicht! Nicht aus der Luft von den Engländern, nicht aus dem Himmel von Gott! Ich gebe nicht auf! Ich nicht! Ich will siegen – und ich werde siegen! An die Arbeit!« Seine Stimme überschlug sich. Sie war schrill, hektisch, fast irr. Er stieß den entsetzten Dr. Schwab zur Seite und rannte als erster zu den rauchenden Trümmern. Er warf die Steine zur Seite, er wühlte sich durch die Trümmerberge vor. »An die Arbeit!« schrie er grell. »An die Arbeit! Wir werden siegen . . .«

Zögernd folgten ihm die Arbeiter. Die Aufräumarbeiten begannen. Dr. Schwab stand noch immer am Eingang des Bunkers. Das grelle Schreien Gerholdts ging ihm nicht aus den Ohren. Er fror über den ganzen Körper, wenn er daran dachte.

Er ist irr, dachte er erschrocken. Er ist von einem Fanatismus besessen, gegen Gott anzukämpfen. Wo kommt dieser Gerholdt her? Was war er früher? Welch eine Stunde seines Schicksals hat ihn so zum Gegner Gottes gemacht?

Er kam nicht weiter mit seinen Gedanken. Eine Kompanie der Technischen Nothilfe rollte über die Rheinstraße zur Fabrik. Gerholdt stand inmitten der riesigen Trümmer und kommandierte.

Er stand dort die ganze Nacht, den ganzen Tag, die folgende Nacht. Er stand dort, bis er zusammensank über einem verbogenen Eisenträger und Dr. Schwab ihn auf den Armen trug wie ein Kind und ins Bett brachte.

Der Arzt gab ihm eine Beruhigungsinjektion. Aber noch im Traum schlug Gerholdt um sich und schrie mit greller Stimme:

»Ich gebe nicht auf! Ich nicht! Ich nicht!«

Aus Berlin kamen Sonderkuriere. Die Arbeit an der Geheimwaffe mußte weitergehen. Auf den Trümmern entstanden Baracken. In großen Blechhallen, die in Montagebauweise innerhalb weniger Tage errichtet wurden, donnerten wieder die Walzenstraßen. Ein Konstruktionsbüro wurde am Rheinufer gebaut ... zusammengestellt aus einer Arbeitsdienstbaracke und einer Schalenbauweise aus fertig vorfabrizierten Betonplatten.

In diesen Tagen schrieb Frank Gerholdt einen Brief an Rita nach Angerburg. Er hatte lange gebraucht, ehe er sich dazu entschloß. Als der Rundfunk am Tage nach dem Untergang der Fabrik die Nachrichten mit dem Wehrmachtsbericht brachte, hatte Gerholdt im Bett gesessen und den Worten des Sprechers zugehört. Dr. Schwab saß neben dem Bett und trank eine Tasse Kaffee.

»Jetzt kommt es«, sagte Gerholdt leise, als der Sprecher den Wehrmachtsbericht von den Fronten verlesen hatte. Er hielt den Atem an. Die sonore Stimme des Sprechers füllte den Raum.

»In der vergangenen Nacht unternahmen leichte britische Bomberverbände einzelne Störangriffe im Ruhrgebiet. Sieben Flugzeuge wurden abgeschossen. Es entstand kein nennenswerter Sachschaden ...«

Frank Gerholdt sank in die Kissen zurück. Sein Gesicht war fahl, eingefallen, zerknittert. Er starrte Dr. Schwab aus plötzlich tiefliegenden, stumpfen Augen an.

»Haben Sie das gehört?« fragte er leise.

Dr. Schwab stellte die Tasse mit Kaffee hin. Er nickte.

»Ja.«

»Ist meine Fabrik ein Dreck?«

»Kein nennenswerter Schaden –«

»Sie ist mein ganzes Leben gewesen. Sie ist die Zukunft Ritas gewesen! Man hat Ritas Lebenswerk vernichtet! Man hat einem unschuldigen Kinde alles, alles genommen ...«

»Es ist Krieg, Herr Gerholdt . . . Erst war es das Pony Ihrer Tochter, jetzt ist es die Fabrik. Morgen sind vielleicht Sie und ich es, die vernichtet werden. Jede Nacht sind es Tausende! In Köln, in Hannover, Hamburg, Kassel, Wuppertal, Duisburg, Essen, Dortmund . . . Tausende von Menschen. Unschuldige Menschen, die keinen Krieg wollten. Krieg, an dem Sie verdienen, Herr Gerholdt . . .«

Frank Gerholdt schloß die Augen. Über sein Gesicht lief ein Zittern, ein Zucken, als zerrissen die Nerven.

»Ich bin ein Schuft«, sagte er leise. »Sprechen Sie es ruhig aus, Dr. Schwab. Genieren Sie sich nicht. Ich bin ein Hasardeur, ein Lump, der mit dem Blut anderer Menschen sein Leben aufbaut; ich bin das Symbol einer Zeit, die durch Rechtlosigkeit und Terror ein System aufbauen will, das weltbeherrschend werden soll. Ich bin ein Totengräber, ein Steigbügelhalter des ›Führers‹, des Dämonen – wie ihn der Londoner Sender nennt.« Er hob die Hand, als Dr. Schwab etwas antworten wollte. »Nein – sprechen Sie jetzt nicht. Ich habe Ihnen einmal gesagt, daß ich den Staat, den ich hasse, der mir eine große Liebe nahm, dadurch vernichten will, daß ich in der Maske des ergebenen Jüngers ihn von innen her aushöhle, bis er kraftlos zusammenbricht. Ein Doppelspiel, Dr. Schwab – Vernichtung und dabei verdienen! Ein teuflisches Duett.« Er öffnete plötzlich die Augen. »Sind Sie Schwimmer, Dr. Schwab?«

»Ja–« antwortete der junge Ingenieur verblüfft.

»Dann retten Sie sich. Schwimmen Sie schnell weg, streben Sie einem anderen Ufer zu. Sie werden in einen Strudel, in einen Sog gerissen werden, aus dem Sie nie wieder an Land schwimmen können –«

»Und Sie, Herr Gerholdt?«

»Ich werde aushalten. Ich bin es Rita schuldig –«

»Immer wieder Rita!« Dr. Schwab beugte sich vor. Seine Stimme klang beschwörend. »Gibt es denn nichts anderes als Ihre Rita?«

»Nein, Dr. Schwab.«

»Sie ist in Ostpreußen, sie ist in Sicherheit. Nach Angerburg wird nie ein fremdes Heer kommen.«

»Dafür wäre ich sogar bereit, zu beten«, sagte Gerholdt leise.

»Sie haben genug Vermögen im Ausland, Herr Gerholdt. Sie haben Bankkonten in fast fünfzehn Ländern!«

»Man wird sie beschlagnahmen, wenn wir den Krieg verlieren. Und deshalb dürfen wir ihn nicht verlieren! Nie! Nie! Aus Eigennutz, aus purem Egoismus will ich, daß wir ihn gewinnen! Und wenn Millionen verbluten – er muß gewonnen werden! Und deshalb arbeite ich weiter! Deshalb werden wir Wunderwaffen herstellen! Nur Sie steigen aus, Dr. Schwab. Sie müssen aussteigen. Sie sind ein so anständiger Kerl, Sie dürfen sich nicht verlieren in diesen widerlichen Sumpf von Gemeinheit und Gewissenlosigkeit. Gehen Sie fort . . .«

Drei Tage später arbeitete bereits wieder die Konstruktionsabteilung des Werkes.

Dr. Schwab blieb. Er wußte nicht, warum. Er hatte einfach das Gefühl, bleiben zu müssen. Wegen Gerholdt, wegen Rita, wegen des Werkes. Vor allem aber wegen Gerholdt. Das Geheimnis dieses weißhaarigen, hageren Mannes zog ihn an wie einen Magneten. Er war im Grunde seines Wesens fasziniert von Gerholdt.

Und sie sprachen auch nicht mehr darüber, als sie sich wenige Tage später begrüßten, als die Arbeiter mit der Errichtung einer neuen Montagehalle die Lebensader des Werkes wieder flickten . . .

Der Brief, den Gerholdt später an Rita nach Angerburg schrieb, war eigentlich nur eine private Fortsetzung des Wehrmachtsberichtes und lautete:

»Mein Kleines, Allerliebstes. Papis Alles!

In Düsseldorf geht alles gut. Ab und zu kommen noch die bösen Flieger, aber sie fliegen über uns hinweg und tun uns nichts mehr. Wie schön muß es jetzt bei Dir in Angerburg sein. Du wirst sicherlich im See baden und mit den Ponys ausfahren oder gar auf ihnen reiten. Hast du schon die wunderschönen Trakehnerpferde gesehen? Frau v. Knörringen schrieb mir, daß Du so artig seist und gut lernst. Lerne fleißig, meine Rita, damit du später die große Fabrik von Papi übernehmen kannst. Wenn Papi einmal alt ist, will er von der Terrasse seines Hauses zusehen, wie die Fabrik wächst, und dann will er allen, die ihn fragen, sagen: Ja, das macht meine Tochter Rita. Sie ist so fleißig . . .

Vielleicht komme ich Dich einmal in Angerburg besuchen, mein Kleines. Dann muß Du mit zwei Pferden am Bahnhof sein. Wir werden dann durch die Felder und Wälder reiten, und Du wirst mir alles erklären, wie es heißt, wem es gehört, ja? Und wenn der Krieg vorbei ist, wollen wir uns auf einem ganz großen Schiff die Welt ansehen . . . die Neger und Araber, die Chinesen und Indianer, die Eskimos und Feuerländer. Weißt Du, was? Du nimmst Dir am besten einen Atlas her und suchst Dir alle die Länder aus, die Du gerne sehen möchtest. Die schreibst Du mir dann, und Papi will sehen, daß er später für alle diese Länder eine Fahrkarte bekommt . . .«

Er schrieb noch viel in diesem Brief. Viel Dummes, viel Dahingeschwätztes, viele Lügen und ein Gebirge von billigen Illusionen. Er zwang sich, den Ernst der Zeit zu vergessen, er belog sich selbst, er faselte Dinge auf das Papier, die in diesem Augenblick mehr eine Ironie als eine Sehnsucht waren.

Als er den Brief noch einmal überlas, ekelte es ihn vor sich selbst. Aber er schickte ihn ab. Nie soll Rita wissen, was Not und Elend bedeuten, sagte er sich immer wieder vor. Nie soll sie Leid erfahren. Ihr Leben soll erfüllt sein von Freude und Glück, von Zufriedenheit und Sorglosigkeit. Sie soll nie die dunklen Seiten des Lebens sehen . . . nur die Sonne, die sie froh macht, nur das Licht, das Leben bedeutet und Wachsen und Glück.

Aus Süddeutschland kamen neue Maschinen. Sie wurden nicht mehr in die Hallen aufgestellt, sondern kamen unter die Erde. Die Betonbunker wurden ausgebaut . . . unter den Schutthalden der alten Fabrik entstand in der Tiefe der Erde ein unterirdisches Werk, sicher vor allen Bomben, unsichtbar vor allen Aufklärungsfliegern, die selbst am Tage ungehindert den Rhein hinabflogen und fotografierten.

Unter drei Meter dicken Eisenbetondecken ratterten die Walzen. Besondere Drehbänke drehten Stahlzylinder, in deren blitzenden Leib einmal die geheimnisvolle Treib-Füllung eingelassen werden sollte, die das Geschoß über die Stratosphäre hinaus in das Weltall schießt, um es als eine riesige, alles vernichtende Faust auf das Ziel fallen zu lassen.

Aus Berlin trafen technische Beobachter ein. Offiziere, Ingenieure, stille Wissenschaftler, von denen durchsickerte, daß in Peenemünde an der Ostsee die Forscher mit der wahnwitzigen Ausnutzung der Atomkraft beschäftigt waren.

Dr. Schwab schüttelte den Kopf, als Gerholdt ihm eines Abends in seinem Büro, zwanzig Meter unter dem Rhein, davon berichtete.

»Irrsinn! Wir werden uns selbst vernichten! Wir werden uns eines Tages auflösen in einer einzigen, die ganze Welt umfassenden Explosion!«

»Zunächst werden wir siegen, Dr. Schwab!«

»Unter der Erde?«

Frank Gerholdt wandte sich ab und ließ Dr. Schwab stehen.

Innerhalb sechs Monaten wurde die Fabrik noch fünfmal angegriffen. Die neuen Montagehallen wurden weggeblasen, die Trümmerberge wurden umgepflügt, die Konstruktionsbaracke wehte in den Rhein und schwamm wie ein gekentertes Schiff stromabwärts, bis sie bei Xanten aus dem Rhein gefischt wurde und als Unterschlupf für die Bombenopfer diente. Unterdessen wuchs die Fabrik unter der Erde. Der Gauleiter besichtigte den Fortgang der Arbeiten. Er drückte Gerholdt kernig die Hand.

»Der Führer läßt Ihnen durch mich seinen Dank aussprechen«, sagte er und gab seiner Stimme einen Schimmer von Feierlichkeit und geschichtlicher Würde. »Er läßt sich laufend von dem Fortgang der Arbeiten berichten. Damit es schneller geht, werden Sie in Kürze mehr Arbeitskräfte bekommen –«

Am Sonnabend der folgenden Woche rückten lange Autokolonnen den Rhein hinauf zu den unterirdischen Stahlwerken. Zusammengepfercht wie Tiere standen auf ihren Ladeflächen blasse, verhungerte, halbtote Menschen. Gestreifte Jacken, gestreifte Hosen, kahlgeschorene Schädel. Alpträume von Menschen. Ihre dumpfen, leeren Blicke überflogen den Rhein, die Trümmerstätte der Fabrik, die Arbeiter, die verwundert herumstanden und den Wagenkolonnen entgegenstarrten.

»Aussteigen!« brüllte jemand.

Die Klappen der Ladeflächen fielen. Aus einigen Wagen sprangen SS-Männer mit Maschinenpistolen und langen, biegsamen Ledergerten.

»Schneller!« schrie jemand. »Ihr Scheißkerle – wollt ihr wohl?!«

Unter den Schlägen der Ledergerten sprangen die Männer von den Wagen. Sie fielen auf die Erde, krochen weiter, richteten sich auf und standen dann auf dem Platz . . . ein Heer blauweiß gestreifter, kahlköpfiger, halbtoter Kreaturen, lautlos, stumpf, mit hängenden Köpfen.

Ein SS-Offizier kam auf Frank Gerholdt zu, der mit Dr. Schwab aus dem Bunker kroch. Er hob die Hand forsch zum Hitlergruß. Seine Stimme dröhnte über den stillen Platz. Es war, als hielten die Hunderte Menschen den Atem an.

»Parteigenosse Gerholdt?«

»Ja –« sagte Gerholdt stockend.

»Auf Befehl des Reichsführers SS überbringe ich Ihnen dreihundert Arbeiter aus dem KZ Bergen-Belsen!«

»Danke.«

Gerholdt überblickte die verhungerten, knochigen Gestalten. Die gesenkten Kahlschädel, die leblosen, ausgepeitschten Gesichter. Er spürte ein Würgen im Hals und den Drang, dem lächelnden SS-Offizier die geballte Faust in das dicke Gesicht zu schlagen.

»Die sollen arbeiten?« fragte er mühsam.

»Und wie!«

»Ich habe keinen Platz, dreihundert Mann unterzubringen.«

»Das lassen Sie unsere Sorge sein. Die Kerle werden auf der Erde schlafen oder auf dem Platz zwischen den Trümmern! Die sind schon anderes gewöhnt.« Der SS-Offizier lachte dröhnend. »Sie sollen sehen, wie schnell wir hier die Erde ausbuddeln! Der Gauleiter verlangt in vier Wochen eine Meldung, daß eine neue unterirdische Halle ausgehoben ist! Und wir schaffen es!«

»Mit diesen Halbtoten?« sagte Dr. Schwab angeekelt.

Der SS-Offizier nickte heftig. »Sie werden es schaffen, bis sie ganz tot sind!«

In den Reihen der KZ-Sträflinge entstand Bewegung. Zwei ältere Gefangene hatten sich auf die Nebenmänner gestützt. Sie waren lebende Gerippe und wären umgefallen, wenn nicht die anderen sie aufgerichtet hätten. Ein junger SS-Mann sprang durch die Reihen und trat die beiden Entkräfteten in den Hintern. Immer und immer wieder.

»Gerade stehen!« schrie er dabei. »Saukerle – gerade stehen!«

»Lassen Sie den Mann aufhören!« sagte Gerholdt laut und grob. »Ich will Arbeiter haben, aber keine Krüppel!«

»Das sind die Besten des ganzen Lagers!«

»Um so schlimmer! Wenn der Kerl nicht aufhört zu treten, werde ich ihn in die Fresse schlagen und dem Gauleiter eine Meldung machen!«

Achselzuckend ging der SS-Offizier weg. Dr. Schwab faßte Gerholdt am Arm.

»Schicken Sie die armen Kerle wieder fort«, sagte er leise. »Mein Gott – ich kann es nicht mit ansehen. Sie verhungern vor unseren Augen! Was hat man aus diesen Menschen gemacht . . .«

Gerholdts Gesicht war kantig, entschlossen.

»Ich brauche sie, Dr. Schwab.«

»Was hier gemacht wird, ist öffentlicher Massenmord!«

»Schweigen Sie!«

»Nein, ich schweige nicht!« Dr. Schwab atmete heftig. »Man wird Sie eines Tages dafür zur Verantwortung ziehen! Wenn nur ein einziger dieser armen Menschen stirbt, hier an der Arbeit Ihres Werkes stirbt, fällt dieser Tod Ihnen zu! Sie sind verantwortlich! Denken Sie an Rita –«

»Schweigen Sie!« schrie Gerholdt. Die Erwähnung Ritas beim Anblick der halbverhungerten Menschen war wie ein betäubender Schlag auf sein Herz. »Wenn der Reichsführer SS sie mir schickt –«

»Es ist Mord, Herr Gerholdt!«

Frank Gerholdt biß die Lippen aufeinander. »Was wissen Sie von Mord, Dr. Schwab«, sagte er dumpf. »Was wissen Sie –«

Er hob die Hand und unterbrach sich mit dieser Bewegung selbst. Der junge SS-Mann ließ von den beiden KZ-Gefangenen ab. Der SS-Offizier schrie etwas über die dreihundert schlotternden Gestalten hinweg. Wie eine drohende, schwarze Masse standen die Arbeiter rund um die grau-weiß-blaue Kolonne, verschlossen, mit verkniffenen Gesichtern.

Gerholdt ging über den Platz, den dreihundert lebenden Toten entgegen. Er schritt ihre Reihen ab wie die Front einer Ehrenkompanie ... er sah in gestorbene Augen, in Totenköpfe, die atmeten, in Gesichter, die nichts waren als ein grauer Fleck über einer gestreiften Uniform.

Am Ende der Kolonne blieb Gerholdt stehen. Er sah hinüber zu seinen Arbeitern. Er sah ihre Blicke, er sah, daß sie auf etwas warteten. Auf eine Tat.

»Männer!« sagte Gerholdt laut. Seine Stimme war zu hören bis in den letzten Winkel der Trümmerberge. »Ihr verzichtet heute auf euer Frühstücksbrot! Alles, was eßbar ist, wird sofort an die Kameraden dort abgegeben ...«

Durch die Trümmer rannten die Männer, über die Eisenträger sprangen sie, sie stürzten förmlich hinzu ... wie eine Welle überspülten sie die Halbverhungerten. Der junge SS-Mann, der vor wenigen Minuten noch die beiden Alten getreten hatte, schoß, wie aus einer Kanone abgefeuert, über den Platz und stürzte in die Trümmer. Er schrie und zog seine Pistole. Der SS-Offizier rannte mit hochrotem Kopf auf Gerholdt zu ... er fuchtelte mit der Pistole durch die Luft und brüllte wie ein Stier.

»Ich lasse alle erschießen! Ich melde es dem Reichsführer SS! Dem Gauleiter! Ich werde alle erschießen!«

Frank Gerholdt sah ihn ruhig an. Mit der gleichen Ruhe hob er seine Faust und ließ sie auf den Arm des SS-Offiziers niederfallen. Die Faust, die einmal Kohlensäcke im Hamburger Hafen schleppte und Kisten mit Stahlfedern in der Kölner Baracke. Aus den kraftlos gewordenen Fingern des Offiziers rutschte die Waffe zu Boden.

»Ich will Arbeitskräfte haben – Kräfte, Herr Sturmführer – aber keine Toten! Wir wollen aufbauen, aber nicht sterben! *Das* werde *ich* melden!« sagte Gerholdt hart.

Er ließ den vor Wut zitternden SS-Sturmführer stehen und wandte sich ab. Er ging hinüber zu den dreihundert Häftlingen, die wie Tiere auf der Erde saßen und mit vollen Backen die Frühstücksbrote der Arbeiter verschlangen. Sie würgten sie in sich hinein, sie stopften mit beiden Händen. Essen ... mein Gott ... essen, schnell essen ... wer weiß, wann es vorbei ist, wann die SS wieder kommt, wann wir wieder hungern müssen. Essen ... essen ...

»Ihr werdet arbeiten müssen«, sagte Gerholdt laut über die kahlen Schädel hinweg. »Ihr werdet arbeiten müssen, bis ihr umfallt – aber ihr werdet nicht hungern, solange ihr bei mir seid! Das verspreche ich euch!«

Das Kauen der essenden dreihundert Menschen drang in sein Herz. Es war ein Geräusch der Erinnerung. Er dachte an den Hamburger Hafen und an den hungernden Arbeitslosen Frank Gerholdt, der im Seemannsasyl in der langen Schlange stand und seinen Napf hinhielt für eine Kelle Wassersuppe.

Am Mittag fuhr er nach Düsseldorf und kaufte vier große Kessel. Er richtete eine Küche ein. Von den Bauern kaufte er wagenweise Gemüse ... Kohl, Rüben, Spinat. Auch Obst und für teures Geld zwei Kühe.

Dr. Schwab drückte ihm stumm die Hand. Gerholdt zog sie ihm wütend fort.

»Lassen Sie das«, sagte er grob. »Ich weiß wie kein anderer, was Hunger ist –«

Die Nachrichten von der Ostfront wurden schlechter und damit spärlicher. Die deutschen Truppen gingen zurück ... schon überflutete der Russe Polen ... Warschau wurde zurückerobert ... von Leningrad gingen dunkle Meldungen nach Ostpreußen ... Der Russe marschierte auf Riga ... die Umklammerung der deutschen Armee ist nicht aufzuhalten. Ostpreußen wird wieder Kriegsgebiet.

Das Russengespenst stand vor der Tür. Wie 1914 sah ganz Ostpreußen auf den Kriegsschauplatz vor seinen Grenzen. Kommt der Russe? Werden wir ihn aufhalten können?

In Königsberg wurde geschanzt. Panzersperren entstanden auf den Landstraßen, der Volkssturm wurde aufgerufen. Gauleiter Koch schrie durch den Königsberger Sender ... die ersten Hinrichtungen wegen Feigheit vor dem Feind fanden statt. Eine hektische Betriebsamkeit durchzitterte das Land, der eine lähmende Erwartung und eine stumme, verbissene Beobachtung folgten. Der Russe im Anmarsch! Würde Ostpreußen sterben?

Gab es wieder einen Hindenburg und Ludendorff, die die Russen aus dem Land jagten und Ostpreußen retteten?

Gab es eine Hoffnung?

In Angerburg wurde heimlich gepackt. Es mußte heimlich gehen, denn Gauleiter Koch brüllte durch den Rundfunk: Wer jetzt in der schwersten Zeit Deutschlands seinen Posten verläßt, ist ein Feigling und wird als ein solcher behandelt werden!

Das Todesurteil für etwa drei Millionen Menschen.

Für Frauen, Mütter, Kinder, Greise.

Drei Millionen bange Herzen, dreimillionenmal Angst: Kommt der Russe . . . ?

Über Ostpreußen fluteten die deutschen Divisionen hinweg. Zuerst nach Osten – wenig später zurück nach Westen.

Treck auf Treck. Panzer, Lastwagen, Artillerie, Infanterie.

Zug nach Zug durchrollte die weiten Felder und Weiden. Ein Heer von Verwundeten füllte die kleinen Bahnhöfe mit Stöhnen und dem Gestank tagelang nicht gewechselter Verbände.

Die ersten russischen Bombergeschwader tauchten am blauen Himmel Ostpreußens auf. Sie beharkten die Straßen, sie bombardierten die Schienenwege, sie zerhämmerten die Festungen.

Wo kamen sie her? Sagte nicht Göring: Es gibt keine russische Luftwaffe mehr? Sagte nicht Hitler: Rußlands Kraft ist ein für allemal gebrochen! Das russische Heer befindet sich in völliger Auflösung. Sagte nicht Goebbels: Die russische Dampfwalze ist zerbrochen?!

Wo kommen sie bloß her? Woher bloß?

Gauleiter Koch, der »König von Polen«, gab seine Tagesbefehle heraus.

Bis zur letzten Patrone! Bis zum letzten Mann! Bis zur letzten Straßenecke! Verbrannte Erde! Der Sieg wird unser sein!

Wenn er gesprochen hatte, fuhr er auf eines seiner Güter, soff sich voll wie ein Schwein und befahl wie ein arabischer Fürst die Mädchen reihenweise in sein Bett.

Kommt der Russe? Was wird aus Ostpreußen?

In Ostpreußen lag das Führerhauptquartier. Die »Wolfsschanze«. Wird der Führer flüchten?

In Angerburg saß Freifrau v. Knörringen jeden Abend hinter dicken Plüschvorhängen vor dem leise gestellten Radio und hörte den Londoner Sender. Sie wußte, daß darauf die Todesstrafe stand, aber sie hörte ihn doch, weil die Meldungen aus London den Stand der Dinge wiedergaben, wie sie in Wahrheit lagen.

Die sowjetrussische Armee des Marschalls Konjew im Anmarsch auf Litauen. Marschall Sokolowski bricht bei Warschau durch.

Deutsche Truppen werden an der Südfront nach Ungarn weggedrängt!

Gauleiter Koch im Reichssender Königsberg: »Königsberg wird eine Festung sein, die nie kapitulieren wird! Sie wird das Fanal des Sieges werden! Es lebe der Führer!«

Durch die Straßen der ostpreußischen Städte ziehen die Volkssturmmänner. Greise und Kinder. Mit Karabinern, Beutewaffen aus Belgien und Holland, deren Schlösser klapperten und deren Läufe ausgeleiert sind. Vereinzelte Panzerfäuste, vor denen die Träger mehr Angst haben als die Russen. Hitlerjungen exerzieren. Sie lernen robben und Handgranaten werfen. Der Krieg der Kinder und Greise beginnt. Der schmutzigste Krieg der deutschen Geschichte.

Durch Angerburg rollen die Kolonnen der deutschen Wehrmacht. Zuerst die Zahlmeister und rückwärtigen Truppen, dann die Lazarette. Dazwischen braune Uniformen. Angstschlotternd, in den Händen Marschbefehle, die ein guter Freund ausstellte: Wegen Aufbau rückwärtiger Auffangstellungen in Marsch gesetzt nach ...

Ein Name, den keiner kennt. Sie landen in Berlin. Oder in Flensburg. Oder in Hamburg. Ohne Uniform, denn die Zivilkleider schleppten sie in einem Handköfferchen mit.

Gauleiter Koch im Reichsrundfunk Königsberg: »Die Partei ist das Rückgrat des totalen Widerstandes!«

Der Russe kommt! Der Russe kommt!

Er steht schon vor Riga! Noch hält die Front. Generalfeldmarschall Schörner steht hinter der Truppe und schießt auf jeden, der sich entfernt.

In Angerburg werden die Koffer gepackt.

Das Ehrenmal bei Tannenberg wird zur Sprengung vorbereitet. Der Sarg mit den sterblichen Überresten Hindenburgs wird nach Westen geschafft. Die Kadetten in der Marienburg lernen nicht mehr grüßen und Generalstabstaktik, sondern das Einrichten von Verteidigungen und den Aufbau einer Festung.

Lazarettzug nach Lazarettzug rollt nach Westen. Eine unübersehbare Schlange des Leides, des Stöhnens, des Sterbens, der durchgeeiterten Papierbinden. Es gibt keinen Mull mehr. Es gibt kaum noch Morphium. Wenn sie sich heiser geschrieen haben, hören die Kerle von selbst auf!

Frau v. Knörringen hört den Londoner Rundfunk. »Unsere sowjetischen Freunde auf dem Anmarsch auf Memel. Marschall Konjew sagt in einem Interview mit dem Vertreter von AP: Weihnachten feiern wir an der Oder!«

Gauleiter Koch in einem Interview mit dem »Angriff«: »Wir werden die Halbaffen wegjagen wie streunende Hunde!«

Frau v. Knörringen schreibt an Frank Gerholdt nach Düsseldorf:

»Lieber Herr Gerholdt!

Die Front kommt immer näher. Ich kann es nicht mehr verantworten, Rita in Angerburg zu lassen. Soll ich sie zu Ihnen zurückschicken? Wollen Sie sie abholen? Bitte geben Sie mir telegrafisch Bescheid, was mit Rita geschehen soll.

Ihre Frau v. Knörringen.«

Der Brief – sogar als Eilbrief aufgegeben – kam mit dem Postwagen bis Stettin. Dort wurde er umgeladen und sollte über Berlin nach dem Westen reisen. In der Nacht verbrannte er mit dem ganzen Zug unter den Phosphorbomben alliierter Bombengeschwader.

Rita blieb in Angerburg. Frank Gerholdt baute seine unterirdische Fabrik, verbissen, dem Schicksal trotzend, das ihn wieder zu Boden geworfen hatte.

Die Kurlandarmee war eingekesselt. Links und rechts von Riga brach der Russe durch ... er überschritt die vereiste Memel, er rückte zur Grenze Ostpreußens vor. Tilsit wurde geräumt, über Gumbinnen und Insterburg fluteten die langen Elendszüge der Flüchtlinge durch den Winter nach Westen.

Der Russe kommt! Der Russe! Die Vernichtung, die Schändung, der Tod ... das vollkommene Ende ...

In Königsberg wurden Straßensperren errichtet. Gauleiter Koch meldete dem Führer stolz die Bereitschaft der »Festung Königsberg«, bis zum letzten Atemzug zu kämpfen! Der letzte Atemzug bestand aus Pimpfen und Greisen, aus Verwundeten und demoralisierten Truppen, die kopflos zurückfluteten und, von besonderen Kommandos aufgefangen, wieder an die Front geworfen wurden und dort verbluteten.

Frau v. Knörringen, nach den letzten Meldungen des Londoner Rundfunks genau über den Verlauf der Front unterrichtet, ließ zwei Pferdewagen beladen und abfahrbereit in den Ställen aufstellen. Es bedurfte nur noch des Anschirrens der Pferde, und der Treck von Angerburg nach dem rettenden Westen konnte beginnen.

Rita erlebte den Zusammenbruch der deutschen Front mit der Sorglosigkeit eines zwar denkenden, aber die Folgen nicht übersehenden Kindes. Für ihre fast dreizehn Jahre ein wenig groß, hochaufgeschossen, mit langen schlanken Beinen, die staksig wie die Beine eines Füllen durch die Wiesen stapften, mit langen blonden

Haaren, die wie Goldfäden über die schmalen Schultern fielen, und mit großen, blauen Augen ging sie durch die herrliche Welt der Weiden und Seen, sah in die träge ziehenden Wolken des weiten ostpreußischen Himmels und sah zum erstenmal den Zug der Wildenten, über die Wipfel der Bäume flatternd, schreiend und geheimnisvoll wie eine alte Heldensage.

Die zurückflutenden Truppen erschreckten sie, aber sie begriff nicht, was es bedeutete. Mit anderen Schulkindern fuhr sie mit dem Pferdewagen nach Portrinnen, einer kleinen Stadt bei Angerburg, wo die Lazarettzüge umgekoppelt wurden. Dort verteilte sie mit den BdM-Mädchen, mit Hitlerjungen und Politischen Leitern in ihren senffarbigen Uniformen Liebesgaben an die matt lächelnden Verwundeten. Zigaretten, Obst, Mineralwasser, Brot, Gebäck. Aus einem großen Kessel verteilten sie Suppe ... Weißkohl mit Graupen. Sie hatte Mitleid mit den blutenden, stöhnenden Menschen und saß am Abend in Gedanken versunken bei Frau v. Knörringen am Kachelofen und starrte in die halbdunkle Stube.

»Wird Papi mich bald holen?« fragte sie.

»Ich habe es ihm geschrieben.«

»Wenn der Krieg zu Ende ist, werde ich wiederkommen, Tante Berta.«

»Es wird dann kein Angerburg mehr geben«, sagte Frau v. Knörringen stockend.

»Warum denn nicht?« Rita sah erstaunt auf. »Wir werden die Russen wieder hinaustreiben und siegen. Das hat der Ortsgruppenleiter gesagt.«

Frau v. Knörringen schwieg. Sie hob nur die Hand und streichelte leicht über die blonden Locken Ritas. Wie Seide waren sie. Sie dachte an die russischen Soldaten, an die Tataren, Kalmücken, Kirgisen und Mongolen. Sie hatte sie schon einmal miterlebt, als junges Mädchen, damals 1914. Sie schauderte bei dem Gedanken, daß Rita in ihre Hände fallen könnte.

»Wir werden abreisen, wenn der Russe vor Königsberg steht«, sagte sie leise. »Wir wollen beten, daß es einen Weg gibt ...«

Der Ring der Russen um Ostpreußen wurde enger. In Polen rückte er vor ... von Warschau die Weichsel aus abwärts ... eine eiserne Klammer, die sich um das Land schloß und aus der es kein Entrinnen gab, wenn die sowjetischen Panzerspitzen bei Danzig die Ostsee erreicht haben würden.

In den Nächten überflog die russische Luftwaffe das Land. Sie zerhämmerte die Straßen, sie beschoß im Tiefflug die endlosen

Flüchtlingstrecks, die von Memel nach Ostpreußen hineinfluteten und über Ostpreußen hinweg durch den Korridor ins Reich wankten. Greise, Frauen, Kinder, Säuglinge auf schwankenden Holzfuhrwagen, zu Fuß, Kinderwagen mit Federbetten vor sich herschiebend, dazwischen Trecker, die Heuwagen zogen, auf denen der Hausrat aufgestapelt war, durchsetzt mit frierenden, hungernden Menschen. In diese Elendszüge hinein jagten die Garben der überschweren Maschinengewehre und fegten sie in die Straßengräben, wo sie liegenblieben, verbluteten, erfroren, verhungerten.

Tausende ... Mütter, Greise, Kinder, Säuglinge ...

Der Russe stand vor Königsberg. Plötzlich erfüllte Kanonendonner die nächtliche Stille bei Angerburg. So plötzlich, daß die Bauern verwundert vor die Türe liefen und nach Osten starrten. Sie begriffen es nicht ... sie konnten es nicht verstehen ... Kanonendonner ...

Der Russe kam. Bei Lyck und bei Ortelsburg überrannte er die deutschen Divisionen, die kaum regimentsstark dem Druck nicht mehr standhalten konnten und zerbrachen wie morsches Holz. Die deutschen Panzer lagen hilflos ohne Brennstoff im Schnee ... sie wurden abgeschossen wie Zielscheiben und füllten den Himmel mit ihrem Feuerschein aus.

Die ganze Nacht hindurch rollten Verstärkungen durch Angerburg an die Front. Junge Kerle, kaum ausgebildet, alte Männer mit blassen, ausgemergelten Gesichtern. Landesschützen, wie man sie nannte. »Zum Sterben ist keiner zu alt oder zu jung!« schrie der Kreispropagandaleiter von Ortelsburg, ehe er seine Koffer packte und als erster die bedrohte Stadt verließ. Zum Aufbau der rückwärtigen Front, hieß es in seinem Marschbefehl.

In höchster Not schickte Frau v. Knörringen ein Telegramm nach Düsseldorf an Frank Gerholdt.

»Holt Rita ab. Knörringen.«

Frank Gerholdt erhielt das Telegramm am Abend. Er saß in seinem unterirdischen Büro neben Dr. Schwab und schrieb einen sehr freimütigen Bericht an den Gauleiter.

»Von den mir als Arbeitern zugewiesenen 300 KZ-Häftlingen sind im Laufe der letzten drei Wochen 46 (in Worten sechsundvierzig!) an Entkräftung, Furunkulose oder Herzinfarkten gestorben! Weitere 59 liegen im Krankenrevier. Ich protestiere hiermit gegen die menschenunwürdige Behandlung meiner Arbeiter und bitte um Zuweisung von mehr Lebensmitteln, vollständigem Lazarettmaterial und besseren Werkzeugen! Sollte dies nicht eintreffen, müßte ich dem Führer melden, daß der Fortgang der staatswichtigen Arbeiten durch Mangel an Organisation gefährdet oder gar unmöglich gemacht wird.«

Die Antwort kam prompt. Sie lautete kurz:

»Mehr Lebensmittel oder gar Lazarettmaterial sind nicht zu beschaffen. Dagegen werden wir jeweils die Ausfälle an KZ-Häftlingen auffüllen. Mit dem morgigen Transport kommen 200 neue Arbeiter.«

Und als ironische Krönung des Schreibens stand als Nachsatz darunter:

»Wenn wir auch keine Lebensmittel haben – KZler haben wir genug, um noch einige Jahre durchzuhalten.«

Frank Gerholdt las diesen Brief nicht mehr. Er hatte das Telegramm erhalten und war wortlos aus dem Raum gerannt. Dr. Schwab übernahm die ganze Fabrik. Er übernahm sie mit dem Willen, die Arbeiten so lange hinzuziehen, bis der Zusammenbruch vollkommen war. Er wollte Menschen schonen, Material, Geld. Er wollte nicht mehr. Der Wahnsinn der Arbeiten war so vollkommen und so deutlich, daß es Mord war, weitere Menschen an den unterirdischen Bauten zu opfern.

Mit seinem Wagen raste Frank Gerholdt in der Nacht noch über die Autobahn nach Berlin. Von Berlin aus jagte er nach Stettin. Von Stettin nach Konitz. Dort, an der Grenze des Korridors, wurde er aus seinem Wagen herausgeholt. Feldgendarmerie beschlagnahmte seinen Wagen.

»Was geht mich Ihr roter Winkel an?« schnauzte der Major, bei dem sich Gerholdt beschwerte. »Was heißt hier überhaupt: Staatswichtige Aufträge? Die sind in Düsseldorf, aber nicht in Konitz! Der Wagen gehört der Truppe!«

»Ich werde es dem Führer melden!« schrie Gerholdt. »Ich muß weiter!«

»Dem Führer?« Der Major der Feldgendarmerie lachte laut. »Der Führer ist weit! Aber wir sind hier! Wo wollen Sie überhaupt hin? Welcher Idiot fährt denn noch nach Osten?«

»Ich will nach Ostpreußen!« sagte Gerholdt bleich vor Wut und erkannter Ohnmacht.

»Nach wohin?« fragte der Major ungläubig.

»Nach Angerburg.«

»Und wo liegt das?«

»Südlich von Ortelsburg.«

Der Major schob Gerholdt eine Karte unter die Augen. Sie war bedeckt mit vielen Kreisen und bunten Strichen.

»Hier steht der Russe ... und dort ... und da auch! Ganz Ostpreußen ist umklammert! ›Festung Ostpreußen‹ – wohl nie gehört, was? Vor Ortelsburg heulen die Stalinorgeln ... um Königsberg herum zieht sich der Ring der Sowjets ... die Brücken über die Oder werden zur Sprengung vorbereitet ... was jetzt noch in Ostpreußen bleibt, ist verloren!«

»Das ist ja furchtbar«, stammelte Gerholdt. Kalter Schweiß trat auf seine Stirn. »Es kommt keiner mehr heraus? Keiner mehr?« fragte er leise.

»In einer Woche nicht mehr. Seien Sie froh, daß wir Ihnen den Wagen beschlagnahmt haben ... Sie waren dabei, Selbstmord zu begehen.«

»Ich muß den Wagen haben! Ich muß! Ich muß!«

Der Major winkte. Frank Gerholdt wurde an der Schulter gepackt und von zwei kräftigen Soldaten, deren blanke Schilde auf der Brust blitzten, vor die Tür gesetzt. Er wehrte sich nicht ... er war wie gelähmt, er war unfähig, anderes zu denken als nur: Rita – – – o mein Gott, Rita! Die Russen sind in Ostpreußen ... Ich werde Rita nie wiedersehen ... nie ... nie ... Alles war umsonst. Alles! Das ganze neue Leben, dieses Schicksal aus zweiter Hand, das ich ihr geben wollte. Gott hat mich geschlagen, fürchterlicher geschlagen als die Leute von Sodom und Gomorrha ... Er hat mich vernichtet mit dem einzigen, was ich auf Erden liebte ...

Er stand vor den Baracken der Feldgendarmerie und spürte nicht den kalten Wind, der von der Brahe herüberwehte und sich in seinem weißen, flatternden Haar verfing.

Rita ... dachte er nur. Meine kleine, süße Rita ...

Ein Unteroffizier ging an ihm vorbei, blieb verwundert stehen und wandte sich um.

»Weitergehen!« brüllte er barsch.

Frank Gerholdt ging langsam dem Fluß zu. Schleppend, ein müder, alter Mann. Ein von Gott Geschlagener. Er setzte sich auf einen umgestürzten Baumstamm am Ufer der Brahe und sah über das weite, verschneite, eisige Land. Ein Land, das die Weiten der russischen Steppen ahnen ließ, die Grenzenlosigkeit des Raumes, in dem Rita verschwinden würde, als sei sie nie gewesen ... Ein sich im Nichts auflösender Mensch.

Gerholdt griff an das Herz. Atemnot befiel ihn, ein Schwindelgefühl, das ihn im Sitzen schwanken ließ. Während er die Hand auf die Brust legte, spürte er die dicke Brieftasche in der Jacke.

Geld ... viel Geld ... Fast dreißigtausend Mark.

Was war jetzt Geld wert? Was nutzte ihm der Reichtum? Die Sehnsucht seines Lebens, die erfüllten herrlichen Träume – – – Geld, viel, viel Geld – – – alles war ein Nichts geworden, ein Haufen Papier, das auf Ostpreußens Flüchtlingsstraßen in die Wassergräben und über die verschneiten Felder flatterte. Wertlos, sinnlos, bunte, schlecht gedruckte Bildchen, die keiner mehr beachtete.

Er saß über eine Stunde am Ufer des Flusses. Er sah, wie sein beschlagnahmter Wagen weggefahren wurde ... der Herr Major saß selbst am Steuer und lenkte ihn nach Westen ... die Straße hinab, die er hinauf gekommen war.

»Bande!« sagte Gerholdt laut. »Feige, säuische Bande!«

Er erhob sich von seinem Baumstamm, durchgefroren, steif und durchzittert von einer völligen Hoffnungslosigkeit. Am Rande von Konitz sah er in einem Bauernhof einige Pferde stehen. Die Leiterwagen waren schon beladen ... man wartete auf einen günstigen Tag, um fortzuziehen.

Pferde ... Gerholdt griff in die Brusttasche und betrat das Bauernhaus. Um einen hölzernen Tisch herum saßen einige Männer und Frauen und tranken Schnaps. Sie sahen kaum auf, als Gerholdt den Raum betrat. Viele gingen in diesen Tagen aus und ein, viele baten um Essen, viele um eine Nacht Ruhe.

»Ich möchte ein Pferd!« sagte Gerholdt laut in die trinkende Runde hinein. »Wem gehören die Pferde draußen?«

»Scher dich 'raus, Idiot!« sagte einer der Männer grob.

»Ich bezahle es gut.«

»Mit dem Geld kannste dir den Hintern abwischen.«

Gerholdt lehnte sich an die Tür. Er hob seine Hand empor und streckte sie den Bauern entgegen. Zwischen den Fingern quollen die Geldscheine hervor.

»Ich zahle fünftausend Mark für ein Pferd.«

»'raus!«

»Ich zahle siebentausend Mark!«

»Wir brauchen die Pferde für unsere Wagen. Wir wollen wegen deiner lumpigen paar tausend Mark nicht dem Russen in die Hände fallen.«

»Ich zahle zehntausend Mark!« schrie Gerholdt in den stillen Raum hinein. »Zehntausend Mark für ein einziges Pferd!«

In der Nacht durchritt Gerholdt auf dem Pferd eine Furt der Brahe und galoppierte mit nassen, an seinen Körper anfrierenden Kleidern über das weite Land des Korridors, Ostpreußens Grenze entgegen.

Dem Russen entgegen.

Er klebte auf dem Pferd, er war fast festgefroren auf dem alten, rissigen, harten Sattel. Aber er ritt ... er fraß unter den Hufen des Pferdes die Kilometer. Er ritt zwei Tage und zwei Nächte, bis er vom Pferd fiel und in einer verlassenen Scheune schlief. Wie ein Toter lag er im Heu, während das Pferd an seiner Seite in die Knie gebrochen war und kniend ein paar Happen von dem Heu fraß und dann umsank, mit zitternden Flanken und weißüberkrustetem Fell. Gefrorener Schweiß.

Am nächsten Tag ritt er weiter. Er zwang das Pferd auf die schwankenden Beine, er schlug es sogar. Er, der Pferde mehr liebte als Menschen, er schlug ein Pferd und hieb mit den Absätzen seiner Schuhe in die Weichen, es zu neuem Galopp antreibend. Er hing über dem Hals des Pferdes, er umklammerte die Mähne ... er konnte nicht mehr auf dem harten, eisüberzogenen Sattel sitzen, die Haut seines Gesäßes war wund, aufgesprungen. Das rohe Fleisch scheuerte an die Hose. Er verbiß den Schmerz ... er stöhnte in die Mähne des Pferdes hinein, wenn sie über Bombenlöcher sprangen oder den Straßen auswichen und über die Felder rasten.

Auf den Straßen fluteten die deutschen Divisionen zurück. Sie stauten sich an den Kreuzungen, sie drückten die endlosen Flüchtlingstrecks in die Gräben, sie überwalzten das Land.

»Platz! Platz! Artillerie nach vorn!«

Bei Deutsch-Eylau wurde die Straße von Flüchtlingen leergefegt. Kommandos der Feldgendarmerie warfen die hochbeladenen Bauernkarren, die Leiterwagen, die Handwagen, die Greise, Mütter und Kinder einfach in die Straßengräben, auf die Felder, in die gefrorenen Sümpfe.

»Platz für die Truppen!«

»Platz für Nachschub!«

Aber sie rollten nicht nach vorn ... sie rollten zurück. Die Front war aufgelöst, die Flucht die einzige Rettung.

Hinter ihnen raste ein Gespenst her, schrecklicher als die Dürerschen Bilder der Apokalypse: der Russe! der Russe!

Frank Gerholdt umritt diese Straßen. Er wußte, daß man auch sein Pferd beschlagnahmen würde. Als er über einen Feldweg ritt, sah er auf der Erde eine weggeworfene Maschinenpistole liegen. Eine Waffe mit drei gefüllten Magazinen. Er hielt das Pferd an und kletterte trotz seiner wahnwitzigen Schmerzen aus dem Sattel, hing sich die Maschinenpistole um den Hals, schwang sich mit zusammengebissenen Zähnen wieder auf das Pferd und trieb es wieder an ... mit Schlägen, mit Tritten, mit Fausthieben zwischen die Augen.

Weiter ... nur weiter ... Angerburg ist noch weit ... so weit. Aber der Russe ist nah ... er kommt ... er rast wie ein Taifun über das Land.

Rita – – – o Rita – – – Wenn diese Tage keine Buße sind für alles, was ich getan habe, gibt es keinen Gott!

Er ritt noch fünf Tage. Er ritt wie ein Gespenst durch die aufkommenden Schneenebel, über das Eis einsamer Seen, durch die verträumte Herrlichkeit verlassener Winterwälder. Einmal sah er neben einer Straße mitten in einem Wald ein Kind im Schnee liegen. Es war halb verweht. Blonde Locken. Ein kleiner, noch roter Mund. In den Händen hielt es eine Puppe fest umklammert. Aber das weiße Gesicht war ernst, fast alt im grenzenlosen Leid, in dem das kleine Leben verlöschte.

Frank Gerholdt wandte den Kopf zur Seite und raste weiter. So wird Rita aussehen ... so wird sie eines Tages an der Straße liegen, erfroren, mit den langen, blonden Locken im Schnee, den Mund verkniffen ... Und russische Panzer werden über sie hinwegdonnern und den kleinen Körper in die Erde drücken.

Gott, mein Gott – – – geht deine Welt unter ...?

Nach einem Wahnsinnsritt von neun Tagen erreichte er Angerburg.

Er fiel vom Pferd in den Schnee und kroch die letzte Strecke wie ein Tier.

»Rita!« schrie er grell, als er das Haus Frau von Knörringens erreichte. »Rita! Rita!«

Von Ortelsburg her schossen die Russen. Stalinorgeln, Artillerie ... dazwischen das Hämmern der Maschinengewehre und das helle Abschußbellen der Granatwerfer. Die Front stand bei Angerburg ... unter der Schneedecke war die Dorfstraße aufgerissen, durchsetzt mit Trichtern.

Während er über die Dorfstraße kroch, folgte ihm das Pferd mit einknickenden Beinen und hängendem Kopf, in dem abgestorben die Augen hervorquollen. Aber es ging ihm nach, es folgte seinem Herren aus dem dumpfen Instinkt heraus, bei ihm zu sein, weil er eben der Herr ist.

Mit einem Schrei, der nicht mehr menschlich war, sondern aus den Urgründen der Natur zu dringen schien, fiel er in der Diele des Hauses Rita in die Arme und schloß die Augen. Er sah noch im Hinfallen ihre großen, blauen, glücklichen Augen, er sah noch das

Aufleuchten ihres blonden Haares, er hörte noch – – – weit, weit weg wie ein leises Wehen – ihren Aufschrei: »Papi! Papi!« – dann nahm ihn die Nacht ganz fort.

Papi – dachte er noch. Sie hat Papi gerufen. Das bin ich! Das bin ich wirklich. Papi – – –

Frau von Knörringen und Rita trugen den Ohnmächtigen in die Schlafkammer und flößten ihm gewaltsam Weichselkirschen-Schnaps zwischen die trockenen und vom Eiswind aufgerissenen Lippen. Dann deckten sie ihn bis zum Hals zu, heizten den alten eisernen Ofen mit den letzten trockenen Holzscheiten und warteten auf sein Erwachen.

Er schlief einen ganzen Tag.

Angerburg wurde von der russischen Fernartillerie beschossen . . . Gerholdt erwachte nicht. Erst am Abend des nächsten Tages öffnete er die Augen und richtete sich verwundert auf. Aber als er in das Gesicht Ritas sah, sank er wieder zurück und hob beide Arme.

»Rita –«, sagte er leise. »Mein kleiner Liebling – – –«

»Papi – – –«

Sie drückte ihren Kopf an seine Wange und streichelte seine weißen Haare. Er legte den Arm um sie und preßte sie an sich. Glück durchströmte ihn, ein Glück, das nicht nennbar ist und das er nie empfunden hatte in seinem bisherigen Leben. Er umklammerte Rita wie ein Ertrinkender und schloß die Augen. Mein Kind, dachte er. Wirklich mein Kind. Es ist unheimlich . . . aber ich könnte für sie sterben, so liebe ich sie.

»Hast du große Angst gehabt?« fragte er und strich über ihre schmale Schulter. Rita schüttelte den Kopf.

»Ich wußte, daß du kommst, Papi – – –«

»Und wenn ich nicht gekommen wäre?«

»Das gibt es gar nicht!« Sie küßte ihn auf die Augen. »Mein Papi läßt mich nicht allein – – –«

Er nickte. Eine ungeheure Kraft durchrann ihn in diesem Augenblick. »Nie!« sagte er laut. »Nie lasse ich dich wieder allein!«

Später saßen sie am Fenster und starrten hinaus nach Ortelsburg. Über den Himmel zuckte es wie Wetterleuchten. Die Luft war erfüllt mit Donnern und Grollen. Artillerie. Die Front.

»Ich hatte schon alles gepackt«, sagte Frau von Knörringen stockend. »Am Abend vor der Flucht kamen Artilleristen ins Dorf und beschlagnahmten alle Pferde für die Geschütze. Was sollte ich machen? Die Wagen standen gepackt in der Scheune . . . auch diese haben sie weggenommen. Das ganze Essen, die ganze Reiseverpflegung. Ich hatte noch ein Schwein schlachten lassen. Nichts haben sie uns gelassen. Nur das nackte Leben. Uns kann nur noch ein Wunder helfen – das war meine einzige Hoffnung. Eine Hoffnung für Nichtsehende und Nichthörende.« Sie hob die Schultern. Über das zerfurchte, sorgenbleiche Gesicht lief ein Zucken. »Ich weiß nicht, wie wir jemals hier wegkommen. In zwei, drei Tagen wird der Russe hier sein. Das ist das Ende – – –«

»Wir werden durchbrechen!« Gerholdt schob die Vorhänge vor die Fenster. Er sah, daß sich Rita vor dem zuckenden Nachthimmel fürchtete. Im Nachbardorf loderte eine Flamme auf und erhellte die verschneiten Felder. Russische Artillerie hatte ein Haus in Brand geschossen.

»Ohne Pferde? Ohne Wagen? Ohne Lebensmittel?« fragte Frau von Knörringen.

»Wir werden uns wie die Soldaten aus dem Land verpflegen.«

»Das Land ist verlassen und öde. Es ist arm geworden innerhalb drei Wochen.«

Gerholdt erhob sich. Er ballte die Fäuste und steckte sie in die Taschen. »Wir müssen es schaffen! Ich bin in den Kessel gekommen – ich werde auch wieder aus ihm herauskommen! Mit Ihnen und Rita! Wir haben noch das Pferd, mit dem ich gekommen bin.«

»Es liegt im Stall und rührt sich nicht. Morgen wird es tot sein.«

»Morgen werden wir schon unterwegs sein. Es wird keine Zeit haben zu sterben! Es muß uns ziehen!«

»Es ist auch nur eine schwache Kreatur.«

Gerholdt antwortete nicht. Er verließ das Zimmer. Im Stall leuchtete er mit einer Öllampe in die Boxen, bis er am Ende des Stalles inmitten alten Strohs das Pferd fand. Es lag auf der Seite und atmete kaum. Als es die Schritte Gerholdts hörte, öffnete es die Augen ein wenig und schob den Kopf über das Stroh hinweg zu Gerholdt hin.

Er setzte sich neben den Kopf des Pferdes auf den Stallboden und streichelte über die verfilzte, lange Mähne.

»Wir dürfen uns nicht ausschlafen«, sagte er zu dem Pferd. »Wir müssen weiter ... zurück, über die Grenze. Wir dürfen keine Ruhe kennen ... du nicht und ich nicht. Wir müssen die Zähne zusammenbeißen und wieder zurück durch Eis und Schnee ziehen, auch wenn wir lieber schlafen wollten. Ewig schlafen, nicht wahr, mein Junge?« Er tätschelte den Hals des Pferdes, fuhr mit der Hand über die trockenen Nüstern und zwischen den Augen entlang den Kopf empor.

Der Kopf des Pferdes zitterte. Es war, als ob es die Worte verstand. Mit einem tiefen Seufzer richtete es sich auf die Knie auf und stand dann bebend im Stroh, den Kopf hängend und ganz leicht mit dem langen Schweif pendelnd.

»Morgen früh«, sagte Gerholdt heiser. Er spürte ein Würgen im Hals und den Drang, zu weinen. Er umarmte den Kopf des Pferdes und drückte den zitternden Kopf an seine Brust. »Du allein kannst uns nur helfen. Nur du allein. Wir werden alle sterben müssen, wenn du versagst. Wir Menschen geben uns ganz in die Hand des Tieres ... so weit sind wir schon gekommen, mein Junge.« Er drückte sein Gesicht auf die Stirn des Pferdes und klopfte den Hals. »Bis morgen früh, mein Junge. Bis dahin schlaf noch ein wenig. Du wirst es später kaum noch können ...«

Er verließ den Stall, leise, als störe er einen Schlafenden. Und es war, als verstände das Pferd jeden Gedanken des Mannes, als fühle es das Kommende und Schwere. Es legte sich wieder in das Stroh und schloß die großen, traurigen Augen.

Schlafen. Bis morgen früh. Schlafen ...

Der Mensch ist machtlos geworden. Nur das Tier kann noch helfen – – –

Als der Morgen dämmerte und die Front sich wieder belebte, stand Gerholdt mit dem Pferd in der Scheune und schirrte den kleinsten Wagen an.

»Er genügt«, sagte er zu Frau von Knörringen. »Wir brauchen nichts mitzunehmen als ein paar warme Decken und Federbetten. Alles andere werden wir uns besorgen. Wir werden die letzten sein – aber wir werden durchkommen!«

Rita erschien in einem dicken Mantel, über den sie noch einen Pelz Frau v. Knörringens gezogen hatte. Er war zu groß und schleifte über den Boden nach, eine tiefe Rinne in den Schnee grabend. Die langen, blonden Haare hatte sie aufgesteckt und unter einem dunklen Kopftuch verborgen. Sie sah aus wie eine junge Bäuerin.

Frau von Knörringen hatte zwei Pelze übereinander angezogen und ging, da sie auch noch drei Kleider übereinander trug, unter der Last vorgebeugt zu dem Wägelchen, kletterte als erste hinauf und reichte Rita die Hand.

»Komm«, sagte sie. Sie zog Rita auf den Wagen, und beide Frauen hockten sich inmitten der Kissen, Betten und Decken hin, sich in die Federn einwühlend.

»Warm?« rief Gerholdt hinauf.

Sie nickten.

Langsam führte Gerholdt das Fuhrwerk aus der Scheune auf den Hofplatz. Im Osten dämmerte der Morgen ... Der Himmel war fahl, streifig, grau. Neuer Schnee würde kommen, neue Kälte, neuer Frost. Die Straßen würden wie ein Spiegel werden oder wie Gebirge, in denen die Räder des Wagens steckengeblieben und die Pferde in den Schnee sanken und lautlos verendeten.

»Nichts vergessen?« fragte Gerholdt noch einmal hinauf. Frau v. Knörringen nickte mit geschlossenen Augen.

»Die Heimat –«

»Wir werden sie wiederbekommen.«

»Nie, Herr Gerholdt.«

»Die Geschichte bleibt nicht stehen. Sie ändert sich innerhalb der Jahrhunderte.«

»Aber dieses nicht ... Es ist für mich ein Abschied für immer.«

Sie wandte den Kopf und überblickte noch einmal ihren Hof. Das Herrenhaus ... die Ställe ... die Scheunen ... das Geflügelhaus ... die beiden Brunnen ... den Karpfenteich ... die mächtigen Kiefern und Birken, die seit Jahrzehnten und teils Jahrhunderten um den Hof standen und ihn einrahmten wie in einen wertvollen barocken Holzrahmen. Sie sah noch einmal über die Felder, die tief verschneit unter dem fahlen Frühmorgenhimmel lagen, sie sah hinüber zu dem Wäldchen, in dem ihr Mann vor zwanzig Jahren mit einer lustigen Jagdgesellschaft jährlich zweimal das Halali blies ... sie sah über ein ganzes Leben hinweg, über Geburt, Kindheit, Jugend, Sehnsucht, Erfüllung, Reife, Stillstand, Alter und Vergessen.

Sie nahm Abschied von einer ganzen Welt.

Einer Welt, die – das wußte sie – für immer untergehen würde.

Frank Gerholdt gönnte ihr die wenigen Minuten des Abschieds und der Erinnerung. Er hielt den Kopf des Pferdes ruhig und streichelte es über die Nüstern, deren Atem in der Morgenkälte dampfte und oberhalb der Nase in hellen Tropfen gefror.

Von Ortelsburg her heulten die Raketengeschosse der Stalinorgeln und zerrissen die Morgenstille. Frau v. Knörringen fuhr aus ihren Gedanken auf. Die selige und doch traurige Versunkenheit ihres Gesichtes wandelte sich in Angst und Entsetzen.

»Fahren wir –«, sagte sie zitternd.

Gerholdt nickte. Er zog an der Trense des Pferdes und führte es aus dem Hof hinaus auf die eisverkrustete Dorfstraße. Er stapfte durch die Schneewehen und führte das Pferd mit dem kleinen Wagen hinter sich sicher aus Angerburg hinaus. Erst außerhalb der letzten verlassenen Häuser stieg er vorne auf den schmalen Holzbock und nahm die Zügel in die blaurot gefrorenen Finger.

Langsam, wie der Trauerwagen eines Begräbnisses, zogen sie durch die Morgendämmerung. Die völlige Einsamkeit um sie herum wurde grandios und drückend durch die Weite der weißen Flächen und das ferne Rollen einer näher kommenden Vernichtung.

Zwischen Angerburg und dem brennenden Dorf Binfelden stiessen sie auf eine Truppe. Regimentsstab der 65. Inf.-Div. und eine Kompanie Nachrichten. In zwei großen Scheunen lagen Verwundete und rollten Sankas durch die breiten Tore, wo sie von stöhnenden Menschen entladen wurden.

Hauptverbandsplatz. Drei Fahnen mit dem Roten Kreuz flatterten vor den Eingängen.

Ein Oberleutnant in Tarnjacke und aufgeweichter Feldmütze hielt Gerholdt an.

»Was machen Sie denn noch hier? Wo kommen Sie denn her?«

»Aus Angerburg. Wir wollen ins Reich ...«

»Verrückt! Alle Brücken sind gesprengt. Der Russe bricht im Süden durch. Bleiben Sie hier ... sie erfrieren auf der Straße!«

»Wir müssen aus Ostpreußen hinaus!« sagte Gerholdt fest. »Wir werden nicht erfrieren!«

Der Oberleutnant zuckte mit den Schultern und ging weiter. »Wem nicht zu helfen ist ...«, sagte er beim Weggehen. »Sie werden nicht weit kommen.«

Und sie zogen weiter ... den ganzen Tag ... durch Schnee und Sturm, der über die Felder raste und sie einhüllte in den Nebel fliegenden Schnees. Rita und Frau v. Knörringen hatten sich zwischen die Federbetten eingewühlt ... wie in einer tiefen Kuhle lagen sie zusammen, eng aneinandergeschmiegt, sich wärmend wie Tiere und doch zitternd und mit den Zähnen klappernd vor der fast unwirklichen Gewalt der Kälte und des wirbelnden Schnees.

Vorne, auf seinem Holzbock, hockte Frank Gerholdt. Eine unförmige, mit Eis überkrustete Gestalt. Ein urweltlicher Dämon, der das röchelnde Pferd vorwärtstrieb und keine Weiten kannte, keine Kälte, keinen Hunger, keine Erschöpfung. Weiter ... nur weiter. Im Rücken folgt der Russe. Der Tod.

Als die Nacht kam – schneefrei, klar, mit einem zauberhaften Sternentuch des Himmels – rasteten sie in einem verlassenen Ort. Sie krochen in die Scheune eines Hauses, drehten sich in Decken und in die Federbetten und schliefen den traumlosen, bleiernen Schlaf zu Tode Erschöpfter. Das Pferd warf sich hin, wo es stand ... es rollte auf die Seite und schnaufte mit zitternden Flanken in das Stroh.

Frank Gerholdt ging durch die Scheune und das verlassene Bauernhaus. Er schleppte trockene Holzklötze heran, legte Ziegelsteine, sauber aufgeschichtet, herum und entfachte ein kleines Feuer, an dem er sich die Hände auftaute und in dem mitgenommenen Kessel eine Suppe kochte. Da er kein Wasser fand, schmolz er Schnee in dem Topf ... mit einem Holzstück rührte er die Würfelsuppe um ... Wärme, flüssige Wärme ... das war es, wonach er sich sehnte. Wärme innerhalb des Körpers ... er hätte auch heißes Schneewasser getrunken, nur um zu spüren: es durchrinnt mich. Ich lebe noch ... ich fühle noch den Unterschied zwischen kalt und heiß.

Als die Suppe gekocht war, aß er aber nicht zuerst, so sehr es ihn drängte, sondern er weckte Rita und Frau v. Knörringen und zwang den Halbohnmächtigen die warme Flüssigkeit zwischen die Lippen.

»Essen«, sagte er eindringlich. »Ihr müßt essen! Vor uns liegen Hunderte Kilometer. Wir müssen durchhalten! Schluckt doch ... schluckt ...«

Erst als Rita und Frau v. Knörringen wieder in ihren barmherzigen Schlaf zurücksanken, schlürfte er den Rest der Suppe aus dem Topf.

Herrlich, durchrann es ihn. Wie herrlich! Eine Mehlsuppe mit Erbsengeschmack, gekocht mit aufgelöstem Schnee. Sie ist köstlicher als die Potage des Düsseldorfer Chefkochs vom Parkhotel. Sie ist wunderbarer als alle Gerichte der in Leder gebundenen Speisenkarte, die ein Buch ist durch die Landschaften der Welt. Sie ist das Herrlichste, was ich je aß ... sie ist Leben ... erhaltendes Leben ...

Als er den Topf leergegessen hatte, ging er wieder hinaus in die kristallklare, eisige Nacht und schöpfte ihn erneut voll Schnee. Er löste ihn auf, ließ ihn über dem flackernden Feuer heiß werden und beugte sich mit dem heißen Schneewasser über das Pferd.

»Du«, sagte er leise. »Du darfst am letzten liegenbleiben. Was sollen wir ohne dich?« Er tauchte die Hand in das warme Wasser und wusch damit die eisverkrusteten Nüstern des Pferdes ... dann hielt er den Kopf in den Kessel und ließ das Pferd das heiße Wasser schlürfen. Es schmatzte, es blies mit den Nüstern in den Topf, es ließ die Zunge in das warme Wasser hängen und bewegte sie wie ein Ruder hin und her. Aber es trank ... auf der Seite liegend, eingewühlt in das Stroh.

»So ist es gut«, sagte Gerholdt und streichelte über das struppige

Fell. »Nicht wahr ... es rinnt durch den Körper wie Feuer. Es ist wie frisches Blut ...«

Er schwieg. Blut, dachte er. Ich komme nie von ihm los. Immer ist es an mir, um mich, an meinen Händen, in meinen Gedanken. Ist dies alles die Strafe Gottes? Wird er uns jetzt verrecken lassen, schlimmer als ein Tier, das hinausgejagt wird in die Einsamkeit? Kann er mich so strafen?! Welche Schuld hat Rita? Welche Frau v. Knörringen?

Er nahm den warmen Kopf des Pferdes in seinen Schoß und kraulte es zwischen den Ohren. Es blähte die Nüstern und schnaufte. Aber es lag still und zitterte mit den großen traurigen Augen unter den streichelnden Händen des Menschen, der es stundenlang antrieb und durch Eis und Schnee, Sturm und Kälte jagte und jetzt mit warmem Wasser speiste und zu ihm sprach wie zu einem Kinde.

Das atmende Leben unter seinen Händen machte Gerholdt ruhiger und klarer in seinen Gedanken. Er stand wieder am Anfang seines Lebens, ärmer als an jenen Tagen, an denen er im Hamburger Hafen morgens um fünf Uhr hungrig um die Lagerschuppen strich und gegen sieben Uhr von den Ladebossen Arbeit für wenige Stunden bekam. Die Jahre, die vorbeigegangen waren, verwehten mit dem Schnee, der draußen vor der Scheune über das weite Land jagte.

Die Fabrik war zertrümmert. Die Fetzen der Hallen schwammen im Rhein davon, die Maschinen wirbelten durch die Luft, zerrissen und ein Gebirge von grünlackiertem Stahl. Die Bankkonten im Ausland waren gesperrt, das Geld auf den deutschen Banken weniger wert als ein Haufen Steine, denn mit Steinen konnte man bauen, nicht aber mit den Fetzen Papier, auf denen Zahlen standen, die keiner mehr zahlte oder bewertete. Die Villa am Rhein, halbzerstört, verrottete. Rita verendete in den Weiten des ostpreußischen Landes. Sie starb nicht ... sie verendete, in einer Ecke, an der Straße, im Graben, in einer Schneeverwehung, vor einem Strohballen, unter den Händen sowjetischer Soldateska ...

Nur einer würde überleben, das wußte Frank Gerholdt in diesen nächtlichen Stunden, in denen er im Stroh lag, den leise atmenden Pferdekopf vor sich an der Brust. Nur einer würde herauskommen aus dieser irdischen Hölle und weiterleben ... Er, Frank Gerholdt. Ihm würde das Leben bleiben, denn es gab für ihn nach diesem Überleben keine größere Strafe mehr als das Leben.

Der größte Verbrecher, der schrecklichste Mörder wurde in allen Zeiten mit dem Tode bestraft. Frank Gerholdt aber würde weiterleben – Gott wußte, wie man einen Menschen schlägt und seine Sünden rächt. –

Als die eisige Nacht vorüberging, fast schlaflos, denn die Erschöpfung war nicht stärker als der Fluß der Gedanken, der Gerholdts Inneres durchströmte, erhob er sich und trat hinaus in die fahle Dämmerung.

Der Sturm hatte sich gelegt ... durch einen trüben Himmel, unter dem noch eine Sintflut von Schnee hing, würde sich die Sonne durchquälen und einen kleinen Schimmer über die Schneeweiten zaubern. Ein leuchtendes Leichentuch, das einmal den kleinen Wagen zudecken würde ... hundert ... zweihundert ... dreihundert Kilometer weiter.

Dreihundert Kilometer – welche Strecke!

War nicht der Mond eher zu erreichen als die Grenze?

Frank Gerholdt wandte sich ab. Die Kälte durchdrang seinen Pelzmantel. Er zog den Schal, den er um den Kopf gebunden hatte, breiter um die Ohren und trat in die Scheune zurück.

Rita und Frau v. Knörringen schliefen noch. Eng zusammen lagen sie inmitten der Federbetten, warm und tief atmend. Ein würgendes Gefühl stieg in Gerholdt empor, als er Rita so liegen sah. Mein Kind, dachte er. Wie hätte ich jemals geglaubt, ein Kind so lieben zu können ... Er biß sich auf die Lippen und zwang sich, nicht zu weinen. Es überkam ihn plötzlich, es stieg in ihm empor und drängte nach außen – die Lust, laut weinen zu müssen, zu schluchzen, sich zu befreien von dem inneren Druck, der gegen das Herz drückte, gegen die Lungen, gegen die Kehle.

Der Kopf des Pferdes stieg aus dem Stroh empor. Es sah ihn an, wissend, daß mit dem Tag die neue Qual begann.

»Wir müssen, mein Junge«, sagte Gerholdt stockend und mit schwankender, weinerlicher Stimme. »Wir sind zu feig zum Sterben und hängen an diesem kleinen Fetzchen Leben, das uns geblieben ist. – Komm, mein Junge.«

Er beugte sich herunter und streifte das Halfter über den geduldigen Kopf. An ihm zog er das Pferd empor und führte es hinaus, wo der Wagen stand. Vereist, ein Filigran aus Eiszapfen, bizarr und schön, grausam und herrlich zugleich. Das Gefährt des Todes ...

»Komm, mein Junge. Komm.« Frank Gerholdt drückte das Pferd in die Deichsel und schirrte es an. Die gefrorenen Lederriemen scheuerten das Fell, der Atem gefror wieder an den Nüstern zu kristallenen Perlen.

Von ganz ferne hörte er Kanonendonner. Wie ein weites Gewitter, das über fremde Länder zieht.

»Sie dürfen nicht schneller sein als wir«, sagte Gerholdt zu dem Pferd. »Wir müssen ihnen davonlaufen –«

Er ging zurück in die Scheune. Rita und Frau v. Knörringen schliefen noch. Sie hatten den Aufbruch nicht gehört. Zu tief war die Erschöpfung. Was sind wenige Stunden Schlaf, wenn sich der ganze Körper nach Ruhe sehnt ... Frank Gerholdt blutete das Herz, als er Rita wecken mußte. Aber wenn die Sonne erst durch den trüben Himmel brach, mußten sie schon auf dem Treck sein. Die Zeit lief mit ihnen und gab ihnen keine Gnade. Im Rücken rasselten die russischen Panzer durch die dünnen deutschen Linien und walzten die letzten Widerstände in den Schnee.

Gerholdt beugte sich über den blonden Kopf Ritas und küßte ihre Stirn, die weichen, langen Haare und den im Schlaf verkniffenen Mund. Sie erwachte nicht davon ... nur ein kurzes inneres Leuchten flog über ihr ernstes Gesicht. Frau v. Knörringen sah aus dem Stroh hoch. Das fahle Licht des Morgens ließ ihr Gesicht noch eingefallener und bleicher erscheinen.

»Schon wieder weiter?« fragte sie stöhnend. »Wir haben doch kaum geschlafen.«

»Fünf Stunden –«

»Was sind fünf Stunden?«

»Fünf Ewigkeiten, wenn der Russe im Rücken ist! In fünf Stunden kann er hier sein.«

Das Wort ›Russe‹ genügte Frau v. Knörringen, aus dem Stroh zu kriechen. Sie schlug die Hände gegen den Körper und trat nach draußen in den verharschten Schnee, schaufelte ihn mit den Händen zusammen und wusch sich mit ihm das Gesicht. Unterdessen trug Gerholdt die schlafende Rita auf den Armen zu dem Wagen und bettete sie in die Federbetten, die er vorher hinausgeschafft hatte. Um es noch wärmer zu machen, schichtete er Stroh um sie herum, stopfte Stroh zwischen die wenigen Hausratsgegenstände und häufte auch Stroh unter seinen Kutschersitz.

»Wer weiß, ob wir wieder eine Scheune mit Stroh finden«, sagte er zu Frau v. Knörringen, die ebenfalls zwei Bündel herbeitrug. »Jedes Büschel Stroh kann für uns Wärme und damit Leben bedeuten.« Er schichtete es auf den Wagen und wischte sich dann über die Stirn. Trotz der Kälte schwitzte er vom schnellen Tragen. Er überblickte den kleinen Wagen und nickte mehrmals mit dem Kopf. »Wie genügsam der Mensch wird«, sagte er leise. »Erst war es ein Haus am Rhein mit siebzehn Zimmern und großen Terrassen – jetzt ist es ein Ballen Stroh auf einem hölzernen Wagen. Vielleicht ist Gott klüger, als wir es einsehen wollen ...«

»Er ist gerechter ...«

Frank Gerholdts Kopf fuhr zu Frau v. Knörringen herum.

»Gerecht? Es wäre jetzt schrecklich, wenn er wirklich gerecht wäre. Es wäre furchtbar für uns alle, – beten wir, daß er ein vergebender Gott ist.«

»Wie es auch sei – er allein hat uns in seiner Hand.«

Frau v. Knörringen stieg in die Strohballen und kuschelte sich neben der noch immer schlafenden Rita zwischen die Betten unter die Decken. Gerholdt setzte sich auf seinen Holzsitz und nahm die Zügel in die Hand. Eisschnüre, an denen der Schnee zu Trauben gefroren herabhing.

Und wieder zogen sie durch die Einsamkeit, durch den Wind, der aufkam und den Schnee über sie hinwegtrieb, durch die Sonne, die gegen Mittag durchbrach, kurz nur, aber in ihrem goldenen Schein die Kälte zur klirrenden Spürbarkeit wandelnd, durch den diesigen Nachmittag, der neuen Schnee ankündigte. Nachtschnee, dick, die Erde polsternd, unwegsam, alles erstickend.

Je näher sie der westlichen Grenze kamen, um so mehr Menschen trafen sie. Soldaten, die in den rückwärtigen Städten gesammelt wurden, um in einem tief gestaffelten Verteidigungssystem das Vordringen der Russen zu verlangsamen. An eine Abwehr dachte niemand mehr ... nur Zeit gewinnen, aufhalten, die schreckliche sowjetische Dampfwalze hindern ... noch lebte fast eine Million Menschen in Ostpreußen und wartete auf den Bahnsteigen der Städte zu Tausenden zusammengedrängt auf die versprochenen Züge, die sie aus der tödlichen Umklammerung herausbringen sollten. In den Bahnhöfen starben die Menschen, stehend, sitzend, liegend ... man merkte erst, daß sie gestorben waren, wenn sich eine Lücke in der Menschenmasse bildete und die Toten, des Haltes der Nebenmänner beraubt, umfielen und auf die Gleise rollten. Steife Puppen. Erfroren, verhungert, vor Erschöpfung leergeblasen. Hüllen nur, in denen einsam das Herz schlug, bis es im dünnen Blut erstickte.

Darum – Zeit gewinnen, den Russen aufhalten, bis die Mehrzahl der unschuldigen Mütter und Kinder das rettende Reich als Halbtote erreichten. Die Züge, die Munition und Truppen nach vorn brachten, fuhren mit einer traurigen Last wieder zurück ... auf jedem Bahnhof wurden die Toten ausgeladen. Viele Greise, einige

Frauen, eine unzählbare Menge Kinder. Säuglinge, in den blau gefrorenen, erstarrten Händen noch die Schnuller haltend oder eine Puppe oder eine Rassel ... eine letzte Freude vor dem Tod.

Auf der großen Straße nach Marienburg, die in eine Festung verwandelt war und in der die Kadetten der Heeresschule die Verpflichtung übernommen hatten, bis zum letzten Mann auszuharren, gliederte sich Gerholdt der endlosen Schlange des Trecks ein, der wie eine schreckliche Völkerwanderung vermummter, hungernder Lemuren sich nach Westen und Norden wälzte.

Die Gemeinschaft mit anderen Menschen, der Anblick von Tausenden Heimatlosen, von denen wiederum Tausende an den Straßenrändern und in den Schneegräben erfroren oder vor Entkräftung und Erschöpfung starben, riß Frau v. Knörringen aus dem tödlichen Fatalismus, in den sie seit einigen Tagen gefallen war. Sie hatte sich geweigert, die Suppen zu essen, die Gerholdt bei den kärglichen Raststunden kochte, sie hatte sich geweigert zu schlafen, sie hatte sich gegen alles gestemmt, je weiter sie von Angerburg entfernt waren und je deutlicher es wurde, daß sie dieses Stückchen Erde nie wiedersehen würde. Das Ausmaß des Zusammenbruchs kam ihr erst zum Bewußtsein, als sie die Heere der Flüchtenden sah, die Kopflosigkeit der Führung und die Panik unter den Leuten der Partei.

»Lassen Sie mich liegen«, hatte sie eines Nachts zu Gerholdt gesagt. »Warum schleppen Sie mich mit? Was bin ich denn noch wert? Ich bin eine alte Frau ... werfen Sie mich weg und retten Sie sich und Rita. Ich belaste Sie nur.«

Frank Gerholdt hatte sich daraufhin auf seinem Kutschbock herumgedreht und Frau v. Knörringen starr angeblickt.

»Entweder wir drei – oder gar keiner!«

»Sie müssen zuerst an Rita denken –«

»Ich denke an uns alle! Sie zurückzulassen wäre ein Mord! Aber ich morde nicht –«

Er biß sich auf die Lippen. Er dachte an Petermann, den er wie einen tollen Hund erschlug, er dachte an Herrn und Frau v. Bukkow, die er durch seine Untat vernichtete.

Ich morde nicht, dachte er. Nein, ich morde nicht. An Petermann habe ich Rache genommen ... für die Tat an Buckow büße ich mein ganzes Leben lang. Ich bin kein schlechter Mensch, o Gott – ich bin nur ein verirrter Mensch, der seinen Irrtum einsieht. Es gibt schlechtere Menschen als mich, und sie leben glücklich, weil ihre Schlechtigkeit sie reich und angesehen werden ließ. So ist die Welt, die du geschaffen hast. Nun geht sie unter ... Es ist gut, daß sie untergeht. Baue sie neu auf, baue sie besser auf ... die Menschen haben aus der Sintflut nichts gelernt ...

Die Eingliederung in den großen Treck nach Westen belebte Frau v. Knörringen. Sie sah, daß sie nicht allein so unerträglich litt. Sie sah das Heer der Greisinnen und Kinder, das sich durch den mitleidlosen Winter schleppte, sie sah die Toten rechts und links der Straße und das Antlitz des Sterbens, das weder hehr noch heldisch war, wie es Gauleiter Koch zuletzt noch sagte: »Der Heldenkampf Ostpreußens wird einmal unsterblich sein wie die Heldenlieder der deutschen Sage –«

Das raffte sie auf, das weckte ihren Willen zum Weiterleben. Sie half sogar den noch schwächeren Frauen, wenn der Treck für einige Stunden anhielt, um in einem Dorf die Pferde zu füttern oder über offenen Feuerstellen das karge Essen zu kochen. Ein Großbauer aus Lyck, der mit zehn Kühen über die vereisten Straßen zog und zusammen mit drei erwachsenen Söhnen und vier deutschen Armeepistolen das Vieh vor jedem Zugriff verteidigte, gab Frau v. Knörringen und Rita je einen Becher heiße Milch ab. Es war wie ein Zaubertrank, der das Blut aufwallen ließ.

Ein Becher heiße Milch.

In der Milch ist Fett, ist Zucker, ist Kraft.

Ein ganzer Becher voll!

Frank Gerholdt drückte dem Bauern die Hand. Er sah zu der selig lächelnden Rita hinüber, die langsam die heiße Milch in sich hineinrinnen ließ. Er weinte.

»Ich heiße Frank Gerholdt«, sagte er schluchzend.

»Peter Borken«, brummte der Großbauer. Er musterte den Mann vor sich. Ein schmales Gesicht, ausgelaugt, umgeben von einem schwarzen Stoppelbart, der merkwürdig von den langen weißen Haaren abstach. Ein altes Gesicht – nur die Augen waren jung, hart und voller Willen, zu überleben.

»Ich werde mir Ihren Namen merken, Peter Borken. Ich werde ihn nie vergessen.«

»Reden Sie nicht solch einen geschwollenen Unsinn«, sagte der Bauer unwillig und wandte sich ab. Aber während er die Hände über den züngelnden Flammen des offenen Feuers wärmte, blickte er zu Rita und Frau v. Knörringen, die zwischen dem Stroh und den Federbetten hockten und dort die Nacht verbringen wollten.

»Scheißkrieg«, sagte Borken zu einem seiner Söhne.

Von dieser Nacht an bekamen Rita und Frau v. Knörringen bei jeder Rast einen Becher heiße Milch, solange Peter Borken mit seinen zehn Kühen inmitten des Trecks marschierte.

Diese zehn Kühe wurden sagenhaft. Durch die Tausende des Trecks flog die Kunde, daß inmitten des vereisten, dunklen Heeres zehn Kühe mit nach dem Westen zogen.

Kühe! Das bedeutete Milch, Butter, Käse.

Das bedeutete vor allem Fleisch.

Zehn Kühe . . . das sind hundert Zentner Fleisch.

Zehntausend Pfund Fleisch.

Zehntausend Pfund!

Damit kann man den ganzen Treck eine Woche versorgen. Damit kann man Tausende von Leben retten! Damit kann man gesund bis an die Grenze kommen. Alle, alle könnten satt werden.

Zehntausend Pfund Fleisch!

In der Nacht, zwei Tage vor Marienburg, stürmten dreißig vermummte, ausgehungerte Männer, mit Messern und Äxten in den Fäusten, auf die Kühe Peter Borkens zu.

Der Bauer und seine Söhne zögerten nicht. Während der eine Sohn die Kühe von der Straße weg ins freie Feld trieb, lagen Borken und die beiden anderen Söhne im schneegefüllten Straßengraben und schossen auf die anstürmenden Männer.

»Zurück!« schrie Peter Borken. »Zurück. Wer meine Kühe anrührt, wird erschossen!«

Frank Gerholdt sah erstarrt von seinem Strohlager hinüber zu dem Haufen Männer, der auf der Straße stehen blieb und hineinsah in die Mündungen der Pistolen.

»Gib die Kühe 'raus!« schrie einer aus der Menge. »Die Kühe gehören allen! Während die anderen am Weg verhungern, treibst du Schwein dein Vermögen in Sicherheit!«

Peter Borken hob die Hand. Er schrie über die Straße hinweg, die still war wie ein Friedhof. Aller Augen sahen hinüber auf das Bild grausiger Entmenschlichung. Auch Rita und Frau v. Knörringen hielten sich umklammert, als erwarteten sie das Ende des Trecks. Frank Gerholdt griff langsam unter die Bündel Stroh neben seinem Kutschersitz. Schaudernd fühlte er den eiskalten, glatten Lauf der Maschinenpistole, die er beim Ritt nach Angerburg in der Waldschneise gefunden hatte. Er wußte, daß sie geladen war, daß ein volles Magazin daneben im Stroh verborgen lag . . . ein Magazin, mit dem er Rita und Frau v. Knörringen im Ernstfall den Weg durch russische Posten bahnen wollte.

»Geht weg!« schrie Peter Borken jenseits der Straße. Der eine Sohn hatte die zehn Kühe zusammengetrieben. Mit entsicherter Pistole stand er breitbeinig vor der kleinen Herde. »Diese Kühe kommen ins Reich!«

»Es gibt kein Reich mehr! Es gibt nur noch Hunger!« schrie einer aus der Menge der Männer. »Wir wollen nicht krepieren! Ich habe eine Frau und sechs Kinder!«

»Ihr könnt alle Milch haben! Ich werde Käse machen! Aber die Kühe bleiben leben!« schrie Borken. Er lag im Schnee, hineingedrückt in das Weiß wie ein flaches Siegel. Vor seinem Kopf war klein und rund die Mündung seiner Pistole. »Geht von der Straße!« schrie er noch einmal. »Wer meine Kühe berührt, wird erschossen!«

Die dreißig frierenden, mit Wattejacken und Kopffellen vermummten Männer schwiegen. Sie sahen sich nicht an ... sie wußten auch in der Stummheit, was sie dachten und was sie wollten. Aus ihrer Mitte gellte plötzlich ein Schuß auf ... in der eng zusammengedrängten Herde stieg eine Kuh auf, sie brüllte in die stille Nacht, grell, zitternd ... dann brach sie mit bebenden Flanken zusammen und rollte seitlich in den Schnee.

Zehn Zentner Fleisch!

Die dreißig Männer durchfuhr es wie ein Schlag. Sie stürzten vor wie eine Herde Wölfe.

In diesem Augenblick hob Frank Gerholdt seine Maschinenpistole aus dem Heu. Er klappte die Schulterstütze herum, er riß sie hoch und zielte vor die Männer, die brüllend heranstürmten.

Wenn auch das falsch ist, du Gott da droben, dachte er, dann bitte ich dich nicht um Verzeihen. Borken hat meine Rita gerettet, er hat mir Milch gegeben, heiße Milch bei sechsunddreißig Grad Kälte ... er hat mein Kind gerettet, das ist mehr als alle Moral auf Erden! Das ist mehr als jedes Gesetz ...

Er schoß. Rita und Frau v. Knörringen schrien auf und sahen entsetzt auf Gerholdt, der auf seinem Kutschbock hockte und aus dem zitternden und springenden Lauf die Leuchtspurgeschosse über die Straße in die Nacht jagte.

Durch die dreißig Männer ging ein Ruck. Sie blieben stehen, die Köpfe wandten sich um zu dem kleinen Wagen, der auf der Straße stand. Ein Wagen wie tausend andere, beladen mit Betten, Stroh, Hausrat und vermummten, bebenden Frauen. Aber vor diesem trostlosen Haufen letzter Habe hockte eine Gestalt und hielt in den Händen den Tod.

Peter Borken sah hinüber zu Frank Gerholdt. Durch seinen Körper zog ein heißer Strom. Die Augen, dachte er plötzlich. Das war es, was mich damals erschütterte, als ich ihn zum erstenmal sah und er sich für die Milch bedankte. Diese harten, eiskalten Augen in dem ausgemergelten Gesicht mit den weißen Haaren. Er kann töten ohne zu denken, er wird sie alle dreißig umlegen, ohne es zu bereuen. Dreißig Männer wegen zehn Kühen ... Väter von Kindern, Männer hungernder Frauen.

»Geht zurück!« schrie Peter Borken. »Ich schenke euch die eine Kuh. Nur geht zurück! Er schießt ohne Rücksicht.«

»Das werde ich!« sagte Gerholdt grimmig. Etwas von der grenzenlosen Verzweiflung, die ihn damals 1932 ergriff und in der er zum Verbrecher wurde, durchrann ihn heute wieder und machte ihn gleichgültig gegenüber allen Bedenken. Leben – das war es! Nur weiterleben! Nicht mehr für sich, nur für Rita! Damals, ja damals wollte er Geld haben, nur für sich, viel Geld, der Traum aller Menschen, die im Schatten leben. Nun besaß er Millionen ... aber er fühlte sich ärmer als je. Neben sich spürte er Rita. Sie legte die Hand auf seinen Arm, auf den Arm, der die Maschinenpistole umklammert hielt.

»Was tust du, Papi?« fragte sie kläglich.

»Ich rette dein Leben!« schrie Gerholdt auf.

»Du tötest die anderen, Papi!«

»Damit du lebst!«

Rita legte den Kopf an seine Seite. Er spürte ihr Zittern durch die Wattejacke hindurch.

»Ich habe solche Angst, Papi ...«

»Angst ...?« stammelte er.

»Angst vor dir ...«

Über Frank Gerholdt lief ein Schauer. Er schloß die Augen. Sterben, dachte er. O sterben! Warum schießt denn keiner wieder?! Warum schießen sie mich nicht vom Bock? Warum schonen sie mich? Ich will doch sterben! Sterben! Mein Kind hat Angst vor mir. Mein Kind ... O Rita, Rita – wenn es eine Hölle gibt, so waren es deine Worte für mich.

Mitten auf der Straße standen die dreißig Männer. Peter Borken und seine Söhne lagen im Schnee. Die Kühe umstanden die erschossene Kuh und leckten ihr über das Fell.

»Gehen wir«, sagte einer aus der schwarzen Gruppe der Männer. »Auch er wird eines Tages im Graben liegen wie wir und verhungern! Er und seine Weiber! Gehen wir ...«

Frank Gerholdt sah, wie sie sich abwandten und zurück zu ihren

Wagen gingen. Sie gingen unter in der Nacht wie sich in der Schwärze auflösende Schemen, wie grauenvolle Traumgesichte. Er steckte die Maschinenpistole wieder in das Stroh neben den Kutschbock und wandte den Kopf langsam zur Seite, als ihn eine feste Hand berührte.

Peter Borken stand neben dem Pferd am Wagen und sah zu ihm empor. Sein breites ostpreußisches Bauerngesicht war tiefernst und blaß.

»Du hast mir die Kühe gerettet.«

»Vielleicht –«

»Hättest du wirklich in die Männer geschossen, wenn sie weitergelaufen wären?«

»Hättest du geschossen?«

Borken zögerte und sah zu Boden. »Ich weiß es nicht –« sagte er stockend. »Sie haben Hunger . . . sie haben wie du und ich Kinder, Frauen, Mütter, die auf den Wagen sitzen und vor Hunger weinen –«

Frank Gerholdt kniff die Lippen zusammen. Borken hob wieder den Kopf und sah Gerholdt groß an.

»Du hättest sie erschossen?«

»Ja!«

»Ohne Reue?«

»Ohne Reue! Deine Kühe haben Rita das Leben gerettet! Hätten sie den Kühen etwas getan, wäre es gewesen, als ob sie Rita umbrächten.«

»Rita ist deine Tochter?«

»Ja –«

Borken wandte sich ab. »Ich kann dir nicht danken«, sagte er leise. »Du hättest sie alle erschossen –«

»Ja.«

»Und was willst du als – als Lohn?«

»Jeden Tag einen Liter heiße Milch, Borken.«

»Du sollst sie haben!« Borken sah noch einmal empor. Ein schmales, ausgelaugtes Gesicht mit weißen Haaren sah er. Augen wie ein Adler, hart, scharf, mitleidlos. »Aber ich will nicht mehr mit dir sprechen!«

Gerholdt nickte. »Deine Milch ist mir auch wichtiger als deine Worte!«

»Und wie lange bleibst du im Treck?«

»Ich weiß es nicht.«

Borken hob die Hand. »Geh bald weg! Zieh auf einer anderen

Straße weiter. Sie werden dich eines Nachts umbringen ... dich und deine Rita. Sie werden dir die heutige Nacht nie vergessen! Du bist ausgestoßen ...«

Gerholdt atmete heftig. Er umklammerte die hölzernen Griffe des Kutschbockes, bis seine Finger von dem Druck schmerzten. »Das ist für mich nichts Neues«, sagte er keuchend. »Ich bin immer ein Ausgestoßener! Ich habe nichts anderes gekannt. Ich stehe immer draußen ...«

Peter Borken wollte noch etwas sagen, er wandte den Kopf um ... eine kurze Welle von Mitleid überflutete ihn. Aber sie verschwand, als er die Augen Gerholdts sah.

»Laß eine von den Frauen die Milch holen«, sagte er hart.

»Es ist gut!«

»Willst du auch Fleisch von der erschossenen Kuh?«

»Nein!«

»Nicht?« Borkens Kopf fuhr herum. Dieser Stolz, dachte er. Was ist das für ein Mann?! »Wolltest du nicht die Männer erschießen, weil sie die Kühe –«

»Wegen der Milch«, unterbrach ihn Gerholdt laut. »Eine tote Kuh ist innerhalb eines Tages aufgefressen! In zehn Tagen wäre alles vorbei gewesen! Und nach diesen zehn Tagen –? Aber zehn lebende Kühe geben Milch, heiße Milch, heißes Leben, Peter Borken! Um dieses Leben kämpfte ich! Für dieses Leben hätte ich sie alle erschossen! Für meinen täglichen Liter Milch!«

Borken schüttelte den Kopf. »Dich kann nur noch Gott verstehen«, sagte er leise.

Gerholdt sah in den grauschwarzen Himmel, unter dem der Schnee hing, der am Morgen die Erde, den Treck, die Straße einhüllen würde.

»Ich fürchte, auch er versteht mich nicht –«

Mit dem Gefühl, ein paar Minuten mit dem Ungeheuerlichsten seines Lebens gesprochen zu haben, ging Borken zu seinen Söhnen zurück. Seine Schritte knirschten durch den nächtlichen Schnee.

Frank Gerholdt sah ihm nach, wie er sich an das kleine Feuer setzte und die Hände wärmte. Was weiß er, was in mir ist, dachte er. Was weiß er von meinem Leben, von meiner Schuld, von Rita, deren Leben mir über allem steht? Ich bin ja kein Mensch mehr ... ich bin ja nur das fleischgewordene Schicksal meiner kleinen Rita, deren wahres Schicksal ich wegnahm ... Damals ... Wie lange ist es her? So lang, daß es wie eine Sage klingt, wenn man es erzählen würde. Vor langer, langer Zeit raubte einmal ein armer hungernder, verblendeter Mann ein kleines Kind aus einer schönen weißen Villa bei Blankenese ...

Eine Sage wie aus den Nebelfernen isländischer Barden.

Er schreckte auf. Ritas Kopf schob sich an seiner Schulter empor. Ihre großen, blauen Augen sahen ihn ernst an. Augen wie Sterne, gläubig noch an den Wundern des Lebens.

»Papi –«

»Ja, Rita –«

»Glaubst du, daß wir sterben müssen?«

Es durchzog ihn wie ein Schlag. Er riß die Arme empor und schlang sie um den schmalen Körper. Er drückte ihn an sich und legte seinen Kopf auf ihre blonden, kalten, gefrorenen Haare.

»Einmal sterben wir alle, Rita ... Einmal – aber nicht hier, Rita! Nicht hier! Das verspreche ich dir bei deiner Mutter. Nicht hier! Wir kommen zurück an den Rhein –«

Der Himmel, die Wolken öffneten sich. Lautlos fiel der Schnee auf das Land. Eine erstickende, sanfte, lautlose schreckliche Masse weißer wirbelnder Flocken.

»Komm«, sagte Gerholdt und drückte Rita an sich. »Wir fahren weiter.«

»Allein?«

»Allein, Rita! Der Mensch ist am stärksten in der Einsamkeit. Denn nur dort darf er Mensch sein und keine Bestie –«

In dieser Nacht verließ Frank Gerholdt mit seinem kleinen Bauernwagen den großen Treck und die breite Straße nach Westen. Er zog mit seinem müden Pferd und dem klappernden und schwankenden Gefährt über Waldwege und Wiesenpfade, durch Schnee, Eis und Kälte, über zugefrorene Bäche und Flüsse nach Westen. Einsam, ein schwarzer Punkt in der endlos scheinenden weißen Landschaft.

Ein Mensch, der verbissen um das einzige kämpfte, was er bisher verachtet hatte – das Leben.

Er sah den großen Treck nicht wieder. Er hörte nichts mehr von Peter Borken und seinen überlebenden neun Kühen, er hörte nichts mehr von den Tausenden Menschen, die er verließ, von den Hunderten Pferden und den vor Hunger und Kälte schreienden Kindern. Es war, als habe der Schnee sie alle zugedeckt, verschüttet, begraben unter einem weißen Berg glitzernder Kristalle, die im Mondlicht funkelten wie das Zauberreich eines Bergkönigs. Eine tödliche Schönheit ...

Niemand sah den Treck wieder.

Im Frühjahr lediglich begrub eine russisch-polnische Aufräumungskompanie links und rechts der großen Straße in sieben Massengräbern einige Tausend erfrorene Männer, Frauen und Kinder. Die Pferde und die anderen aufgefundenen Tiere wurden in Waggons in eine Seifenfabrik geschafft. Darunter neun stattliche Kühe, um die man seitlich der Straße vier Männer liegend fand, die Pistolen noch in den erstarrten Fingern, als hätten sie auch im Tode noch ihren Schatz bewacht.

Sie erhielten ein besonderes Grab . . . Peter Borken und seine drei Söhne. Die Erde wurde über ihnen zugeschüttet und glattgewalzt. Keiner weiß, wo sie liegen. Vier von hunderttausend.

Der Schnee und die Kälte waren stärker als ihre heiße Milch . . .

Preußisch Stargard.

Die Bahnlinie war gesprengt. Durch die stillen, verlassenen Strassen wehte der Schnee. Vereinzelt lagen umgestürzte Wagen an der Seite . . . Trecker, Raupenschlepper, einige Panzer, die Rohre der Kanonen zerfetzt. Abrupte Stahlgebilde, die im Schnee zu weichen, herrlichen Plastiken wurden. Gesprengt, verlassen wegen Spritmangels. Umgestürzte Autos, bemalt mit bizarren Tarnfarben und Figuren. Einige Bauernwagen, beladen mit Hausrat. Auf dem Bahnhof standen die Züge, auch sie gesprengt, mit aufgerissenen Kesseln und zerfetzten Rädern.

Eine grausam gestorbene Landschaft. Eine verbrannte Erde.

Nördlich von Stargard, auf Danzig zu, fuhren die Panzerdivisionen der Sowjets dem Pommerschen Landrücken entgegen. Hinein nach Deutschland! Noch war Danzig in deutscher Hand, noch rannten die Russen gegen die Marienburg vor, in der wie im Mittelalter eine Handvoll Kadetten die Burg hielt und bis zur letzten Patrone verteidigte. Idealisten, die stumm starben für ein Nichts, das ihnen folgte.

Über den Reichsrundfunk schrien die Machthaber in Berlin von kommenden Wunderwaffen, von dem Endsieg, der kommen würde, von dem Glauben des Führers an die bedingungslose Einsatzbereitschaft der ganzen Nation.

Hitlerjugendregimenter wurden an die Grenzen und auf die Barrikaden geworfen; Kinder mit Panzerfäusten in den Händen verbluteten wimmernd und nach der Mutter schreiend in den schnell aufgeworfenen Auffanggräben, in denen sie gleich liegen blieben und zugeschüttet wurden. Massengräber, in denen die Hälfte der deutschen Jugend verschwand.

Aber Danzig war noch frei! Von Danzig fuhren täglich Schiffe, bis an den Rand mit Flüchtlingen beladen, über die Ostsee in die Freiheit. Dampfer, Fischlogger, Segler ... alles, was schwimmen konnte, wurde beladen, gestürmt, hinaus aufs Meer geschoben.

Von der Weichsel kommend stießen zwei Divisionen der Sowjets hinauf nach Stargard. Eine andere Gruppe stieß von Bromberg aus nach Schneidemühl mit Ausläufern zur Küste nach Stolpmünde und Rügenwalde. Schnelle Verbände, leichte Panzer, begleitet von den Selbstfahrlafetten der Stalinorgeln, der grauenhaften Raketengeschosse, deren Heulen die letzten Nerven der deutschen Truppen zerriß.

Durch Preußisch Stargard trabte langsam ein einsames kleines Bauernwägelchen. Es durchfuhr die stillen Straßen, umging die gesprengten Panzer und Wagen, machte kurz halt vor dem Bahnhof.

Frank Gerholdt kletterte vom Bock und durchstreifte die verlassenen Zimmer des Bahnhofgebäudes. Er fand drei Büchsen mit Gulasch, einen Schatz, von dem sie eine Woche leben konnten. Nur leben, weiterleben ... satt werden war ein Traum geworden. Die Trostlosigkeit des Bahnhofs war erdrückend.

Dann zogen sie weiter, aus der stillen, toten Stadt hinaus aufs weite Feld. Über Wege, die von Tausenden Fuhrwerken zerfahren waren, zerstampft, aufgerissen, grundlos. Über Dörfer, in deren leeren Häusern und verbrannten Vorräten das Grauen eines unwiderruflichen Unterganges lag.

Sie zogen weiter wie in den Wochen vorher ... drei einsame Menschen, ein armes, knochiges, keuchendes Pferd, ein knarrender, schwankender Bauernwagen, allein in der weißen Unendlichkeit des Winters, der einzige Ton in der Stille ... Wanderer durch einen unübersehbaren Friedhof.

Sie zogen mitten hinein in den Aufmarsch der sowjetischen Armee, die den Ring um Danzig schloß, das letzte Loch, durch das die kopflosen deutschen Truppen über die Ostsee ins Reich schlüpften.

Frank Gerholdt wußte es nicht. Und wenn er es gewußt hätte, es wäre ihm keine andere Wahl geblieben, als diesen Weg einzuschlagen. Im Westen stieß der Russe schnell vor, im Osten war alles überflutet von der Roten Armee, im Süden erschoß der Pole alles, was er auf den Straßen an Deutschen antraf ... nur der Weg nach Norden war frei, der Weg ans Meer ...

Gerholdt verschwieg es. Nur Frau v. Knörringen ahnte, was

ihnen an Leid und Gefahren noch bevorstand. Sie sagte ihr Wissen nicht laut, um Rita nicht zu erschrecken ... aber wenn Gerholdt allein bei dem Pferd stand und ihm das eisverkrustete Heu zu fressen gab, das er in den verlassenen Scheunen zusammenkratzte, wenn er über dem offenen Feuer wieder seinen Schnee schmolz und das warme Wasser dem Pferd zu trinken gab, trat sie ab und zu an ihn heran und schluckte an den Worten, die sie sagen wollte.

»Wie lange noch?«

Frank Gerholdt hob die Schultern. »Ich weiß es nicht.«

»Hat es denn überhaupt noch einen Sinn?«

»Sonst würde ich nicht weiterziehen!«

Frau v. Knörringen sah über die verschneite, endlose Landschaft der pommerschen Tiefebene hinweg. Eine weiße Einöde wie das Innere der Antarktis, unbezwingbar für drei verhungerte Menschen und ein zitterndes Gerippe von Pferd.

»Wäre es nicht besser, Sie würden uns erschießen?« fragte Frau v. Knörringen leise.

»Sie sind verrückt!« sagte Gerholdt grob.

»Nein. Ich habe Angst. Verhungern ist ein furchtbarer Tod. Erfrieren grauenvoll. Unter den Händen der Russen zu sterben das Schrecklichste dieser Welt! Aber so ein Schuß, Herr Gerholdt, so ein Schuß ist eine wundervolle Erlösung. Eine Waffe kann auch ein Segen sein –«

»Sprechen Sie nicht weiter!« schrie Gerholdt sie an. »Solange ich kriechen kann, ziehen wir weiter! Wie können Sie verlangen, daß ich mein Kind erschieße ...«

»Nicht Rita! Erschießen Sie mich –«

»Gehen Sie zum Wagen!« antwortete Gerholdt grob. »Es geht gleich weiter! Und halten Sie den Mund!«

»Warum denn ... Warum denn weiter? Wo wollen Sie denn hin? Ans Meer? Nach Danzig? O ich kenne Ihre Pläne, als könnte ich Ihre Gedanken lesen! Sie wollen ans Meer und mit einem Schiff nach Deutschland! Das ist doch Irrsinn, Herr Gerholdt! Der Russe ist schneller als wir ... wir laufen ihm nicht davon. Er wird vor uns in Danzig sein ... wir wanken in seine Arme hinein! Warum also die Qual ... warum noch Hunderte von Kilometern fliehen? Machen Sie doch Schluß mit dieser sinnlosen Quälerei ... Erschießen Sie uns!«

»Sie sollen schweigen!« brüllte Frank Gerholdt. Über seinen Körper lief ein wildes Zucken. »Gehn Sie zum Wagen!«

»Sie wissen es so gut wie ich. Sie spielen Rita etwas vor, was Sie selbst nicht mehr glauben ... Freiheit und Leben! Sie wissen wie ich, daß wir eines Tages hier auf der Straße, im Schnee verrecken werden wie zu Tode gehetzte Tiere. Verrecken wie Zehntausende vor uns und nach uns. Warum sollen wir besser sein als sie? Warum sollen wir klüger sein als sie? Warum sollen wir, gerade wir, aus dieser Hölle hinauskommen?«

»Weil ich es will!« schrie Gerholdt grell. »Verstehen Sie es endlich: weil ich es will! Will! Will!«

»Was nutzt Ihr Wille, wenn Gott nicht mehr will?« sagte Frau v. Knörringen leise und demütig. »Er hat sich abgewendet von uns.«

»Dann werde ich so lange schreien, bis er sich wieder zu uns umwendet!«

»Gott läßt sich nicht anschreien!«

»Gott! Wo ist Gott?«

»Überall –«

»Überall – ein gutes Wort. Dann wird er mich auch überall sehen, und er wird sehen, daß ich will! Leben will für Rita! Er wird mich sehen und sagen: Da dieser Gerholdt – er ist meine schwärzeste Schöpfung. Aber er hat Mut, er hat einen Willen! Und Gott ist bei den Mutigen. So, und jetzt ziehen wir weiter.«

Und sie zogen weiter. Aber sie änderten ihre Taktik. Sie wanderten nicht mehr am Tage durch die trostlosen Schneeweiten, der fernen Sehnsucht Meer entgegen, sondern sie durchzogen die Nacht, Schemen gleich, die kaum hörbar durch den Schnee schwebten und in den Nebeln der Nacht verschwanden wie Spukgebilde.

Frau v. Knörringen sprach nicht mehr mit Gerholdt über diese Stunde der tiefsten Verzweiflung. Aber sie beobachtete mit wachen Sinnen die Entwicklung der Flucht und war im tiefsten Inneren bereit, freiwillig auf das Leben zu verzichten, wenn ihre Anwesenheit nur andeutungsweise eine Belastung für Rita oder Gerholdt werden sollte. Sie wollte einfach in der Nacht verschwinden, sich in eine Schneeverwehung legen und erfrieren. Ein schrecklicher Tod, aber nicht schrecklicher als der, den Tausende bereits links und rechts der Fluchtstraßen erlitten hatten, Gott nicht mehr verstehend, daß er so etwas zuließ unter dem Himmel, den er geschaffen hatte.

Westlich von Dirschau, dort, wo sich die Eisenbahnlinien kreuzten, hörten sie zum erstenmal wieder das Donnern von Kanonen und die Einschläge von Artilleriefeuer. Der Nachthimmel war übersät mit zuckenden Fingern, die hinauf in die Unendlichkeit flammten, als wollten sie eine blinde Gerechtigkeit aus dem Schlaf reißen.

Rita sah mit weitaufgerissenen Augen auf den zuckenden Horizont. Sie hockte im Stroh, bis zum Hals in die wärmenden Halme eingewühlt, umgeben von Decken und Federbetten. Nur ihr Kopf ragte daraus hervor, ein schmaler, zarter Kopf mit großen, schönen Augen.

»Der Krieg kommt wieder«, sagte sie leise.

Gerholdt biß sich auf die Lippen.

»Er geht vorüber, Rita.«

»Ich habe gedacht, ich höre es nie wieder. Jetzt wird es immer deutlicher . . .«

Frau v. Knörringen schloß die Augen. Wir fahren ihm entgegen, dachte sie. Wir fahren mitten hinein in den Tod. Wir haben unseren Wettlauf verloren. Wohin wir auch wollen – überall wird der Russe zuerst dort sein. Wir wanken innerhalb eines Kreises herum, in einem brennenden Kreis, bis wir wie der ausweglose Skorpion die Stachel gegen uns selbst richten und uns töten. In der Verzweiflung noch zu stolz, sich töten zu lassen . . .

Frank Gerholdt hielt das Pferd an und schaute hinüber auf die näher kommende Kampflinie.

»Wir werden Danzig erreichen!« sagte er laut.

»Dann müßten wir fliegen«, antwortete Frau v. Knörringen.

»Der Russe steht im Westen . . . aber im Norden und im Osten ist es noch still! Wir sind in einem Schlauch, der noch unbesetzt ist! Durch ihn müssen wir Danzig erreichen, ehe der Russe seine Divisionen vereinigt!«

»Das kann morgen oder übermorgen sein –«

»Oder in einer Woche! Wir kommen durch –«

»Gott wolle es!«

»Ich will es!«

Frau v. Knörringen schwieg. Sie sah zu Gerholdt hinauf, dessen Kopf gegen den Nachthimmel aussah, als schwämme er im Nebel. Sie hatte plötzlich Angst. Nicht vor den Russen, sondern vor Frank Gerholdt. Er ist irrsinnig, durchfuhr es sie. Ich habe es nie erkannt, ich habe nie darüber nachgedacht – aber er muß irr sein! Ein Vernünftiger besitzt in dieser Situation keine Kraft mehr, er wäre längst zusammengebrochen. Nur ein Irrer hat das Reservoir unheimlicher Naturkräfte. Wie er da auf seinem Bock sitzt und sagt: *Ich* will es! – das ist Irrsinn. Das ist eine Herausforderung Gottes! Das kann nicht gut gehen . . . er wird uns in das furchtbarste Ende führen, das je drei Menschen und ein Tier erlitten.

Sie fuhren weiter. Zwei Nächte . . . drei Nächte . . in der vierten

Nacht hörten sie deutlich die Gewehrschüsse und das Rattern von Maschinengewehren. Es zog neben ihnen her, nordwärts, Danzig und dem Meer entgegen. Vor ihnen und östlich von ihnen war es still. Unheimlich still wie das Vakuum vor einem Orkan.

»Wir ziehen mit den Russen nach Danzig«, sagte Gerholdt und schaute nach Westen. »Ein Bauernwagen gegen eine Armee!«

»Sie brauchen nur zu schwenken –«

»Warum sollten sie das?«

Sie kamen durch ein verlassenes, ausgestorbenes Dorf. Hier verkrochen sie sich den Tag über und schliefen in einer Scheune. Am Nachmittag kroch Gerholdt von Haus zu Haus, von Stall zu Stall. Er fand zwei leere Maschinenpistolen-Magazine, er las zweihundert Patronen auf und füllte die Magazine, hüllte die anderen Patronen in einem Gummimantel und verstaute sie vor der Feuchtigkeit im Stroh des Wagens. Dreihundertsechsundfünfzig Schuß, dachte er. Mit diesen dreihundertsechsundfünfzig Schuß werde ich Danzig erreichen! Diese kleinen Patronen sind mehr wert als meine ganzen Millionen in fünfzehn verschiedenen Ländern.

Dann kochte er eine ganze Büchse Gulasch mit Nudeln, eine Verschwendung, die er sich und den beiden Frauen leistete, weil er wußte, daß die kommende Nacht eine Entscheidung war. Wie eine Henkersmahlzeit aßen sie das heiße Gericht, stumm, wissend, was das üppige Abendessen zu bedeuten hatte. Selbst Rita ahnte es und würgte an den Bissen. Aber sie weinte nicht, sie fragte nicht ... sie sah zu Gerholdt hinüber und empfand ein Vertrauen, das sie innerlich beruhigte.

Papi hat immer recht gehabt ... Papi wird es schaffen. Es gibt nichts auf der Welt, was Papi nicht kann ...

Als die Nacht kam, als Rita bereits im Stroh versteckt und in Betten und Decken gehüllt warm verpackt war, legte Frau v. Knörringen die Hand auf den Arm Gerholdts, der das Pferd anschirrte.

»Die letzte Nacht?«

»Inmitten der Russen.«

»Wollen Sie nicht allein versuchen, durchzubrechen?«

»Reden Sie nicht weiter solchen Blödsinn«, sagte Gerholdt grob.

»Sie wollen es mit Gewalt?«

»Wenn es sein muß –«

»Mit einer einzigen Maschinenpistole?«

»Wenn es sein muß, mit einem Knüppel!« Er hob die Hand, als Frau v. Knörringen noch etwas sagen wollte. »Steigen Sie in den Wagen!« sagte er laut befehlend. »Legen Sie sich flach ins Stroh und machen Sie die Augen zu, legen Sie die Hände an die Ohren und hören und sehen Sie nicht, was geschieht! Das ist am besten für alte Weiber –«

»Herr Gerholdt!«

»In den Wagen!« brüllte Gerholdt.

Widerspruchslos fügte sich Frau v. Knörringen. Gerholdt legte beide Hände um den knochigen Kopf des Pferdes und sah ihm in die großen, traurigen Augen, in deren Winkeln kleine Eiskristalle wie gefrorene Tränen glitzerten. Er streichelte die gefrorenen Nüstern und strich über die gespitzten Ohren.

»Das war alles nur ein Spaziergang, mein Lieber«, sagte er leise zu dem Pferd und drückte den Kopf an sich. »Heute nacht mußt du um unser Leben laufen ... hörst du. Heute nacht mußt du stärker sein als stark, schneller als schnell und mutiger als mutig. Allein nur du kannst uns noch retten. Deine Beine, deine Lunge ... du darfst nicht eher zusammenbrechen, als bis wir am Meer sind. Hörst du, mein Freund?« Er streichelte den schmalen Kopf und rieb seine Wange an dem harten, struppigen Fell zwischen den traurigen Augen. »Wenn wir das Meer erreichen, werden wir uns nie wieder trennen. Ich nehme dich mit, wohin es dann auch geht! Und Ruhe sollst du dann haben ... viel, viel Ruhe ... Auf den Wiesen am Rhein, in einem eigenen, schönen Stall mit dem besten Hafer ... Du wirst das geliebteste Pferd der Welt sein, wenn du Rita rettest! Hörst du ... du mußt es schaffen. Nur noch diese Nacht – dann liegt das ganze Leben wieder vor uns ...«

Das Pferd hielt den Kopf gesenkt. Seine Augen blickten über die Schneeweite des Landes, deren weißer Schimmer die Nacht fahl werden ließ. Neben ihm zuckte es über den Himmel und hörte man deutlich das Knattern der Maschinengewehre, das fauchende Abschießen der Raketen von den fahrbaren Lafetten der Stalinorgeln.

Sie standen inmitten der Schlacht und doch allein. Sie standen dicht neben den mahlenden Mühlsteinen, zwischen denen eine Nation verschrottet wurde ...

Frank Gerholdt kletterte auf seinen Kutschbock. Er nahm die Maschinenpistole, lud sie durch, entsicherte sie und hing sie sich am Riemen um den Hals. Die beiden gefüllten Reservemagazine legte er neben sich.

»Fertig?« fragte er zu dem Pferd hin.

Er zog die Zügel an und ließ sie dann wieder locker durch die Finger gleiten. Das Pferd zog an und schwankte die Dorfstraße hinab nach Norden. Der Spur vieler Wagen nach, die vor Tagen in die gleiche Richtung geflüchtet waren ... dem Meer zu, der einzigen offenen Straße in das Weiterleben.

Sie fuhren drei Stunden.

Morgens um einhalbzwei Uhr hörten sie fernes Pferdegetrappel, das schnell näher kam. Der Gaul spitzte die Ohren ... ein Zittern durchlief ihn. Er spürte die Gefahr und wieherte heiser. Seine Beine schnellten nach vorn ... der Wagen rumpelte und schwankte über den rissigen Boden. Schneller, immer schneller ... eine Höllenjagd, eine keuchende Flucht vor dem Tod ...

Die Pferde kamen näher. Vier Reiter zeichneten sich gegen den Nachthimmel ab. Russische Kavallerie ... Tataren auf kleinen, struppigen, schnellen Pferden, die unter dem Wind liefen und deren Beine kaum den Boden berührten.

Eine Patrouille, die auskundschaften sollte, ob die zweite Straße seitlich der Front von deutschen Truppen benutzt wurde.

Frank Gerholdt wandte sich um und sah die vier Reiter wie Windsbräute auf sich zukommen. Langsam hob er die Maschinenpistole empor, streifte den Riemen über den Kopf und klappte die Schulterstütze herum. Dann hielt er das Pferd an und wandte sich auf seinem Kutschbock um.

Vier Menschen.

Vier Söhne. Oder Väter. Oder Ehemänner.

Aber es war ja Krieg. Wer darf im Krieg denken?

Die Russen schienen zu stutzen, als sie den kleinen Wagen aus der Nacht auftauchen sahen. Sie verhielten einen Augenblick die Pferde, dann rasten sie weiter, die Körper über die struppigen Mähnen gebeugt, sich mit den Pelzmützen gegen den Reitwind stemmend. Tataren, die über die Steppe flogen wie ihr Ahne Dschingis-Khan.

Frank Gerholdt saß aufgerichtet auf dem Bock. Er starrte den vier Reitern entgegen, bis er die fahlen Flecke ihrer Gesichter sehen konnte und das Schnauben der Pferde hörte. Da riß er die Maschinenpistole empor, und schon im Emporreißen zog er den Finger durch und feuerte. In kurzen, knappen Feuerstößen – ein Reiter ... der zweite ... der dritte ... der vierte ... Die Pferde bäumten sich auf, sie schrien gellend durch die Nacht, stürzten auf die Knie und schlugen mit den Hufen durch den wirbelnden Schnee. Im Stroh des Wagens waren Rita und Frau v. Knörringen zusammengekrochen. Sie umarmten sich und drückten die Köpfe unter die Decken. Über sie hinweg peitschten die Schüsse Gerholdts.

Aus dem Knäuel von um sich schlagenden Pferdeleibern schälte sich eine kleine Gestalt. Sie hob die Arme weit empor und kam auf den Wagen zu.

Er ergibt sich, durchfuhr es Gerholdt. Der letzte der vier ergibt sich. Mein erster Gefangener ... Mein Gott, was soll ich mit einem Gefangenen? Ich kann ihn nicht mitnehmen, ich kann ihn nicht laufen lassen – er würde mir eine Armee auf den Hals hetzen.

Er hob noch einmal die Pistole.

Gott, verfluche den Krieg, dachte er schaudernd. Selbst die Wehrlosen und sich Ergebenden müssen sterben ... Das ist der Mensch, den du erschaffen hast! Warum hast du die Erde nicht so friedlich gelassen, als nur das Tier lebte und noch kein Mensch?!

Er sah dem durch den Schnee schwankenden Russen entgegen. Er war verwundet, das sah er an dem Gang des Tataren. Er sah die hoch erhobenen Hände, er sah in das gelbliche, breite, flache Gesicht mit den kleinen schräggestellten Augen – er sah den Mund, der schmerzverzerrt war und gefroren in einer erkennenden Angst.

»Es geht nicht anders, Kamerad!« sagte Gerholdt leise. »Ich tue es für Rita ... Ich werde ein Schwein, um meine Tochter zu retten! Ich glaube, du würdest es auch tun ...«

Der Russe verstand ihn nicht. Er stand unten vor dem Pferd und sah zu Gerholdt hinauf. Ein fast tierisch-bettelnder Blick. Laß mich leben, Brüderchen. Bitte, bitte, laß mich leben ...

Frank Gerholdt schüttelte langsam den Kopf. Dann schoß er. Nur einmal ... in dieses gelbe Gesicht hinein. Im Mündungsfeuer sah er den kleinen Tataren zusammenbrechen.

Dann war wieder die unendliche Stille der Nacht um sie herum. Mit geschlossenen Augen saß Gerholdt auf dem Kutschbock. Der Blick des Tataren ließ ihn nicht wieder los, dieser hündisch ergebene Blick, der erstarrte und versteinerte, als er die Pistole hob.

Ein leises Wiehern neben sich ließ ihn aufschrecken. Eines der Pferde, das unverletzt geblieben war, stand neben dem Wagen und leckte Gerholdts abgemagertem Gaul das Fell.

»Dich kann ich gebrauchen«, sagte Gerholdt leise. »Mit zwei Pferden erreiche ich das Meer! Du bist ein kluges Tier –«

Er sprang vom Bock, band den kleinen Tatarengaul hinten an den Wagen und zog dann weiter über die einsame Straße, das Schlachtfeld umgehend, wo vier Menschen und drei Pferde in der Kälte erstarrten.

Eng zusammengedrückt lagen Rita und Frau von Knörringen unter den Decken und Betten im Stroh und schliefen. Die Erschöpfung war stärker als jede Angst ... oder war sie gnädiger?

Als der Morgen graute, trabten sie noch immer allein durch die Weite des Landes. Jetzt zog der Tatarengaul den kleinen Wagen, Gerholdt hatte ihn umgeschirrt. Zum erstenmal durfte das knorrige Pferd sich ausruhen . . . mit gesenktem Kopf wankte es hinter dem Wagen her und fraß das Stroh, das zwischen den Ritzen der Holzbretter hervorquoll.

Die Front seitlich von ihnen verblaßte. Das Donnern wurde schwächer.

Am Morgen – genau um Viertel nach acht Uhr (Gerholdt sah auf seine Uhr, um diese Zeit nie zu vergessen) – trafen sie nach sechs Wochen auf den ersten deutschen Soldaten. Es war ein Kradmelder, der durch die Gegend irrte, um seine Kompanie zu suchen, die hier liegen sollte und die niemand gesehen hatte.

»Wo kommt denn ihr her?« fragte der Unteroffizier. Er knöpfte seine Tarnjacke auf und warf Gerholdt eine Packung Zigaretten zu.

»Aus Angerburg. Aus Ostpreußen . . .«

»Aus Ostpreußen?« Der Unteroffizier wischte sich über die Augen. »Mensch Meier – dann seid ihr ja mitten durch die russischen Divisionen gezogen. Mitten durch den sowjetischen Aufmarsch . . .« Er lachte und reichte Gerholdt seine Feldflasche hin. »Trink, Kamerad – – – ist Rum drin! Wenn das der Goebbels erfährt, biste der Nationalheld für'n Endsieg . . .«

Er lachte. Und Frank Gerholdt lachte mit . . . laut, befreiend, fast hysterisch.

Seit sechs Wochen wieder lachen. Er bog sich vor Lachen.

Er hatte das Schicksal besiegt und sein Leben gewonnen.

Drei Wochen später fuhren Rita, Frau von Knörringen und Frank Gerholdt mit einem Motorboot von Gdingen aus hinaus auf die Ostsee in die Freiheit.

Am Kai des Hafens vollzog Gerholdt die schmerzlichste Tat seines Lebens . . . er erschoß sein treues Pferd, seinen Lebensretter. Er konnte es nicht mitnehmen, und er wußte, daß es verhungerte, wenn es zurückblieb. Darum erschoß er es, nachdem er eine Stunde lang mit ihm gesprochen hatte, nachdem er alles Heu, was er betteln konnte, zu ihm getragen hatte und es immer und immer wieder streichelte und liebkoste.

Dann saß er an dem hingestreckten, toten Körper, an diesem Berg Knochen, überzogen mit einem graubraunen, struppigen Fell und weinte. Weinte wie ein Kind, hell, wegfließend in seinen Tränen, untröstbar.

Weinend führten ihn Rita und Frau von Knörringen auf das Boot.

»Ich habe meinen besten Freund erschossen«, schluchzte er immer wieder. »Ich habe einen Teil meiner selbst erschossen. O Gott, o Gott – – – wann hört deine Strafe auf – – –«

In Swinemünde betraten sie wieder deutschen Boden. Sie kamen in das Chaos einer völligen Auflösung von Moral und Kraft. Aber sie waren in Deutschland, sie waren in der Freiheit. Sie lebten!

Frank Gerholdt begann in diesen Tagen, an Gott zu glauben.

5

Der Rhein floß träge und breit wie vor Jahren an den Städten und Wiesen und Feldern vorbei. Nur die Brücken, die die Ufer miteinander verbanden, lagen in den gelbgrauen Fluten, die Städte an seinen Seiten waren klagende, schreckliche Stätten von Trümmern, Tod, Verwesung und schwelendem Brand. Die Felder versteppten, die Wälder wurden abgeholzt und mit großen amerikanischen Schleppern weggefahren, auf den Wiesen weideten einsame Kühe und Pferde, ein paar Schafe und einige Ziegen. Mager, halb verhungert, aus dem Schutt und der Asche des Unterganges gerettet und hinausgetrieben auf die dürre Weide. Gebt Milch! Gebt Milch! Butter, Käse, Magermilch. Man kann sie vertauschen. In den Städten zahlt man für ein Pfund Butter dreihundertfünfzig Mark! Für ein Ei zehn Mark ...

Auch an der Fabrik Frank Gerholdts floß der Rhein vorbei. Die Ladebrücken waren gesprengt, ihre Eisentrümmer zerteilten den Strom. Die Hallen, die Lager, die Bürogebäude waren umgepflügt, die unterirdischen Betriebe gesprengt und zugeschüttet worden. Es gab nichts mehr als ein kleines Kesselhaus und eine Nebenhalle, in der die alten Maschinen des längst vergessenen Jakob Silberbaum standen. Maschinen fast wie aus einem sagenhaften Jahrhundert ... aber sie hatten das Grauen überlebt, als seien sie ein Symbol vom Geist des alten Silberbaum, den zwölf Jahre Terror nicht brechen konnten, weil es der Geist der Demut und des Glaubens war.

Dr. Schwab hatte den Zusammenbruch unten in seinem unterirdischen Büro erlebt. Nachdem die Wellen der Luftangriffe fast pausenlos über das Land rollten und alles zerhämmerten, was das flache Land überragte, nachdem die deutschen Truppen über den Rhein zogen und die Brücken hinter sich in die Luft jagten, hatte er als erste Handlung die KZ-Häftlinge entlassen und ihnen aus den Spenden der zurückbleibenden Arbeiter Zivilkleider beschafft.

Die SS-Bewachung war die letzte Truppe, die mit Booten über den Rhein setzte. Vorher war der SS-Sturmführer noch bei Dr. Schwab gewesen, eine Maschinenpistole in der Hand, und hatte mit schreiender Stimme gefordert:

»Alle KZ-Schweine auf dem Hof antreten! Bevor die Scheiße zu Ende geht, sollen die Kerle noch in den Himmel flattern! Los! Los!«

Dr. Schwab hatte den SS-Sturmführer lange angeblickt, ehe er hinter seinem Schreibtisch aufstand und um ihn herumging.

»Von wem kommt dieser Befehl?« fragte er ruhig.

»Vom Reichsführer SS!« schrie der SS-Sturmführer.

»Bitte – zeigen Sie mir das Schriftstück!« Dr. Schwab hielt die Hand auf. Der SS-Mann starrte die Finger an.

»Sind Sie verrückt?« sagte er leise und gefährlich. »Wenn ich sage – an die Wand mit den Schweinen – dann ist das auch für Sie ein Befehl! Los!« brüllte er auf. »Keine Mätzchen, Sie akademischer Scheich, sonst sind Sie der erste, der als Englein singt!«

Dr. Schwab nickte. Er ging aus dem Zimmer. Aber er ließ nicht die dreihundert KZ-Häftlinge zusammenpfeifen, sondern nahm fünf der kräftigsten Häftlinge, die in der Heizung arbeiteten, zur Seite.

»Sie wollen euch erschießen«, sagte er. »Haut ab! Sagt es den anderen. Ich halte den Sturmführer so lange fest, bis ihr die Fabrik verlassen habt. In zehn Minuten müßt ihr weg sein . . .«

Er ließ die verblüfften Häftlinge stehen und eilte in sein Zimmer zurück. Der SS-Sturmführer lehnte an der Wand. Er rauchte und sah Dr. Schwab mit zusammengekniffenen Augen entgegen.

»Nun?«

»Sie werden auf dem Hof versammelt. In zehn Minuten sind alle da.«

Der SS-Führer nickte zustimmend. »Es ist immer gut, vernünftig zu sein, Dr. Schwab.«

»Was mich nicht abhält, nach Berlin an den Führer eine Meldung zu machen.«

»Der Führer!« Der SS-Mann lachte laut. »Das ist nur noch ein zittriger, ängstlicher Greis. Eine Mumie! Der kommende Mann ist Himmler! Wir sind die Regenten!«

»Das wußte ich nicht«, sagte Dr. Schwab. Er sah verstohlen auf die Uhr. Noch fünf Minuten. Er atmete auf . . .

Durch die Gänge der unterirdischen Fabrik hallten schnelle Schritte. Sie klapperten die Treppen hinauf ins Freie. Holzsohlen ... derbe Stiefel ... KZ-Schuhe. Der SS-Führer sah auf die Uhr. Er grinste breit.

»Sie haben Zug in der Kolonne, Dr. Schwab«, sagte er anerkennend. »Noch zwei Minuten – dann sollen Sie es einmal knallen hören! Rrrrr – das nennt man die ›Endlösung‹ aller Probleme.«

Dr. Schwab nickte. »Noch zwei Minuten.« Er ging hinter seinen Schreibtisch und zog die Schublade auf. Auf einem Stapel Papiere lag eine schwarz glänzende Pistole, eine 08, geladen, gesichert, schußbereit, eine Patrone bereits im Lauf.

Der SS-Führer drückte seine Zigarette in dem Aschenbecher auf Dr. Schwabs Schreibtisch aus. »Gehen wir«, sagte er ruhig. »Oder wollen Sie hierbleiben? Ist nichts für Ihre schwachen Nerven, was? Macht nichts – – – Sie müssen mir nur später unterschreiben, daß wir die Burschen liquidiert haben! Eine kleine Quittung – – – bei uns ist alles nach der Ordnung.«

»Soso, das muß ich?« sagte Dr. Schwab. Der Ton seiner Stimme riß den SS-Führer herum. Er hatte schon einen Fuß zur Treppe hinauf gesetzt. Verblüfft sah er auf den stillen Gelehrten, der hinter seinem Schreibtisch stand und eine 08 auf ihn gerichtet hielt. Direkt in das fahl werdende Gesicht. Der Sicherungsflügel war herumgeworfen ... er sah es und wußte, daß es kein Scherz war, sondern tödlicher Ernst.

»Lassen Sie den Blödsinn!« zischte der SS-Führer. »Ich lasse Sie mit erschießen, wenn Sie – – –« Er wollte die von der Brust an dem Riemen pendelnde Maschinenpistole vorreißen, als die nüchterne Stimme Dr. Schwabs seine Handbewegung auf halbem Wege unterbrach.

»Bleiben Sie ruhig stehen!«

»Ich – – –«

»Wenn Sie sich bewegen, schieße ich. Sie wissen, daß ich mit der Pistole schneller bin als Sie mit der MP. Bewegen Sie sich nicht!«

»Was wollen Sie, Sie Reaktionärschwein?« Der SS-Führer blieb auf der Treppe stehen. Hinter sich hörte er das Klappern der Holzsohlen der KZ-Häftlinge. Sie liefen die Treppen hinauf ins Freie. Vom Fabrikhof her hörte er jetzt einige Schüsse – – – dann Ruhe. Unwirkliche Ruhe.

»Was soll das alles?« fragte er heiser.

»Ich habe die dreihundert Unschuldigen in Sicherheit gebracht. Wieviel Männer haben Sie mitgenommen?«

»Zwanzig. Die genügen zur Exekution.«

»Sie werden nicht mehr leben.« Die Stimme Dr. Schwabs war belegt. Er ahnte, was oben auf dem Fabrikhof sich in Sekundenschnelle abgespielt hatte, und er wußte, daß er dafür verantwortlich war. Nicht vor der Regierung, die es nicht mehr gab – sondern vor Gott. Aber er nahm die Last auf sein Gewissen. Ich habe dreihundert arme Menschen gerettet, dachte er. Dreihundert seit Jahren geknechtete und getretene Halbverhungerte, die sinnlos sterben sollten, weil die Diktatur ihre Zeugen beseitigen will! Er sah auf den blassen SS-Führer und nickte ihm zu.

»Es ist vorbei. Der Krieg, die Knechtschaft, das Unrecht in der Welt! Was bleibt, wird eine Leere sein. Ein grauenhaftes Vakuum, das eine ganze Generation nicht mehr ausfüllen kann! Das habt ihr in zwölf Jahren aus unserem schönen Deutschland gemacht . . .«

»Quatsch nicht so blöd!« Der SS-Führer starrte auf den kleinen, runden Lauf der Pistole in Dr. Schwabs Händen. »Nimm das Ding endlich weg!«

»Es ist besser, Sie stehen hier, als wenn Sie jetzt hinaufgehen. Man wartet draußen nur auf Sie. Dreihundert gegen Sie – – – das ist eine schlechte Rechnung!«

Über den Körper des SS-Führers lief ein Zittern. Er ließ die Hände sinken und fühlte, wie ihm plötzlich kalter Schweiß vom Nacken in den Uniformkragen lief.

»Sie werden mich schützen«, sagte er leise.

»Ich?«

»Sie haben die Bestien draußen freigelassen.«

»Es sind Bestien durch Sie geworden! Sie haben den Haß großgezogen! Sie haben sie jahrelang getreten und gepeinigt. Das Leben stellt Rechnungen aus, die man begleichen muß!«

In die Augen des SS-Führers trat ein irrer Glanz. Er lehnte sich gegen die Wand der Treppe und wischte sich über die schweißnasse Stirn. Dabei zitterte seine Hand wie im Fieber. Es war ein jämmerliches, ein ekelhaftes Bild der tierischsten Angst.

»Sie werden mich umbringen . . .«

Dr. Schwab nickte wieder. »Rechnen Sie einmal aus: Wieviel haben Sie umgebracht? Wieviel haben Sie zu Tode geprügelt, getreten, gehungert? Wieviel haben Sie erschossen? Wieviel sind in Ihrem Stammlager in den Gaskammern und Chlorkalkgruben verschwunden? Können Sie die Zahl Ihrer Opfer noch nachrechnen? Können Sie das überhaupt noch?«

»Ich hatte meine Befehle«, stammelte der bleiche Mann.

»Befehle zum Mord?«

Die Treppe hinunter klapperte ein schneller Schritt. Der SS-Führer fuhr herum, er erhob seine Maschinenpistole, riß sie an die Hüfte, lud sie durch ... doch ehe er den Finger krümmen konnte, bellte ein Schuß von den oberen Treppenstufen herab, ein einziger Schuß nur, der den Mann zur Mauer zurückwarf. Dann sank er in die Knie, warf die Arme nach vorn, als suche er Halt, rollte auf die Seite und fiel ächzend die letzte Stufe hinab in das Büro Dr. Schwabs. Dort sah er noch einmal zur Treppe, ehe sich der Körper streckte.

In der Tür erschien einer der Heizer. Seine blauweiß gestreifte KZ-Kluft war zerrissen, in der Hand hielt er eine kleine Automatik. Er nickte zu Dr. Schwab hinüber, der noch immer mit erhobener 08 hinter seinem Schreibtisch stand, und stieg über den toten SS-Führer hinweg.

»Das war der letzte, Doktor«, sagte er laut. »Die anderen liegen in einer Ecke des Hofes. Dürfen wir vier Wagen nehmen? Wir wollen den Amis entgegenfahren, ehe ein neues SS-Kommando kommt. Sie haben jetzt fliegende Liquidierungstrupps gebildet, die von Lager zu Lager ziehen und alles umlegen. Wir wollen so schnell wie möglich weg.«

»Gehen Sie und nehmen Sie die Wagen.« Dr. Schwab sah auf die lang hingestreckte Gestalt des SS-Mannes. Die rechte Hand hielt noch die MP umklammert. Um den Ringfinger zog sich ein goldener Reif. Er war verheiratet, dachte Dr. Schwab. Vielleicht hatte er auch Kinder. Für sie wird der Tod des Vaters schrecklich sein. Immer trifft es die Unschuldigen – – »Der Krieg ist eine Schweinerei!« sagte er laut.

»Er ist vorbei!« Der KZ-Häftling steckte die Pistole ein.

»Dieser Krieg – ja! Aber wann wird der neue kommen? Der Mensch lernt nicht aus seinen Niederbrüchen – – – er hat nie gelernt aus allen Jahrhunderten! Auch dieser Krieg, auch dieses schreckliche Ende wird ihn nicht abhalten, in zehn oder zwanzig Jahren nach neuen Waffen zu schreien und mit ihnen zu drohen. Ist der Mensch geboren zum Selbstmord?«

Der KZ-Häftling sah Dr. Schwab lange an. Er stand in der Tür, zwischen ihnen lag der starre Körper des Erschossenen.

»Der Mensch ist eine Fehlschöpfung Gottes – – – vielleicht tröstet uns das! Er wird sich einmal selbst vernichten und damit diesen göttlichen Irrtum selbst korrigieren.«

Dr. Schwabs Kopf fuhr empor. Verblüfft sah er den hohlwangigen, gelbbleichen Mann an. Den langen, kahlgeschorenen Schädel, die knochigen gerippeähnlichen Hände, die eben noch einen Menschen erschossen.

»Wer sind Sie?« fragte er stockend.

Der KZ-Häftling lächelte schwach.

»Professor Durnach. Professor der Literaturgeschichte an der Universität München.« Er sah auf den Toten und schloß die Augen. »Er ist der erste Mensch, den ich tötete. Und ich rede mir ein, es war aus Notwehr. Mein Gott«, er wischte sich mit der knochigen Hand über das ausgelaugte Gesicht – »was haben diese Jahre aus uns gemacht. Welch ein innerer Zusammenbruch, schlimmer als der äußere . . . Ob wir uns jemals davon erholen werden . . . ?«

Er ging die Treppen hinauf. Seine Holzsohlen klapperten laut, bis sich ihr Ton nach oben verlor. Dr. Schwab ging um seinen Schreibtisch herum. Vor dem toten SS-Führer blieb er stehen und deckte einige Bogen Papier über das verzerrte und noch im Tode vor Angst schreiende Gesicht.

Auf dem Fabrikhof fuhren die vier Lastwagen an. Auf den Ladeflächen standen dichtgedrängt die blauweiß gestreiften kahlköpfigen Gestalten. Sie winkten und lachten, und sie sangen. Sangen aus voller Kehle, heiser, mißtönig, aber den Himmel ausfüllend mit ihrem Jubel.

Frei! Endlich frei! Frei!

Gott, o mein Gott – – – gibt es ein herrlicheres Wort?

Frei – – –

Dr. Schwab lehnte an dem Ausgang des unterirdischen Bunkers und sah ihnen nach, wie sie singend hinausfuhren aus den Trümmerbergen, die einmal das Lebenswerk Frank Gerholdts gewesen waren.

Er fror, trotz der wärmenden Maisonne. Der ekstatische Gesang der winkenden Gerippe erschütterte ihn. Er ging nicht aus seinem Ohr, auch als die kleine Wagenkolonne längst das Rheinufer hinab in den Morgen entschwunden war und der weite Platz leer und einsam vor ihm lag.

Ich bin der letzte, dachte er. Nur ich bleibe zurück, ein Stück dieser Trümmer, die mich überragen. Was ist geblieben von allen Träumen, von allen Plänen, von allem Können? Wo mag Frank Gerholdt jetzt sein? Was war aus Rita geworden? Was wird aus uns allen werden? Zwar scheint eine Sonne noch am Himmel – – – doch wird sie jemals wieder unser Inneres erwärmen?

Was soll nur werden? Aus mir, aus den singenden Halbtoten, die den Rhein hinabrollten und sich benahmen wie Trunkene, aus Deutschland, das im Feuer unterging?

Er dachte an seinen Kunststahl, an die himmelstürmenden Pläne, die ihn vor Jahren begeisterten. Und er lächelte müde und setzte sich auf die Trümmer in die Sonne und sah über den Rhein hinüber, der träge um die Gerippe der gesprengten Brücken floß und dessen Wasser lehmgelb oder grau war wie immer. Das einzig Ewige in einer untergegangenen Landschaft.

So trafen ihn die Panzerspitzen der Engländer an, die von Neuß herüber an den Rhein stießen. Sie jagten Dr. Schwab mit den Kolben ihrer kurzen Gewehre von seinem Trümmersitz empor und setzten ihn als Kühlerfigur vorne auf einen Jeep. Er ließ es mit sich geschehen ... wortlos, matt lächelnd, ohne eine Verteidigung. Was sollte er auch sagen? Es war vergebens, etwas zu sagen. Es regierte nur noch der Haß.

Er umklammerte die Motorhaube, als der Jeep mit rasender Geschwindigkeit aus der Fabrik hinausfuhr und über die Uferstrassen den Rhein hinabraste. Hinter ihm lachten schallend die Engländer. Junge Burschen, groß, kräftig, gut genährt, denen der Krieg zu einem Sport geworden war, seitdem die ausgelaugten deutschen Truppen vor ihnen herliefen wie bewegliche Schießscheiben oder auf den Straßen und Gassen der Städte und Dörfer mit erhobenen Armen standen und zu ihnen sagten: »Jetzt ist die Scheiße vorbei! Habt ihr was zu fressen da?!«

Sie fuhren über eine Stunde, kreuz und quer am Rhein entlang. Dr. Schwabs Finger wurden klamm und steif, aber er krallte sich an das Eisenblech des Jeeps mit der letzten Kraft fest. Ich will nicht herunterfallen, schrie er sich zu. Ich will ihnen nicht den Gefallen tun und von der Motorhaube hinuterkippen. Ich will nicht!

Mit geschlossenen Augen, die blonden Haare im Zugwind der Fahrt flatternd, hockte er vorne auf dem Jeep wie die Figur eines Triumphzuges, wie ein Symbol von der Ohnmacht der Geschlagenen.

Nach einer Stunde stand er vor einem englischen Captain, der ihn kritisch musterte und ihn dann in einem reinen Deutsch ansprach.

»Sie sind Herr Dr. Schwab?«

»Sie kennen mich?«

»Wir haben einen Transport von dreihundert befreiten KZ-Insassen aufgehalten. Sie nannten Ihren Namen.« Der englische Offizier schlug mit der dünnen Lederreitgerte gegen seine braunen

Stiefel. Unter der Tellermütze sahen Dr. Schwab helle graue Augen an. »Sie sind sicherlich hungrig, Herr Dr. Schwab. Darf ich Sie zu einem Hühnchen einladen ...«

Schwankend, die Finger noch gebogen, wie sie sich in das Blech des Jeeps krallten, folgte er dem Captain in das Innere einer halbzerstörten, langgestreckten, weißen Landhausvilla. Erst als Dr. Schwab sich in einen tiefen Sessel setzte, erkannte er den Raum wieder.

Das Haus Frank Gerholdts.

In der Ecke, neben dem offenen Kamin, stand noch ein Schaukelpferd. Ritas Spielzeug, mit dem sie draußen auf der überdeckten Terrasse herumtobte oder über die Wiese tollte, die hinunter bis zum Rhein ging.

Der Captain folgte dem Blick Dr. Schwabs. Sein lächelndes Gesicht wurde ernst.

»Sie kennen das Haus?«

Dr. Schwab nickte wortlos.

»Das Haus Ihres ehemaligen Chefs.« Der Captain nahm sein Koppel ab und hängte es mit der Pistolentasche über die Lehne eines jetzt staubigen Kaminsessels. »Er ist ein Kriegsverbrecher. Wenn wir ihn bekommen, werden wir ihn hängen.«

Husum, die »graue Stadt am Meer«, wie sie Theodor Storm nannte, glich in den letzten Kriegstagen und auch später nach der Kapitulation einem riesigen Heerlager.

Hier, in Schleswig-Holstein, hatte sich eine vollkommen intakte Armee versammelt, zwar mangelhaft bewaffnet und von der obersten Führung ebenso verlassen wie alle Bruchstücke der Armeen, die in Deutschland zurückwankten oder sich den schnellen Truppen Montgomerys und General Pattons ergaben; aber immerhin war es eine noch geschlossene Armee, mit allen Stäben und einer mustergültigen Ordnung; einer straffen Zucht und mit keinerlei Anzeichen der inneren Erweichung behaftet, wie sie die Truppen mit sich führten, die aus Frankreich an den Rhein und über den Rhein strömten und denen man an den Rheinbrücken die französischen Freundinnen von den Wagen holen mußte. Sie waren einfach mitgeflüchtet, um bei ihrem »süßen chéri« zu bleiben.

Die Engländer sperrten Schleswig-Holstein ab. Es wurde ein riesiges Gefangenenlager, in dem die Armee weiterhin mit Selbstverwaltung, mit allem Ehrenkodex und sogar mit den Waffen in der

Hand auf das Ende der Verhandlungen wartete, die in Flensburg von Großadmiral Dönitz geführt wurden.

Der Krieg war zu Ende. Der Russe stand östlich der Elbe und in Berlin. Er würde nie nach Nord- oder Westdeutschland kommen. Das war die große Beruhigung der Millionen, die aus den Bunkern und Kellern krochen, die aus den Wäldern zurück in die Städte zogen und in den Trümmern wühlten, Notdächer errichteten, Keller säuberten und Matratzen auf den Boden legten, aus Abfallholz Fenster zimmerten und sich in das zerstampfte Land einnisteten, weil es die Heimat war, die über alles geliebte Heimat, die nie stirbt, auch wenn sie aus Tausenden Wunden blutet.

Auch Frank Gerholdt, Rita und die zu einem Gerippe abgemagerte Frau von Knörringen waren dem Russen entkommen und lebten am Rande Husums in einer Fischerkate. Sie schliefen in einem Raum neben dem Schweinestall, wo früher die Futtersäcke überwinterten. Er war sauber gefegt worden und mit schwarz gehandeltem Kalk geweißt, aber der im Holz und in den Decken seit Jahrzehnten innewohnende Geruch des Schweinestalls, jene starke Mischung von Ammoniak und Kot, wurde trotz aller Sauberkeit nicht vertrieben und legte sich des Abends über die drei Schlafenden wie eine ätzende Decke.

In den ersten Tagen hatte Frank Gerholdt versucht, mit seiner Fabrik eine Verbindung aufzunehmen. Das stellte sich als unmöglich heraus. Die Telefonverbindungen und auch die Post waren von dem riesigen Gefangenenlager Schleswig-Holstein zur Außenwelt abgeschnitten. Was jenseits des Rheins geschah, war so weit entfernt wie ein Fleck der sibirischen Taiga. Selbst eine Rückkehr zur Fabrik war so lange unmöglich, wie der Waffenstillstand und die Kapitulation nicht endgültig mit allen kriegführenden Großmächten abgeschlossen und unterschrieben war.

Frau von Knörringen, die die Flucht aus Ostpreußen und den schrecklichen Treck durch die Weiten Ostdeutschlands durchgestanden hatte, brach in Husum, in der endlichen Geborgenheit und beim Bewußtsein, den Russen wirklich entronnen zu sein, zusammen. Sie lag eines Morgens steif wie ein eingefrorener Körper in ihrem Bett und starrte stumm auf Frank Gerholdt, der sie rüttelte und sie ansprach. Sie bewegte die Lippen, aber sie sprach nicht ... sie zuckte mit den Muskeln des Armes, aber er hob sich nicht. Entsetzen trat in ihre Augen, die sich weiteten und um Hilfe schrien – dann verlöschten auch die Augen, und sie lag da wie eine Tote.

Frank Gerholdt holte den nächsten Militärarzt in die Hütte am

Meer. Er untersuchte Frau von Knörringen und schüttelte zweifelnd den Kopf.

»Ein vollkommener Nervenschock. Lähmung aller Körperfunktionen.« Er hob die Schultern und sah Gerholdt mit schräg nach oben gerichtetem Kopf an. »Ihre Mutter?«

»Nein. Aber ich habe ihr viel zu verdanken. Sie hat meine Tochter in der schwersten Zeit betreut.«

Der Arzt erhob sich von dem Strohbett. »Hoffnungslos«, sagte er leise. »Ein einziger Trost: Sie wird sterben, ohne Qualen, ohne Kampf. Das Herz wird einfach aussetzen.« Er setzte die Feldmütze wieder auf und drückte Gerholdt die Hand. »Ich danke Gott, wenn ich einmal so ruhig sterbe ...«

Es war für Gerholdt kein Trost, dies zu wissen. Er stemmte sich gegen das Unabänderliche und gegen die Erkenntnis, daß Frau von Knörringen jetzt, gerade jetzt am Ziel ihrer Irrfahrt, einfach verlöschen sollte, wo in einer zwar noch verhangenen Zukunft die Hoffnung aufglomm, die letzten Jahre in einer zufriedenen Geborgenheit verbringen zu können.

Er lieh sich ein Fahrrad und fuhr nach Husum hinein zu dem großen Reservelazarett. Aber dort begegnete er nur Achselzucken und der lakonischen Auskunft: »Mann – Lähmung durch Nervenschock! Wie stellen Sie sich das vor? Wir sind hier, um Wunden zu verbinden und das englische Penicillin zu verspritzen.«

»Sie wird sterben, wenn Sie nicht helfen!« schrie Gerholdt den Stabsarzt an.

»Und? Nach grober Schätzung hat der Krieg den Deutschen sechs Millionen Tote gekostet! Da kommt es auf einen mehr nicht an ...«

»Schweine!« sagte Gerholdt laut. Er verließ das Lazarett und fuhr zurück zu der kleinen Fischerhütte. Die Zähigkeit seines Willens, die bisher immer – wenn auch unter großen Opfern – zum Ziele geführt hatte, bemächtigte sich wieder seines Wesens. Die Auskunft des Stabsarztes, der Zynismus dem menschlichen Leben gegenüber erzeugten in ihm, dem ein Menschenleben bisher wenig galt, eine Kraft, die aus Wut und Enttäuschung geboren wurde.

Er wußte, daß nichts zu verlieren, aber alles zu gewinnen war. Wie vor dreizehn Jahren in Hamburg, als er das Kind des Reeders von Buckow raubte, wie vor wenigen Monaten, als er allein durch die russischen Linien nach Angerburg ritt und mit einem holprigen Pferdekarren in großem Bogen die russischen Divisionen umfuhr und auf der Nebenstraße des sowjetischen Vormarsches im letzten Augenblick die rettende Ostseeküste erreichte und mit dem letzten

Boot hinaus auf das eisige Meer flüchtete, griff er auch jetzt zu dem Unmöglichen und realisierte es durch eine rätselhafte Kraft seines Willens.

Er ging zu dem Stadtkommandanten von Husum, einem englischen Oberstleutnant Forsy, und forderte einen Wagen für Frau von Knörringen. Einen Wagen in das Krankenhaus von Flensburg.

Der englische Oberstleutnant Forsy sah den hageren, weißhaarigen und etwas nach vorn gebeugten Mann mit dem ledernen Gesicht verblüfft an. Ein Greisenkopf mit den Augen eines Jünglings.

»Einen Wagen?« wiederholte er. »Nach Flensburg? Für eine Frau?«

»Ja.«

»You are crazy . . .«

»Vielleicht.« Frank Gerholdt hielt sich an der Stuhllehne fest, die vor dem Tisch des Kommandanten stand. »Wir leben in einer Zeit, Herr Oberstleutnant, wo den Verrückten die Welt gehört.«

Oberstleutnant Forsy lächelte mokant. »Sorry!«

»Bitte. Die Frau ist schwer krank. Sie wird sterben, wenn Sie nicht einen Wagen zur Verfügung stellen, der sie nach Flensburg zu einem Spezialarzt bringt. Eine unschuldige Frau, Herr Oberstleutnant! Warum sollen die Frauen und Kinder unter den Sünden der Väter leiden? Warum sollen am Ende die Frauen die letzten Opfer des Krieges sein? Kämpften Sie gegen Frauen, Herr Oberstleutnant? Sie haben gesiegt – Sie und Ihre Nation und Ihre Verbündeten. Es ist die edelste und vornehmste Aufgabe des Siegers, großzügig und edelmütig zu sein. Edelmütig nicht gegen uns – – – aber edelmütig gegen die unschuldigen Frauen, die bei allen Nationen die größten Leiden zu tragen haben: die Tränen um die Gefallenen.« Frank Gerholdt atmete schwer, er wischte sich den Schweiß von der Stirn und sah den starren Oberstleutnant an. »Denken Sie an Ihre Mutter, Mr. Forsy. Das Schicksal hätte es fügen können, daß ich an Ihrer Stelle stehe und Sie mich bitten.«

»Und was hätten Sie zu mir gesagt?«

»Das, was Sie mir antworten werden – – –«

Oberstleutnant Forsy sah auf seine lederne Reitgerte. Sein Gesicht war verschlossen.

»Der Krieg ist grausam«, sagte er leise. »Er ist ein Unglück für die Menschen. Warten Sie . . .«

Er verließ das Zimmer. Frank Gerholdt setzte sich auf den Stuhl, dessen Lehne er vorher umklammert hatte. Er fühlte eine Schwäche in sich emporsteigen, deren er nicht Herr zu werden vermochte. Was wird er tun, dachte er müde. Wird er mich verhaften lassen? Bin ich zu weit gegangen? Wie kann ein Mensch zu weit gehen, wenn er verzweifelt ist ...

Er hatte sich kaum gesetzt, als Oberstleutnant Forsy mit zwei jungen Soldaten wieder in den Raum trat. Sie blieben an der Tür stehen, während Forsy wieder hinter seinen Schreibtisch trat. Gerholdt nickte und erhob sich von seinem Stuhl.

Also doch, dachte er. Verhaftet. Jetzt werde ich in ein Camp kommen. Jetzt werden Rita und Frau von Knörringen ganz allein sein. Wer wird sich um sie kümmern? Ich habe einst für diesen Krieg gearbeitet – – – jetzt verschlingt er mich selbst! Wie sagte einmal Napoleon: Die Revolution frißt ihre eigenen Kinder ...

»Ich nehme es Ihnen nicht übel«, sagte er langsam zu Oberstleutnant Forsy. »Sie sind der Sieger – – –«

Forsy winkte zu den Soldaten hin. »Fahren Sie, Sir«, sagte er hart. »Ich kann Ihnen nur einen Jeep geben. Die Soldaten werden Ihnen helfen. Und« – er sah wieder auf seine Gerte – »hoffentlich hat es einen Sinn und die Frau wird gerettet ...«

Frank Gerholdt stand vor dem großen, schmalen Oberstleutnant und zitterte. Er wollte etwas sagen, aber er war plötzlich ohne Stimme. Es würgte in seiner Kehle. Er streckte die Hand aus und sah, daß sie flatterte, als stemme sie sich gegen einen wilden Sturm. Forsy sah auf die dargereichte Hand und legte die Gerte mit einem peitschenden Schlag auf den Tisch.

»Ich gebe keinem Deutschen die Hand«, sagte er stolz. »Aber sie sollen von uns nicht sagen, daß wir Barbaren sind!«

Beschämt verließ Gerholdt das Haus. Die Gummisohlen der Schnürstiefel seiner beiden Soldaten knirschten hinter ihm her.

Auf dem Platz vor der Kommandantur stand ein kleiner, schmutziger Jeep. Ein leichter, offener Geländewagen, in den man hineinsprang und mit angezogenen Knien sitzen mußte. Aber es war ein Auto ... Wer einen Treck durch die russischen Linien durchhielt, der muß auch den kurzen Weg nach Flensburg überleben.

»Fahren wir schnell!« sagte Gerholdt zu den beiden Soldaten. »Wir haben schon zuviel Zeit verloren.«

Sie sprangen in den kleinen Wagen und rasten durch die Stadt zu der Fischerhütte am Meer. Als sie den Raum neben dem ehemaligen Schweinestall betraten, lag Frau v. Knörringen noch immer in völliger Steifheit und in tiefer Agonie. Rita saß neben ihr und weinte. Sie stürzte Gerholdt entgegen, als er den Raum betrat, und verbarg den Kopf mit den langen, blonden Haaren an seiner Brust.

»Muß sie sterben, Papi?« stammelte sie. »Kann sie denn keiner retten?«

Betreten standen die beiden englischen Soldaten herum. Sie blickten sich um, sie atmeten den beißenden Geruch ein, der noch von den Schweinen im Raum lag, sie sahen auf Frau v. Knörringen, und sie mochten wohl an ihre Mütter denken, die drüben in Sussex lebten und ebenso alt waren wie die hilflose Frau auf dem Strohlager vor ihnen.

»Go on!« sagte der eine Soldat leise und stieß seinen Nebenmann an.

Sie bückten sich, nahmen eine Decke vom Boden und breiteten sie über den steifen, kaum atmenden Körper der alten Frau. Während Gerholdt mit dem einen Soldaten Frau v. Knörringen hochhob, eilte der zweite hinaus zum Jeep und schichtete Stroh auf den Hintersitz. Dann legten sie die Kranke in den Wagen, Gerholdt kniete sich davor, damit der Körper nicht durch die rasende Fahrt herunterrollte; sie deckten sie mit dicken amerikanischen Armeedecken, die im Jeep gelegen hatten, zu und fuhren dann langsam über die holprige Klinkerstraße der Vorstadt zu dem asphaltierten Band der Landstraße. Dort erst, auf der glatten Oberfläche, drückte der Fahrer auf das Gaspedal. Der Motor des Jeeps heulte auf, der Wagen schien sich zu ducken und nach vorn zu springen, ehe er über die Straße raste und die Bäume zu beiden Seiten wie ein Gitter wirkten.

Am frühen Nachmittag kamen sie in Flensburg an. Ein Heerlager ohne Beispiel. Der Rastplatz einer geschlagenen Armee, eines besiegten, zertrümmerten Volkes. Sie umfuhren die langen Kolonnen der Gefangenen, die nach der Unterzeichnung der Kapitulation regimenterweise entwaffnet und zur Registrierung in großen Camps gesammelt wurden.

Auf dem Marktplatz hielten sie an.

»Zum Krankenhaus?« rief Gerholdt ein paar Einwohner an.

»Deutsches oder englisches?«

»Das ist gleich!«

Ein paar Straßennamen wurden genannt, die sie nicht verstanden. Der englische Fahrer winkte ab und fuhr weiter. Ab und zu schrie er ein paar englische Kameraden an, fragte Schotten und Kanadier und schlängelte sich durch die mit Soldaten vollgestopfte Stadt bis zu einem langen Gebäude, das einmal eine Schule war und jetzt als englisches Truppenlazarett ausgebaut wurde. Ambulanzwagen luden Bahren und Betten ab, eine fahrbare chirurgische Kli-

nik der Engländer wurde ausgebaut und in das Haus getragen, Lastwagen schafften Verpflegung heran ... tiefgefrorene Gänse und Hühner, vereiste halbe Rinder und Schweine, Frischgemüse, in viereckigen Ballen zusammengefroren ... Frank Gerholdt sah diese Fülle von Essen und Material und dachte an die ausgehungerten deutschen Divisionen, die sechs Jahre im Dreck lagen und einer Welt standhielten, weil sie nichts anderes besaßen als den Glauben, zu siegen. Zu siegen – wofür?!

Zu siegen für die Heimat? Was war von ihr übriggeblieben ...?

Der Jeep schlängelte sich durch die Fahrzeuge hindurch und hielt vor der Treppe der Schule. Ein Sanitätssergeant stand an der Tür und sah verwundert auf den kleinen Wagen mit den Strohballen und dem wächsernen Gesicht einer alten Frau darauf. Er kam die Treppen hinunter und sah – als könne er das, was er wahrnahm, nicht glauben – genauer auf das Gesicht Frau v. Knörringens.

»Was soll das?« knurrte er. »Wer ist das?«

Der Fahrer tippte an den Rand seiner Mütze. »Befehl von Oberstleutnant Forsy. Wir sollen sie hier abgeben.«

»Ich kenne keinen Forsy!«

»Kommandant von Husum.«

»Wo liegt'n das? Nie gehört.«

Der Fahrer schwang sich vom Sitz. »Mach schon«, sagte er. »Die Frau stirbt sonst! Hol eine Bahre, schnell.«

Der Sergeant tippte sich an die Stirn und sah wieder auf das bleiche Gesicht und auf Frank Gerholdt, der noch immer vor ihr kniete und den Körper festhielt, damit er nicht von dem Stroh rollte. »Eine Deutsche? Bei uns? Ihr seid verrückt, boys! Wir sind doch kein Altersheim. Wir brauchen die Betten für uns! Legt sie irgendwo in den Straßengraben.«

Frank Gerholdt zuckte empor. Seine Stimme überschlug sich. »Ich will den Arzt sprechen!« schrie er grell.

Der Sanitätssergeant sah Gerholdt kurz mit gesenktem Kopf an. Dann hob er schnell die Hand und schlug ihm mit aller Kraft seiner ausgeruhten, gut genährten Muskeln ins Gesicht. Gerholdt fiel auf der anderen Seite aus dem Jeep und rollte über die staubige Straße. Ächzend richtete er sich auf den Knien auf und wischte sich über das brennende Gesicht. Der Sergeant lachte laut.

»Made in England!« brüllte er vor Vergnügen. Und dann auf gebrochen deutsch: »Nix mehr made in Germany! Germany kaputt! You understand?«

Gerholdt erhob sich von der Straße. Seine Wange und die Nase

brannten. Schwer atmend stand er jenseits des Wagens und hielt sich taumelnd an der kurzen Windschutzscheibe fest.

So völlig vernichtet sind wir, durchglühte es ihn. Man darf mich schlagen, und ich muß es dulden. Ich kann mich nicht mehr wehren! Oh, was wäre aus diesem Saukerl geworden, wenn er das vor ein paar Jahren gewagt hätte! Er hätte sich nicht wiedererkannt. Die Muskeln eines hamburgischen Hafenarbeiters sind härter als die eines Sanitäters! Und jetzt darf er da stehen und mich auslachen, wie ich aus dem Dreck krieche, einer Schabe gleich, die man zertritt.

Er starrte den lachenden Sergeanten an und beugte sich über den Jeep vor. Ihm war übel. Hunger, dachte er. Wirklich – ich habe ja seit zwei Tagen kaum etwas gegessen. Drei rohe, geschabte Möhren, ein Teller Wassersuppe. Ich habe mein Essen Rita gegeben und gesagt, ich wäre satt.

»Ich möchte den Arzt sprechen!« stöhnte er.

Der englische Sergeant sah Gerholdt verblüfft an. Das sind die Deutschen, mochte er denken. Man schlägt sie zu Boden, aber sie stehen wieder auf und haben nichts gelernt und sagen genau das gleiche wie vorher! Eine widerliche Bande, diese Deutschen.

Der englische Fahrer zeigte ein Stück Papier vor. Es war vielleicht der Marschbefehl Oberstleutnants Forsy oder ein Schreiben an den Arzt des Lazaretts ... der Sergeant warf einen Blick darauf und nahm das Papier an sich.

»Ich werde den Major fragen«, knurrte er.

Dann ging er die Treppen empor, langsam, gemächlich. Ich habe Zeit, dachte er. Jede Minute, die ich gewinne, verliert dieser Deutsche!

Er haßte die Germans ... Sie hatten Birmingham bombardiert und dabei seine Braut getötet.

Es war eine fast geile Lust, den Deutschen jetzt diesen Haß fühlen zu lassen.

Nach zehn Minuten, in denen sie draußen vor der Treppe standen, umschwirrt von den ausladenden Wagen, von Hunderten Stimmen, von aufgewirbeltem Staub, erschien in der Tür ein englischer Offizier mit einem weißen Kittel über der Uniform. Er eilte die Treppen hinab und beugte sich über Frau v. Knörringen. Dann sah er zu Gerholdt hinüber, der verschmutzt durch den Sturz auf die Straße die Hand der Kranken hielt.

»Unfall?« fragte der englische Arzt auf deutsch.

»Nein. Ein Nervenschock mit einer volkommenen Funktionslähmung.« Gerholdt sah den Major aus flatternden Augen an. »Sie sind die einzige Rettung. Sie haben die Möglichkeit, sie zu retten!« Der Major richtete sich auf.

»Warum gehen Sie nicht zu einem deutschen Arzt?«

»Dort war ich!«

»Und er hat nicht geholfen?«

Frank Gerholdt sah die etwas spöttischen Augen des englischen Arztes. Er ist der Sieger, dachte er. Er genießt diese Minuten. Die Germans liegen am Boden ... nicht einmal die Ärzte helfen, sie vergessen den Eid des Hippokrates. Er schüttelte den Kopf.

»Sie haben keine Möglichkeiten«, sagte er langsam. »Man hat ihnen alles genommen ...«

»Wir haben ihnen alles genommen?«

»Das habe ich nicht gesagt.«

Der englische Offizier lächelte mokant. »Wir haben es nicht nötig, den Besiegten etwas wegzunehmen! Während der Deutsche die Welt besetzte, haben wir gelernt und geforscht!« Er blickte zurück auf die totenähnliche Frau v. Knörringen und nickte mehrmals. »Wir werden ihr helfen, Mr. –«

»Gerholdt.«

»– Mr. Gerholdt! Aber nicht, weil Sie mich darum bitten –«, er lächelte etwas ironisch und sehr, sehr überlegen, »sondern weil die deutschen Ärzte versagt haben! Wir haben in sechs Jahren *nicht* die Menschlichkeit vergessen!«

Er winkte. Der bullige, brummige Sergeant und der englische Fahrer trugen Frau v. Knörringen in das englische Lazarett. Wie ein geprügelter Hund stand Gerholdt auf der Straße neben dem schmutzigen Jeep und sah der in Decken gehüllten, steifen Gestalt der alten Frau nach, wie sie im Eingang der Schule verschwand. Der englische Stabsarzt blickte sich auf den Stufen des Einganges noch einmal nach Gerholdt um.

»Sie können in drei Tagen einmal wieder nachfragen«, sagte er. Dann tippte er mit dem Zeigefinger gegen seine Stirn, als trüge er seine flache Schirmmütze, und folgte den beiden Trägern ins Innere des Hauses.

Das sind wir jetzt, dachte Gerholdt. Ein Haufen Dreck! Man beschimpft uns nicht einmal, man lacht nicht über uns – nein, uns widerfährt das Schlimmste einer Nation: man verachtet uns! Man sieht uns an wie Ratten, die unter Naturschutz stehen, sonst würde man sie einfach erschießen und mit dem Fuß in den Kanalabfluß treten. Widerliches Zeug – weg damit ...

Frank Gerholdt sah empor zu dem großen Gebäude. In den

Fenstern saßen die englischen Verwundeten und aßen Keks und Schokolade. Grelle, rhythmische Musik tönte aus allen Fenstern auf die Straße, Synkopen, Jazz, schreiendes, um sich schlagendes, ekstatisches Lebensgefühl. Die Musik der Sieger!

Über die Treppe herab kam wieder der englische Sergeant. Er sah zu Gerholdt hin und grinste breit.

»Noch einmal Rolle über Boden?« fragte er in kauendem Deutsch. »Noch mal knock out?«

Gerholdt wandte sich ab. »Saustück!« sagte er leise und ging. Er ging durch die erste Frühlingssonne wie ein Trunkener. Ich muß zurück, dachte er. Ich muß zurück an den Rhein! Was soll ich hier im Norden? In der grauen Stadt am Meer verkomme ich ... es ist das Grau, dem ich immer entfliehen wollte, das Grau, das mich vor dreizehn Jahren zum Verbrecher werden ließ. Das Grau, das so stark ist, daß es die Sehnsucht nach Licht fast zum Verbrechen wandelt.

Die Kapitulation war unterzeichnet ... das große Gefangenenlager Schleswig-Holstein wurde geräumt. Vereinzelte Züge fuhren wieder, überfüllt, langsam, die Menschentrauben auf Trittbrettern, Puffern, Waggondächern und Bremserhäuschen mit sich schleppend. Wenn ein Tunnel kam, lagen sie alle flach auf dem Dach ... nur zehn Zentimeter über ihrem Rücken fegte die feuchte, tropfende Steinwand hinweg. Wer dick war, wurde zerquetscht ... aber wer war denn dick in dieser Zeit.

Auf dem Bahnhof von Flensburg erfuhr Gerholdt, daß eine kleine Möglichkeit bestand, mit einem Güterzug nach Hamburg zu kommen. Er sollte von Flensburg nach Hamburg zur alliierten Bahndirektion geschickt werden, um deutsches Kriegsmaterial zu verladen. Gewehre, Munition, Maschinengewehre, Pistolen, Granatwerfer ... die Überreste einer untergegangenen Armee. Stückgut eines verlorenen Krieges.

»Wenn Sie Glück haben, klappt's«, sagte der Hilfsbeamte auf dem Bahnhof. Er sah auf die Geldscheine, die Gerholdt ihm gegeben hatte. Zehntausend Reichsmark. Ein Dreck, was früher ein Vermögen war. »Der Zug wird vom Gütergleis drei abfahren. Wenn Sie in Hamburg sind, werden Sie schon weiterkommen. Einige Strecken sind wieder frei. Nur über die Elbe, da wird's schlimm. Es soll keine Brücken mehr geben ...«

Frank Gerholdt ging wieder durch die Straßen Flensburgs. Keine Brücken – ist das ein Grund, nicht an den Rhein zu kommen? Gab es in Ostpreußen noch Brücken? Gab es noch einen Weg, als er mitten durch die Russen zog, ein einsames Bauernwägelchen mit zwei Frauen darauf, vorne ein zitternder, halbverhungerter Gaul, hinten ein kleines, struppiges Kosakenpferd, das die harten Gräser unter dem Schnee hervorscharrte und sie fraß, als knackte es Nüsse? Und er war durchgekommen ... sollte der Rhein weiter sein als damals die rettende Küste?

Mit verschiedenen Wagen, die er anhielt, schlug er sich von Flensburg nach Husum durch. Er traf Rita allein in dem Zimmer hinter dem Schweinestall an, schlafend, im Traum noch schluchzend und die Decke mit den kleinen, dürren Fingern umkrampft haltend, als sollte sie ein Schutz vor der Angst und dem Schmerz sein, mit dem sie in den Schlaf der Erschöpfung hinübergedämmert war.

Frank Gerholdt setzte sich an das Strohlager und streichelte Rita leise und zärtlich über die langen, blonden Haare und das blasse, zuckende Gesicht.

»Es wird alles anders werden«, sagte er leise. »Ich verspreche es dir, mein Kleines. Ich werde wieder arbeiten wie ein Besessener, ich werde die Fabrik aufbauen und unser Haus am Rhein. Und wenn ich wieder an der Drehbank stehen muß wie damals in Köln ... wir werden nicht hungern, Rita. Wir werden eine Zukunft haben ... ich verspreche es dir ...«

Am nächsten Morgen fuhren sie nach Flensburg. Ein Lastwagenfahrer, der im Dienst der Engländer mit seinem Lastzug Feldbetten nach Flensburg schaffen mußte, nahm sie gegen Zahlung von fünftausend Reichsmark mit.

»Wenn die Tommies das merken, fliege ich«, sagte er zu Gerholdt und steckte die Geldscheine ein. »Aber wenn ich dein Kind ansehe – Junge, ich habe auch eine solche Tochter. Und ich weiß nicht, wo sie ist. Sie hat zuletzt am 10. März geschrieben ... aus Niederschlesien. So ein unbekanntes Kaff ... Kinderlandverschickung hieß das damals.« Er wischte sich mit der großen Hand über das Gesicht. »Kommt, steigt auf und legt euch unter die Plane ... Vielleicht ist da unten auch einer, der meine Margot mitnimmt.«

So kamen sie nach Flensburg.

In der Nacht kletterten sie über die Gleise des Güterbahnhofes und sahen auf Gleis drei den Güterzug nach Hamburg stehen. Dunkel, unbeleuchtet, feindlich.

Gerholdt stellte den Gepäcksack auf den Schotter und wischte sich den Schweiß von der Stirn. Rita drückte sich an ihn. Sie tastete nach seiner Hand.

»Ich habe Angst, Papi –«

»Er fährt uns an den Rhein zurück«, flüsterte Gerholdt. »Zuerst nach Hamburg ...«

»Und Frau v. Knörringen. Wollen wir sie allein lassen?«

»Sie ist gut aufgehoben, Rita. Wir werden sie zu uns holen, wenn sie wieder gesund ist und wir unser Haus wieder aufgebaut haben.«

Rita sah mit ihren großen, blauen Augen zu Gerholdt empor. Ihre Stimme klang verwundert.

»Ist unser Haus auch zerstört?« fragte sie.

»Ich nehme es an.«

»Und die Fabrik?«

»Bestimmt –«

»Ganz zerstört?«

»Ich fürchte – ja.«

»Dann sind wir arm, Papi ...« In ihrer Stimme schwang ein Klang, der durch das Herz Gerholdts schnitt. Er umfaßte Ritas schmale Gestalt und drückte sie an sich.

»Millionen Menschen sind jetzt arm, Rita. Wir sind es nicht allein.«

»Und wir werden nie wieder unser Haus haben, Papi? Wir werden nie wieder am Rhein stehen und –«

»Wir werden alles wiederbekommen, Rita! Wir werden Stein für Stein aufeinandersetzen. Wir müssen nur erst dort sein ...« Er nahm seinen Gepäcksack wieder auf und sah hinüber auf den dunklen Güterzug. »Komm ... in einer Stunde soll er abfahren. Wenn wir erst in Hamburg sind, sind wir auch am Rhein –«

Hamburg, dachte er. Wie gemein und höhnisch doch das Schicksal ist! In Hamburg begann mein großes Schicksal vor dreizehn Jahren ... und nach Hamburg kehre ich jetzt zurück, zerstört, arm, ein Hinterbliebener einer Riesenleiche, die Deutschland heißt.

»Komm!« sagte er heiser. »Ich bin solange nicht am Ende, solange ich einen Anfang sehe ...«

Rita verstand ihn nicht ... aber sie folgte ihm durch die Nacht über den Schotter der Gleise und kletterte an seiner Hand in einen Viehwagen.

Auf den nackten, rissigen Holzboden breitete Gerholdt die Dekken und schob den Kleidersack als Kopfkissen unter den Nacken Ritas. »Schlaf jetzt«, sagte er. »Wir müssen frisch sein, wenn wir in Hamburg ankommen.«

Dann stellte er sich an einen Spalt der Schiebetür und spähte hinaus in die Nacht. Würde man sie entdecken? Würde man den Zug kontrollieren? Er war versucht zu beten: Mein Gott, laß es nicht zu! Gib uns den Weg nach Westen frei!

Aber er tat es nicht.

Er schämte sich vor Gott . . .

In dieser Nacht saß Dr. Schwab wieder am Rhein dem englischen Kommandanten gegenüber, in der Landhausvilla Gerholdts, die britische Pioniere und Handwerkereinheiten wieder wohnlich gestaltet hatten. Und Oberstleutnant Piget sagte, indem er ein Glas Portwein trank:

»Wie ich Ihren Chef einschätze, schlägt er sich nach hier durch. Darauf warten wir bloß. Er ist ein Kriegsverbrecher und wird hängen . . .«

Er sagte »hanging«, und dieses Wort »hanging« füllte den Raum so mit Grauen, daß Dr. Schwab zu frieren begann und das Glas in seiner Hand zitterte . . .

An einem Donnerstag – sieben Tage nach der Abfahrt des Güterzuges von Flensburg – trafen Gerholdt und Rita in Düsseldorf ein und fuhren mit zwei geliehenen Fahrrädern den Rhein hinab zur Fabrik.

Sie hatten in Düsseldorf ihren Kleidersack in der notdürftig zusammengeflickten Handgepäckaufbewahrung des Hauptbahnhofes abgegeben und fuhren nun langsam durch die Maisonne den Rhein hinab. Die weitgespannten Brücken lagen im Strom, zerfetzt, klagende Trümmer, deren Eisengerippe in den warmen, blauen Himmel ragten wie Knochenfinger eines Toten. Eine Pionierbrücke der Engländer überspannte mit vielen Pontons den Rhein. Die Wagen mußten langsam im Schritt fahren, damit sie nicht schwankte und auseinanderbrach. Auch Rita und Frank Gerholdt überquerten den Rhein auf diesem schwankenden Eisensteg und fuhren dann weiter, vorbei an den Trümmern der Häuser, an verbrannten Gehöften, an verwilderten, versteppten Feldern, an verhärmten Bauern, die mit Handkarren die Bombentrichter auf den Weiden und Äckern zuschütteten und in kleinen Gärten mühsam die Pflänzchen für den Gemüseanbau zogen.

Dann – nach drei Stunden Fahrt durch die wärmende Sonne, sahen sie die Fabrik.

Ein Gebirge von Steinen und Trümmern.

Ein Gewirr von Eisenträgern und herabhängenden Betondecken.

Leergebrannte Schuppen, verkohlte Autowracks, verrostende Maschinen.

Auf den Trümmern, wie zum Hohn hingesetzt, das erhalten gebliebene Stahlschild des Einganges: Rheinische Stahlwerke KG.

Kein Arbeiter, kein Tier ... nur Trümmer und geschwärzte Balken. Eine Stätte des Todes, des vollkommenen Unterganges.

Mit zusammengebissenen Lippen stand Frank Gerholdt vor dem Untergang seines Lebenswerkes. Auch Rita war stumm. Sie starrte auf die Trümmerstätte, und in ihren Augen war ein Staunen und ein Unglaube, als begriffe sie gar nicht, was sie sah.

»Wir sind zu Hause«, sagte Gerholdt bitter. Er legte den Arm um Ritas schmale Schulter und drückte den blonden Lockenkopf an sich, als wolle er sie vor dem grauenhaften Anblick schützen.

»Hier?« fragte sie kläglich.

»Ja, hier! Wir werden die Steine wegtragen, wir werden die Eisenträger gerade biegen, wir werden uns Mörtel besorgen, Zement, Kalk ... wir werden jeden Stein einzeln abklopfen und stapeln ... und dann bauen wir, Rita! Wir werden ein neues Leben aufbauen. Ein schöneres Leben! Ein ruhigeres Leben! Wir lassen uns nicht unterkriegen, Rita. Wir nicht!«

»Nein, Papi«, sagte Rita tapfer.

Plötzlich standen ihr die Tränen in den großen, blauen Augen. Dicke Tränen, die lautlos über die eingefallenen, blassen Wangen rollten wie kleine, gläserne Kugeln, in denen sich die Sonne bricht.

»Und unser Haus, Papi?«

»Auch das bauen wir wieder auf.«

»Vielleicht steht es noch ...«

»Glaubst du?« Er versuchte sie zu trösten und nickte mehrmals. »Natürlich wird es noch stehen. Warum sollten sie es auch bombardieren. Es war weit und breit kein Ziel da ... nur unser Haus am Rhein. Vielleicht steht es wirklich noch –« Er sah Rita mit einem Augenzwinkern an. Und so schwer es ihm fiel, jetzt ein wenig fröhlich zu sein, so verblüfft war er über seine Worte. Sie gaben ihm Trost. Wirklich! Er glaubte es fast selbst, daß das breit am Rhein gelagerte, weiße Haus mit den Terrassen und den breiten Glastüren noch stand. Nur würde es bewohnt sein, wenn es unversehrt war ... bewohnt von Obdachlosen, die Besitz nahmen von einem Dach, unter dem kein Hausherr mehr wohnte und von dem keiner wußte, wie er hieß, wie er aussah, wo er war. Verschollen ... Irgendwo in Deutschland .. In den Weiten Ostpreußens ... das wußte man vielleicht.

»Fahren wir«, sagte Gerholdt. »Auch wenn hier nur Trümmer sind ... wir sind zu Hause. Es sind unsere Trümmer! Unsere! Die kann uns keiner nehmen! Und auf Trümmern bauen wir auf ...« Und leise fügte er hinzu: »Ich habe es bisher immer getan –«

Sie fuhren eine kurze Strecke, bis sie das Haus am Rhein liegen sahen. Das weiße, langgestreckte, flache Haus inmitten eines grünen, kurzgeschorenen Rasens.

Rita umklammerte die Lenkstange des Rades, als sie oberhalb des Hauses auf der Landstraße abstiegen und hinabblickten auf den weißen Bau. Aus der Esse des offenen Kamins zog eine dünne Rauchwolke in den blauweißen Himmel.

»Es steht ... Papi, es steht –« Über Ritas Körper flatterte ein Zucken. Dann schluchzte sie und biß die Lippen aufeinander. Ich will tapfer sein, dachte sie. Ich will nicht weinen. Papi weint ja auch nicht. Aber wir haben unser Haus wieder, wir können in unserem Haus schlafen, Frau v. Knörringen wird nachkommen, ich werde wieder über die Wiese rennen können, hinunter zum Rhein ... Unser Haus ... unser Haus ...

Frank Gerholdt nickte. Er sah vor der Eingangstür an einem Fahnenmast eine britische Fahne im Wind wehen. Im Garten, dort, wo früher die Küchenkräuter und das Gemüse angepflanzt wurden, parkten drei Jeeps. Es war fast, als hörte er aus dem Inneren des Hauses das Wimmern des Radios ... Jazz, Blues ... Glenn Miller, Louis Armstrong, Bing Crosby, Frank Sinatra ...

»Unser Haus –«, sagte er leise. »Unser schönes gerettetes, fernes Haus –«

»Fernes Haus –?«

»So fern wie Ostpreußen, Rita. Ein Traumgebilde, das zerfliegt, wenn man die Augen öffnet.«

»Aber es ist doch da, Papi. Ich sehe es doch. Ich sehe doch den Rauch aus dem Kamin, ich sehe die Wiese, die Büsche, die Fliederhecke, den Goldregen, die Forsythien ...«

Sie wollte von der Straße auf die Einfahrt hin abbiegen, als er sie festhielt und den Kopf schüttelte.

»Uns gehören die Trümmer, Rita«, sagte er dumpf.

»Welche Trümmer, Papi?«

»Die Trümmer dort hinten. Unsere zerstampfte Fabrik. Dort werden wir wohnen, Rita. Hausen vielleicht in einem der Räume der unterirdischen Bunker. Wie Ratten mit den Ratten ... das ist das Los der Besiegten.«

Rita sah hinüber zu dem langen, weißen Haus. In ihre blauen

Augen trat Verwunderung. Die Stirn unter den langen, blonden Locken kräuselte sich. Sie sah jetzt auch die Jeeps und die englische Fahne, und sie sah am Einfahrtstor ein Schild: Headquarter II./4./1. Army Sc.

»Soldaten, Papi.«

»Schotten! Das Hauptquartier ...«

»In unserem Haus ...«

»Darum müssen wir gehen. In die Trümmer, Rita.«

»Aber es ist doch *unser* Haus!«

»Es war auch *unser* Krieg. Und wir haben ihn verloren. Nicht nur den Krieg, Rita – alles haben wir verloren. Wir sind zum Ungeziefer in Europa geworden.«

»Du auch? Und ich auch?«

»Wir alle. Auch du, Rita. Und auch ich. Vor allem ich. Ich habe an diesem Krieg verdient. Millionen verdient. Und Millionen verloren. Was man mir gelassen hat, sind einige hunderttausend Steine und verbogene Eisenträger. Zerfetzte Betondecken, verrostete Maschinen und verbrannte Schuppen. Aber es ist genug für uns, Rita! Aus Steinen, Trümmern, verbranntem Holz und verbogenem Eisen bauen wir uns unsere neue Welt, unsere bessere Zukunft!«

Rita wandte sich ab. Ihre Stimme klang traurig, das unterdrückte Weinen zitterte in ihr wider und das Nichtbegreifen des kindlichen Gehirns.

»Komm, Papi. Fahren wir zurück.«

Aber bevor sie auf das Rad stieg, sah sie noch einmal zurück auf das weiße Haus am Rhein.

Die Wiesen ... darauf war sie mit dem Pony geritten, bis es durch Tiefflieger getötet wurde. Die Büsche ... dort hatte sie immer Verstecken gespielt, und Dr. Schwab hatte sie gesucht und so getan, als sehe er sie nicht, wenn ihr helles Kleid durch das grüne Blattwerk leuchtete. Und dort ... das mit rotem Sandstein ummauerte Bekken ... Dort lag sie im Sommer oft im Schatten einer Trauerweide und beobachtete mit angehaltenem Atem, wie die durstigen Vögel sich am Rand des Wasserbeckens niederließen und die spitzen, in der Sonne aufblitzenden Schnäbel in das klare, kalte Wasser tauchten, das von einem wasserspeienden großen Fisch immer wieder frisch ins Becken lief. Manchmal saß Papi hinter ihr im Schatten des Baumes und erklärte ihr die Vögelchen. Dort – eine Bachstelze ... und dort, der Kleine mit dem bunten Gefieder, mit den weißen Streifen an den Flügelchen, das ist ein Buchfink. Der grüne dort – ein Distelfink ... oh, wie voll Wunder war doch die Welt.

Über Ritas Wangen liefen wieder die großen, dicken, lautlosen Tränen, die Glaskugeln des Schmerzes. Sie tastete nach der Hand Gerholdts, der mit bleichem, verbissenem Gesicht an seinem Rad lehnte und in dessen Brust das Herz brannte, als verglühe es unter tausend Feuern.

»Werden wir es nie wiederhaben, Papi ...«

»Ich weiß es nicht, mein Kleines.« Es würgte in seinem Hals. »Vielleicht arbeitet die Zeit für uns ...«

»Die Zeit, Papi?«

»Der Mensch ist auf den Menschen angewiesen. Vielleicht ruft man auch uns eines Tages aus den Kellern ans Licht ... weil sie die Keller brauchen für einen neuen Krieg –«

Sie fuhren stumm die Straße zurück zur zerstörten Fabrik. Auf halbem Wege kam ihnen eine einsame Gestalt entgegen. Sie trug einen hellen, etwas zu weiten Rock, einen Leinenhut und beige Hosen. Als die Gestalt die beiden Radfahrer sah, blieb sie stehen und riß den Hut vom Kopf. Blonde, von grauen Strähnen durchsetzte Haare flatterten im frischen Maiwind, der durch die Rheinniederung wehte.

»Dr. Schwab!« schrie Frank Gerholdt auf. Er sprang mit einem Satz vom Rad, er warf es fort und stürzte auf den einsamen Mann zu. Er umarmte ihn, riß ihn an sich und drückte ihn wie einen wiedergefundenen Bruder. »Daß ich Sie sehe, daß ich Sie treffe, gerade jetzt ... Dr. Schwab ... Mensch, Bruder ... Jetzt habe ich keine Angst mehr vor dem Morgen ...«

»Sie leben!« Das war alles, was Dr. Schwab sagte. Er sah zu Rita hinüber, die neben ihrem Rad stand, ein junges, dreizehnjähriges schlankes, hübsches Mädchen, über dessen blasses Gesicht das Leuchten der Sonne zog und den Gram aus den Poren glättete.

Dr. Schwab löste sich aus der Umklammerung Gerholdts und umarmte Rita. Er küßte sie auf die Stirn und hatte das unendlich glückliche Gefühl, einen Teil seines Lebens wiedergefunden zu haben und an sich zu drücken, um es nie wieder zu verlieren. Er wunderte sich selbst über die innere Verbundenheit zu diesem fremden Kind, das ihn glücklich aus seinen hellen blauen Augen ansah und über dessen Gesichtchen plötzlich ein Schleier zog, als zöge man einen Vorhang über seine Augen.

»Sie wohnen in unserem Haus, die Engländer, Onkel Schwab«, sagte Rita. »Und Papi sagt, wir müssen jetzt im Keller der Fabrik wohnen.«

Dr. Schwab wandte sich zu Gerholdt um, der mit entblößtem

Kopf im Frühlingswind stand. Weiße Haare, dachte Dr. Schwab erschrocken. Er ist in wenigen Wochen ein alter, knochiger Mann geworden. Wenn er wüßte, was ihn hier in der »Heimat« erwartet. »Hanging« hatte Oberstleutnant Piget gesagt und dabei an seinem Portweinglas genippt. »Er ist ein Kriegsverbrecher! Wir werden kurzen Prozeß machen. Ungeziefer vernichtet man –«

Dr. Schwab schluckte mehrmals, ehe er zum Sprechen ansetzte.

»Sie waren schon in Ihrem Haus, Herr Gerholdt?«

»Am Haus! Ich durfte es von der Straße aus betrachten. An meinem eigenen Zaun stand ein großes Schild: Off limits. Außerdem wußte ich nicht, ob ich willkommen war.«

»Sie haben es nicht betreten?« Dr. Schwab atmete sichtlich auf.

»Nein.«

»Das ist gut.« Dr. Schwab blickte zu Rita und blinzelte zu Gerholdt hinüber. »Ich muß Ihnen später etwas erzählen. Später ...«

Frank Gerholdt verstand. Er nickte langsam. Über sein verhärmtes Gesicht zog ein resignierendes Lächeln.

»Am Ende«, sagte er leise. »Vollkommen am Ende –«

»Es scheint so ...«

»Gehen wir.«

Sie gingen zusammen die Straße zurück zur zerstampften Fabrik. Über den in der Sonne und durch den widerspiegelnden blauen Himmel fast azurnen leuchtenden Rhein glitt ein kleines, weißgraues Boot. Englische Flußkontrolle. Im Fahrtwind knatterte der Union Jack. Auf der gegenüberliegenden Uferseite arbeitete eine deutsche Kolonne an der Bergung von zwei gesunkenen Brückenrampen. Über die rechtsrheinische Straße zogen grüne Wagenkolonnen den Rhein hinauf nach Düsseldorf. Nachschub der Sieger.

Dr. Schwab stand mit Gerholdt an der zerfetzten Laderampe der Fabrik, und sie sahen über den Strom. Rita schlief. Vier Räume der unterirdischen Fabrik waren noch bewohnbar. Die Entlüftungsanlage arbeitete, die Wasserpumpen summten, ein Akkumulator gab Strom. Dr. Schwab hatte in den vergangenen Monaten nicht geruht ... mit sechs freiwilligen Arbeitern hatte er langsam und nach dem System der Zweckmäßigkeit die Aufräumungsarbeiten begonnen. Zuerst unter der Erde ... die Trümmerberge über der Erde brauchten Zeit und Geld und vor allem einen Sinn zur Wegräumung. Manchmal stand Dr. Schwab vor dem vernichteten Werk und schüttelte den Kopf. Gab es noch einen Sinn? Sprach man nicht von Demontierung der großen deutschen Werke? Vom Zerschlagen des deutschen Wirtschaftspotentials? Von der totalen Vernichtung der Deutschen als Industrievolk! »In zwanzig Jahren werden im Ruhrgebiet die Kuhherden auf riesigen Steppen weiden!« hieß es in den Haßgesängen der Presse. »Deutschland hat für alle Zeiten aufgehört, eine Großmacht zu sein!«

Aufbauen? Für wen? Für was?

So kroch auch Dr. Schwab zunächst unter die Erde und räumte auf. Er schuf »Wohnraum«! Ein Wort, das in diesen Wochen wie ein Zauberspruch wirkte. »Wohnraum«! Er gab den sechs ausgebombten Arbeitern je ein Bunkerzimmer, er wohnte in zwei Räumen ... nun war Frank Gerholdt mit Rita zurückgekommen. Der »Kriegsverbrecher«. Der »KZ-Schinder«, wie man ihn bei den Tommies nannte. Der »Freund Görings«, denn hatte er nicht aus den Geldquellen des Vierjahresplanes Millionen für Rüstungsaufträge erhalten? Ein Gewinner am Sterben von Millionen Menschen, ein Aasgeier der Geschichte.

»Man suchte Sie«, sagte Dr. Schwab langsam.

»Ich habe es fast geahnt.«

»Sie gelten als eine Schlüsselfigur der deutschen Kriegswirtschaft.«

»Ich?« Frank Gerholdt lachte kopfschüttelnd. »Wer war ich denn, Dr. Schwab? Ein ganz kleiner Kacker, der so hüpfte, wie sie in Berlin auf der Flöte spielten. Eine tanzende Kobra ohne Giftzähne. – Hat die Konkurrenz mich angeschwärzt?«

»Es gibt keine Konkurrenz mehr.«

Frank Gerholdt sah sinnend über den Strom. »Und die Millionen Arbeiter?«

»Soweit sie nicht in Gefangenschaft sind, räumen sie auf. Sie haben Düsseldorf gesehen – so wie dort sieht es fast in jeder Stadt aus. Aus Deutschland ist eine Mondlandschaft geworden.«

Gerholdt nickte. »Aber deswegen sind wir nicht auf dem Mond, lieber Dr. Schwab«, sagte er sarkastisch. »Im Gegenteil – jetzt wird es sich zeigen, ob der Deutsche in die Hände spucken kann. Morgen fangen wir an ...«

»Womit?«

»Mit der Fabrik, Dr. Schwab.«

Der Wissenschaftler starrte Gerholdt ungläubig an, als habe er die Worte nur halb verstanden.

»Das dürfte doch wohl ein schlechter Scherz sein.«

»Es ist ernsteste Wahrheit! Wir werden Steine klopfen und mauern ... und wenn wir die Steine mit dem eigenen Schweiß zusammenkleben! Ich lasse mich nicht unterkriegen durch Krieg und

Zerstörung, durch Anklagen als Kriegsverbrecher und die Aussicht, von den Engländern gehenkt zu werden.«

»Man wird Sie einfach enteignen!«

»Mit welcher Begründung? Wenn ich Kriegsverbrecher bin, weil ich überharten Stahl herstellte, dann sind alle englischen und amerikanischen Werksdirektoren auch Kriegsverbrecher, denn auch sie produzierten ja für den Krieg. Ausschließlich für den Krieg. Nur haben sie ihn gewonnen – das ist der Unterschied!«

»Das ist Ihr Urteil, Herr Gerholdt! Der Sieger hat immer recht.«

»Es gibt eine Weltöffentlichkeit!«

»Was verlangen Sie von ihr? Gnade? Erkenntnis? Haben wir nicht die ganze Welt bekämpft? Wir größenwahnsinnigen Deutschen?«

Frank Gerholdt sah hinüber zu den endlosen Nachschubkolonnen auf der gegenüberliegenden Rheinstraße. Dodge nach Dodge ... eine alles überwälzende Flut von Material. Davor zogen an Stahlleinen ausgehungerte deutsche Arbeiter Eisenstücke aus dem Rhein. Symbol des Untergangs ...

»Ich werde morgen zu den Engländern fahren.«

»Verrückt! Sie sollten sich verstecken!«

»Damit würde ich eine Schuld zugeben! Nur wer sich schuldig fühlt, versteckt sich! Ich aber habe ein reines Gewissen. Ich habe produziert wie alle Fabriken! Daß es eine Konjunktur war – bin ich der Staatschef? In der ganzen Welt ist der Krieg letztlich immer nur ein Geschäft der Industrie! Jede Aufrüstung wird mit dem Triumphgeschrei der Industrie begrüßt ... nicht nur bei uns in Deutschland. Überall auf der Erde! Wie kann man da von einer persönlichen Schuld reden? Von meiner Schuld?«

»Man will Deutschland restlos zerschlagen, Herr Gerholdt. Ein Deutschland ohne Industrie ist ein Nichts. Dieses Vakuum soll geschaffen werden!«

»Im Herzen Europas? Ein Vakuum? Medizinisch gesehen käme das einem Herzschlag Europas gleich!«

»Sie reden noch in der Ideologie des Tausendjährigen Reiches! Es ist, als ob Sie aus dem Grauen nichts gelernt hätten!«

»O doch, Dr. Schwab ... o doch, sehr viel.« Gerholdt drehte sich herum. Sein verfallenes Gesicht mit den langen weißen Haaren belebte sich unheimlich. »Ich habe das Wichtigste unseres Daseins gelernt: daß es kein Unmöglich gibt! Daß es keine Schwäche geben darf, um weiterzuleben! Daß es ein Hindurch gibt ... das Hinlegen und Sterben ist zwar das Bequemste, aber auch das Ärmlichste!«

»Pathetische Reden!« Dr. Schwab strich sich wütend über die Stirn. »Wir leben hier nicht auf einer Bühne des Schillertheaters, sondern in den Trümmern eines verlorenen Krieges und in einer Umwelt, die Rache nehmen will! Wissen Sie, was Rache ist?«

»Wer weiß das besser als ich«, sagte Gerholdt bitter. Er dachte an sein bisheriges Leben und an Petermann.

»Und trotzdem wollen Sie zu den Engländern gehen? Sie werden Sie einfach dabehalten und aufhängen!«

»Sie glauben, ich fürchte mich davor?«

»Und was soll aus Rita werden?«

Gerholdt fuhr herum. »Für Rita tue ich es ja!« schrie er etwas unbeherrscht. »Ich würde weiterleben können als Steineklopfer oder Bauernknecht. Ich nähme jede Arbeit an. Das Sitzen hinter dem Direktionstisch hat mich nicht verwöhnt. Aber ich habe eine Verpflichtung: für Rita alles dies hier wieder aufzubauen. Ich habe eine Verpflichtung, Rita nie in Not zu lassen . . . Sie werden das nie verstehen, Dr. Schwab. Sie können es gar nicht.«

»Ihre Vaterpflichten in allen Ehren –«

Gerholdt wandte sich ab. »Vaterpflichten! Lieber Dr. Schwab, danken Sie Gott, daß Sie noch so normal denken können, so herrlich frei und naiv . . . wie herrlich wäre das Leben, wenn es so wäre wie Sie . . .«

Er wollte das Ufer verlassen, aber Dr. Schwab hielt ihn am Rockärmel zurück.

»Sie wollen wirklich zu Oberstleutnant Piget gehen?« fragte er heiser vor Erregung.

»Wer ist das?«

»Der Abschnittskommandant.«

»Der in meinem Haus wohnt?«

»Ja.«

Gerholdt schüttelte den Kopf. »Nein. Ich gehe nach Düsseldorf zum Generalkommando. Ich werde, wenn es nötig ist, zum Oberkommando der Briten fahren. Zu Montgomery selbst.«

»Sie sind ein unheilbarer Phantast!« schimpfte Dr. Schwab.

Gerholdt lächelte versonnen. »Wie oft habe ich dieses zu hören bekommen. Immer war ich ein Phantast, bei allem, was ich unternahm. Und immer habe ich gezeigt, daß ich aus einer Phantasie eine Realität machen konnte.«

»Wir leben jetzt in einer anderen Welt.«

»Wie es heißt: in einer besseren. Ich will sehen, ob es stimmt. Wir fangen morgen an! Wir klopfen die Steine ab und schichten sie.

Ich werde in Düsseldorf einige Eisenträger verkaufen, um Zement und Kalk zu bekommen. Den Sand holen wir uns aus dem Rhein! Wir bauen wieder auf, Dr. Schwab!«

»Morgen werden die Engländer hier sein. Sie kommen jeden Tag. Sie erwarten Sie! Piget sagt: Er kommt zurück! Er verläßt seine Fabrik nicht!«

»Wie gut er mich kennt.«

»Aber Sie kennen Piget nicht.«

»Das läßt sich nachholen! Ich werde ihn kennenlernen –«

Kopfschüttelnd, mit einer würgenden Angst im Herzen, sah Dr. Schwab Frank Gerholdt nach, wie er über die Trümmer der vorderen Halle in den Fabrikhof kletterte und mit den sechs Arbeitern sprach, die in der Mittagssonne saßen und sich sonnten.

Woher nimmt er nur die Energie und den Mut, dachte Dr. Schwab verblüfft. Er ist doch ein alter, ausgelaugter, verhärmter Mann geworden, dessen weiße Haare ihn zum Greis stempeln. Er ist doch nur noch der Schatten des alten Frank Gerholdt, der damals nach Berlin fuhr und aus dem Nichts Millionen für die Forschung des Kunststahles herbeizauberte. Aber schon damals gab es kein Unmöglich für ihn . . . schon damals. Hatte die Zeit nur im Gesicht ihre Spuren hinterlassen und seinen Geist und seine innere Kraft geschont?

Über die Straße rollten zwei Jeeps. Sie hielten vor dem Eingang der Fabrik. Sechs englische Soldaten sprangen auf die Straße und bummelten zur Fabrik hinein.

Die tägliche Kontrolle.

Dr. Schwab rannte vom Ufer des Rheins in die Fabrik. Jetzt passiert es, durchfuhr es ihn. Jetzt verhaften sie ihn. Jetzt erschießen sie ihn.

Er jagte über zerborstene Eisenträger, er stolperte über die Steinhaufen, er hetzte durch die zerfetzte Halle auf den Platz.

Mit Entsetzen sah er, wie Frank Gerholdt ruhig den Engländern entgegenging, als handelte es sich um einen netten Besuch. Er ist irrsinnig, durchfuhr es ihn. Er ist bestimmt irrsinnig.

Die sechs Soldaten hoben ihre Maschinenpistolen in Anschlag.

Dr. Schwab wandte sich ab und ging zurück zum Eingang der unterirdischen Bunker. Ich muß mich um Rita kümmern, dachte er voller Traurigkeit und Schmerz. Jetzt ist alles vorbei.

Alles, alles vorbei – – –

6

Drei Jahre später – an einem regnerischen Novembertag 1948 – wurde Frank Gerholdt aus der englischen Internierung entlassen.

Man hatte ihn nicht gehenkt; auch ein Prozeß als Kriegsverbrecher zeigte sich als eine haltlose Anklage, denn Gerholdt hatte zwar am Krieg verdient, aber er galt nicht als der große Gewinner am Elend, wie es die anderen großen Industriellen von der Anklage bescheinigt erhielten. Demontieren konnte man ihn nicht, denn was von seiner Fabrik übriggeblieben war, die wenigen Maschinen, die an einer Hand abzählbaren Drehbänke und Bohrer, verrotteten und verrosteten zwischen den Trümmern der Hallen und stellten nur noch Schrottwert dar, um den sich keine alliierte Demontagekolonne kümmerte. Entflechten konnte man ihn auch nicht, denn seine Fabrik stellte einen Privatbesitz dar, einen so kleinen Privatbesitz im Reigen der ganz großen Konzerne, daß es lächerlich gewesen wäre, ihm die Trümmer und gesprengten unterirdischen Räume auch noch zu enteignen. Aber man entmündigte ihn. Vorerst nur – aber bei seiner Entlassung an jenem Novembertag, an dem Dr. Schwab allein mit einer Taxe am Gefängnistor von Werl stand, wußte er, daß nicht mehr er, Frank Gerholdt, sondern der Dipl.-Ing. Dr. Schwab der Leiter eines Werkes war, das praktisch nur auf dem Papier einen Namen hatte.

Ein Schattendasein voller Ironie.

»Willkommen!« sagte Dr. Schwab und drückte Gerholdt die Hand, als er aus dem großen Zuchthaustor trat, den Mantelkragen hochgeschlagen, ohne Hut, die weißen Haare um den schmalen Kopf geklebt vor Nässe. »Jetzt wirklich willkommen in der Freiheit!«

Gerholdt drückte Dr. Schwab die Hand. In seinen Augen lag ein großer Zweifel.

»Glauben Sie das wirklich?«

»Wir haben eine neue Währung, wir haben festes Geld – – – die Zeit stand nicht so still hier draußen wie bei Ihnen drinnen in der Zelle. Ich habe sogar einen Kredit bekommen für den Wiederaufbau.«

»Einen Kredit?«

»Zweihunderttausend Mark.«

»Zweihunderttausend Mark?« Gerholdt lachte bitter und schüttelte den Kopf. »Ein Taschengeld für den Müllabfahrer, der meine Fabrik abräumt!«

Dr. Schwab faßte Gerholdt unter und schob ihn zu der Taxe. Er drückte ihn in den Sitz, lief um den Wagen herum und ließ sich an der anderen Seite neben ihm nieder. »Wir haben sofort nach dem Abzug der englischen Besatzung – – –«

»Sie ist aus meinem Haus heraus?« Der Kopf Gerholdts fuhr herum. In seine trüben, müden Augen trat ein leuchtender Funken. »Rita wohnt wieder in unserem Haus?«

»Ja. Wir haben es in eineinhalb Jahren wieder langsam, Stein für Stein, aufgebaut. Es ist wie früher, Herr Gerholdt – vielleicht noch schöner – – –«

»Dr. Schwab – – –« Gerholdt schluckte und tastete nach den Händen des Gelehrten. Er umklammerte sie mit seinen dürr gewordenen Fingern und drückte sie immer und immer wieder. Über sein gelbweißes Gesicht lief ein Zucken, das er verbergen wollte und das doch immer wieder zu seinen Augen lief und sie feucht werden ließ. »Dr. Schwab – – –«, sagte er leise. »Wenn ich jemals den Glauben an die Menschen verloren hatte – – – Sie allein wären es wert, wieder an sie zu glauben. Ich kann Ihnen nicht danken ... ich kann es nicht, weil ich nicht weiß, wie – – –«

Dr. Schwab sah aus dem Fenster des durch den Regen quietschenden Wagens. »Die Freude Ritas ist mir Dank genug«, sagte er stokkend. »Sie hätten sie sehen sollen, als sie wieder das Haus betrat und über die Wiese hinunter zum Rhein rannte. ›Unsere Wiese!‹ rief sie immer. ›Unsere Wiese. Unser Rhein! Unsere Blumen! Alles, alles ist noch da!‹ – Da habe ich geweint, ich alter Esel. Ich habe auf der Terrasse gestanden und habe geheult wie ein Weib. Ich werde es nie vergessen – – –«

Frank Gerholdt saß weit zurückgelehnt in dem Polster des Wagens und hatte die Hände vor das Gesicht gelegt. Durch seinen Körper lief ein Zittern, und so sehr er die Hände gegen den Mund preßte, – er konnte nicht das Schluchzen hemmen, das ihn durchschüttelte und ihn so gewaltig ergriff, daß es war, als löse sich die Verkrampfung der ganzen schrecklichen Jahre in diesem haltlosen Schluchzen eines alt gewordenen, weißhaarigen, vom Schicksal gestraften Mannes.

Dr. Schwab ließ ihn weinen. Er lehnte sich zurück und legte seinen Arm um die Schultern des schluchzenden Mannes. Wie einen kleinen Bruder drückte er ihn an sich, und Gerholdt legte den Kopf auf seine Schulter. Weine dich aus, dachte Dr. Schwab. Schäme dich nicht, daß du weinst. Keiner weiß, wer du bist, keiner weiß, wo du herkamst ... aber seit man dich gesehen hat, warst du ein Mensch, dem das Glück seines Kindes über alles ging, der einen Todesmarsch durch die russischen Linien wagte, der Frau von Knörringen rettete, dem kein Schicksal zu hart war, um es nicht bekämpfen zu können. Du hast ein Recht, zusammenzubrechen ... jetzt, mein Lieber, bei der Fahrt in ein neues, freies Leben, in eine andere Welt, in einen freieren Himmel, in eine Zukunft, die uns gehören wird und uns gehören muß, wenn du weiter die Zähne zusammenbeißt und sagst: Wir wollen!

Morgen wird alles anders sein ... morgen wirst du auf der überdeckten Terrasse deines Hauses stehen und über den im trüben Novemberlicht träge fließenden Rhein blicken. Morgen bist du wieder zu Hause! Daheim! Zurück aus dem Grauen in eine Welt gekehrt, die wartet, was du tun wirst. Und dann gibt es keine Tränen mehr, das weiß ich – dann gibt es nur noch einen Willen, schlaflose Nächte, bis zum Zerreißen anstrengende Tage ... Wochen, Monate voll Schweiß ...

Sie hielten am Bahnhof, mit dem Zug fuhren sie nach Düsseldorf, von Düsseldorf wieder mit einer Taxe hinaus zum weißen Haus am Rhein.

Die Einfahrt war umkränzt mit Tannengrün ... auf dem Weg zum Haus lagen Tannenzweige wie ein grüner Teppich, Bänder flatterten im Regenwind ... neben dem Tor standen zehn Arbeiter, die Hüte in der Hand, als der Wagen hielt ... die alte, treue Garde, die den Krieg überlebte.

Im Tor aber stand Rita, im Arm einen großen Strauß weißer Chrysanthemen, und hinter Rita, in einem bunten Kopftuch, den Schirm über die blonden Locken des Kindes haltend, weinte Frau von Knörringen und lächelte doch dabei mit ihren mütterlichen, gütigen Augen.

Frank Gerholdt starrte durch die Scheibe des Autos.

»Sie sind alle da«, sagte er heiser vor Ergriffenheit. »Sie sind ja alle da – – – o Gott, ich bin wirklich zu Hause.«

Der Werkmeister Franz Schulte wandte sich ab, als Gerholdt weinend in das Haus geleitet wurde. Er putzte sich über die Augen und sagte laut:

»Verdammt – jetzt ist mir doch eine Fliege ins Auge geflogen.« Dabei schneuzte er sich.

»'ne Fliege im Regen ...?«

»Halt's Maul!« schrie Schulte und stapfte davon. »Wenn mir 'ne Fliege ins Auge fliegt, ist der egal, ob's regnet oder die Sonne scheint – – –«

November 1948.

Regen. Wind. Über dem Rhein hing eine Nebelwand aus Myriaden Wassertröpfchen.

Frank Gerholdt saß am offenen Kamin und starrte in die prasselnden Flammen. Um ihn herum standen die Arbeiter, Dr. Schwab, Rita und Frau von Knörringen. Sie hielten ein Glas Wein in der Hand und stießen auf seine Rückkehr an.

»Wir sind jetzt eine große Familie«, sagte Gerholdt langsam. »Eine Familie mit einem Dach über dem Kopf, aber ohne Arbeit. Wenn wir zusammenhalten, wir alle, dann weiß ich, daß wir in einem, zwei oder drei Jahren wieder unten am Rhein stehen und von der Verladebrücke unsere Waren auf die Zillen rollen. Wir müssen nur zusammenhalten – – – das ist alles, was ich mir heute wünsche ...«

Dr. Schwab nickte. Befriedigt setzte er sein Glas auf die Marmorbank, die sich rund um den Kamin zog.

Der alte Frank Gerholdt war wieder da!

Er nahm den Kampf auf. Er war nicht alt geworden, er war nicht zerbrochen ... weiß war nur sein Haar, weiß nur seine zerknitterte Haut, – aber die Augen leuchteten wieder, und wer diese Augen sah, konnte daran glauben, eine Zukunft vor sich zu haben.

1951 machte Rita in Düsseldorf ihr Abitur.

Aus dem Mädchen war eine schmächtige, junge Dame geworden, die noch immer ihre blonden Locken bis über die Schultern trug, der die jungen Männer auf der Straße nachsahen und nach importierter amerikanischer Art – wie sie auch im Kino zu sehen war – nachpfiffen, die aber mit einer Zielstrebigkeit und einem Ernst ihren Weg ging, bis im Februar 1951 das Abiturzeugnis in ihren Händen lag.

An diesem Tage gab Frank Gerholdt ein Fest in seinem Haus am Rhein.

Drei Jahre waren vorbeigegangen, die Frank Gerholdt als unvergleichlich mit den hinter ihm liegenden Jahren betrachtete. Nicht, daß sie schwerer waren als die Monate der schrecklichen Not, in der er im Hamburger Hafen stand und morgens um fünf Uhr für drei Stunden einen Job bekam ... Kohle trimmen, Kisten schleppen, Hafenmolen säubern, Muscheln von Schiffswänden kratzen. Auch die Jahre nach dem Raub Ritas waren schwerer ... die Jahre des Aufstiegs, des Krieges, des schrecklichen Zusammenbruchs, der Flucht aus Ostpreußen, die Jahre hinter den Mauern und Gittern des Zuchthauses von Werl ... aber was den drei Jahren nach seiner

Freilassung das Ungewöhnliche, das Fremde, das geradezu bestialisch Erdrückende gab, waren die Reminiszenzen seiner Umgebung.

Zuerst leitete Dr. Schwab weiter den Aufbau der Fabrik ... man baute mit den geliehenen zweihunderttausend Mark aus alten Wehrmachts- und Arbeitsdienstbaracken neue Arbeitsstätten. »Ich kehre zur Baracke zurück, mit der ich begonnen habe!« sagte Gerholdt mit einem bitteren Humor – man schaffte für den Rest des Geldes und gegen langlaufende Wechsel moderne Maschinen an, man baute sogar wieder eine kleine Walzenstraße und kaufte Schrott auf, den man im Lohn einschmelzen ließ, um mit ihm Rohstahlplatten zu bekommen. Denn niemand gab ihnen etwas ... wo sie auch immer anklopften, waren sie die alten Nazis, die »Vorbestraften«, die Zuchthäusler aus Werl.

Die begnadigten Kriegsverbrecher.

Die Menschen mit dem Kainszeichen ...

Die große Konkurrenz, die Riesenwerke an der Ruhr, hatten es einfacher gehabt. Sie waren entflochten worden, sie hatten Konzerne unter »unbelasteten« Personen gegründet, die vor den wahren Besitzern standen wie ein gut lackiertes Firmenschild. Und sie waren wach, sehr wach, daß der wieder zum Zwerg gewordene Frank Gerholdt nicht noch einmal aufstieg zum Riesen und ihnen ein Stück des blauen Wirtschaftswunderhimmels wegnahm.

Und doch schaffte es Gerholdt in zwei Jahren, eine neue Fabrik aus den Trümmern am Rhein aufzubauen ... nicht durch Fleiß, nicht durch Zähigkeit des Willens – – – sie waren im Machtkampf der Industrie Faktoren, die wenig galten – – – sondern durch die Erfindung Dr. Schwabs, die ihn schon einmal – 1939 – an die Spitze der deutschen Wirtschaft führte.

Man wußte es an Rhein und Ruhr. Man belauerte Frank Gerholdt und Dr. Schwab. Man kundschaftete aus, wie es ihnen erging.

Und man versuchte, Dr. Schwab zu kaufen.

Wegzukaufen von Frank Gerholdt.

Man bot zunächst zwei Millionen und fünf Prozent. Dann zweieinhalb Millionen und siebeneinhalb Prozent. Als Dr. Schwab die Unterhändler hinauswarf und sie Lumpen nannte, wurde man massiver und drohte mit einem Presseskandal: Alter Nazi und Kriegsverbrecher will Stahl für neue Kriegsprodukte herstellen.

In allen Zeitungen. Bildberichte in den Illustrierten! Reden in den Rundfunksendern!

Kesseltreiben gegen Frank Gerholdt!

Nieder mit ihm!

Er gefährdet unsere Millionen! Er sitzt auf unserem Portemonnaie! Er kommt wieder!

Machtkampf der Konkurrenz! Schmutz auf ihn! Jauche! Dreck! Mist! Es geht um unser Geld ... und Geld stinkt nicht! Vor allem, wenn es Millionen sind! Für Millionen kann man ruhig den Charakter verlieren, denn nur der hat Recht, der Geld besitzt! Das ist das ganze große Geheimnis der menschlichen Gesellschaftsordnung: Geld!

Frank Gerholdt ging durch diesen Sumpf mit der Souveränität und der Sturheit eines Menschen, den Dreck nicht angreift und der es gewöhnt ist, den Mist auf Mistkarren wegzuschaffen. Er lächelte nur, wenn Dr. Schwab ihm berichtete.

»Jetzt bieten sie mir drei Millionen! Sogar die USA kommen und wollen mich hinüberholen. Zweihunderttausend Dollar Jahresgehalt! Vertrag auf zehn Jahre! Ich werde schwindelig, wenn ich diese Summen höre ...«

Und Gerholdt antwortete dann: »Sieh an ... soviel bin ich ihnen wert! Wir sind auf dem richtigen Wege, Dr. Schwab – – – je mehr man uns beschimpft, um so größer sind unsere Erfolge!«

Er gönnte sich keine Ruhe. Er fuhr nach Schweden und kaufte Stahl. Er fuhr nach dem Balkan und verkaufte seinen Stahl. Er verhandelte mit Südamerika in Hamburg und mit Indien in Rom. Er empfing in seinem Haus am Rhein den Abgesandten König Ibn Sauds und speiste in Paris mit Vertretern aus Indonesien. Er lud die halbe Welt zu sich zu Gast und unterschrieb Verträge und Abkommen, Austausche und Verkäufe. Woche um Woche, Monat um Monat ... zwei Jahre hindurch ein Motor, der nie zum Stillstand kam, der jagte und keuchte, von Ort zu Ort flog und der nie versagte, wenn er am Tisch seinen Partnern gegenübersaß und seine Fäden über Kontinente hinweg spann. Ein Mann mit weißen Haaren und harten, stahlgrauen Augen, mit einem verwitterten Gesicht, in dessen Falten die Jahre eines großen Schicksals träumten, und einem schmalen, kaum lächelnden Mund, der knapp sprach, der aber das, was er sagte, mit Überzeugung brachte.

In Bonn horchte man auf, in Frankfurt häuften sich die Devisenanträge ... die Konkurrenz saß verbittert hinter ihren riesigen Schreibtischen und verfluchte den stillen Erfindergeist Dr. Schwabs, der Gerholdt die Möglichkeit gab, seine Stirn wieder in das Weltgeschehen zu schieben.

Kredite kamen. Hypotheken wurden angeboten, Maschinen gegen Amortisation verkauft und aufgestellt. Das Werk wuchs. Über Nacht fast, wie eine Pilzkolonie nach einem warmen Regen, schossen die neuen Bauten am Rhein empor. Weite, lichte Hallen, schlanke Verwaltungsgebäude mit Glas und Sichtbeton, Mosaikfronten und eloxierten Fensterreihen. Den Strom hinein schoben sich neue Verladebrücken ... Anfahrtsstraßen wurden asphaltiert ... in den weiten Hallen dröhnten die Maschinen, donnerten die elektrischen Walzenstraßen und bliesen jaulend die Schmelz- und Veredelungsöfen.

Stahl! Deutscher Edelstahl! Ein Härtegrad, der verblüffte, eine Reinheit, die unwahrscheinlich war. Das Geheimnis Dr. Schwabs, für das es keine Formel gab, die irgendwo in einem Tresor ruhte und die vielleicht gestohlen werden konnte.

In diesem Wirbel eines unwahrscheinlichen Aufbaues, eines stillen, unsichtbaren, aber grausamen Machtkampfes gegen alle Welt, einer Verleumdung und Niedertracht ohne Beispiel ging Rita ihren stillen Weg. Sie besuchte in Düsseldorf das Gymnasium, sie lernte in ihrem Arbeitszimmer, dessen Fenster hinaus zum Rhein gingen, die Vokabeln und mathematischen Gleichungen, sie büffelte über den Hausaufgaben und über den chemischen Formeln angenommener Versuche. Ab und zu – an den Abenden vor allem – saß Frank Gerholdt neben ihr und sah die Hefte durch.

Die Jahre glitten zurück. Er war ein Schulbub und brütete über einer lateinischen Übersetzung des Caesar. Der Vater hatte ihm den Pons – die bei allen Schülern so beliebte Übersetzung im Taschenformat – weggenommen, und er war wütend und hilflos. Er erinnerte sich noch gut an seine Schule. Über dem Eingang war in den Stein ein Spruch gemeißelt: Deo musis patriae ... Gott, den Musen und dem Vaterland. Ein heroischer Spruch, die Weisheit der Humanitas ... Und da saß er nun, ohne Pons, und Caesar sprach von Gallien und den Germanen ...

Zehn Jahre später war er Gelegenheitsarbeiter im Hamburger Hafen, ein hungernder, vagabundierender Arbeitsloser, der das Kind des Reeders von Buckow raubte, um hunderttausend Mark von ihm zu erpressen!

Ohne Caesar, ohne Pons, ohne den Gallischen Krieg.

Und fern von allem deo musis patriae ...

Das Leben! Man lernt es auf keiner Schulbank. Man lernt es auf der Straße.

»Du kannst das noch, Vati?« sagte Rita dann manchmal, wenn er eine kleinere mathematische Aufgabe löste oder ihr in Physik half.

Und Gerholdt lächelte und sagte das, was alle Väter sagen und immer wieder sagen werden:

»Ich war einer der besten Schüler der Klasse ...«

Immer sind alle Väter die besten Schüler der Klasse gewesen. Es darf gar nicht anders sein. Der Nimbus des Vaters verlangt diese kleine, uralte Lüge – – –

Nun hatte Rita ihr Abitur gemacht. Ein gutes Abitur. Sie war zwar nicht die beste, wie es der Vater gewesen war, aber sie hatte viele gute Zensuren im Zeugnis und galt als begabt in den Fächern ihrer Neigung. Besonders stolz aber machte es Gerholdt, als sie in der Meldung zum Abitur als Berufsziel eintrug: »Ich möchte Ärztin werden, um allen Hilfebedürftigen zu helfen.«

»Ich werde nach Bonn gehen«, sagte Rita, als Gerholdt diese Berufswahl mit ihr am offenen Kamin bei einer Flasche Rotwein durchsprach. »Und dann werde ich später in deiner Nähe eine Praxis aufmachen und bei dir als Werksärztin eintreten.«

»Wunderbar! Und meine Belegschaft wird Schlange stehen und wöchentlich zig Stunden Arbeitszeit versäumen, nur um von dem schönen Fräulein Doktor behandelt zu werden«, scherzte Gerholdt.

»Es ist ein schweres Studium, was du dir ausgewählt hast«, sagte Gerholdt später, nachdem sie die Gläser ausgetrunken hatten. »Ich habe Sorge, daß du es durchhältst.«

»Weil ich so dürr bin?«

»Du weißt, daß du einmal sehr krank warst, Rita.«

Sie nickte und streichelte Gerholdt zart über die eingefallenen Wangen. »Du hast mich mit deinem Blut gesund gemacht, Vati – – –«

»Wer hat dir das gesagt?«

»Dr. Schwab.«

»Er ist ein dummer Schwätzer«, sagte Gerholdt grob.

»Ich habe weniger Sorge um mich als um dich. Du bist nur ein Gast hier im Haus ... du bist in der ganzen Welt zu Hause und doch nirgendwo. Warum gönnst du dir keine Ruhe, Vati? Wieviel hast du schon erreicht ... nun ruhe dich aus.«

Gerholdt sah in die Flammen des Kamins. »Davon verstehst du nichts, Rita. Für mich gibt es keinen Stillstand, gibt es einfach kein Ziel, das, einmal erreicht, auch das letzte Ziel bleibt. Warum? Ich kann es dir nicht erklären, Rita. Dir nicht – – – auch Dr. Schwab nicht. Nur meinem sittlichen Gewissen ... wenn man mir überhaupt noch ein Gewissen zutraut.«

»Aber Vati – – –«

Er nahm Ritas Hand und legte sie an seine Wange. Sie war kalt und zart und schmal. Ein zierliches Gebilde aus porzellanenen Knöchelchen, seidener Haut und feinen, blauen Aderfiligranen.

»Ich habe manchmal Angst, Rita«, sagte er leise.

»Du? Angst?«

Sie lachte leise. Es war so unmöglich, daß er Angst empfand.

»Vor dem Morgen, Rita – – –«

»Aber Vati!« Sie schüttelte die langen, blonden Locken, und ein Zug von Verständnislosigkeit huschte über ihre hellen, blauen Augen. »Die Fabrik ist aufgebaut, und sie wächst von Woche zu Woche. Du hast Aufträge auf Jahre hinaus ... du hast es selbst bei einer kleinen Feier im Betrieb gesagt: Wir sind krisenfest – – –«

»Das Werk – ja.«

»Du bist das Werk!«

Frank Gerholdt lächelte matt. Jetzt, nach einer Arbeit, vor deren Ergebnis er selbst verwundert saß und es nicht begreifen konnte, überfiel ihn wieder die Angst vor dem Gestern, vor dem Dunkel und dem Zwielicht seiner Vergangenheit, das alles Licht der Gegenwart nicht überdecken konnte.

Er ahnte, daß irgendwo in diesem zerstörten und wieder aufgebauten Deutschland ein Feind saß. Ein stiller, zurückgezogen lebender, ergrauter Feind, der auf den Zufall hoffte, der manches Verbrechen schon gesühnt hatte. Vor diesem kleinen, etwas dicklichen Dr. Werner war er noch immer auf der Flucht. Nicht mehr körperlich, sondern seelisch und auch geistig.

Wie bei seinem ersten Aufstieg vor und im Krieg wurde auf keinem Geschäftspapier, bei keinem Vertrag, bei keiner Veröffentlichung sein Name genannt. Nur der neutrale Firmenname trat in Erscheinung ... war es unerläßlich, daß unter den Verträgen ein Name stehen mußte, so unterschrieb sie mit voller Prokura nur Dr. Schwab.

Diese Flucht in die völlige Anonymität war der einzige Schutz Frank Gerholdts. Aber wie lange würde dieses Versteck bestehen können? Ein Zufall nur, die Nennung seines Namens in irgendeinem Zusammenhang ... und das ganze herrliche Riesengebäude aus Stahl, Beton, Glas und Aluminium würde über ihm zusammenstürzen und ihn und Rita begraben.

Auch Rita ... Das war der furchtbarste Gedanke Gerholdts.

Rita goß wieder die Gläser voll Rotwein. Er funkelte in den zuckenden Flammen der brennenden Scheite des Kamins. Vielfältig brach sich das Licht im Schliff des Kristalls.

»Mach dir um mich keine Sorgen, Vati«, sagte sie und reichte

Gerholdt das gefüllte Glas hin. »Nach dem, was hinter uns liegt, kann uns nichts mehr erschüttern. Wir haben die grausamste Zeit überlebt.«

»Wenn es so wäre, würde Gott schlafen.«

»Wie meinst du das, Vati?«

Gerholdt winkte ab und erhob sich seufzend aus seinem Kaminsessel. »Wie soll ich es dir erklären, wenn ich heute selbst keine Erklärung mehr dafür finde? Es ist wie das Betrachten alter, verblichener Bilder. Da siehst du dich wieder und glaubst kaum, daß du es selber bist. Du kannst es nicht verstehen, daß du so ausgesehen hast, daß du diesen Anzug getragen hast, daß du die Haare so geschnitten hattest und diese schrecklichen Schuhe trugst. Aber du bist es . . . das Bild lügt nicht. Es ist ein Dokument. Und plötzlich erkennst du: Ja – dieser Mensch da, das bist du! Du trägst heute zwar einen anderen Anzug, andere Schuhe, andere Haare . . . aber der *Mensch*, das bist *du!* Er hat sich nicht geändert . . . nur das Gesicht, die Verpackung des Körpers! Alles andere ist gleich geblieben . . . die Ideen, die Ideale, die Sehnsüchte, die Leidenschaften, die Ängste . . . alles ist noch da, vielleicht das eine größer oder kleiner, ausgeprägter jetzt oder abgeschwächt . . . aber sie *sind* da! Es gibt keinen Menschen, der ganz der Vergangenheit entfliehen kann.«

»Willst du das denn?«

Rita schaute ihren Vater groß an. Sie verstand seinen ungewohnten wilden Ausbruch nicht . . . sie dachte an die Flucht, an die Erschießung der Tataren, an die Kühe inmitten des Trecks, die Gerholdt zu retten versuchte, indem er rücksichtslos die Maschinenpistole vor die hungernden Männer hielt.

»Du hast doch nichts Schlechtes getan, Vati!« sagte sie leise und fast tröstend. »Du hast uns nur das Leben gerettet.«

Gerholdt nickte. »Du hast recht«, sagte er ausweichend. »Du hast immer recht. Was es auf der Welt gibt, dich glücklich zu machen, werde ich versuchen, dir zu geben.«

»Du verwöhnst mich maßlos, Vati.«

»Nein.« Gerholdt schüttelte den Kopf. »Ich korrigiere nur das Schicksal – – –«

Im Winter 1952 belegte Rita Gerholdt an der Universität in Bonn die Fächer Medizin und Psychologie. Frank Gerholdt war bei der Immatrikulationsfeier selbst zugegen und hatte für Rita ein sehr schönes Zimmer in einer Villa am Rhein gemietet, bei einer älteren Dame, die stolz darauf war, sich Freifräulein von Berlefels zu nennen. Sie betonte dabei die Endbezeichnung Fräulein so stark, daß eine spürbare Hochachtung den Besucher ergriff, denn selbst im Alter noch war Fräulein von Berlefels von jener vornehmen und etwas konservierten Schönheit, wie man sie aus Bildern des Kaiserreiches kennt.

Der Lebenslauf Gerholdts spielte sich jetzt zwischen Düsseldorf und Bonn ab. Während er die Fabrik und die Verhandlungen seinem Dr. Schwab überließ, widmete er sich seinem Privatleben, sehr zur Freude Frau v. Knörringens, die nach der überstandenen schweren Krankheit in den Jahren wieder aufblühte und begann, den Verlust von Angerburg als etwas Unwiderrufliches hinzunehmen und die Wunden der Seele vernarben zu lassen.

Nur einmal kam er aus seinem weißen Haus am Rhein heraus und schlug wie eine Faust zwischen die erschrockenen Menschen.

Die Konkurrenz hatte nicht geschlafen, der Begriff des »Kriegsverbrechers« spukte noch immer durch die Büros der Industrie, und der Hartstahl Dr. Schwabs überrundete den Export der Stahlwerke an der Ruhr.

In der Direktion der »Rheinischen Stahlwerke GmbH.« erschienen eines Tages die Beamten des Verfassungschutzamtes.

Dr. Schwab, der die Herren ahnungslos einließ und ihnen einen Kognak anbot, den sie höflich aber bestimmt ablehnten, war nicht wenig verwundert, als sie ein Aktenstück aufschlugen und ohne Umschweife die Rubriken vorlasen, die ihr Erscheinen rechtfertigten:

a) Die »Rheinischen Stahlwerke« unterhalten Beziehungen zur sowjetisch besetzten Zone, und zwar über die Stahlkäufer in Schweden.
b) Es laufen beim Bundeswirtschaftsministerium nicht bekannte Verhandlungen über Lieferung von Hartstahl an Polen.
c) Nach Unterlagen der Kriminalpolizei sollen in den Stahlwerken während der letzten Kriegsmonate mindestens vierhundert KZ-Strafgefangene umgebracht worden sein.

Dr. Schwab schwieg. Er betrachtete die harten Gesichter seiner Besucher und schüttelte den Kopf. Langsam, fast traurig und resignierend.

»Sie zweifeln unsere Unterlagen an?« fragte einer der Beamten.

»Ich zweifle an den Deutschen«, sagte Dr. Schwab leise.

»Wie bitte?«

»Wer Ihnen diese Unterlagen gab, war ein Schwein!«

»Ich möchte doch sehr – – –«

Dr. Schwab winkte ab. »Ich habe Sie angehört, jetzt hören Sie mich an! In dieser Fabrik hier sind nicht vierhundert KZ-Sträflinge umgebracht worden, sondern mindestens zweitausend!«

»Ach!« Die Beamten warfen sich einen kurzen Blick zu. Verrückt, hieß dieser Blick. Der Kerl hat den Verstand verloren, oder simuliert er nur, um einen Freifahrtschein zu bekommen?

»Diese zweitausend Ärmsten der Armen wurden zu Tode geprügelt, zu Tode gehungert, zu Tode gehetzt ... an den Schmelzöfen, an den Walzenstraßen, auf den Verladeplätzen, wo sie die schweren Eisenplatten auf ihren knochigen Schultern tragen mußten, bis sie darunter zusammenbrachen! Sie wurden dort unten auf dem Hof – – bitte, sehen Sie aus dem Fenster, Sie blicken direkt darauf, auf dem Beton dort unten, hinter dem die neue Halle steht – – – dort unten wurden sechsundvierzig Mann erschossen, weil sie sich weigerten, weiter zu arbeiten bei einem Liter Wassersuppe am Tag! Zehn Stunden Arbeit am Glühofen mit einem Liter Suppe! Sie wurden einfach umgelegt. Und ich habe zugesehen!«

»Ach!«

»Ja, ach! Und auch Sie hätten zugesehen, meine Herren, denn dort unten stand ein Kommando der SS mit Maschinenpistolen, und sie hatten die Macht. Die alleinige Macht! Wir waren Befehlsempfänger, wir hatten zu gehorchen, oder wir standen selbst dort an der Wand ...«

»Das alte Lied.« Der eine der Beamten lehnte sich weit im Sessel zurück. »Die Naziverfolgten, die an den Nazis verdienten!«

Dr. Schwab kniff die Augen zusammen.

»Darf ich fragen, wo *Sie* damals waren?«

»Ich verbitte mir Ihre Frechheit!« Der Beamte sprang auf. Aber auch Dr. Schwab stand bereits und beugte sich über den Schreibtisch vor.

»Sie verbitten sich das? Warum? Warum denn, mein Herr? Sie waren doch ein Held in dieser Zeit, nicht wahr? Seit wann verbitten es sich Helden, an ihre glorreiche Zeit erinnert zu werden? Sie haben doch gegen Hitler gekämpft. Ich weiß es noch! Es stand in allen Zeitungen: Der Kriminalsekretär Peter Schultze stand mit schußbereitem Gewehr in Berlin vor der Reichskanzlei und schoß auf Hitler, als er in den Wagen stieg. Und das ganze Volk schrie Hurra! Hurra Schultze! Der Held? Der Kämpfer! Der Germane mit dem Todesblick! Dann später – im Krieg – – – da war es der Gefreite Schultze, der den ganzen Krieg sabotierte, nicht wahr? Der Fall Stalingrads – – – das Werk Schultzes, des glühenden Pazifisten! Die Einkesselung bei Kurland ... das Werk Schultzes, des genialen

Saboteurs! Die Eroberung Berlins durch die Russen – – – doch halt! Hier hört es auf. Hier wird es unangenehm für die Weltgeschichte. Also war Schultze diesmal nicht dabei! Das war'n anderer! Aber jetzt steht Schultze wieder da! Beamter für Verfassungsschutz. Hoch oben wieder. Kämpfer für die Demokratie, der er ja immer war. Nicht wahr, Herr Schultze? So ein Held waren Sie in der grausamen Hitlerzeit. Nur schade, daß keiner von diesen Heldentaten weiß oder gelesen hat!«

»Dafür werden Sie sich zu verantworten haben!« knirschte der Beamte. Über sein Gesicht zog eine fahle Blässe.

»Verantworten? Gerne! Aber jetzt antworte ich Ihnen erst! Ja! Dort unten wurden zweitausend Menschen zu Tode gequält. Und ich habe zugesehen! Wehrlos, machtlos, bis zum Hals in Ekel stekkend. Wollen Sie uns jetzt bestrafen und anklagen, weil wir *wehrlos* waren? Weil wir genau so wenig Zivilcourage besaßen wie Sie – – – und Sie – – – und Sie? Warum bestand denn das Dritte Reich zwölf Jahre lang, wenn Sie solche Helden waren? Warum gab es einen fünfjährigen Krieg an allen Fronten Europas, wenn Sie so überragenden Widerstand leisteten? Wo waren Sie denn damals? Wenn ich Ihre Papiere durchblättern könnte, würde ich vielleicht lesen: EK II und EK I. Infanteriesturmabzeichen. Dreimal verwundet. Dienstgrad Feldwebel. Oder Leutnant! Oder Hauptmann. Lag in Rußland, Frankreich, Norwegen, Griechenland, Kreta, Afrika. Aber nein, aber nein, meine Herren – wie konnten Sie nur? Wo gehörten Sie denn hin? Nicht an die Front . . . mit der Knarre zur Wolfsschanze und Hitler umlegen. Das war doch Ihre Aufgabe als Saboteur, der immer dagegen war! Oder wurden Sie sogar gezwungen, den ganzen Mist mitzumachen, und entdeckten erst, als die Scheiße Ihnen bis zum Hals stand, die Möglichkeit, als Immergegner sich aus der Affäre zu ziehen und die eigene Haut zu retten? Und Sie, gerade Sie verlangen von mir, daß ich mutiger sein sollte als Sie selbst . . . ?«

Dr. Schwab lehnte sich schweratmend an die Wand hinter dem Schreibtisch, an der ein verblichenes Bild des alten Silberbaum hing. Der alte Silberbaum mit seinen immer traurigen und immer demütigen Augen, Symbol seiner Rasse, die nirgends auf der Welt Ruhe fand und die der Haß der Menschheit verfolgte von Moses Zeiten an.

»Ich glaube, wir können gehen«, sagte einer der Beamten steif und erhob sich.

»Nein! Bitte bleiben Sie!«

In der Tür stand Frank Gerholdt. Er hatte auf dem Flur den Ausbruch Dr. Schwabs mit angehört, und er stand jetzt im Raum mit verbissenem Gesicht und verschleierten Augen. Die weißen Haare blinkten in der Sonne, die durch die breiten Fenster in den Raum flutete.

Die drei Beamten sahen ihn abwägend an. Das ist er, dachten sie gemeinsam. Das ist Frank Gerholdt! Ein armer Greis, den man umbläst, wenn man laut zu sprechen beginnt.

»Setzen Sie sich!«

Der Ton der Stimme riß die Besucher zusammen. Es war nicht die Stimme eines Greises, sondern ein Befehl, der wie ein Schlag ihre Sinne traf. Sie wollten sich setzen, als eine Handbewegung Gerholdts sie aufhielt.

»Nein. Bleiben Sie stehen! Was wollen Sie von mir?«

»Man wirft uns landesverräterische Beziehungen zum Osten vor«, sagte Dr. Schwab, bevor jemand anderes antworten konnte. »Und man macht uns verantwortlich für die Tötungen unserer KZ-Arbeiter.«

Frank Gerholdt nickte. »Ich habe so etwas erwartet. Es ist wie eine Schraube, die man eindreht. Ist sie bis zum Kopf hineingebohrt und wackelt noch, dann schlägt man mit dem Hammer drauf!« Er wandte sich zu den drei Beamten und sah sie kurz an. »Sie machen mich verantwortlich?«

»Es geschah in Ihrem Namen! Sie unterschrieben sogar die Abgänge durch die Exekutionen.«

»Weil man es verlangte! Man führte genau Buch über Tod und Leben! Jeder Abgang interessiert ... vom Kammerbullen bis zum Furier.«

»Sie sind ein Zyniker!«

»Und Sie sind ein Rindvieh!«

»Herr Gerholdt. Ich mache Sie darauf aufmerksam ...«

»Ich weiß. Beamtenbeleidigung. Paragraph soundsoviel, Absatz eins bis drei. Wird bestraft mit mindestens ... Glauben Sie, das schreckt mich ab, Ihnen zu sagen, was ich denke? Über Sie denke? Ich wäre bereit, Ihnen hundert ehemalige KZler vorzuführen, die Ihnen aussagen können, was ich für sie getan habe! Aber ich benenne sie nicht. Es ist mir zu dumm, mit den Mitteln der Wahrheit gegen eine schmutzige Verleumdung der Konkurrenz vorzugehen und mich reinzuwaschen, wo ich rein bin wie kein anderer unter uns!« Er ging hinter den Tisch und sah aus dem Fenster auf den Hof, wo die Fabrikbahn die großen Stahlplatten über die Schienen zum Rhein zog. »Sagen Sie den Anzeigenden, daß ich bereit bin, mich zu stellen ... Für alle Vorwürfe zu stellen! Aber nicht hier! Nicht in der dumpfen Luft von Amtszimmern, sondern in der Sonne der Öffentlichkeit! Sie sollen eine Anklage und einen Prozeß gegen mich führen vor aller Welt. Und ich werde ihnen antworten vor den Ohren der Welt! So – und jetzt gehen Sie!«

Er wischte sich über die Stirn, als sie gegangen waren. Alle, auch Dr. Schwab. Es war ein nasser klebriger Schweiß. Er hatte Angst.

Widerliche Angst vor der Öffentlichkeit.

Aber er war der Sieger – – –

In der Nacht noch fuhr er nach Bonn und führte Rita aus. Und er war lustig wie noch nie und tanzte mit seiner Tochter, trank Sekt und überbot sich in Fröhlichkeit.

Wie lange noch, dachte er dabei. O mein Gott, wie lange noch?

Schenk mir noch ein paar Wochen oder nur Tage oder nur Stunden ... Für jeden Schluck aus diesem Sektglas bin ich dir dankbar ... für jedes helle Lachen Ritas ... für jeden Takt des Walzers, den ich jetzt mit ihr tanze.

Für alles, alles bin ich dir dankbar. Für mein ganzes Leben ...

Wie lange noch – – –

Und er tanzte und lachte, daß es durch den Saal scholl, und alle, die ihn sahen, freuten sich mit ihm, daß er so stolz auf seine Tochter war.

O mein Gott – – – wie lange noch – – –

Er wartete ab.

Er saß in seiner weißen Villa am Rhein auf der Terrasse in der weißlackierten Gartenschaukel, schaute über den Strom und wartete.

Er hatte sein Leben abgeschlossen. Im stählernen Wandtresor seines Schlafzimmers hatte er in drei dicken handschriftlichen Bänden die Bilanz seines Lebens verborgen. Es waren Geständnisse und Verteidigungen, Hilflosigkeiten und Erkenntnisse, ratlose Betrachtungen und stolze Bilanzen. Es war eine Fülle Schicksal, vor der man staunend sitzen würde und den Kopf schüttelte, daß ein einzelner Mensch soviel ertragen und erleben konnte, daß ein einziger Körper dies ertrug und daß es ein Herz gab, das weiterschlug und nicht zerbrach unter der Last dieses Lebens.

Es geschah nichts.

Die Beamten kamen nicht wieder ... die Bank der Deutschen Länder bewilligte die Auslandsgeschäfte, die Devisen, die Transferierungen. Die Konkurrenz igelte sich ein, wütend, verbissen, machtlos. Selbst die Abwerbung Dr. Schwabs gaben sie auf ... sie sahen, daß es sinnlos war, einen Mann aus einem Werk zu reißen, mit dem er mit allen Fasern seines Herzens verbunden war.

Und das Werk wuchs.

Das Wunder des deutschen Aufbaues war auch ein Wunder an Frank Gerholdt. Neue Hallen erstanden, neue Verwaltungsgebäude, neue Walzenstraßen ... wenn man den Rhein hinunter fuhr, lagen auf der linken Seite die weiten, weiß in der Sonne leuchtenden Bauten. Modernste Arbeitsstätten, umgeben von Grünanlagen und Sportplätzen, bunt gestrichenen Ruhebänken für die Pausen und einem wundervollen, fast gläsernen Kindergarten für die arbeitenden Mütter und Witwen, die ihre Kleinen zu Hause nicht allein lassen konnten.

Oft stand Gerholdt vor diesem gläsernen Pavillon und schaute durch die Fenster hinein in die großen, sonnigen Räume. Blonde Wuschelköpfe beugten sich über Puppen und Puppenküchen, mit ernsten Gesichtern saßen die Jungen an den Schalttafeln der elektrischen Eisenbahnen ... in einer Ecke badete eine kleine Puppenmutter ihr Kind in einer richtigen kleinen Badewanne. Auf der Wiese spielten sie Ringelreihen ... überall Kinderlachen, glückliche, leuchtende Augen, ein Aufjauchzen der kleinen Seelen.

»Sie wissen gar nicht, was dieses Kinderlachen für mich bedeutet«, sagte einmal Gerholdt zu Dr. Schwab, als er wieder an einem herrlichen Sommermorgen in den Kindergarten blickte. »Jedes Aufleuchten dieser Augen macht mich innerlich freier.«

Dr. Schwab sah Gerholdt kurz von der Seite her an.

»Sie sind noch nicht wieder glücklich, Herr Gerholdt.«

»Glücklich war ich nie – – –«

»Was hat Ihnen das Leben alles gegeben! Eine große Fabrik, Reichtum, Ansehen, ein Wort, das in der ganzen Welt gilt, ein wundervolles Haus, eine herrliche Tochter.« Er schüttelte den Kopf. »Sie sind undankbar dem Schicksal gegenüber.«

»Undankbar ist vielleicht ein falscher Ausdruck. Ich bin mißtrauisch, Dr. Schwab.«

»Was kann Ihnen jetzt noch geschehen?«

»Was? Ja, was?!« Gerholdt lächelte leicht. Es war ein bitteres Lächeln, das sein Gesicht noch älter werden ließ, als es die Runen schon machten. »Man sagt da im Volksmund etwas von Gottes Mühlen ... Halten Sie mich nicht für dumm oder für plötzlich geistesgestört. Und doch glaube ich, daß dieser Glanz, der uns alle heute umgibt, eine perfide Art des Schicksals ist, den Absturz zu vervielfältigen.«

»Den Absturz? Aber Herr Gerholdt!«

Gerholdt hob abwehrend die Hand. »Sie glauben an das Sichtbare, Dr. Schwab. Das ist Ihr gutes Recht. Sie sind Konstrukteur... bei Ihnen gelten die Realitäten. Die Welt ist für Sie ein Zeichenbrett, auf dem Sie Ihr Schicksal berechnen und einteilen in Kreise, Winkel, Kegelschnitte und Quadrate. Für mich ist diese Welt etwas anderes. Vielleicht eine kaum erklärbare Mystik, bei deren Erkennen auch das eigene Ende eintritt. Auf jeden Fall ist dieses Leben für mich ein Kampf... nicht gegen die Konkurrenz, nicht gegen die Zeit, nicht gegen das Greifbare, Dr. Schwab... nein, gegen etwas, was man schlechthin Gewissen nennt und was doch mehr, viel mehr ist... die Hand des Göttlichen, die immer an der Kehle liegt.«

»Was haben Sie zu fürchten?« Über Dr. Schwabs Gesicht lief eine Welle von Mitleid für den weißhaarigen Mann, den er nur als einen nimmermüden Lebensmotor kannte, als einen Vater, der die Welt erobern könnte für sein Kind, und der ein Geheimnis mit sich herumtrug, von dem er sich nicht befreien konnte und das ihn niederdrückte... um so tiefer, je höher er emporstieg in der Achtung seiner Umwelt.

»Ich fürchte nichts. Ich erwarte etwas.«

»Und was erwarten Sie?«

»Die Vergangenheit.«

»Ich kenne sie nicht, Herr Gerholdt. Ich möchte sie auch nicht wissen, weil sie mich nichts, gar nichts angeht. Aber ich kenne das Heute, ich kenne Sie seit über vierzehn Jahren, ich weiß, wer Sie sind, was Sie sind. Und ich werde mich vor Sie stellen und mit Ihnen das Schicksal durchstehen, das Sie erwarten.«

Gerholdt lächelte schwach. »Sie sind ein so guter Mensch, Dr. Schwab. Sie könnten aus dem Märchen entsprungen sein... Es war einmal ein Mann, der seine Welt unendlich liebte, daß – – – Leider erleben wir keine Märchen mehr, sondern Tragödien. Unsere Welt will nicht träumen, sondern zerstört werden!« Er wischte sich über die Augen, wie er es immer tat, wenn er einen Gedanken abschließen wollte, und hakte sich bei Dr. Schwab ein. »Kommen Sie, Doktor. Gehen wir an unsere Schreibtische. Dort ist unser Zuhause.«

*

1955 – Rita stand kurz vor dem Abschlußexamen und hatte ihre medizinische Doktorarbeit bereits fixiert – lernte sie auf einem ausgelassenen Medizinerball in Bonn einen jungen Mann kennen.

Frank Gerholdt, durch das Studium seiner Tochter in seiner stillen Liebe, der Medizin, versunken, hatte die Jahre hindurch fleißig mitgelernt. Während Rita von in Formalin schwimmenden Leichen Häute abzog und präparierte, Muskelschnitte ausführte, Adern heraustrennte und Arme und Beine amputierte, lernte Gerholdt in den medizinischen Fachbüchern und aus den Kollegnotizen Ritas den ganzen Komplex mit. Er hörte Rita ab, sie arbeiteten zusammen unter dem Mikroskop, er machte mit ihr Zeichnungen und saß nächtelang mit ihr in Bonn zusammen, um die Semesterarbeiten zu gestalten.

Er freute sich. Ja, er war glücklich.

Aus Rita war eine schlanke, blonde Schönheit geworden, nach der sich die Männer auf den Straßen umdrehten. Gerholdt fand das unartig. »Ich werde jeden ohrfeigen, der dir zu nahe tritt!« sagte er einmal zu Rita.

»Es wird keiner kommen, Paps«, lachte sie dann. »Wir wollen doch zusammenbleiben, nicht wahr?«

»Das wollen wir, Rita –«

In diesen Tagen erhielt Gerholdt auch den Besuch eines Vertreters aus Südamerika. Nach Abschluß des Geschäftes kam das Gespräch auf die Geheimnisse des brasilianischen Urwaldes, auf die riesigen, ungehobenen Bodenschätze und den Reichtum der edlen Hölzer.

»Das Merkwürdigste aber sind die Indianer«, sagte der Vertreter und legte eine kleine flache Schachtel auf den Tisch. »Sehen Sie hier – ich trage es aus Spaß mit mir herum ... ein unscheinbares, weißes Pulver; geruchlos, geschmacklos, aussehend wie ein Make-up-Puder.« Er öffnete die flache Schachtel. Als Gerholdt sie anfassen wollte, hielt er ihm die Hände fest. »Bitte nicht. Sie könnten etwas an den Finger und dann in den Mund bekommen!«

»Und was ist das?« fragte Gerholdt interessiert.

»Chiquaqua.«

»Chiquaqua?«

»Eine gemahlene, in der Sonne gebleichte Wurzel aus dem Urwald am Madeira. Die dortigen Indianer verwenden das Pulver für ihre Speere und Pfeile. Sie kneten aus ihm einen Brei, mit dem sie ihre Waffen einschmieren. Ein Ritz mit diesem Pulver bedeutet den sicheren Tod. Ein Lähmungstod, wie er sicherer mit Curare nicht zu erreichen ist! Dabei nicht so grausam. Langsam schläft man ein ...

wie bei einem starken Schlafmittel. Dann – wenn die Gehirnnerven schon gelähmt sind, erfolgt erst die Lähmung des Körpers, der Atmungsorgane, der Tod. Ein geruhsamer, humaner Tod.«

»Ein herrlicher Tod!«

»Wie man's nimmt, Herr Gerholdt.«

Gerholdt betrachtete die kleine Schachtel mit dem weißen, unscheinbaren Pulver. Es ist gnädiger als Zyankali, dachte er schaudernd. Es ist ein Wunschtod, ein Sichwegstehlen aus dieser Welt.

»Können Sie mir dieses Pulver hierlassen?« fragte er langsam. Der Vertreter blickte Gerholdt verblüfft an.

»Was wollen Sie mit Chiquaqua?«

»Meine Tochter studiert in Bonn Medizin. Es wird sie bestimmt interessieren. Vielleicht könnten wir Experimente damit machen, die unsere medizinische Wissenschaft verblüfft. Man kennt dieses Gift doch noch nicht in Deutschland?«

»Es dürfte ein wohl fast unbekanntes Toxin sein. Nur in Südamerika weiß ein kleiner Kreis Urwaldläufer von diesem Chiquaqua. Ich erhielt es von einem Händler, der von Madeira zurückkam.«

»Können Sie es mir verkaufen?«

Der Vertreter schob die Unterlippe vor. »Es ist zu gefährlich, Herr Gerholdt. Eine Unachtsamkeit –«

»Ich werde es in meinem Panzerschrank verwahren und es selbst überwachen. Im übrigen glaube ich nicht an eine solche Giftigkeit, denn wenn Sie dieses Pulver so in der Welt herumtragen –«

»Eben weil es so gefährlich ist, schleppe ich es mit mir herum. In einer Bleidose, wie Sie sehen. Ich habe zwei kleine Kinder zu Hause. Es wäre unausdenkbar, wenn ...« Er schwieg und klappte den Deckel der Dose zu.

»Ich gebe Ihnen tausend Mark für das Pulver.«

»Soviel ist es Ihnen wert?«

»Wenn meine Tochter mit den Experimenten ein Sonderlob bekommt, ist es mir noch mehr wert.«

»Ich schenke es Ihnen!« Der Vertreter schob die Dose zu Gerholdt über den Tisch. »Aber auf Ihre eigene Verantwortung, Herr Gerholdt! Sollte ein Unglück passieren, weiß ich von nichts. Ich habe dieses Pulver nie besessen.«

Mit beiden Händen umschloß Gerholdt die kleine, schwere Bleidose. Dann trug er sie vorsichtig in die Ecke seines großen Büros und verschloß sie in seinen Panzerschrank.

Chiquaqua, dachte er. Der gnädige Tod –

Mit einem Ruck warf er den Kopf in den Nacken. Die letzte Waffe des Schicksals hatte er ihm aus den Händen geschlagen – die Angst vor dem Tod.

Er erzählte niemandem von diesem Pulver aus Südamerika. Rita nicht, auch nicht Dr. Schwab. Eines Abends nahm er es mit in sein weißes Haus am Rhein und verschloß es in dem kleinen Tresor neben seinem Bett im Schlafzimmer.

Nur in seinem Tagebuch, seiner Lebensbeichte, trug er die kurzen Sätze ein:

»Wenn meine Vergangenheit wieder lebendig werden sollte und alles vernichtet, was ich heute geschaffen habe, so weiß ich jetzt, daß ich die Gerechtigkeit noch einmal betrügen werde! Es wird mein letzter Betrug sein – und ich habe keine Angst mehr davor ...«

So kam jener Studentenball heran, an dem Rita den jungen Mann bei einem feurigen Cha-Cha-Cha kennenlernte.

Es war ein netter, großer, blonder, lustiger und blauäugiger Mann, der Rita immer wieder zum Tanzen holte und in seiner jungenhaften Art mit ihr plauderte.

Er studierte Physik und Chemie und stand wie Rita kurz vor dem Staatsexamen.

»Ich möchte einmal die Welt revolutionieren«, sagte er lachend, als sie zusammen an der Sektbar hockten und den prickelnden Wein aus langen Kunststoffstrohhalmen tranken. »Sehen Sie hier, Fräulein Gerholdt – Kunststoff. Die Theke – Kunststoff! Worauf wir sitzen – Kunststoff. Der Fußboden – Kunststoff. Sogar Ihr Kleid und – Verzeihung – Ihre Perlonunterwäsche – ich nehme an, Sie tragen Perlon, wie könnte es anders sein? – alles, alles Kunststoff! Die Erfindung des Kunststoffes, die Lehre von den schweren Molekülen, war eine Weltrevolution! So etwas will auch ich einmal erfinden – ein neues Weltgesicht aus der Retorte!«

»Sie sind ein Utopist«, lachte Rita und trank den Sekt. »Für Sie ist die Welt klein geworden – es gibt für den Chemiker kaum noch etwas Neues zu erfinden! Da sind wir Mediziner besser dran. Krebs, multiple Sklerose, Lepra, Kinderlähmung und einige neue auftauchende Krankheiten werden uns noch Jahrhunderte in Atem halten. Dann sitzt ihr Chemiker da und kaut verzweifelt an den Nägeln, denn die Welt wird nur noch aus Kunststoffen bestehen!«

Bis zum Morgen flachsten sie sich an. Sie tanzten weiter, sie lachten, sie küßten sich sogar, und es war der erste Kuß, den Rita von einem fremden Mann erhielt. Sie stellte verwundert fest, daß es zwischen den Küssen sogar Unterschiede gab, denn wenn Paps sie küßte, war es in ihrem Innern und beim Klopfen des Herzens anders, als wenn Fred sie jetzt küßte.

»Ich glaube, ich habe einen Schwips«, sagte sie und strich die blonden, langen Locken von der erhitzten Stirn zurück. »Ich möchte nach Hause.«

»Darf ich dich bringen?«

»Bitte.«

Sie fuhren mit einer Taxe zu Ritas Wohnung. Als sie ausstieg, sah sie am hellerleuchteten Fenster neben der Tür eine dunkle Gestalt stehen. Fräulein v. Berlefels.

»Die Matrone!« sagte Fred spöttisch. »Du wirst bewacht wie eine heimliche Prinzessin.« Er gab ihr die Hand und hielt sie fest. Sein Druck war hart und ehrlich. »Darf ich dich wiedersehen, Rita?«

»Ich bin jeden Morgen in der Uni.«

»In der Chirurgischen?« – »Ja.«

Er drückte noch einmal ihre schmale Hand und sah sie aus seinen blauen Augen strahlend an.

»Auf Wiedersehen, Rita.«

»Gute Nacht, Fred.«

Sie wartete, bis die Taxe wieder anfuhr, und ging dann trällernd durch den Vorgarten zum Eingang der Villa. Freifräulein v. Berlefels öffnete die Tür und trat zur Seite, als Rita in die Diele wirbelte. Mißbilligend schüttelte sie den Kopf.

»So etwas will ein Arzt sein«, sagte sie tadelnd. Sie schloß die Tür zweimal ab und drehte das Licht aus bis auf eine kleine, glimmende Sparbirne. »Kommen Sie ins Bett, Rita.«

»Sofort, sofort, Fräulein v. Berlefels.« Sie nahm das alte Freifräulein an beiden Händen und drehte sie im Kreise herum. Dann zog sie die keuchende alte Dame an sich und umarmte sie stürmisch. »Was ist das, wenn das Herz an den Rippen klopft und der Kopf braust und man alle Welt umarmen möchte und so glücklich ist, so richtig glücklich. Was ist das . . .?«

»Der Beginn einer nie wieder gut zu machenden Verirrung.«

»Richtig! Richtig!« Rita wirbelte durch die dunkle Diele, eine tanzende Sylphide ohne Schwerkraft. »Ich bin verliebt . . . mein Gott, wie bin ich verliebt . . .«

Sie tanzte die Treppen hinauf in ihr Zimmer.

Nachdenklich sah ihr Freifräulein v. Berlefels nach.

Was wird Herr Gerholdt sagen, wenn er es erfährt?

Wie allen Vätern zu allen Zeiten bei verliebten Töchtern erging es auch Frank Gerholdt: Er erfuhr es zuletzt!

Fast ein halbes Jahr nach dem Medizinerball, an einem wundervollen warmen Juliabend, saß Rita auf der Terrasse des weißen Hauses am Rhein, trank eine Orangeade und blickte hinüber zu den weißen Schiffen, die mit bunten Flaggen durch den Strom glitten. Musikfetzen flimmerten herüber. Gesang. Lachen. Frank Gerholdt las die Frankfurter Zeitung. Börsenkurse.

»Du, Paps?«

»Was ist, mein Liebling?«

»Ich muß dir etwas sagen, Paps.«

»Einen Wunsch? Schon erfüllt.« Gerholdt sah zu Rita hinüber. Sie lehnte sich in ihrem Gartensessel zurück und ließ die langen, blonden Haare im Sommerwind flattern.

»Keinen Wunsch, Paps. Eine Tatsache.«

»Das klingt ja geheimnisvoll.« Gerholdt lachte und beugte sich vor. »Nun . . . leg los, du kleiner Teufel. Was hast du verbrochen? Was soll ich wieder glatt bügeln?«

»Das kannst du nicht mehr glatt bügeln, Paps. Das ist zu fest. Hier – im Herzen.« Sie zeigte auf ihr Herz. »Ich habe mich verliebt.«

»Was hast du?« Gerholdt lächelte. Meine kleine Rita, sie hat sich verliebt. Er sah sie an und sah plötzlich, daß sie gar keine kleine Rita mehr war, wie es ein jedes Kind in den Augen der Eltern ist, sondern ein erwachsener Mensch mit dem Recht auf ein eigenes Leben, ein Mädchen, das empfinden konnte und das alt genug war, zu beurteilen, ob es eine Schwärmerei war oder eine wirkliche Liebe. Sie war erwachsen, und er hatte es nie gemerkt. Sie war immer seine kleine Rita geblieben, sein Nesthäkchen, sein Lebensinhalt. Und jetzt saß sie da, mit im Winde flatternden Haaren, ein schönes, herrliches erwachsenes Mädchen an der Grenze zur Frau, und sagte zu ihm: Ich habe mich verliebt.

Er lachte nicht mehr. Er wußte, sie wollte ernst genommen werden.

»Wer ist es denn?« fragte Gerholdt.

»Ein Chemiker. Er hat vorige Woche sein Examen gemacht und arbeitet jetzt an seiner Dissertation: Mutationstheorie der Schwermoleküle.«

»Soso. Mutationstheorie. Hm.« Gerholdt lehnte sich zurück. »Ein kluger Kopf?«

»Ein wahnsinnig kluger, Paps.«

»Und wie lange kennt ihr euch?«

Rita stockte einen Augenblick. Sie stocherte mit dem Strohhalm in ihrer Orangeade herum und schämte sich, die Wahrheit zu sagen.

»Ein halbes Jahr, Paps.«

»Soso.«

»Bist du jetzt böse, Paps?« Ihre Stimme klang kläglich. Gerholdt schüttelte den Kopf.

»Nicht böse, sondern traurig.«

»Traurig?«

»Weil du kein Vertrauen zu deinem Vater hattest.«

»Ich hatte Angst, Paps.«

»Vor mir? Rita! Du hattest vor mir Angst?«

Sie nickte schwach. »Ich hatte Angst, daß du Fred einen Brief schreibst und alles zerstörst.«

»Ich schreibe keine Briefe in solchen Dingen – ich komme selbst!«

»Siehst du! Und du hättest Fred ausgeschimpft.«

»Fred heißt er also?« – »Ja.«

»Ich hätte deinen Fred zunächst einmal gefragt, wie er sich alles denkt!« Gerholdt sah Rita ernst an. »Mit einer Theorie über Schwermoleküle kann man kein Leben beginnen. Das Leben will eine Praxis!«

»Vor der Praxis steht die Idee! Das hast du immer gesagt! Auch bei Dr. Schwab war erst die Theorie da! Du selbst hast diese Theorie damals für eine Million gekauft! Und du hast Millionen mit ihr verdient!«

Über das Gesicht Gerholdts zog ein etwas wehmütiges Lächeln. »Du setzt dich mächtig ein für deinen Fred.«

»Er ist ein lieber, feiner Kerl, Paps.«

»Vor allem lieb –«

»Paps!«

Sie warf die Locken zurück und wandte sich ab. Über ihren schmalen Rücken glitt der warme Sommerwind und beulte die weiße Perlonbluse auf. Das blonde Haar flatterte weit über die Schultern.

»Du bist gemein«, sagte sie schmollend. »Du solltest Fred einmal kennenlernen.«

»Soll das eine diplomatisch versteckte Bitte sein, ihn nach hier einzuladen?«

»Väter, die ihre Töchter lieben, haben immer den Ehrgeiz, ihre späteren Schwiegersöhne zu testen.«

»Ein wunderschönes Wort. Testen! Die moderne Jugend!« Gerholdt lachte und erhob sich. Er trat hinter Rita und legte ihr beide Hände auf die Schulter. »Warum kommt der junge Mann nicht selbst zu mir? Früher – zu meiner Zeit – war es üblich, daß man sich in einen dunklen Anzug warf, sich einen Blumenstrauß kaufte, drei doppelte Kognaks trank, um Mut zu bekommen, sieben Kaffeebohnen aß, um den Alkoholgeruch im Mund zu bekämpfen, und dann losging, um sich in aller Form vorzustellen. Diener, ein bleichwangiges Stammeln, die Blumen fielen zu Boden . . . alles ging verkehrt, man kam sich bis auf die Knochen blamiert vor und atmete auf, wenn Tante Emma diskret leise, aber doch so laut, daß man es hörte, zu Tante Sophie sagte: Ein netter Junge, nicht wahr?«

Rita lachte. Sie legte den Kopf zur Seite auf die Hand Gerholdts und rieb ihre Wange an ihr.

»So hast du es bei Mama gemacht, Paps?«

Durch Gerholdt zog ein heißer Stich. Er schloß kurz die Augen und beherrschte sich, nicht zu zittern.

»Ja«, sagte er leise. »So habe ich es damals bei Mama gemacht.«

Ein Auto, dachte er. Darin ein vor Schmerz fast wahnsinniger Mann. Neben sich die Frau, irrsinnig geworden durch den Raub ihrer Tochter. Sie schreit, sie greift in das Steuerrad des schweren, rasenden Wagens, sie stürzen die Böschung zur Elbe hinunter. Eine Familie ist ausgelöscht. Einfach ausradiert durch einen Schuft, der für hunderttausend Mark Lösegeld ein kleines, krankes Mädchen raubte.

»Und was hat Mama damals gesagt?«

»Sie wartete im Nebenraum auf das, was kommen sollte. Entweder ein Ja oder ein Nein.«

»Und es wurde ein Ja. Glückliche Mama –«

Frank Gerholdt biß sich auf die Lippen. Wie gemein das alles ist! Wie hundsgemein! Glückliche Mama . . . sie starb im Wahnsinn durch einen Frank Gerholdt, der ihr das Liebste raubte, was ihr das Leben geschenkt hatte. Er streichelte über Ritas blonde Locken. Wie Seide waren sie. Wie im Märchen gesponnenes Gold.

»Bring diesen Fred das nächstemal mit zu uns«, sagte er tief atmend.

»Danke, Paps, danke.« Sie küßte seine Hand, die auf ihrer Schulter lag. »Fred hatte solche Angst, zu dir zu kommen. Wir haben uns nämlich schon verlobt –«

»Was habt ihr?!« Gerholdt senkte den Kopf. »Heimlich habt ihr euch –«

»Nicht böse sein, Paps. Bitte, bitte nicht böse sein . . .«

Sie war aufgesprungen und hatte sich an Gerholdts Brust geworfen. Sie streichelte seine faltige Haut, sie küßte ihn, sie legte ihm die Hände auf den Mund, damit er nicht schimpfen sollte.

Gerholdt schüttelte den Kopf. Schimpfen, dachte er. Wie kann ich schimpfen? Das Leben rollte über mich hinweg, ohne daß ich es merkte. Während ich glaubte, es vom Schreibtisch aus zu bezwingen, ließ es mir die Illusion und ging seinen Weg weiter ... über mich hinweg.

Ist es das Los aller Väter? Das Leben eines alten Mannes, der nur noch zu segnen hat, was das Leben gestaltet?

»Ich bin nicht böse, Rita«, sagte er noch einmal, als sie seinen Mund wieder freigab. »Aber ich werde dem jungen Mann sagen müssen, daß ich ihm später als Vater nicht das wünsche, was er mit mir heute getan hat.« Er küßte Rita auf die glücklichen Augen und nickte. »Also, mein Liebling – bring ihn mit.«

»Morgen schon?«

»So eilig? Also denn – morgen.«

»Paps, du bist der beste Paps der Welt!« Sie umarmte ihn stürmisch. »Ich werde Fred gleich anrufen!«

»Tue das!« Gerholdt lächelte. »Und sage ihm, die Blumen soll er weglassen. Wir haben genug im Garten. Wie heißt er übrigens, dein Fred? Ich kann doch nicht sagen: Guten Tag, Herr Fred.«

»Er heißt mit vollem Namen: Fred von Buckow.«

Frank Gerholdt war es, als schlage ihn eine riesige Faust zu Boden. Er griff an den Hals und lehnte sich an die Wand der Terrasse.

»Nein ...«, röchelte er. »Nein ...« Und plötzlich schrie er auf und stürzte auf die zitternde Rita zu, riß sie an sich und schüttelte sie mit einer unbeherrschten Wildheit. »Nein! Nein! Nein!« Dann ließ er Rita los und taumelte zurück. »Wo kommt er her?«

»Aus Hamburg.« Über Ritas Körper lief ein Zucken, das sich in ein lautes Weinen auflöste. »Sein Vater war Reeder. Er starb, als Fred noch klein war ...«

Ihre weiteren Worte gingen in Schluchzen unter.

Frank Gerholdt hatte sich gefangen. Er sah hinüber zu dem träge im Abendrot fließenden Rhein.

Das war der Schlag! Der Kampf, der letzte, große Kampf mit dem Schicksal hatte begonnen! Er wand sich unter der Strafe Gottes, aber er trotzte ihr!

»Sein Vater starb?« sagte er laut und fest.

»Er verunglückte.«

»Und seine Mutter?«

»Von ihr hat er nie gesprochen.« Rita sah Gerholdt ängstlich an. Sein Ausbruch, seine Wildheit, sein Aufschrei, alles war so fremd, so ohne Sinn für sie, so unverständlich wie die jetzige Wandlung zu einer eisigen, unheimlichen Ruhe. Nur seine Augen waren wild und hart. Sie schauderte vor diesem Blick und empfand eine tierische Angst vor dem eigenen Vater.

»Was hast du plötzlich gegen Fred?« fragte sie tapfer.

»Nichts. Gar nichts, mein Kind. Ruf ihn an. Er soll morgen kommen.« Er wandte sich ab und verließ die Terrasse.

Wenig später raste sein Mercedes-Wagen aus der Einfahrt hinaus auf die Uferstraße.

»Zur Fabrik«, sagte Frau v. Knörringen, als Rita verstört danach fragte.

Aber Frank Gerholdt fuhr nicht zur Fabrik. Er raste wie ein Irrer den Rhein hinauf. Nach Köln. Von Köln über die Autobahn nach Bonn.

Als er in Bonn ankam, war sein Hemd naß von Schweiß.

Fred v. Buckow. Ein Bruder Ritas!

Er hatte nie gewußt, daß Rita noch einen älteren Bruder besaß.

Bei Freifräulein v. Berlefels erfuhr er die Anschrift Fred v. Buckows. Sie hatte die Adresse einem Kalender entnommen, den sie beim Staubwischen auf dem Schreibtisch Ritas liegen sah. Eingedenk der ihr aufgetragenen Erziehungspflichten hatte sie einen Blick in dieses Büchlein geworfen und mit Interesse die Anschrift des jungen Mannes registriert.

Bonn, Magnusstraße 16.

Frank Gerholdt fuhr in die Magnusstraße. Erst als er vor dem großen, im Stil der Gründungsjahre gebauten Haus stand und die Sandsteinfassade hinaufsah, kam ihm zum Bewußtsein, daß er gar nicht wußte, was er Fred v. Buckow sagen sollte.

Wie sollte er ihn anreden? Wie sollte er ihm klar machen, daß es unmöglich war, weiter mit Rita zusammenzusein? Was konnte dieser junge Mann dafür, daß er der Bruder seiner Freundin war und der angebliche Vater der Räuber seiner Schwester und der Mörder seiner Mutter und seines Vaters? Nicht Fred war zu verurteilen, sondern Frank Gerholdt ... der Millionär und Industrielle vom Rhein, der nichts war als ein Glücksritter und ein Spieler, der bisher für seine Einsätze die höchsten Gewinne bekommen und mehrmals die Bank des Schicksals gesprengt hatte.

Er trat an das Klingelbrett heran. Neben der Schelle des dritten Stockwerkes war ein Pappschildchen an das Holz geklebt. F. v. Buckow, cand. nat.

Lange starrte Gerholdt auf den Namen, den er vergessen wollte. Lange brauchte er, bis seine Fingerspitze den weißen Klingelknopf berührte und hinabdrückte.

Der elektrische Türöffner schnurrte. Er drückte die Haustür auf ... von oben wurde das Treppenlicht eingeschaltet. Das Knakken des Lichtautomaten war für Gerholdt wie ein Schuß ... er zuckte zusammen und setzte zögernd den Fuß auf die erste Treppenstufe.

Ich habe nie Angst gehabt, durchfuhr es ihn. Bei dem Raub nicht, bei Dr. Werner nicht, bei den Nazis nicht, nicht bei den Russen und Engländern ... aber heute, verdammt, Frank Gerholdt, heute schlägt dir das Herz in der Kehle und zittern deine Hände. Und feucht sind sie, widerlich feucht.

Er rieb die Handflächen an seinen Hosen trocken, während er zögernd die Treppen hinaufging. Auf dem Absatz vor der Wohnungstür stand ein großer, schlanker, blonder Mann und sah ihm erstaunt entgegen.

Gerholdts Herz zuckte krampfartig.

Diese blonden Haare ... auch Frau v. Buckow hatte sie.

Diese blauen Augen ... Es sind ja Ritas Augen! Mein Gott, o mein Gott ... wenn er in den Spiegel blicken würde, ganz, ganz genau, so müßte er doch sehen, daß er Ritas Augen hat!

Und das Gesicht. Dieses lange, schmale nordische Gesicht ... – Gerholdt seufzte.

»Bitte?« fragte Fred v. Buckow. »Sie wollen zu mir?«

»Ja.« Gerholdts Stimme war heiser, klanglos, zusammengeschnürt von der Erregung. »Herr v. Buckow?« Er stellte diese unnötige Frage, um den Klang des Namens aus seinem Mund zu hören. Er schauderte dabei. Es gibt ein Gewissen, dachte er. Wirklich, es gibt ein Gewissen ... Was bin ich für ein Stümper unter den Verbrechern, daß ich ein Gewissen habe!

»Das bin ich«, antwortete der junge Mann. »Sie kommen auf Empfehlung des Studentendienstes?«

»Studentendienst?«

»Kommilitone Franzen sagte mir gestern, er habe Arbeit für mich. Adressenschreiben! Zehntausend Stück ... Stück zwei Pfennig. Ich könnte das Geld gut gebrauchen, sehr gut sogar ... aber ich stehe im Examen, da habe ich leider keine Zeit.« Er lächelte verzeihend und schob die Wohnungstür auf. »Aber kommen Sie doch herein ... Ich lasse Sie einfach auf dem Flur stehen. Wirklich, ich bin unhöflich. Aber Ihr Klingeln hat mich gerade aus einem theoretischen Experiment gerissen, und ich bin noch nicht ganz da ...« Er tippte sich an die Stirn und lachte jungenhaft. »Bitte, kommen Sie 'rein.«

Gerholdt betrat den dunklen Flur, von dem die einzelnen Zimmer abgingen. Sicherlich eine Art Studentenpension. Er zählte neun Türen. Hinter ihm verriegelte Fred v. Buckow mit einer Kette die Tür.

»Bitte.«

Die dritte Tür neben dem Eingang. Ein kleines, sauberes Zimmer. Ein Bett, ein großer Tisch, drei Regale voller Bücher, ein Kleiderschrank, ein kleiner, chemischer Experimentierkasten, aufgeklappt und aufgebaut am Fenster. Neben dem Bett auf dem Nachttisch eine Blume. Eine Pelargonie. Blutrot. Mit einer weißen Manschette um den Tontopf. Und Gerholdt wußte, als er die Blume ansah, daß sie von Rita war. Ein kleines Geschenk an den geliebten Mann, der ihr Bruder war ...

Gerholdt setzte sich auf einen Stuhl und starrte auf die schönen roten Blüten. Hinter sich hörte er Klappern und Klirren. Fred v. Buckow goß seinem Besucher einen Kognak ein. Er konnte es, weil er die Flasche bei einem studentischen Wettstreit gewonnen hatte.

Ein netter Junge, dachte Gerholdt. Das macht das alles noch viel schwerer. Was soll ich sagen? Wie soll ich anfangen?

»Ich könnte Ihnen einen anderen Kommilitonen nennen, der die zehntausend Adressen schreibt«, sagte v. Buckow und stellte die Gläser auf den Tisch. »Er hat es ebenso nötig wie ich und ist erst im zweiten Semester. Sohn eines kleinen Angestellten, Primus im Abitur ... aber sonst ein ganz armes Schwein. Den könnte ich Ihnen empfehlen.«

»Ich werde ihm fünfhundert Mark schenken«, sagte Gerholdt müde.

»Schenken?« Fred v. Buckow musterte den späten Gast mit dem Blick, wie man einen Irren ansieht, von dem man noch nicht weiß, ob er gefährlich oder nur harmlos blöd ist. »Wollen Sie mich aufziehen?«

»Ist es so verwunderlich, daß ich etwas schenken will?«

»Zumindest kommt es in einem Jahrhundert vielleicht einmal vor, daß ein wildfremder Mann einem anderen Wildfremden fünfhundert Mark schenken will.«

»Und auch Ihnen will ich etwas schenken, Herr von Buckow.«

»Da bin ich aber gespannt.« Fred v. Buckow lächelte schwach. Doch ein Verrückter, dachte er. Was man so alles erlebt ... »Und was soll es sein?«

»Frieden –«

»Nett! Ist ja heute auch Mangelware.«

Gerholdt sah zu dem jungen, blonden Mann empor. Ritas Augen, durchfuhr es ihn wieder, als er den forschenden Blick sah. »Jetzt ziehen Sie mich auf, Herr v. Buckow.«

»Aber nein, nein! Wenn ich auch gestehen muß . . .«

Gerholdt nickte. »Sie halten mich für verrückt.«

»Für ungewöhnlich bestimmt«, antwortete Fred von Buckow vorsichtig. »Da kommt ein Fremder zu mir und sagt: Ich möchte Ihnen Frieden schenken. Wenn das jemand zu Ihnen sagen würde –«

»Ich würde ihn auslachen.«

»Also bitte! Aber ich lache nicht – ich höre Sie an.«

»Aus Höflichkeit?«

»Aus Interesse. Wenn man den Menschen als eine zusammengesetzte chemische Substanz verschiedener Grundstoffe betrachtet, ist es immer interessant, was dabei herauskommt. Die gleichen Grundstoffe – aber immer verschiedene Formen . . . Milliardenfach. Das macht kein Chemiker Gott jemals nach.«

»Sie haben recht.« Gerholdt blinzelte zu Buckow hinauf. »Betrachten Sie als chemische Substanz eigentlich auch Rita Gerholdt?«

Fred v. Buckow zuckte empor. Er starrte den Besucher an und stellte das Glas hin, das er gerade in der Hand hielt.

»Wie kommen Sie auf Rita . . . Kennen Sie – Verzeihung! Ihre Frage verwirrt mich. Sie kennen Fräulein Gerholdt?«

Gerholdt würgte. »Als ihr Vater muß ich es wohl –«, sagte er dumpf.

Vater, dachte er. Vater! Mein ganzes Leben ist nur eine einzige Lüge. Eine Lüge, die am sittlichen Gefüge der Welt und der Menschheit rüttelt! Es ist erstaunlich, daß ein einzelner Mensch überhaupt so schlecht sein kann wie ich . . .

Fred v. Buckow knickte in der Mitte ein, als habe er einen Schlag in die Magengrube erhalten. Er rang nach ein paar Worten und baute sich vor dem vermeintlichen Irren auf, der sich plötzlich als Vater Ritas, als der gefürchtete Vater und Industrielle Frank Gerholdt herausstellte. Jetzt auch verstand er es, warum er fünfhundert Mark verschenken konnte. Was sind fünfhundert Mark für einen Mann wie Gerholdt! Er merkte sie nicht einmal auf seinem Kontenauszug.

»Ich – ich – Herr Gerholdt –«. Fred v. Buckow schluckte. Er hatte plötzlich einen trockenen Hals und kam sich vor, als habe er eine Wagneroper mit voller Lunge und Kehle gesungen. »Ich nehme es Ihnen nicht übel, wenn Sie in mir einen Esel sehen. Einen riesengroßen sogar.«

»Warum sollte ich das?« Gerholdt trank sein Glas Kognak leer und war nicht weniger verlegen als Fred v. Buckow. »Ich habe mich bei Ihnen merkwürdig eingeführt.«

»Es wäre meine Pflicht gewesen, mich bei Ihnen vorzustellen und Sie in aller Form zu bitten, mit Ihrer Tochter ausgehen zu dürfen.«

»Ich denke, ihr jungen Leute setzt euch über solche Konventionen hinweg?«

»Bei einem Flirt – ja.«

»Ach! Sie sehen in meiner Tochter –«

Fred v. Buckow holte tief Atem. Jetzt oder nie, sprach er sich Mut zu. So nahe und so menschlich bekomme ich den alten Herrn nicht wieder vor mich. In seiner Fabrik ist er ein kleiner Gott, der unerreichbar ist. Nun hockt er bei mir auf der Studikerbude ... der große Gerholdt! Welch ein Ding! Fred, nimm dich zusammen. Sage, was du denkst. Auch der alte Herr war einmal jung ... er muß sich bloß daran erinnern –

»Ich liebe Rita, Herr Gerholdt.«

Jetzt war's heraus. Fred v. Buckow sah auf Gerholdt. Der alte Herr war nicht erstaunt, nicht erregt, nicht verblüfft – er war gar nichts. Und das war schlimmer als jede explosive Regung ... Fred v. Buckow wußte nicht, wie er weitersprechen sollte.

»Ich bin noch nichts«, sprach er tapfer weiter. »Aber ich hoffe, einmal etwas zu werden. Ich kann etwas – das weiß ich! Und ich glaube an mich!«

»Das ist wichtig«, unterbrach ihn Gerholdt.

»Ich bin – das weiß ich – heute noch in Ihren Augen ein armes Würstchen. Ein cand. nat., der vor dem Examen steht und den Kopf voller Zukunftspläne hat und fast schon ein Phantast ist! Sie haben die Erhabenheit des Alters und der Millionen, ich habe nur die Zukunft der Jugend ...«

»Das Wichtigste und Schönste unseres Lebens.«

»Und ich liebe Rita!«

»Darum bin ich hier. Rita hat es mir gesagt.«

»Und Rita weiß, daß Sie heute bei mir sind?«

»Nein. Sie denkt, ich bin in der Fabrik.« Gerholdt sah auf seine Hände. »Es war keine dumme Redensart, als ich vorhin zu Ihnen sagte, ich wolle Ihnen den Frieden schenken.«

»Ich verstehe nicht recht«, sagte Fred v. Buckow ratlos.

»Ich bin – nachdem meine Tochter mir von Ihnen erzählte – heimlich nach Bonn gekommen, um Sie als Ehrenmann zu bitten, den Verkehr mit meiner Tochter einzustellen.«

»Einzu–«

»Und zwar ab sofort!«

»Herr Gerholdt!« Fred v. Buckow war blaß geworden. Er rang die Finger ineinander, bis sie knackten, und spürte den Schmerz nicht. »Ich . . . ich habe geglaubt . . .«

»Ich habe auch soviel in meinem Leben geglaubt, Herr v. Buckow. Ich habe an das Glück geglaubt, an Reichtum, an Unabhängigkeit, an Ruhm, an Macht –«

»Alles, was Sie bekommen haben!«

»Alles, ja. Nur das erste nicht . . . das Glück! Und vor allem das Höchste nicht: den Frieden! Weil ich dieses Leben kenne und weil ich Ihnen das furchtbarste Erwachen aus einem Traum ersparen möchte, das es je bei einem Menschen gegeben hat, darum nur allein bitte ich Sie – hören Sie: ich *bitte* Sie – sich ab sofort nicht mehr mit Rita zu treffen!«

»Das ist unmöglich«, sagte Fred v. Buckow laut.

»Unmöglich?« Gerholdt sprang auf. Der Funken seines unbedingten Willens glühte wieder auf. Er sah Kampf, und wie immer im Leben wich er nicht aus, sondern stellte sich. Er stieß den Kopf vor wie ein angreifender Stier und hörte, daß seine Stimme nicht mehr heiser, sondern laut und hart und kompromißlos wurde. »Es gibt kein Unmöglich!«

»Wenn es das nicht gibt, so sehe ich nicht ein, warum ich Rita nicht mehr sehen sollte. Ohne eine Begründung Ihrerseits!«

»Ich habe es als Vater nicht nötig, Erklärungen zu geben! Es genügt, wenn ich nicht will!« bellte Gerholdt zurück. Er ging in dem schmalen, aber langen Zimmer hin und her und unterstrich seine Worte mit heftigen Handbewegungen. »Ich wünsche, daß Sie Rita nicht mehr sehen! Warum, das ist meine Sache!«

»Nein, Herr Gerholdt: wenn zwei Menschen sich lieben, ist das auch ihre Sache. Ihre ureigenste Sache!«

»Liebe! Was versteht ihr schon von Liebe? Ein Jucken in der Herzgegend, ein Seufzer im Mondschein . . . und schon nennt ihr es Liebe!« Gerholdt blieb vor Fred v. Buckow stehen. »Sie wissen gar nicht, was Liebe ist!« sagte er herrisch.

Der junge Mann hielt dem eiskalten Blick stand. Ihn überlief ein Schauer, als er die starren Augen vor sich sah, diese Augen ohne Gefühl, ohne Regung, ohne Menschlichkeit. Augen aus der Retorte.

»Ich weiß es!« sagte er tapfer. »Und ich werde mit Rita darüber sprechen . . .«

»Das werden Sie nicht!« schrie Gerholdt.

»Rita ist großjährig. Sie hat einen eigenen Willen! Sie allein wird entscheiden! Und ich weiß, wie sie entscheiden wird! *Jetzt* weiß ich es, wo ich Ihre Augen sehe!«

Durch Frank Gerholdt zog die Kälte, die er damals spürte, als er Rita aus der weißen Villa riß und das Kindermädchen würgte. Die Kälte völliger Gefühllosigkeit.

Alles war umsonst gewesen. Der Raub, der langsame Aufstieg, die Blutspende, mit der er Rita rettete, der Mord an Petermann, der steile Weg zum Erfolg, die Flucht aus Ostpreußen, der Wiederaufbau ... die ganzen Jahre ohne Ruhe, ohne Selbstbesinnung, ohne Liebe schmolzen dahin, und er stand wieder vor dem Hafenkai zwölf, der kleine, dürre, ausgehungerte Gelegenheitsarbeiter Frank Gerholdt, eine Kippe zwischen den fahlen Lippen, in der Tasche zwei Mark, die für einen Teller Suppe und ein Bett im Asyl reichten. Und für eine Zeitung, in der stand, daß das Kidnapping ein Modeverbrechen geworden war, sich aber in Deutschland nicht lohnte. Um fünf Uhr Säcke schleppen, um sieben Uhr Kohlen trimmen, um zehn Uhr stempeln gehen, anschließend wieder zum Hafen ... Juteballen verladen, im Getreidesilo Säcke abwiegen ... Ein furchtbarer Tag! Abends dann hinaus nach St. Pauli, ein paar Glas Bier, ein blondes, dralles Mädchen, das nach einigen Verhandlungen für drei Mark Ja sagte ... am Morgen die bleierne Ernüchterung, ein Ekel vor sich selbst, ein Ausspucken vor dem eigenen tierischen Geruch ... Und wieder ein Tag. Hafen, Säcke schleppen, Kohlen, Gemüse, Obst ... Oder auch gar nichts. Wieder Hunger, wieder das Leben eines streunenden Hundes ... Alles, alles kam wieder zurück, weil die Zeit zusammenschrumpfte und das Gestern durch das Heute beschworen wurde.

»Sie werden Rita nicht wiedersehen«, sagte Gerholdt leise. Er stand vor Fred v. Buckow, etwas kleiner als dieser, und blickte zu ihm hinauf. Seine Stimme war leblos wie seine Augen, aber gerade diese Leblosigkeit zog wie ein Schauer über den Rücken Buckows. »Es gibt Dinge im Leben, die man sich nur einmal überlegen kann.«

»Was soll das heißen?« In Buckows Augen trat Angst. Er wich zurück, aber Gerholdt folgte ihm, den Kopf nach vorn gedrückt, ein anschleichendes Raubtier.

»Haben Sie nicht soviel Intelligenz?«

»Sie drohen mir?«

»Ich drohe nie ... ich handle sofort! Wenn Sie Rita noch einmal sehen, werde ich Sie töten ...«

»Herr Gerholdt!« Fred v. Buckow lehnte zitternd an der Wand.

Er sah in den Augen Gerholdts sein Todesurteil, und eine panische Angst ergriff ihn vor dieser Ausweglosigkeit.

»Begreifen Sie jetzt, warum ich Ihnen sagte: Ich schenke Ihnen den Frieden? Ich habe kein Interesse, Sie zu töten. Es wäre mir ein Ekel, es auszuführen ... nicht, weil Sie es sind, sondern weil ich mich schämen müßte vor mir selbst. Und doch – wenn es sein *muß* – glauben Sie mir, daß es auf der ganzen Erde keine Macht gibt, die mich daran hindern könnte, es auszuführen!«

»Ich glaube es Ihnen«, sagte Buckow mit weißen Lippen.

»Sie haben das Leben vor sich. Sie haben Pläne. Sie können etwas ... wie mir Rita sagte. Ihnen steht die Zukunft offen ... weit offen ... aber *ohne* meine Tochter! Ich gebe Ihnen zweihunderttausend Mark, wenn Sie morgen noch mit unbekanntem Ziel Bonn verlassen!«

»Zweihunderttausend Mark –«

»Ich erhöhe: eine Viertelmillion! In bar! Ohne eine Gegenleistung als die, Bonn zu verlassen und meine Tochter zu vergessen. Mit zweihundertfünfzigtausend Mark ist ein Vergessen leicht!«

Fred v. Buckow schüttelte langsam den Kopf. »Ich liebe Rita. Man kann eine wirkliche Liebe nicht wegkaufen. Sie ist mehr wert als eine Viertelmillion!«

»Sie wollen handeln? Dreihunderttausend Mark!« sagte Gerholdt ungerührt.

»Hören Sie auf! Sie bieten mir noch eine Million!«

»Ich werfe sie Ihnen nach, wenn Sie endlich verschwinden!« schrie Gerholdt.

Fred v. Buckow senkte den Kopf. Über seinen Körper lief ein wildes Zucken.

»Nein! Nein! Nein!« schrie er auf und warf plötzlich den Kopf in den Nacken. Sein Mund war zerrissen im Schrei wie die Plastik eines sterbenden Kriegers. »Es gibt keine Summe, die ein Glück ersetzen kann!«

»Dann sterben Sie –«

Frank Gerholdt wandte sich ab und verließ das Zimmer und die Wohnung. Als er die Tür hinter sich zuzog, brach Fred. v. Buckow zusammen und stürzte weinend über den Tisch. Gerholdt sah und hörte es nicht mehr. Er stieg unten auf der Magnusstraße in seinen Wagen und fuhr in schnellem Tempo aus Bonn hinaus, Richtung Köln.

Ich habe einmal gesagt, daß ich alles töten werde, was mir Rita wegnehmen will, dachte er. Ich habe gesagt, daß mein Leben Rita ist! Und ich werde es tun, ich werde diesen letzten der Buckows töten, um endlich Ruhe zu haben vor der Vergangenheit.

Er saß, über das Steuer gebeugt, im Wagen und raste durch die Nacht über die Autobahn. Die Scheinwerfer griffen in die Dunkelheit, riesige, lange, zitternde Finger, die die Nacht zerrissen.

Er ahnte, daß sein Leben aus seinen Händen glitt. Zum erstenmal war das Schicksal stärker als er. Und er erkannte es an.

Die Cafeteria und das Hotel »Sorrento« liegen an der Südspitze der Insel Ischia, direkt über dem tintenblauen Golf von Sorrent. In die Felsen hineingehauen sind die Stufen, die hinunter zum Steinstrand führen und zu dem klaren Wasser, auf dessen Grund man bei strahlender Sonne die wundersamsten Pflanzen und bizarre Fische erkennen kann, Höhlen und Klippen von verwegener Romantik und fast unwirklicher Schönheit. Es ist, als schwimme man über einem Zaubergarten, aus dem – man würde sich nicht wundern – jeden Augenblick eine Nixe auftauchen konnte.

Weit geht der Blick übers Meer und hinüber zur Küste, zu den weißen Segeln der Boote und den bunt bemalten Rumpfen der Ruderjollen, mit denen die Fischer und Bootsverleiher von Ischia die Inselgäste zu den Grotten rudern oder zu flachen Klippenstellen, wo man tauchen und mit der Unterwasserkamera herrliche Aufnahmen von seltenen Fischen und einer wunderbaren Wasserflora machen kann.

Auf der Terrasse des Hotels »Sorrento« saßen an diesem Nachmittag, geschützt durch einen breiten, grellroten Sonnenschirm mit gelben Streifen, Frank Gerholdt und Rita.

Er hatte nach der Aussprache mit Fred v. Buckow kurzerhand die Koffer packen lassen, hatte die Fabriken an Dr. Schwab übergeben und war mit Rita von Düsseldorf-Lohausen nach Rom geflogen und von dort nach Neapel gefahren. Rita hatte gar keine Zeit, lange zu fragen, warum diese plötzliche Reise stattfand. Auch Frau v. Knörringen war sprachlos, als Gerholdt sie in der Nacht aus dem Bett klingelte. Sie sah einen Mann mit durcheinandergewirbelten weißen Haaren durch die große Halle des Hauses rennen, mit den Armen durch die Luft schlagend und sie anherrschend, wie sie ihn nie gekannt hatte.

»Koffer packen! Sofort! Sommersachen, Badesachen . . . wir fahren nach Italien!«

»Italien?« sagte Frau v. Knörringen verblüfft. »Jetzt nach Italien? So plötzlich?«

»Fragen Sie nicht so dumm – packen Sie!« schrie sie Gerholdt an.

»Aber Rita muß doch –«

»Nach Italien!« brüllte Gerholdt. »Was stehen Sie noch hier herum? Um sieben Uhr geht das Flugzeug!« Und als Frau v. Knörringen noch etwas sagen wollte, hob er den Arm. »Ruhe! Ich will nichts mehr hören! Packen Sie!«

Verwirrt eilte Frau v. Knörringen in das Schrankzimmer und holte die schweinsledernen Koffer aus dem Kofferfach.

In der gleichen Nacht auch holte Gerholdt mit dem Telefon Dr. Schwab aus dem Bett.

»Sie übernehmen bis auf weiteres wieder alle Werke und Verhandlungen«, sagte er kommentarlos und kurz angebunden. »Ich verreise.«

»Nach Ägypten? Haben Sie die Akten dort, Herr Gerholdt?«

»Ich fahre nach Italien.«

»Italien? Aber –«

»Haben Sie etwas dagegen, Dr. Schwab?« bellte Gerholdt zurück. Dr. Schwab zuckte zusammen. Schlechte Laune. Wenn der Chef schlechte Laune hat, ist es am besten, nichts mehr zu sagen! Man muß sich abgewöhnen, die Handlungen Gerholdts mit der Vernunft zu messen.

»Und Ägypten?« fragte Dr. Schwab zurück. »Sie haben doch einen Vertragsabschluß mit Nasser laufen.«

»Das regeln Sic. Ich fahre privat nach Ischia und möchte in den nächsten Wochen nicht gestört werden. Von keinem! Es gibt nichts, was so wichtig wäre, mich von Ischia wegzuholen. Verstehen Sie, Herr Dr. Schwab? Und wennn die Fabrik explodiert . . . mir ist es gleichgültig!«

»Herr Gerholdt!« rief Dr. Schwab entsetzt.

»Ende!« Gerholdt legte den Hörer auf die Gabel und horchte nach draußen. Ein schneller Schritt kam durch die Halle näher. Es klopfte. »Ja?«

Rita stand in der Tür zum Arbeitszimmer. Sie trug einen langen, hellblauen, seidenen Morgenrock. Über die Schulter fluteten die blonden Locken wie Gold. In ihren großen blauen Augen – die Augen ihrer Mutter, die Augen Fred v. Buckows, durchfuhr es Gerholdt – stand blankes Erstaunen und Verständnislosigkeit.

»Frau v. Knörringen packt und weint . . . Was ist denn los, Paps?«

»Wir fahren –«

»Fahren? Wohin denn?«

»Nach Italien.«

»Aber wieso denn?« Ihr Erstaunen wurde zur Ratlosigkeit.

»Weil ich es will«, sagte Gerholdt kurz.

»Aber das geht doch nicht, Paps!«

»Wenn ich etwas will, geht alles!« sagte Gerholdt scharf. »Du solltest das bei mir gelernt haben.«

»Ich stehe vor dem Examen, Paps! Ich kann es mir nicht leisten, jetzt nach Italien zu fahren! Ich brauche jeden Tag für die Arbeiten!«

»Ich kann es mir nicht leisten, hier zu bleiben!« Gerholdt erhob sich von seinem Schreibtischsessel und schaute auf seine Armbanduhr. »Um sieben Uhr fliegt unsere Maschine nach Rom. Jetzt ist es drei Uhr morgens. Leg dich noch etwas hin, Rita. Ich wecke dich rechtzeitig. Unterdessen packt Frau v. Knörringen.«

»Und Fred?« fragte Rita.

»Welcher Fred?«

»Ich sollte ihn doch anrufen. Du hast mir doch gesagt, er könnte kommen und sich vorstellen –«

»Das hat Zeit! Alles hat jetzt Zeit ... nur nicht die Reise nach Ischia!« Er legte Rita die Hand auf die schmale Schulter und nickte ihr freundlich zu. »Geh jetzt wieder zu Bett, Kleines. Ich wecke dich ...«

Es lag so viel Zärtlichkeit in seiner Stimme und in seinen Augen, daß Rita sich mit einem leichten Nicken abwandte und hinaus zu ihrem Zimmer ging.

Italien! Ischia. Eine Insel gegenüber von Neapel.

Was wollte Paps auf Ischia? So plötzlich. Aufbruch in der Nacht.

Kopfschüttelnd legte sie sich wieder hin und starrte an die leicht rosa getönte Decke ihres Zimmers. Ich werde von Ischia aus an Fred schreiben, dachte sie. Vielleicht habe ich einige Minuten Zeit auf dem Flugplatz in Lohausen und kann ihn sogar anrufen. Man kann mit Paps nicht diskutieren – wenn er etwas will, dann wird es ausgeführt. Und wenn es noch so unverständlich ist ... erst später weiß man, daß es gut war. Denn alles, was Paps bisher getan hat, war gut. Für uns alle gut –

Die Hoffnungen Ritas erfüllten sich nicht. In Lohausen bekam sie keine Zeit. Es war, als ahnte es Gerholdt ... immer war er an ihrer Seite, nicht einen Augenblick ließ er sie aus seinen Blicken. Der Brief, den Rita sofort nach der Ankunft in Ischia zur Poststation brachte, wurde von Gerholdt vor Abgang des Postschiffes wieder zurückerbeten. Er öffnete den Brief nicht –, er zerriß ihn und streute die kleinen Papierfetzen von einer Klippe hinab in das blaue Meer, wo sie wie weiße Federn sich auf den Wellen wiegten und dann versanken.

Am nächsten Morgen, als Gerholdt und Rita schon über München flogen, rief Fred v. Buckow in dem weißen Haus am Rhein an. Frau v. Knörringen, übermüdet und durch das Benehmen Gerholdts beleidigt, war kurz und verschlossen.

»Fräulein Gerholdt ist nicht hier«, sagte sie und wollte auflegen, aber die Stimme Freds sprach weiter.

»Könnten Sie ihr bitte etwas bestellen?«

»Kaum.«

»Kaum? Wie soll ich das verstehen?«

»So, wie es gesagt ist«, antwortete Frau v. Knörringen etwas schnippisch. »Herr und Fräulein Gerholdt sind verreist. Für längere Zeit.«

»Verreist?« In Freds Stimme schwang die Erregung mit. »Mein Gott – wohin denn?«

»Das geht Sie wohl nichts an, nicht wahr?«

Ärgerlich legte Frau v. Knörringen auf. Dumme Jungs, dachte sie. Nicht einmal vorgestellt hat er sich. Sie hat wirklich keine Manieren mehr, die heutige Jugend. –

Nun waren sie in Italien und saßen auf der Terrasse des Hotels »Sorrento« auf Ischia hoch über dem Meer und sahen hinaus auf die Segelboote.

Rita trank eine Orangeade mit Eis und rührte mit einem Strohhalm die kleinen Eisstückchen unter das Fruchtfleisch der Apfelsinen.

»Warum Fred nicht schreibt«, sagte sie plötzlich. Gerholdt, der die Frankfurter Zeitung las, die er sich wegen der Börsenkurse nach Ischia nachschicken ließ, blickte kurz und forschend auf.

»Er wird andere Sorgen haben, mein Kleines.«

»Ich habe ihm schon dreimal geschrieben.«

»Er wird sich um seine Schwermoleküle kümmern . . .«

»Du spottest, Paps«, schmollte Rita. »Er hätte zumindest mit einer Karte meine Briefe bestätigen können.«

»Das hätte er tun können.«

»Hast du Mama auch immer so lange warten lassen mit Post?«

Gerholdt hob die Zeitung hoch und schlug die Beine übereinander.

»Ich habe ihr immer geschrieben, wo auch immer ich war.«

Rita nickte ernst. »Es ist das alte Lied . . . so einen guten Mann wie den eigenen Paps gibt es einfach nicht wieder.«

Gerholdt biß sich auf die Lippen. Nicht mehr daran denken . . . bloß nicht wieder diese Zuckungen des Gewissens, diese dumme Unsicherheit, diese Selbstzerfleischung.

»Vielleicht will er gar nicht schreiben.«

Rita warf den Strohhalm auf den Tisch. Mit großen Augen sah sie ihren Vater an. »Wieso denn, Paps?«

»Ein junger Mann in einer Großstadt, als Student noch, hat eine große Auswahl in hübschen Mädchen.« Er ließ die Zeitung sinken und ergriff Ritas Hand. In ihren Augen sah er Nachdenklichkeit und eine unterdrückte Angst. »Ich will dir nicht weh tun, Kleines . . . aber die Männer sind eben so. Das Naheliegende, Greifbare ist ihnen lieber als die ferne Sehnsucht.«

»Wenn Fred mich wirklich liebt, tut er so etwas nicht.«

»*Wenn* er dich wirklich liebt.«

»Du kennst ihn ja nicht, Paps!«

Gerholdt schüttelte den Kopf. »Natürlich nicht. Er spielte ja den Mann im Hintergrund.«

»Du würdest von ihm anders denken, wenn du mit ihm gesprochen hättest.«

»Vielleicht.«

»Er ist so lieb, so gut, so klug . . .«

»Spare dir deine Superlative! Im Augenblick ist er nichts anderes als stumm.« Gerholdt sah hinaus auf das Meer. Die Sonne ging unter und vergoldete schon den Horizont. »Mir wäre es auch lieber, er bliebe stumm.«

Ritas Kopf fuhr herum. »Aber du hast doch selbst gesagt –«

Gerholdt schüttelte den Kopf.

»Ich habe mir sehr Gedanken über deine Zukunft gemacht. Was willst du nach dem Examen tun?«

»Aber Paps!« Rita lächelte ihn an. »Wirst du alt? Darüber haben wir doch so oft gesprochen. Zunächst werde ich in dein Werk eintreten, als Werkärztin und Leiterin des Kindergartens. Vielleicht ist Fred in drei oder vier Jahren soweit, daß er seine ersten Erfolge vorweisen kann und auch dich damit überzeugt. Solange werde ich warten.«

»Bitte, laß bei allen Plänen für die Zukunft zunächst einmal diesen Fred aus dem Spiel. Ich will nicht wissen, was aus ihm wird, sondern wie wir uns den späteren Verlauf denken.«

»Die Zukunft gehört Fred und mir.«

»Zum Teufel! Die Zukunft gehört uns!«

»Aber Paps.« Rita legte ihre langen, weißen Hände auf seinen Arm. »Warum regst du dich denn auf? Fred ist aus gutem Hause. Sie haben in Hamburg –«

Frank Gerholdt winkte ab. Energisch, das Wort Ritas mit dieser Handbewegung abschneidend.

»Schluß mit diesem Fred!« sagte er laut und hart. »Ich wünsche in meiner Gegenwart nicht mehr, diesen Namen zu hören!«

In die hellen blauen Augen Ritas traten Trotz und Widerspruch. Sie warf den Kopf in den Nacken und schob die langen blonden Haare über die Schulter weg.

»Gut!« sagte sie mit zusammengekniffenen Lippen. »Wenn ich ihn nicht mehr nennen darf – du kannst mich nicht zwingen, ihn zu vergessen.«

»Auch vergessen wirst du ihn!« schrie Gerholdt plötzlich unbeherrscht.

Rita sprang auf. Sie stand gegen das blaue Meer und die untergehende Sonne wie eine weiße Skulptur, sylphidenhaft schlank und durchsichtig wie feinstes Porzellan. Es war fast, als durchdrängen die goldorangenen Strahlen der sinkenden Sonne den schmalen Körper.

»In diesem Ton rede ich mit dir nicht weiter, Paps«, sagte sie laut. »Ich bin kein kleines Kind mehr! Ich bin vierundzwanzig Jahre und habe ein Recht, vernünftig behandelt zu werden. Vor allem aber habe ich ein Recht, eine eigene Meinung über die Dinge zu besitzen, die mein Inneres angehen. Ich lasse mir nichts vorschreiben!«

Frank Gerholdt schnellte empor. Sein Gesicht war hochrot und durchflimmert von einem wilden Zittern.

»Wie sprichst du mit deinem Vater?« schrie er voller Zorn. Dann übermannte ihn die Unbeherrschtheit, er hob die Hand und schlug Rita ins Gesicht.

Ohne Antwort sah ihn Rita an. Mit einem langen, verwunderten Blick. Der Schlag brannte, aber sie hob nicht die Hand, die Finger kühlend auf die Stelle zu legen.

»Das wird dir leid tun, Vater«, sagte sie leise. Dann wandte sie sich schroff ab und ging.

Frank Gerholdt sah ihr nach. Der erste Schlag, den sie je von ihm bekommen hat! Mit vierundzwanzig Jahren, vor dem Examen als Dokter der Medizin! Aber er hatte nicht anders gekonnt, es war in ihm etwas explodiert, was er bisher nie gekannt hatte ... die

Eifersucht des Vaters auf den Jüngeren, der einfach daherkommt und die Tochter wegnehmen will. Diese wilde Sehnsucht, sich die Liebe des Kindes zu erhalten, so kindlich, wie sie immer war, so völlig fremd aller Entwicklung ... ein Aufhalten der Zeit zwischen Vater und Tochter, der in der Frau, die vor ihm steht, immer noch das Kind sehen will, das auf seinen Knien schaukelte und spielte.

»Rita!« rief er ihr nach.

Sie wandte sich nicht um. Sie gab keine Antwort. Sie ging.

»Rita!«

Er wartete. Stockte ihr Schritt? Drehte sie sich um? Zögerte sie an der Tür zum Hotel?

Sie tat es nicht. Ohne sich umzublicken verließ sie die Terrasse.

Frank Gerholdt setzte sich wieder. Er hatte das Empfinden, ein Spiel zu spielen, das er verlieren würde. Zum erstenmal sah er, daß sein Vabanque-Spiel seinen Händen entglitt, daß es bessere Trümpfe gab, mit denen er nicht rechnete, daß es ein anderes Ding war, das äußere Leben sich unterzuordnen, als eine wirkliche Liebe zwischen unschuldigen Menschen unter seinen Zwang zu bekommen. Man konnte befehlen: zehntausend Tonnen Stahl investieren – und ich werde fünf Millionen dabei gewinnen! Aber man konnte nicht sagen: du vergißt diesen Fred v. Buckow, weil ich es will! Nur, weil ich es *will!* Und du würdest ihn auch nicht vergessen, wenn du wüßtest, wer er ist! Heute habe ich es erkannt – obwohl ich mein ganzes Leben für Rita geopfert habe, würde sie mich verlassen, wenn sie wüßte, wer ich bin und woher sie kommt!

Er starrte auf das dunkel gewordene Meer, auf die Brandung, die an den Felsen emporgischtete, auf die Fischerboote, die dem Hafen zustrebten. Auf der Terrasse gingen die Lampen an ... Ketten bunter Glühbirnen, Lampions, mit lächelnden Gesichtern. Ein bunter, fast kitschiger Zauber für den geldbringenden Fremdenverkehr. Lire für die Illusion einer »echt italienischen Nacht«. Nur die Sänger fehlten noch, die singenden Fischer, die Troubadoure in den Felsen, die schmachtenden Tenöre auf den Hotelterrassen. Sie sind im Preise mit inbegriffen ... Vierzehn Tage Ischia oder Capri ... dreihundertsechsundfünfzig Mark, einschließlich Vollpension, Sicht auf das Meer und abendlichen Tenören.

Sie darf nie erfahren, daß Fred ihr Bruder ist! Nie! Und wenn sie ihn nicht so vergessen kann, werde ich ihn umbringen! Ich habe Petermann getötet, weil er mir Irene nahm – und ich werde Fred v. Buckow töten, wenn er mir das Höchste meines Lebens nehmen will! Ich werde wieder zum Verbrecher werden, ich werde mich nicht scheuen, zu morden ... ich, der millionenschwere Fabrikant Frank Gerholdt, der sich die Welt kaufen könnte und doch ärmer ist als der kleinste Handlanger am Glühofen seiner Fabriken.

Er winkte dem Kellner.

»Erkundigen Sie sich bitte, wann ich von Neapel aus nach Köln fliegen kann. An einem Tage hin und zurück.«

»Si, Signore.«

Zehn Minuten später wußte er es. Abflug Neapel sieben Uhr fünfzehn. Rückflug Düsseldorf-Lohausen fünfzehn Uhr. Dazwischen blieben zweieinviertel Stunden. Zweieinviertel Stunden Bonn. Für Fred v. Buckow.

Zweieinviertel Stunden für Leben oder Tod.

»Ich fliege morgen«, sagte er zu dem wartenden Kellner. »Und bestellen Sie meiner Tochter, ich hätte geschäftlich nach Rom gemußt.«

»Si, Signore. Roma! Nix Deutschland?«

»Auf gar keinen Fall.«

Er gab dem Kellner tausend Lire und ging auf sein Zimmer.

Als er an Ritas Zimmertür vorbeiging, zögerte er einen Augenblick. Aber er öffnete sie nicht, sondern ging weiter und legte sich angezogen auf das für die Nacht zurückgeschlagene Bett.

So schrumpft die Zeit zusammen, dachte er schaudernd. Zweieinviertel Stunden ... sie bleiben vom Leben übrig. Von einem Leben, das man glaubte, erobert zu haben.

In den Tagen, in denen Frank Gerholdt und Rita auf Ischia weilten, bekam die Kriminalpolizei in Düsseldorf einen neuen Chef. Der alte Kriminalrat Reutter ging in Pension und übergab seinen Posten einem jüngeren Kollegen, der sich in Norddeutschland bereits einen Namen gemacht hatte.

Dr. Werner wurde Chef der Düsseldorfer Kriminalpolizei.

Er fand auf dem Schreibtisch Reutters eine mustergültige Ordnung vor. Er kam in einen Betrieb, der mit der Präzision eines Uhrwerkes ablief und nicht die vielen Improvisationen nötig hatte, mit der die Polizei in den Hafenstädten oft arbeiten mußte, um vorwärts zu kommen in dem Dschungel internationaler Verbrechen. Hier am Rhein lief alles wie am Schnürchen – wie sich Kriminalrat Reutter ausdrückte. Zwar hatte man auch seine großen Sorgen ... die Autobahnmorde, die Liebespaarmorde um Düsseldorf herum ... aber sie waren zu übersehen und endeten nicht, wie oft in Hamburg, am Hafenkai und auf einem unbekannten Schiff in der Fülle der täglich aus- und einfahrenden Dampfer.

Die Übernahme der Kriminalpolizei durch Kriminalrat Werner geschah unauffällig. Nur ein Aktenstück hatte er von Hamburg aus mitgenommen und schloß es zur Verwunderung Reutters in seinen Schreibtisch ein. Ein dünnes Aktenstück mit der Aufschrift »Bukkow«.

»Eine alte Schwarte, Herr Kollege?«

»Aus dem Jahre 1932.«

»Mord?«

»Nicht einmal – Kindesentführung.«

Kriminalrat Reutter sah Dr. Werner verblüfft an. »Ist doch längst über die Wupper! Verjährt!«

»Ich habe den Fall ›gerettet‹. Wiederaufnahme der Untersuchungen – wenn auch am Falschen. Aber wir haben den Fall verlängert.«

»Soviel liegt Ihnen an diesem Kidnapper? Hat man das Kind gefunden?«

»Nein! Es lebt noch! Es muß jetzt eine hübsche junge Dame sein . . . wenn es so hübsch geworden ist wie die Mutter.«

Kriminalrat Reutter lächelte versonnen. »Nachtigall, ich hör dir trapsen . . .«

»Ich habe Frau v. Buckow sehr verehrt. Ihr Schicksal identifiziere ich mit meinem Schicksal! Und wenn ich als Greis im Rollstuhl gefahren werden sollte . . . ich werde die Jagd auf diesen Burschen nie aufgeben!«

»Und wie heißt er?«

»Frank Gerholdt.«

Reutters Gesicht war ratlos vor Staunen. »Sie kennen den Namen und haben ihn noch nicht? Gibt's denn so etwas überhaupt bei der deutschen Polizei?«

»Ich habe mir an diesem Gerholdt die Zähne ausgebissen. Aber auch als Zahnloser werde ich scharf genug sein, ihn aufzustöbern! Er lebt . . . das Mädchen, Rita heißt es, lebt . . . er hat es großgezogen und wird sie als seine Tochter ausgeben . . . es war ja alles so einfach nach diesem Krieg. Papiere verbrannt, eidesstattliche Versicherung . . . neue Papiere, mit Namen und Familienständen, wie man wollte! Man stellte ja alles aus, nur um die Deutschen in Kennkarten bürokratisch zu erfassen. So schlüpfte er uns durch . . .«

»Und vorher?«

»Da wurde ich 1934 entlassen . . . wieder eingestellt, in einem Nest begraben, wo ich Hühnerdiebe suchen mußte und ab und zu mal die Belästigung einer Bauernmagd durch einen überpotenten Bauernburschen untersuchte. Was geht uns dieser dumme Fall an, sagte der SS-Obergruppenführer in Hamburg. Dieser von Buckow war ein Sozi ... geschieht ihm recht, dem roten Schwein! – Das war damals die Meinung. Frank Gerholdt hat einen Vorsprung von zwölf Jahren ... ich werde mein ganzes Leben gebrauchen müssen, diesen Vorsprung einzuholen! Aber ich hole ihn ein! Ich weiß es, Kollege Reutter.«

Der alte Kriminalrat hob die Schultern. »Ich bewundere Ihre Vitalität, Dr. Werner. Und ich bewundere Ihren Elan, mit dem Sie Dinge angehen, die jeder andere als ›Ungelöst‹ ins Archiv bringen würde. Ich glaube, die Düsseldorfer Unterwelt – soweit man in dieser braven und lebensfrohen Stadt von Unterwelt überhaupt sprechen kann – wird sich umstellen müssen und statt zu klauen auf der Kö Sommerblümchen verkaufen.«

Dr. Werner steckte sich eine seiner geliebten Zigarren an, nachdem Kriminalrat Reutter dankend abgelehnt hatte. Er war völliger Abstinenzler, was ihm bei der Kriminalpolizei den heimlichen Spitznamen »der impotente Reutter« eingebracht hatte.

»Es gibt im Leben eines jeden Kriminalbeamten einen Fall, an dem sein Herz hängt. Der ihn sein ganzes Leben lang nicht mehr losläßt, der mit ihm gewissermaßen seelisch verwächst. Haben Sie nie so einen Fall gehabt?«

»Doch.« Der alte Reutter nickte mehrmals heftig. »Aber ich konnte ihn lösen ... was nicht heißt, daß ich ihn jemals vergessen würde. Der Fall des Massenmörders Kürten! Mein größter Fall.« Er winkte ab. »Sprechen wir nicht mehr davon. Es ist zu scheußlich. Es war und ist mir immer unverständlich, wie ein Mensch so etwas vollbringen kann! Da ist Ihr kleiner Kidnapper, der sein Opfer sogar noch großzieht und adoptiert, direkt eine rührende Geschichte für die ehemalige ›Gartenlaube‹.«

Dr. Werner sah dem Rauch seiner Zigarre nach und trat ans Fenster. Auf der Straße schoben sich die Autoschlangen voran, strahlende Sommersonne lag über der elegantesten Stadt am Rhein.

»Mein kleiner Kidnapper ist gefährlicher als Ihr Massenmörder Kürten«, sagte er sinnend. »Kürten war ein Triebmensch ... aber dieser Gerholdt ist eine Intelligenzbestie! Seine Taten sind Glanzleistungen des Geistes! Wie er mich ausspielte – ich erkenne es an –, war ein Meisterstück, das so schnell nicht wiederholt werden kann. Auch wenn ihm die Zeit dabei half – er ist ein genialer Verbrecher!«

»Sie scheinen ihn ja fast zu lieben«, spottete der alte Reutter. »Dann ist es ja bedauerlich, daß man Sie nach Düsseldorf holte. Jetzt ist Hamburg weit –«

»Gerholdt lebt nicht mehr in Hamburg.«

»Ach, das wissen Sie auch?«

»Wenn er in Hamburg lebte, hätte ich ihn längst! Mir ist in Hamburg nichts entgangen. Jeder Beamte hatte zu allen Zeiten den Nebenauftrag, nach Frank Gerholdt zu fahnden.«

Reutter sah nachdenklich auf den weißhaarigen, etwas gelichteten Kopf von Kriminalrat Dr. Werner. »Sie müssen diese Frau sehr geliebt haben ...«

Dr. Werner zuckte leicht zusammen. Er lächelte schwach.

»Jugenderinnerungen eines alten Mannes, Herr Kollege.«

»Und was wollen Sie tun, wenn Sie diesen Gerholdt wirklich entdecken? Ich nehme an, daß Ihnen da nur der sogenannte ›große Zufall‹ helfen kann. Sein Vergehen ist nach heutigen Maßstäben kein Kapitalverbrechen, vor allem, wenn sich herausstellt, daß er das Kind als sein eigenes aufgezogen hat und es beiden gut geht. Man wird hier von einem Vaterkomplex reden – ein guter Psychiater der Verteidigung wird den ganzen Prozeß herausreißen. Was versprechen Sie sich jetzt noch davon, Dr. Werner ... jetzt, nach über dreiundzwanzig Jahren?«

»Rechtlich wenig ... da haben Sie recht, Herr Reutter. Aber ich werde mit Frank Gerholdt privat sprechen. Von Mann zu Mann!«

Der alte Reutter sah seinen jüngeren Kollegen mit geneigtem Kopf an. »Sie machen sich unglücklich, Herr Dr. Werner.«

»Ich hole nur etwas nach.«

»Haß ist kein guter Berater! Vor allem nicht für einen Kriminalbeamten, der nur nüchtern seine Pflicht zu tun hat! Wir sind im Dienst geschlechtslose Wesen, die nur der Tatbestand interessiert. Alles andere ist Sache der Anklage und der Verteidigung ... wir sammeln nur ... die anderen werten aus! Das wissen Sie doch so gut wie ich.«

»Es gibt im Leben immer Ausnahmen. Eine solche ist der Fall Gerholdt. Er ist mein eigener Fall!«

Reutter sah auf seine Uhr. »Schon vier Uhr. Mutter wartet mit dem Kaffee. ›Ich gehe schnell 'rüber und führe den Neuen ein‹, habe ich gesagt. Nun wartet sie und wird wieder schimpfen.« Reutter blinzelte Dr. Werner an. »Sind Sie verheiratet?«

»Nein.«

»Wieder ein Minus. Ihnen fehlen so viele praktische Lebenserkenntnisse. Eine der wichtigsten: Je älter die Frauen werden, um so anhänglicher werden sie auch! Mahlzeit, Herr Kollege!«

Als Kriminalrat a. D. Reutter gegangen war, holte Dr. Werner wieder das dünne Aktenstück aus der Schublade seines Schreibtisches. Er schlug es auf und betrachtete das Bild der schönen, jungen, blonden Frau, das obenauf lag.

»Ich bin ein Versager, ich weiß es ...«, sagte er leise. »Aber mir gegenüber steht ein Mann, vor dem es keine Schande ist, der Unterlegene zu sein.«

Frank Gerholdt traf auf dem Rhein-Main-Flughafen in Frankfurt ein und fuhr mit einer Taxe sofort weiter nach Bonn. Als er auf dem Flughafenplatz einen Wagen heranwinkte und sagte: »Nach Bonn!«, schaute ihn der Taxichauffeur dumm und verständnislos an.

»Wohin?« fragte er.

»Nach Bonn! Ist das so ungewöhnlich?«

»Es sind immerhin über einhundertfünfzig Kilometer, mein Herr! Da nimmt man besser einen Zug.«

Frank Gerholdt griff in die Seitentasche seines Rockes und drückte dem Chaffeur zwei Hundertmarkscheine in die Hand. »Ich fahre lieber mit einem Auto!«

Das Geld überzeugte. Es überzeugt immer. Ohne weitere Fragen riß der Fahrer die Tür des Wagens auf.

»Fahren Sie auf den Kaiserplatz in Bonn«, sagte Gerholdt. »Wenn Sie innerhalb zwei Stunden in Bonn sind, erhalten Sie noch einmal hundert Mark.«

Wie ein Geisterauto jagten sie über die Autobahn, auf der linken Fahrseite, fast dauernd auf die Hupe drückend, die Strecke freifegend von anderen Wagen, die sich schnell an die Seite flüchteten.

Sie brauchten zwei Stunden und zehn Minuten. Frank Gerholdt stand auf dem Kaiserplatz von Bonn, in der Hand eine kleine, blaue Flugtasche, in der Tasche seines Sommermantels eine Pistole.

Die letzte Lösung des Problems.

Die letzte?

Frank Gerholdt setzte sich in das Café Kaisereck. Er hatte Angst. Nicht Angst vor der Tat, sondern Angst vor den seelischen Konsequenzen. Er war nicht mehr der Bursche aus dem Hamburger Hafen, der bedenkenlos ein Kind stahl, ein Kindermädchen würgte und die Eltern aus Verzweiflung in den Tod jagen sah ... das Leben hatte ihn in dreiundzwanzig Jahren durcheinandergerüttelt, er war ein Mann geworden, der dieses Leben bezwang, der über Millionen verfügte, der durch Angst und Schrecken gegangen war, den nichts erschreckte, weil er nur ein Ziel, ein einziges großes Ziel vor Augen hatte: ein sorgloses, schönes Leben für Rita!

Und jetzt, an diesem Ziele angelangt, ausgepumpt, erschöpft, brach seine ganze Welt zusammen durch einen Zufall, dessen sich das Schicksal mit einem ironischen Lächeln bediente.

Nun fehlte ihm der Mut, auch diesen Zufall wieder zunichte zu machen. Ihm fehlte bei aller Notwendigkeit, die er glaubte zu besitzen, die Kälte, Fred von Buckow einfach zu töten, wie er es mit Petermann getan hatte.

Ich werde ihm fünfhunderttausend Mark bieten, eine halbe Million! Aber noch während er es dachte, kannte er die Antwort Fred v. Buckows: »Man kann unsere Liebe nicht auszahlen!«

Frank Gerholdt bestellte noch eine Kanne Kaffee. Er aß einen Zwieback, starrte gedankenlos auf die Straße und ab und zu auf die Uhr. Nach zwei Stunden erhob er sich, zahlte und mietete sich eine Taxe.

»Nach Düsseldorf-Lohausen!«

»Wohin?« fragte der Fahrer genau so dumm wie sein Kollege in Frankfurt.

»Nach Düsseldorf«, sagte Gerholdt laut.

Feigling, dachte er. O du erbärmlicher Feigling! Wie willst du nun alles weitergehen lassen? Willst du kapitulieren? Willst du dein Lebenswerk aufgeben? Willst du Rita weggeben? Verlieren? Nie wieder sehen? Nie?

Er lehnte sich in die Polster des Wagens zurück und schloß die Augen. Während sie über die Autobahn nach Düsseldorf rasten, rang Gerholdt mit sich selbst und kam doch zu keinem Sieg über sich. Er schauderte vor der Tat zurück, er zögerte vor einer Entscheidung ... er entschloß sich für das Zurückziehen, für das Versteck ... so, wie er vor dreiundzwanzig Jahren begonnen hatte, in einer Laube draußen vor den Toren Hamburgs, schlafend auf einem muffigen Bett, den Brei für Rita auf einem verrosteten eisernen Herd kochend. Heute war es eine weiße Villa am Rhein, in der er sich vermauern wollte, die er ausbauen wollte wie eine mittelalterliche Festung, mit Posten, die alles abfingen, was aus dem Haus kam und in das Haus eindrang.

In der Nacht – mit dem letzten Schiff aus Neapel – traf er wieder in Ischia ein. Rita stand am Hafen und winkte, als er das Fallreep herunterkam.

»Paps!« rief sie. »Paps!« Sie fiel ihm um den Hals und küßte ihn immer und immer wieder. »Du bist ja so gemein, Paps. Fährst nach Rom und läßt mich allein! Wo du weißt, daß ich Rom immer schon kennenlernen wollte. Das Forum, das Colosseum, die Thermen ...

o Paps ... du bist gemein ...« Aber sie lachte dabei und hakte sich bei Gerholdt ein.

Frank Gerholdt würgte. Er biß sich auf die Lippen, um nicht aufzuschluchzen.

»Wir werden nach Rom fahren, Rita«, sagte er heiser. »Morgen, übermorgen ... wann du willst. Du sollst alles sehen, was du willst ...«

»Paps!« Es war ein Jubel, der aus Rita herausbrach. Sie fiel ihm um den Hals und kuschelte ihren blonden Lockenkopf an seine Schulter. »Du bist der beste, liebste, vernünftigste und klügste Paps der ganzen Welt –«

Es war Frank Gerholdt, als wäre er noch nie so tief gestürzt wie heute.

Sie blieben sechs Wochen auf Ischia.

Viermal schrieb Rita an Fred v. Buckow, und alle Briefe fing Gerholdt ab und ließ sie zerrissen ins Meer flattern. So kam nie eine Antwort, und Rita sann darüber nach, ob Fred wirklich eine andere Freundin habe und sie vergessen hatte. Sie konnte es zwar nicht glauben, sie dachte an die Worte und die zarten Küsse des großen Jungen, an die Ehrlichkeit seines Charakters und seinen Willen, mit Gerholdt über sie zu sprechen ... aber sein Schweigen machte sie nicht nur nachdenklich, sondern auch trotzig.

»Ich habe es nicht nötig, einem Manne nachzulaufen«, schrieb sie in ihr Tagebuch, das sie seit der Flucht aus Ostpreußen gewissenhaft führte und das bereits eine kleine Bibliothek darstellte. »Es ist nur traurig, daß eine Entfernung von wenigen hundert Kilometern genügt, um zu vergessen.«

Aber Fred v. Buckow hatte nicht vergessen. Zweimal war er draußen am Rhein in der weißen Villa und wurde von Frau v. Knörringen abgefangen.

»Ich bin nicht befugt, Ihnen zu sagen, wo sich die Herrschaften aufhalten!« sagte sie steif, als Fred um die Adresse bat. »Wer sind Sie überhaupt?«

»Ein Studienkollege von Fräulein Rita. Ein Freund –«

Frau v. Knörringen sah den jungen Mann mißbilligend an. »Freund?« In ihrer Stimme schwang die Betonung des Wortes, als sei es die Wiederholung einer tiefen Beleidigung. »Fräulein Rita wird Sie wohl kaum so nennen.«

»Das stimmt.« Fred v. Buckow nahm allen Mut zusammen. »Sie nennt mich Liebling.«

»Hinaus!«

Trotzdem wagte es Fred, noch ein zweites Mal zu kommen. Frau v. Knörringen erstarrte, als sie den jungen Mann vor der Tür stehen sah, und wollte die Tür wieder zuschlagen. Aber das besorgte Gesicht fiel ihr auf, und mit dem Spürsinn einer weiblichen Seele fühlte sie, daß dieser Fred v. Buckow vielleicht doch näher mit Rita bekannt war, als sie wahrhaben wollte.

»Ach, der Liebling«, sagte sie sarkastisch. »Sie wünschen?«

»Rita hat noch immer nicht geschrieben!« Die Stimme Freds klang verzweifelt. »Vier Wochen ist sie fort ... In Italien.«

»Ach, das wissen Sie jetzt?«

»Ich habe die Arbeiter in der Fabrik gefragt. Es hat mich fünf Mark gekostet.«

»Ein Vermögen, was?«

»Für einen armen Studenten im Examen eine halbe Million. Fünf Mark! Das bedeutet fünfmal Mittagessen! Eine ganze Woche Sattsein! Mit fünf Mark in der Tasche erobern wir Studiker Bonn!«

»Und dafür wissen Sie jetzt, daß Rita in Italien ist. Ein Glück, daß Italien groß ist!«

Fred v. Buckow hob bittend beide Hände. »Liebe, gute Frau, warum verraten Sie mir nicht die Adresse? Was haben Sie davon, wenn ich es weiß oder nicht?«

»Ich darf es nicht!« Frau v. Knörringen stieß die Tür auf und winkte. »Treten Sie wenigstens ein ... ich bespreche so etwas nicht zwischen Tür und Angel.«

»Verbindlichsten Dank.«

Sie standen sich in der großen, prunkvollen Halle gegenüber. Freds Blicke glitten über die Sesselgruppen, über die Gobelins, über die herrlichen Naturholztüren aus edelsten Maserungen. Welch ein Reichtum, durchfuhr es ihn. Welch ein Luxus, welche Verschwendung. Eine einzige Tür würde soviel kosten wie sein halbes Studium. Und das ist das Elternhaus Ritas? Hier wuchs sie auf, wie eine kostbare Blume in einem goldenen Treibhaus ...

Er hatte plötzlich Hemmungen und sah auf den blanken Boden. Sie wird sich nie wohlfühlen als kleine Frau eines Chemikers. Sie wird immer diesen Luxus vermissen, diese Freizügigkeit, was einem gefällt, auch kaufen zu können. Sie würde das Leben an seiner Seite ertragen, weil sie ihn liebte ... aber sie würde innerlich daran zerbrechen.

»Na? Was ist?« Die Stimme Frau v. Knörringens schreckte ihn empor.

»Ich glaube, es war ein Irrtum.«

»Was?«

»Alles.«

»Wie haben Sie Rita kennengelernt?«

»Als ein schmales, blasses, hübsches Mädchen, das Medizin studiert. Einfach und schlicht und lieb . . .«

»Das ist sie alles.« Frau v. Knörringen nickte. »Und nun erschlägt Sie dieses Haus?«

»Ja«, sagte Fred v. Buckow ehrlich. »Ich komme aus einem guten Hause. Meine Eltern sind Reeder. Kleine Reeder. Der Krieg hat ihnen fast alles genommen . . . die Schiffe, die Patente, die Lizenzen, die Molen . . . Wir haben nie schlecht gelebt. Aber was ich hier sehe, kenne ich nur aus den Filmen.«

Frau v. Knörringen betrachtete den großen jungen Mann mit den kritischen Blicken einer Königinmutter. Sie gestand sich ein, daß er ihr gefiel. Er hatte helle, blaue, ehrliche Augen, ein untadeliges Benehmen, Bildung und Anstand – trotz seines zweimaligen Eindringens in den Frieden der Gerholdt'schen Villa. Und wenn sie ganz ehrlich war, empfand sie Mitleid mit ihm. Er liebte die kleine Rita . . . Frau v. Knörringen biß sich auf die schmalen Lippen. So vergeht die Zeit. Als ein langhaariges Mädchen kam sie nach Angerburg, schmal, verschüchtert, verängstigt, knicksend und wenig sprechend. Eine Handvoll Mensch nur, die zitternd um das von Bomben getötete Pony weinte. Und nun steht da ein Mann und liebt dieses kleine Mädchen! Und es ist keine verschüchterte Rita mehr, sondern eine forsche und hübsche Studentin der Medizin, die vor ihrem Doktorexamen steht und mit den schmalen, weißen Händen in den Kühlräumen Leichen zerlegt. Frau v. Knörringen zog schnell ihr Taschentuch und führte es an die Nase. Es roch nach Tosca und verscheuchte den Geruch, den sie bei dem Gedanken an den Leichenkeller fast spürbar empfand.

»Wenn Rita Ihnen nicht schreibt, scheint es mir so, als wenn sie das alles nicht so ernst nimmt wie Sie, mein Herr.«

Fred v. Buckow schüttelte den Kopf. »Wir wollten heiraten!«

»Ach!« Frau v. Knörringen riß die Augen auf.

»Wir hatten uns heimlich verlobt. Rita wollte es ihrem Vater sagen und mich anmelden.«

»Das unternimmt man im allgemeinen vor der Verlobung!«

»Ich weiß. Aber ich scheute zurück. Frank Gerholdt, der große Industrielle, und ich, der kleine Chemiestudent mit den großen Plänen. Ich dachte, er wirft mich hinaus.«

»Das wäre so sicher gewesen, wie die Formel für Wasser H_2O ist«, sagte Frau v. Knörringen trocken. »Wenn alle Fabriken zusammen in die Luft fliegen, wäre das nicht so schlimm wie der Verlust Ritas!«

Fred v. Buckow setzte sich in einen Sessel und stützte den Kopf in beide Hände. »Was soll ich tun?« fragte er hilflos.

»Nach Hause gehen und schlafen.«

»Ein billiger Rat.«

»Aber ein guter. Glauben Sie einer alten Frau – werden Sie ruhiger und geduldiger. Man kann im Leben nicht alles mit dem Elan der Jugend zwingen ... es gibt Dinge, die müssen wachsen und reifen, ehe man sie ernten kann! Man durchbricht nicht ungestraft die Naturgesetze.«

Fred v. Buckow nickte. »Sie haben das Alter erreicht, in dem man so sprechen kann. O Verzeihung, gnädige Frau.« Er sprang auf, blutrot im Gesicht, und verbeugte sich tief. »Auch das war wieder eine Dummheit. Eine Frau ist nie zu alt, sagte einmal mein Onkel. Es kommt immer auf das eigene Alter an.«

Frau v. Knörringen lächelte mild. »Sie sind ein großer Junge.«

»Das sagte Rita auch.«

»Ich darf Ihnen nicht sagen, wo Rita ist. In Italien – das wissen Sie. Aber ich kann etwas für Sie tun.«

Fred v. Buckow verkrampfte die Hände. »Das wäre zu schön ... zu schön«, stotterte er.

»Ich werde Rita schreiben, daß Sie zweimal hier waren. Will sie etwas von Ihnen wissen, dann schreibt sie Ihnen ... hören Sie trotzdem wieder nicht von ihr, dann, junger Mann, tragen Sie es mit Würde und streichen Sie den Namen aus Ihrem Vokabularium. Rita hat das Absolute ihres Vaters: Ja oder Nein! Ein Vielleicht gibt es da nicht. Auch kein Zögern, Abwägen oder Hinhalten. Vielleicht hat sie darum auch unbewußt Medizin belegt ... wie ein Chirurg bereinigt sie Unklarheiten mit einem schnellen und befreienden Schnitt.«

»Und ich darf wiederkommen und nachfragen?«

»Warum?« Frau v. Knörringen schüttelte den weißen Kopf. »Wenn sie *Ihnen* nicht schreibt, wäre es müßig, hier zu fragen, *was* sie schreibt. Wir verstehen uns?«

»Vollkommen, gnädige Frau.«

Benommen fuhr Fred v. Buckow nach Bonn zurück. Benommen von dem Eindruck in dem Haus Gerholdts, benommen von dem Vorschlag Frau v. Knörringens. Wie ein Gottesurteil, dachte er.

Warten ... warten ... Und dann immer die quälende, ungelöste Frage: Warum schreibt sie nicht? Warum? Warum? Hat es ihr Vater verboten? Liebt sie mich nicht mehr? Warum? Es ist die alte Frage, die der Mensch im Laufe seines Lebens am meisten stellt und am wenigsten beantwortet erhält.

Frau v. Knörringen entledigte sich ihres Versprechens mit der Gründlichkeit, die alles in ihrem Leben bisher bestimmte. Sie schilderte in einem sechsseitigen Brief genau die beiden Besuche Fred v. Buckows, zum Teil sogar mit Einzelheiten der Gespräche, und flocht als Ende die Betrachtung daran, daß dieser junge und sicherlich anständige und sich um ihre Gunst bemühende Mann es wert sei, eine kleine Antwort zu erhalten ... ob negativ oder positiv, das bliebe natürlich Rita überlassen.

Diesen Brief erhielt Frank Gerholdt, während Rita am Badestrand in der Sonne lag und sich bräunte. Er las ihn langsam durch und schüttelte mehrmals den Kopf, als er die Ratschläge Frau v. Knörringens am Ende des Briefes überflog.

Ich hätte ihn doch töten sollen, dachte er vorwurfsvoll. Er wird keine Ruhe geben, er wird alles zerstören, was ich in Jahrzehnten mühsam aufbaute. Vor allem wird er mir Rita nehmen – und ich tauschte die ganze Welt ein gegen sie!

Er meldete ein Ferngespräch an und hörte die Stimme Frau v. Knörringens klar in der Hörmuschel.

»Hier Gerholdt!« sagte er kampfeslustig.

»Hier –«

»Ich weiß! Lesen Sie jetzt abends sehr viel? Vielleicht Courths-Mahler oder andere einschlägige Literatur?«

»Herr Gerholdt!« Die Stimme Frau v. Knörringens war empört. »Wie soll ich Ihre Frage verstehen?«

»Wir haben Ihren Brief bekommen.« Gerholdt sagte ›wir‹. Das hieß, daß er auch im Namen Ritas anrief und Rita hinter seinen Worten stand. »Wie kommen Sie dazu, diesen Lümmel ins Haus zu lassen und sich auch noch in ein Gespräch mit ihm einzulassen?«

»Herr v. Buckow ist kein Lümmel.«

»Er *ist* ein Lümmel! Wenn ich es sage, ist er ein Lümmel, verstanden?!« schrie Frank Gerholdt.

In Düsseldorf am Rhein knickte Frau v. Knörringen ein. Oh, dachte sie. So ist das? Das habe ich nicht geahnt. Darum der schnelle Aufbruch nach Italien, darum die Tränen der kleinen Rita!

»Er ist ein Lümmel, jawoll«, sagte sie in imitiertem militärischen Ton. Frank Gerholdt biß sich auf die Lippen.

»Ich wünsche nicht mehr, daß sein Name genannt wird! Und wenn er noch einmal kommt, jagen Sie Othello auf ihn.«

»Ich habe verstanden.«

»Und Ihre Ratschläge sparen Sie sich bitte! Über Ritas Zukunft und über die Handlungen Ritas bestimme ich!«

»Jawohl, Herr Gerholdt.«

»Ende.«

»Ende...«

Frank Gerholdt verließ die Telefonkabine und trat an das Geländer der Hotelterrasse. Unten, am Strand, sah er den goldfarbenen Badeanzug Ritas. Sie lag nahe am blauen Wasser und sonnte sich. Ihre langen, braunen Beine hatte sie angewinkelt und die Arme unter den Kopf verschränkt. Wie Gold lagen die langen, blonden Haare glänzend auf dem Sand, golden wie der Trikot, der ihren schlanken Körper wie eine Fischhaut umschloß.

Weg aus Europa müßte man gehen, dachte Frank Gerholdt. Nach Südamerika oder Südafrika ... viele deutsche Fabriken bauen Zweigbetriebe oder Fertigmontagewerke in Südafrika –, warum sollten es die Rheinischen Stahlwerke nicht auch tun? Er hatte genug Auslandsguthaben in fast vierzig Staaten, um neue Fabriken in der ganzen Welt zu gründen.

Argentinien – Ägypten – Liberia – Burma –

Er überlegte und rechnete.

Es würden einige Jahre ins Land gehen, ehe diese Werke arbeiteten. Und er würde von Land zu Land fahren, ruhelos wie Ahasver, Rita immer mit sich führend unter dem Vorwand, ihr die ganze Schönheit und Weite der Welt zu zeigen. Eine Weltreise als Flucht vor der Vergangenheit. Zwei, drei oder vier Jahre – wie anders sah dann die Welt aus. Es gab dann keinen Fred v. Buckow mehr ... er würde Rita vergessen haben, war vielleicht schon verheiratet und irgendwo in Deutschland ein kleiner Chemiker in einem Nahrungsmittel- oder Pillendreherwerk. Es gab keine Schatten mehr, die aus dem Dunkel ferner Jahrzehnte auftauchten ... und wenn es sie gab, dann zog er hinüber zu einem anderen Kontinent, baute dort ein neues, noch herrlicheres Haus und legte zwischen sich und sein Gewissen die Endlosigkeit der Ozeane.

Bahamas – Südsee – Hinterindien –

Es gab ja keine Weite mehr, keine Probleme, keine Hindernisse. Millionen lassen die Erde schrumpfen ... mit Geld baut man Brükken über Meer und Kontinente. Mit Geld wird das Schicksal eine Farce!

Er warf noch einen Blick hinunter zum Strand. Ein Eisverkäufer ging an den Badenden entlang und bot seine Ware an. Rita kaufte sich ein Eis am Stiel. Sie wickelte das Silberpapier ab, scharrte mit der Hand ein Loch in den feinen, weißen Sand und vergrub das zusammengedrückte Papier.

Ein großes, herrliches Kind. In Gerholdts Brust zuckte das Herz. Ich würde sterben, wenn Rita von mir geht, durchfuhr es ihn. Es bedarf gar keiner Frage ... ich stürbe vor Schmerz. So liebe ich sie. Sie ist so voll und ganz mein Kind, wie es kein anderes Kind für einen Vater sein kann.

Er rief noch einmal Düsseldorf an.

Dr. Schwab.

Er traf ihn in der Fabrik an und hörte sich kurz seinen Bericht an. Der neue Ofen war gestern angestochen worden ... eine neue Walzenstraße produzierte das Fünffache der anderen Straßen. Sie war bisher nur zur Probe da.

»Ankaufen und alle anderen Straßen darauf umstellen. Wir können nicht modern genug sein. Wir müssen produzieren, Dr. Schwab, produzieren, produzieren! Wir müssen nicht nur ein Teil des deutschen Wirtschaftswunders sein – wir müssen sein Garant werden! Wir müssen alles schlagen! Kaufen Sie vier dieser neuen Walzenstraßen, Dr. Schwab.«

»Und die alten, Herr Gerholdt? Sie sind gerade zwei Jahre alt!«

»Die baue ich in Liberia ein.«

Dr. Schwab nahm den Hörer vom Ohr, sah in die Muschel, schüttelte den Kopf und hob den Hörer dann wieder empor.

»Habe ich richtig verstanden, Herr Gerhold? In Liberia?«

»Darum rede ich mit Ihnen, Dr. Schwab. Ich werde meine Auslandsguthaben dazu verwenden, in allen Ländern, wo diese Guthaben namhaft sind, Zweigwerke zu errichten. Mit Liberia fange ich an.«

Dr. Schwab setzte sich. Der Entschluß Gerholdts nahm ihm die Kraft in den Knien. Er sah hinüber zu der großen Weltkarte, die in dem Chefzimmer hing und auf der mit bunten Glasnadeln und vielfarbigen Schnüren alle Verbindungen der Rheinischen Stahlwerke im Ausland eingezeichnet waren.

»Aber Liberia hat doch gar keine Stahlvorkommen! Was soll denn eine Walzenstraße dort, wo es gar kein Eisen gibt?«

»Dann werden wir das Eisen dorthin bringen!«

»Roheisen?«

»Genau das!«

fen für die Kreise, deren Hauptaufgabe das Abschneiden von Coupons ihrer Aktien ist.

Und in dieser »Monatsschrift für Aufbau und Fortschritt«, auf der Seite vierundzwanzig, war auf dem Kunstdruckpapier ein Mann abgebildet. Es war eine seltene Aufnahme. Und sie war auch entstanden ohne Einwilligung des Abgebildeten, der es immer ablehnte, fotografiert zu werden. Es war eine heimliche Aufnahme, mit einer versteckten Kamera gemacht, die jetzt vergrößert und bestens reproduziert eine ganze Seite des Magazins ausfüllte.

Der rheinische Stahlindustrielle Frank Gerholdt.

Kriminalrat Dr. Werner fiel die Zigarre aus der Hand. Er hob sie nicht auf, er merkte überhaupt nicht, daß sie ihm entglitten war ... er starrte auf das Bild und preßte die rechte Hand auf das Herz.

Nur keinen Schlag bekommen, dachte er erschrocken. Mein Gott – laß mich diese Stunde überleben! Setze nicht aus, Herz – – – bitte, bitte schlage weiter!

Frank Gerholdt – – –

Er saß ihm gegenüber ... er erkannte die harten Augen, den schmalen, immer verkniffenen Mund, den schmalen Kopf, den jetzt weiße Haare umrahmten.

Mit zitternden Händen holte er das alte Aktenstück aus der Schublade seines Schreibtisches und schlug sie auf. Damals hatte ihm das Arbeitsamt in Hamburg ein Foto zur Verfügung gestellt, aus ihrer Kartei, ein blasses und schlechtes Paßfoto, aufgenommen in den automatischen Bildkabinen, in denen man nach Einwurf einer Mark dreimal fotografiert wurde und gleich auf die Bilder warten konnte. Sie fielen aus einem Schlitz wie eine Zigarettenpackung und rochen beißend nach Salmiak.

Dr. Werner verglich die Abbildungen.

Kein Zweifel ... er war es! Um ganz sicher zu gehen, nahm er einen Bleistift und übermalte die weißen Haare mit dem dunklen Graphit. Dann setzte er sich wieder vor das Bild und starrte Gerholdt an.

»Ich habe dich!« sagte er leise. »Nach dreiundzwanzig Jahren habe ich dich! Endlich, endlich. Und jetzt entkommst du mir nicht wieder ... du kannst mir gar nicht entkommen, Großindustrieller Frank Gerholdt! Du bist jetzt zu bekannt, um unterzutauchen! Damals warst du einer aus der Masse, eine Hamburger Kellerratte wie tausend andere. Du konntest untertauchen, weil dich keiner vermißte, und du konntest durch die Welt ziehen, weil Millionen hungerten und sich nicht um den anderen kümmerten, der mit ihnen von Stadt zu Stadt zog. Doch jetzt bist du ein Millionär, Frank Gerholdt. Du hast es weit gebracht ... ich habe Achtung vor dir! Aber du hast eine Familie vernichtet, um das zu werden, was du heute bist. Du hast ein Kind geraubt. Du hast die Frau, die ich liebte, in den Tod gehetzt, wahnsinnig geworden durch deine Tat! Und deshalb kenne ich heute auch kein Mitleid und werde dich vernichten trotz der dreiundzwanzig Jahre, in denen du groß wurdest und ein geachteter Mann!«

Dr. Werner strich sich über die Augen. Welche Visionen! Er erhob sich, ging zum Telefon und rief, nachdem er das Impressum der Zeitschrift gelesen hatte, die Redaktion des Blattes an.

»Kriminalpolizei«, sagte er zur Einleitung. Der Redakteur am anderen Ende der Leitung kratzte sich den Kopf.

»Bitte?«

»Sie haben in Ihrer neuen Ausgabe ein Foto gebracht. Ein Foto von Herrn Gerholdt.«

Aha, dachte der Redakteur. Daher weht der Wind. Der alte Gerholdt hat das Bild gesehen und jagt uns jetzt die Polizei auf den Hals. Habe ich ja gleich gesagt, als der Müller mit dem Foto kam: Das gibt 'n Stunk in der Bude! Doch der Chef sagte: »Nehmen wir. Gerholdt ist eine Person der Zeitgeschichte und von öffentlichem Interesse! Er kann gar nichts wollen!«

»Ja«, antwortete er langsam. »Durch Zufall kam uns ...«

Dr. Werner ließ ihn nicht aussprechen. »Ich bitte um die Adresse des Herrn.«

Der Redakteur sah dumm zu seiner Stenotypistin hinüber und tippte an die Stirn. Verrückt. »Wie bitte?« fragte er zurück.

»Die Adresse!« bellte Dr. Werner.

»Wer ist denn dort?«

»Kriminalrat Dr. Werner!«

»Frank Gerholdt – Düsseldorf.«

»Straße?«

»Wissen wir nicht. Aber ich nehme an, daß die Kriminalpolizei Zugang zum Melderegister hat.«

Dr. Werner hängte ab.

In Düsseldorf.

Er wohnte neben ihm in einer Stadt!

Durch Dr. Werner zog das Fieber eines Jägers, der die Fährte des lange gesuchten Wildes entdeckt hat und ihr nachgeht.

Nach zehn Minuten hatte er die Adresse in den Händen.

Rheinische Stahlwerke GmbH.

Eine weiße Villa unterhalb Düsseldorfs am Rhein.

Er bestellte einen Wagen und raste hinaus zu den Werken. Versonnen stand er dann am großen Eingangstor und überblickte die Hallen und Hochöfen, das neue, gläserne Verwaltungsgebäude und die Menge der Menschen, denen das Werk Arbeit und Brot gab.

Frank Gerholdts Werk!

Dr. Werner blieb hinter dem Steuer seines Wagens sitzen. Was wird aus diesen Menschen, dachte er plötzlich, wenn ich ihnen Gerholdt wegnehme? Die Fabrik wird schließen, Hunderte Arbeiter werden den Mann verfluchen, der ihnen die Zukunft nahm: den Kriminalrat Dr. Werner. Was kümmert es sie, daß dieser Gerholdt ein Verbrecher war? Heute ist er der Herr über Tausende Arbeiter, heute umfaßt er die Welt mit seinen Händen, den gleichen Händen, die einmal ein unschuldiges Kindermädchen würgten und einen schlafenden Säugling aus seinem Bettchen rissen. Es sind die gleichen Hände, die heute Millionen verteilen, die Verträge unterschreiben und den deutschen Namen im mißtrauischen Ausland wieder zu einer Geltung bringen! Es sind die gleichen Hände, die heute von Ministern und Fürsten gedrückt werden und die vor dreiundzwanzig Jahren die Türen der Apotheke in Hamburg aufstemmten, um das Mittel zu stehlen, das Rita vor dem Tode retten konnte.

Wer fragte heute noch danach? Wer erinnerte sich noch des »Falles Gerholdt«? Ein Kind wurde gestohlen – – – vor dreiundzwanzig Jahren! Es starb nicht ... es verschwand, wurde großgezogen, mit Liebe umgeben und wurde die Tochter eines Millionärs ... des Großindustriellen Frank Gerholdt, dessen Hartstahl den Namen Made in Germany in alle Winkel der Welt trug.

Dr. Werner zögerte, aus dem Wagen zu steigen. Er sah hinüber zum Rhein, wo die Schlepper an den fabrikeigenen drei Laderampen mit großen Kränen beladen wurden ... er sah zu den Schmelzöfen und Hallen, zu den Walzenstraßen und den blinkenden Fensterreihen des großen Verwaltungsgebäudes, und er las die Nummernschilder der Wagen, die auf dem Parkplatz vor dem Eingang standen ... Nummern eines ganzen Erdballes.

Die Welt war bei Frank Gerholdt zu Hause.

Und draußen stand ein kleiner, alter Kriminalrat und wollte dies alles zerstören durch drei nüchterne, hundertmal gesagte Worte: Sie sind verhaftet! Durfte er das überhaupt?

In Dr. Werner tauchten Zweifel auf. Er biß sich auf die Lippen und starrte auf das wimmelnde Leben vor sich auf dem Fabrikhof.

Wem nutzte er damit, wenn er Gerholdt verhaftete? Dem Staat? Er verdiente am Werk Gerholdts! Er nahm die Steuern ein, er sah mit Wohlwollen, wie die Werke sich vergrößerten und neue Arbeiter einstellten. Er freute sich über die Exporte und über den Namen Deutschland, der mit Gerholdts Erzeugnissen um den Erdball lief.

Dem Recht? Nutzte er dem Recht? Was war Recht noch in dieser Lage? Hatte er Rita getötet? Hatte er Herrn und Frau von Bukkow getötet? Er hatte ein Kind geraubt ... erpresserische Entführung, sagt das Gesetz. Und er, der Kriminalrat Dr. Werner, hatte die Verjährung aufgehalten, indem er den Fall kurz vor dem Ablaufen der Frist neu aufnahm und so der Gerechtigkeit offen hielt.

Doch war das Gerechtigkeit?

War es recht, diese Werke zu schließen? Elend unter die Arbeiter zu säen? Rita, die jetzt eine junge Dame sein mußte, in einen seelischen Zwiespalt zu stürzen, aus dem sie nie wieder zurückfand? War es Gerechtigkeit, dieses herrliche, goldene Gebäude, das Gerholdt für Rita geschaffen hatte, wieder einzureißen, um dem Paragraphen Genüge zu tun?

Durfte er das noch ... nach dreiundzwanzig Jahren?

Dr. Werner blieb in seinem Wagen sitzen und fuhr die Rheinstraße zurück zu der weißen Villa.

Ich werde mit ihm sprechen, sagte er zu sich. Ich werde ihm meinen ganzen persönlichen Haß entgegenschleudern und dann das Haus verlassen. Ich werde die Akten vernichten, die nirgendwo mehr registriert sind, nur noch in meinem Hirn und meinem Herzen.

In diesem Augenblick wußte er, welch ein miserabler Kriminalist er war. Aber es schmerzte ihn nicht. Er empfand sogar so etwas wie Befriedigung, gesehen zu haben, wie schön und sonnig das Leben Ritas geworden war.

Frau von Knörringen empfing Dr. Werner, als er an der Rundbogentür des Eingangs schellte.

Er nahm den Hut ab und verbeugte sich knapp.

»Zu Herrn Gerholdt.«

Frau von Knörringen musterte den Besucher kritisch. Seit den Attacken Fred von Buckows war jeder Unbekannte bei ihr verdächtig, die Stille des Hauses zu stören.

»Herr Gerholdt ist verreist«, sagte sie verschlossen.

»Fräulein Rita?«

Frau von Knörringen sah Dr. Werner erstaunt an. Weiße schüttere Haare, ein faltiges Gesicht ... Alter ungefähr sechzig Jahre.

»Was wollen Sie von dem gnädigen Fräulein?«

Diese Frage klang wie ein Angriff. Dr. Werner lächelte mild.

»Ich bin ein alter Bekannter von Fräulein Rita. Aus Hamburg her.«

»Fräulein Rita war nie in Hamburg!«

»Als Kind!«

»Da war sie bei mir in Ostpreußen!«

»Ach –« Dr. Werner zog die Augenbrauen hoch. »In Ostpreußen. Sieh an. Und Herr Gerholdt auch?«

Frau von Knörringen musterte den Besucher wie einen Bettler, der dreist den Fuß zwischen die sich schließende Tür stellt.

»Am besten fragen Sie Herrn Gerholdt selbst. Er wird heute zurückkommen aus Italien.«

»Mit Fräulein Rita?«

»Allein.«

»Das ist mir auch lieber. Auf Wiedersehen, alte Dame.«

Erstarrt sah Frau von Knörringen Dr. Werner nach, wie er zu seinem Wagen ging. Alte Dame! Die Flegel sterben nicht aus, und wenn sie sechzig Jahre alt sind! Mit einem Knall, den der lächelnde Dr. Werner noch hörte, schloß sie die Tür und verriegelte sie.

Dann stand sie vor dem großen Spiegel in der Halle und betrachtete ihr Gesicht.

Alte Dame! Es war unerhört, wie ungalant und verroht der Krieg die Männer gemacht hatte ...

Die ganze Nacht hindurch hatte Frank Gerholdt in der Fabrik Verhandlungen mit seinen Direktoren, Abteilungsleitern und Abgesandten der ausländischen Interessenten. Dr. Schwab hatte einen großen Erweiterungsplan ausgearbeitet. Er war so weit gegangen, die Gedanken Gerholdts schon einzufügen, und hatte einen genauen Plan für den Ausbau vorgelegt. Halbfertigwerke in Liberia und Südamerika, Neubauten auf den Karibischen Inseln, Erschließungen von Bodenschätzen im bolivianischen Urwald ... Pläne, die den Namen Gerholdt als den eines Pioniers der Menschheit für alle Zeiten festigen sollten.

Als Dr. Schwab mit seinen Erläuterungen an einer großen Weltkarte geendet hatte, sprangen die Anwesenden auf und gratulierten stürmisch Frank Gerholdt.

»Ein einmaliger Ausbau!« sagte der Interessenvertreter Südamerikas, ein dunkelhäutiger Brasilianer. »Sie werden – wenn Sie so weitermachen, Mr. Gerholdt – in zehn Jahren den Weltmarkt beherrschen wie einst Rockefeller das Öl!«

Gerholdt schüttelte den weißen Kopf. »Ich möchte Ruhe haben, meine Herren. Nur Ruhe – – – das ist alles, was ich mir noch vom Leben wünsche. Wissen Sie, wie herrlich es ist, morgens aufzuwachen und zu sich sagen zu können: Auch dieser Tag wird ein Geschenk sein! Keine Sorgen, keine Hetze, keine Anrufe, keine Termine, keine Verhandlungen, keine Verantwortung – – – nur Leben! Einfaches, ruhiges, zufriedenes Dahinleben. Den Vögeln zuhören, wie sie singen, das Meer belauschen, wie es grollt, im Gras liegen und auf die Grillen hören, wie sie zirpen und girren. Und über einem nur der blaue Himmel und die Sonne. Das ist meine ganze Sehnsucht. Sie lächeln? Nennen Sie es die Marotte eines alten Mannes, die Laune eines Millionärs, der einmal Seelencamping spielen möchte ... Ich habe wirklich nur einen einzigen großen Wunsch von diesem Leben: Ruhe!«

»Und dann dieser Aufbau? Wie verträgt sich das miteinander?«

»Sehr gut, meine Herren.« Gerholdt lächelte schwach. »Dr. Schwab wird in meinem Namen alles ausführen. Er ist mein neuer Generalbevollmächtigter.«

»Herr Gerholdt!« Dr. Schwab bekam einen roten Kopf.

Gerholdt winkte ab. »Keine Worte, Dr. Schwab. Ich lege mein ganzes Lebenswerk in Ihre Hände! Ich sage Ja zu Ihren Plänen, ich sage Ja zu allem, was Sie unternehmen. Ich weiß, daß es gute Pläne sind und Sie nur das Wohl des Werkes wollen. Ich sage zu allem Ja – – – weil ich nur eines für mich will: Ruhe!« Er sah sich um und blickte in starre Augen, in ratlose Gesichter. Er nickte mehrmals. »Ja ... so ist das, meine Herren. Ich bin müde. Sehr müde. Ich habe es nie so erkannt wie in diesen Wochen. Ich bin verbraucht. Ich habe mich ausgebrannt. Am Himmel ist kein Platz für erloschene Meteore ... er gehört den leuchtenden Sternen. Die Jahre, die ich noch vor mir habe, will ich vom Sessel aus betrachten ... in meinem Garten, am Rhein, am Mittelmeer oder am Pazifik ... irgendwo, wo es mir gefällt, wo ich allein sein kann und wo es niemanden gibt, der zu mir kommt und sagt: Herr Gerholdt – hier der Tagesplan. Neun Uhr Konferenz. Zehn Uhr Fahrt zur iranischen Botschaft. Elf Uhr fünfundzwanzig Essen mit dem peruanischen Gesandten ... Ich möchte das Leben eines guten alten Mannes leben ... weiter nichts – – –«

Draußen, vor dem Fabriktor, wartete in seinem Wagen Dr. Werner.

Während Frank Gerholdt die letzte große Konferenz seines Lebens abhielt, während er Dr. Schwab als Generaldirektor einführte und jedem Direktor, jedem Abteilungsleiter für seine Treue dankte, während er Abschied nahm von seinem Werk, von dem er hoffte, daß es für alle Zeiten stehen und Rita und allen kommenden Generationen ein sorgloses Leben schenken würde, sah unten der Kriminalrat auf seine Armbanduhr.

Ein Uhr nachts.

Als das Flugzeug aus Rom in Düsseldorf-Lohausen ausrollte, stand Dr. Werner hinter einer Glastür des Ausgangs und beobachtete die Fluggäste, die über den betonierten Platz zum Zollraum gingen. Als er die schlanke, etwas nach vorn gebeugte Gestalt Gerholdts sah, verbarg er sich hinter einem Blumenarrangement.

Mit heißen Augen starrte Dr. Werner auf das Ziel seiner geheimsten Wünsche, auf den größten Widersacher seines Lebens. Ein grauer Mantel, schlicht, unauffällig, darüber ein schmaler, fast ausgezehrter Kopf, weiße Haare, die unter dem grauen Hut hervorquollen ... so sieht also ein Millionär aus, ein Mann, dessen Namen die ganze Welt umspannt!

Frank Gerholdt, der Verbrecher.

Von diesem Augenblick an blieb Dr. Werner auf den Fersen Gerholdts. Wie ein Schweißhund folgte er ihm ... immer unsichtbar, aber immer in der Spur laufend. Daß Gerholdt nicht nach Hause fuhr, sondern gleich zur Fabrik, verblüffte Dr. Werner. Er stellte den Wagen seitlich ab und wartete. Stunde um Stunde.

Der Abend kam ... die Nacht ...

Welche Energie, dachte Dr. Werner. Daran erkenne ich, daß es noch der alte Gerholdt ist. Er kannte keine Grenzen ... nicht im Leben, nicht gegen sich selbst, nicht im Verbrechen. Alles, was er tat, war ungeheuerlich, unheimlich, unbegreiflich, außerhalb aller Maßstäbe.

Endlich, gegen zwei Uhr morgens, kam Gerholdt aus dem großen gläsernen Tor des Verwaltungsgebäudes. Dr. Schwab und einige andere Herren begleiteten ihn zu seinem Wagen und drückten ihm die Hand.

»Wann sehen wir Sie wieder, Herr Gerholdt?« fragte Dr. Schwab mit trockener Kehle. Es war ihm, als nähme er Abschied für eine lange Zeit ... für immer. Gerholdt klopfte ihm auf die Schulter.

»Wir werden oft miteinander sprechen. Telefon und Drähte gibt es auf der ganzen Welt. Sie werden mich schon nicht vergessen. Auf Wiedersehen? Vielleicht morgen – vielleicht in einem Monat – einem Jahr? Wer weiß es? Ich bin plötzlich da, wenn ich Sehnsucht nach dem Rhein und meinem Werk habe. Sie kennen mich doch, Dr. Schwab – ich bin wochenlang geritten, mitten durch die russischen Linien, um wieder an den Rhein zu kommen. Vielleicht habe ich diesen Drang auch einmal wieder – – –«

»Hoffentlich bald, Herr Gerholdt.« Dr. Schwab schluckte. Er hatte das Gefühl, weinen zu müssen. »Was sollen wir ohne Sie, Herr Gerholdt?!«

»Arbeiten, mein Bester.«

Er stieg in seinen großen Mercedeswagen und winkte den in der Nacht stehenden Direktoren zu. Dann fuhr er langsam an, rollte aus dem Fabrikhof auf die betonierte Zufahrt, von dort auf die Straße und an Dr. Werner vorbei hinaus in die Dunkelheit.

Dr. Werner wartete, bis die roten Rücklichter in der Ferne verschwanden, dann fuhr er dem Wagen nach. Er brauchte nicht mehr hart auf den Fersen zu bleiben . . . er kannte den Weg Gerholdts.

An der weißen Villa, die dunkel am Rhein lag, hielt er. Der Wagen Gerholdts stand vor der Garage. Nur zum Rhein hin, dort, wo die breiten Fenstertüren sich zur Terrasse öffneten, war ein schwacher Lichtschein. Gerholdt saß am offenen Kamin und trank eine Flasche Rotwein.

Allein, versunken und ganz aufgegangen in der stillen Freude, den großen Sinn seines Lebens erreicht zu haben. Ruhe! Wundervolle, belebende, kräftigende Ruhe.

Ein Leben nur noch für Rita. Eine Erfüllung, wie sie schöner keinem Menschen geschenkt wird: ganz aufzugehen in dem, was er auf Erden als Einziges wirklich liebte: sein Kind.

In diese fast feierliche Stille seines Herzens hinein tönte die schrille Klingel der Tür.

Gerholdt winkte Frau v. Knörringen ab, die im Morgenrock aus der Tür ihres Zimmers gelaufen kam.

»Ich öffne selbst. Gehen Sie schlafen.«

Als er den Riegel wegschob und die Tür aufriß, sah er in zwei harte, braune, große Augen. Und eine Stimme sagte langsam:

»Da bin ich, Frank Gerholdt.«

Gerholdt nickte. Ein Eisstrom durchzog seine Adern, das Herz verging in dieser Kälte und wurde ein Block. Ein gefühlloser Klumpen aus Eis, der keine Regung mehr kannte und kein Schlagen . . . nur noch das Ausströmen von Kälte und Grauen.

»Kommen Sie herein, Dr. Werner – – –«

Der Kriminalrat trat in die große, herrliche Halle. Der Luxus blendete ihn. Welch ein Reichtum, durchfuhr es ihn. Welch ein

Geld muß dieser Mann haben! Was ist aus ihm geworden – – – und was bin ich geblieben?

Er kam sich plötzlich schäbig vor und in seiner Wichtigkeit fast lächerlich.

»Sie erkennen mich wieder?«

»Ich werde nie ein Gesicht vergessen, das ich haßte.«

»Sie hassen mich?«

»Ihr Gesicht verfolgt mich im Traum. Seit dreiundzwanzig Jahren.«

»Sie haben Angst vor der Vergangenheit? Sie hängen an ihr?«

»Sie nicht, Dr. Werner?«

Der Kriminalrat blickte zu Boden. Ein echter, alter, dunkelroter Afghan bedeckte den Plattenboden der Halle. Ein riesiger Teppich, geknüpft in den Hütten am Rande der Wüste. An der großen Längswand hing ein Gobelin. Sechzehntes Jahrhundert. Ein Rittermotiv. Vor vierhundert Jahren hatten zarte Frauenhände in den Kemenaten den Stoff mit Goldfäden bestickt. Vielleicht ein Geburtstagsgeschenk ... vielleicht für eine Hochzeit. Dr. Werner hob den Kopf und begegnete dem Blick Gerholdts.

Das Eis seines Herzens war jetzt bis in die Augen gestiegen. Dr. Werner schauderte vor diesem Blick zurück.

»Ich wollte die Vergangenheit begraben, Gerholdt.«

»Und kamen trotzdem?«

»Um Sie noch einmal zu sehen und Ihnen zu sagen, welch ein Lump Sie sind.« Er hob die Hand, als Gerholdt etwas erwidern wollte, und sprach schnell weiter. »Das wollte ich Ihnen als meine private Meinung sagen. Dienstlich würde das anders klingen.«

»Mein Fall ist verjährt.«

Dr. Werner schüttelte den Kopf. »Ich habe ihn nicht verjähren lassen. Ich habe die Frist durch eine Wiederaufnahme und die Verhaftung eines Falschen hinausgeschoben.«

»Durch einen Trick also?«

»Ja.«

Gerholdt wandte sich ab. Die Vergangenheit war nicht gestorben. Sie könnten mich also verhaften?«

»Ich werde es auch tun.«

Gerholdts Kopf fuhr herum. Seine tiefliegenden harten Augen sahen verblüfft Dr. Werner an.

»Warum nicht sofort?«

»Weil ich noch ein genaues Beweismaterial brauche. Ich werde erst mit Rita von Buckow sprechen!«

»Nein!« schrie Gerholdt auf. Er stürzte auf Dr. Werner zu und umklammerte seine Rockaufschläge. In seinem Blick jagte die Angst einer gehetzten Kreatur, die keinen Ausweg mehr kennt. »Das dürfen Sie nicht tun! Rita darf nie etwas davon wissen! Sie ist mein Kind! Mein Kind! Ganz allein mein Kind! Mit meinem Blut habe ich sie gerettet, mit dem Einsatz meines Lebens habe ich sie mitten aus den Russen herausgeholt ... ich habe alles für sie getan, ich habe geschuftet, ich habe in zwanzig Jahren ein Millionenobjekt aufgebaut, ich habe alles für sie getan – – –«

»Aber das hebt doch nicht die Tatsache auf, daß Rita eine Tochter des Reeders von Buckow ist! Nicht nur war, sondern ist!«

»Sie heißt Gerholdt!« Frank Gerholdt sah Dr. Werner triumphierend an. »Wir haben die Pässe, mein Lieber! Amtliche Dokumente! Wir haben es schwarz auf weiß: Rita ist eine Gerholdt!«

Dr. Werner nickte sinnend. »Nach der Kapitulation durch eine eidesstattliche Erklärung ausgestellte neue Papiere ...«

»Stimmt.«

»Dann kommt der Meineid auch noch dazu!«

Gerholdt winkte ab. »Addieren Sie bitte nicht meine Strafen. Sagen Sie mir, was Sie tun wollen.«

»Da muß ich weit ausholen.« Dr. Werner brannte sich eine Zigarre an. »Sie auch, Gerholdt?«

»Danke. Ich kann jetzt nicht rauchen.«

»Ich muß Ihnen dreiundzwanzig Jahre erzählen, Gerholdt. Sie sollten sich doch eine anstecken.«

»Danke.« Er schenkte sich ein Glas Rotwein ein. »Ich trinke lieber. Das betäubt.«

Und Dr. Werner begann, die vergangenen dreiundzwanzig Jahre vor Gerholdt auszubreiten. Er schonte sich nicht, er schilderte jede Fehlspur, er schilderte die Verzweiflung, die ihn befiel, als der Fall aufgegeben wurde, und er erzählte von dem Zufall, der ihn wieder auf die Spur Gerholdts brachte.

»Das Schicksal«, sagte er nach Stunden. Fünf Zigarrenreste lagen in dem silbernen Aschenbecher. Gerholdt lehnte am Kamin, den Kopf auf die Brust gesenkt. »Wenn es einen Gott gibt, Gerholdt – was Sie ja bezweifeln – dann hat er an Ihrem Leben bewiesen, daß er nichts vergißt und alles seinen Preis hat ... auf Erden wie im Himmel! Man kann der Zeit davonlaufen, der irdischen Gerechtigkeit, dem Gewissen ... einmal kommt der Tag, an dem gezahlt werden muß!«

Gerholdt nickte schwer. Seine Stimme war heiser.

»Und was geschieht nun, Dr. Werner?«

»Ich werde morgen wiederkommen und Sie mitnehmen. Ganz offiziell. Ich werde einen Haftbefehl mitbringen.« Dr. Werner sah in die kalten Augen Gerholdts. Er stand vor dem wertvollen Gobelin, ein weißhaariger Mann mit einem zerfurchten Gesicht. Die Mumie des Frank Gerholdt, den er in Erinnerung hatte. Ein Greis . . . wie er. Und doch viel jünger. Ein Mensch am Ende – – – »Denken Sie an Flucht, Gerholdt?« fragte Dr. Werner mild. »Es wäre dumm . . . wir kennen uns doch, nicht wahr?«

»Ich dachte nicht an Flucht.« Gerholdt sah Dr. Werner sinnend an. »Ich überlegte gerade, was damit gewonnen wäre, Sie umzubringen.«

»Nichts! Ihr Aktenstück liegt in meinem Schreibtisch und auf dem Tisch die Nachricht, daß ich bei Ihnen bin. Außerdem liegt der Antrag des Haftbefehls schon zur Bearbeitung vor.«

»Sie sind ein Fuchs, Dr. Werner.«

»Sie waren dreiundzwanzig Jahre schneller, Gerholdt.«

Dr. Werner nahm seinen Hut und reichte Gerholdt die Hand. Es war ein herzlicher Händedruck.

»Bis morgen früh, Gerholdt.«

»Bis morgen –«

Frank Gerholdt sah Dr. Werner nach, wie er über den Plattenweg durch den Vorgarten ging, auf der Rheinstraße in seinen Wagen kletterte und mit aufgeblendeten Scheinwerfern durch die Nacht davonfuhr.

Dort fährt mein Leben davon, dachte er. Dort vergeht es, wie der Schein der Lampen, die schwächer und schwächer werden. Er schloß die Tür und setzte sich in der Halle in einen der tiefen Sessel unter dem Gobelin. Den Kopf in die Hände gestützt, starrte er vor sich hin und kam sich leer und wie ausgesetzt vor.

Rita wird es erfahren – das war das Schlimmste aller seiner Gedanken. Sie wird erfahren, daß ich nicht ihr Paps bin, daß ich sie einmal aus einem Kinderbett raubte, daß ich sie großzog in einer Mansardenwohnung in Köln-Riehl, daß ich ein ganz gemeiner, kleiner Lump bin, der wegen hunderttausend Mark das Glück einer Familie vernichtete und zwei Menschen in den Tod trieb. Die wahren Eltern Ritas . . .

Er strich sich über die Augen. Sie wird es nicht überleben, das wußte er. Sie würde unter dieser schrecklichen Wahrheit zusammenbrechen. Noch mehr aber würde es sie entsetzen, daß ihr Geliebter Fred in Wirklichkeit ihr Bruder ist, daß die ganze Welt so angefüllt ist mit Gemeinheit, daß sie es nie ganz begreifen würde, welch ein Schicksal sie hinter sich ließ ... dieses verfluchte Schicksal aus zweiter Hand, das er, Frank Gerholdt, über das wahre, von Gott vorbestimmte Schicksal setzen wollte. Er hatte Gott zwingen wollen, umzudisponieren, so, wie man zu einem Buchhalter sagt: Schließen Sie die Bilanz ab ... machen Sie einen Strich darunter ... Ab heute beginnt eine neue Firma mit einem neuen Hauptbuch!

Er erhob sich und ging in der großen Halle hin und her. Seine Schritte hallten durch die nächtliche Stille des Hauses wie Hammerschläge.

Es gab keinen Ausweg mehr, das sah er jetzt klar ein. Wo immer noch eine Möglichkeit bestand, hatte er sie in diesen dreiundzwanzig Jahren ausgenutzt. Immer fand er einen Ausweg, immer gab es einen Platz, wo er seinen Willen ansetzen konnte wie den Hebel des Archimedes, der einmal sagte: Gebt mir einen Platz, wo ich meinen Hebel ansetzen kann, und ich hebe euch die Welt aus den Angeln! – Jetzt gab es keinen Platz mehr für Frank Gerholdt ... ein dreiundzwanzigjähriges Leben, ein großes, herrliches, erfolgreiches, gekröntes Leben schrumpfte zusammen zu einem Tag. Zu jenem Tag im Jahre 1932, als der halb verhungerte Werftarbeiter Frank Gerholdt in die weiße Villa in Blankenese einstieg und das Mädchen Rita aus dem rosa Bettchen riß.

»Ich werde Sie bekommen, Gerholdt!« sagte damals Dr. Werner am Telefon. »Und wenn Sie um die ganze Welt flüchten – ich habe Zeit, und diese Zeit arbeitet für mich!«

Wie recht er hatte, wie grausam recht! Die Zeit war Sieger geblieben. Die Zeit, die ihn glauben machte, er sei jetzt unbesiegbar. Er sei ein neuer Mensch. Ein unbekannter Mensch. Eine Geburt des Krieges, der alles vernichtete, was Vergangenheit hieß. Eine Trümmerpflanze des Zusammenbruchs, die üppig blühen kann, weil das Aas der vergangenen Jahre sie nährt. Und er hatte an alles gedacht ... nur nicht an die Liebe seiner Tochter zu einem anderen Mann und an Gott, der nicht verzeihen kann, wenn man ihm immer spottet.

Frank Gerholdt blieb mit einem Ruck stehen. Er warf den weißhaarigen Kopf in den Nacken und starrte an die getäfelte Decke der Halle. Zwölf Edelhölzer waren verwendet worden, diese Decke zu gestalten. Sie hatte soviel gekostet, wie sonst einfache Wohnhäuser kosten. Gerholdt lächelte schwach. Welch ein Luxus! Welch ein Verkriechen vor der Wirklichkeit, die nicht Luxus heißt, sondern Erbärmlichkeit. Auch ihn, der es nie glaubte, hatte das Geld blind und sorglos gemacht. Auch er verfiel der Bequemlichkeit des Reichtums, der Muße der Sorglosigkeit, dem Rentnertum des gefüllten Panzerschrankes.

Er gab sich keiner Illusion mehr hin, daß ein Zufall ihn retten könnte. Die Zufälle waren ausgeschöpft. Dr. Werner würde konsequent vorgehen: Verhaftung, Benachrichtigung Ritas, Benachrichtigung Fred v. Buckows ... Aber die Fabriken arbeiteten weiter, Dr. Schwab würde die Werke leiten, würde nach seinen Plänen die Zweigstellen ausbauen – in Liberia, in Südamerika, in Burma, in Indonesien ... Und alles, alles würde Rita gehören ... ein kleines, goldenes Pflaster für den Diebstahl ihrer Seele und die Ermordung der Mutterliebe. Für jedes verlorene Jahr eine Million – das war ein guter Preis, und doch war es nicht vergleichbar mit dem, was er ihr genommen hatte. Er, der gute, liebe Paps, den sie so sehr liebte ...

Frank Gerholdt stöhnte auf und lehnte sich gegen den Gobelin. So traf ihn Frau v. Knörringen, die in ihrem Zimmer die gleichmäßigen Schritte vernommen hatte und nun besorgt war, weil sie sie nicht mehr hörte.

»Herr Gerholdt«, sagte sie erschrocken, als sie ihn mit zurückgeworfenem Kopf und mit beiden Händen bedeckten Augen an der Wand stehen sah. »Was haben Sie? Soll ich Prof. Bongartz rufen?«

Gerholdt schüttelte den Kopf. Er ließ die Arme sinken und blickte mit hohlen Augen über Frau v. Knörringen hinweg.

»Keinen Arzt ... einen Pfarrer«, sagte er mit dumpfer, leiser Stimme.

»Einen was?« fragte Frau v. Knörringen ungläubig.

»Einen Pfarrer. Pastor Willecke. Morgen früh ...«

Er ging an der erstarrten Frau v. Knörringen vorbei in das große Zimmer und setzte sich an die breite Glastür, die hinaus auf die Terrasse führte. Dort starrte er hinüber auf den dunkel in der Nacht fließenden Rhein und auf die wenigen Lichter am jenseitigen Ufer.

Er saß so eine Stunde, vornübergebeugt, in der Dunkelheit, stumm und leise atmend. Dann erhob er sich und drehte alle Lichter an. Er beleuchtete den Garten durch die Gartenleuchten, er ging im Haus herum und drehte alle Lampen an, er schaltete die Außenbeleuchtung ein, die Garagenzufahrtsrampen, die Vorgartenleuchten ... das ganze Haus strahlte rundherum in grellem Licht.

Dann ging er herum ... von Zimmer zu Zimmer, von der Garage durch den Garten über die Terrasse und in die Keller.

Er nahm Abschied.

Mit den Händen strich er noch einmal über die Sessel und Bilder.

Gemälde alter holländischer Meister, die er auf Kunstauktionen in aller Welt ersteigert hatte und die an sich schon ein riesiges Vermögen darstellten. Er ging von Raum zu Raum, stumm, mit großen Augen, gefolgt von Frau v. Knörringen, die wie sein Schatten hinter ihm herglitt. Er zündete im großen Gartenzimmer den offenen Kamin an und wartete regungslos, bis die Flammen emporzüngelten. Alles betrachtete er noch einmal . . . sogar an den Rhein ging er hinunter und stellte sich an den Badesteg, von dem Rita so oft an heißen Sommertagen in das Wasser des Stromes gesprungen war. Ihr Jauchzen flatterte dann hell über die weite Wiese hin zur Terrasse, auf der Frank Gerholdt unter dem Sonnenschirm saß, in der Zeitung las oder auch nur ihr zusah, glücklich, ihr ein solch herrliches Leben geschaffen zu haben.

Vorbei! Alles vorbei! Die Schatten der vergangenen dreiundzwanzig Jahre kehrten wieder. Es gab keinen Millionär Frank Gerholdt mehr, sondern nur noch den gemeinen Kidnapper Gerholdt, der ohne Gewissen und aus Gewinnsucht eine glückliche Familie vernichtete.

Er stieg vor dem Haus in seinen Wagen und fuhr den Weg zu den Fabriken zurück. Aber er betrat sie nicht mehr . . . er hielt vor dem großen Einfahrtstor und sah aus dem Wagen hinüber zu den weiten Hallen, aus denen die Walzen dröhnten. Er sah zu den Hochöfen hinauf, zu dem dunkel in der Nacht liegenden Glaspalast seines Verwaltungsgebäudes, zu den Verladebrücken am Rhein, den elektrischen Eisenbahnen, die durch seine Werke fuhren und die Stahlplatten transportierten, zu den Riesenkränen, die wie Finger in den Nachthimmel ragten, als wollten sie die dunklen Wolken herunterreißen.

Sein Werk! Geboren aus dem Nichts! Kind einer Idee, eines ungeheuren Willens, einer rätselvollen Triebkraft – der Liebe zu Rita.

Fast eine Stunde sah Frank Gerholdt seine Fabriken an. Im Wagen sitzend, gegen die Polster des Sitzes gedrückt. Eine tiefe Ruhe war über ihn gekommen. Er wußte, daß Rita als Alleinerbin diese Werke weiterführen würde, daß Dr. Schwab immer an ihrer Seite stehen würde und daß vielleicht auch ihr Bruder Fred v. Buckow mithelfen würde, dieses Schicksal aus zweiter Hand zu einem wirklichen echten Lebensschicksal zu machen.

Langsam fuhr er zurück zu seinem weißen Haus am Rhein. Es leuchtete ihm aus allen Fenstern durch die Nacht entgegen, ein wundervoller Bau, hingeduckt in die Uferwiesen, lang und breit . . . die moderne Burg eines Millionärs. Gerholdt lächelte leicht. Er ließ den

Wagen auf dem Vorplatz stehen und strich mit der Hand noch einmal über den spiegelnden Lack.

Auf Wiedersehen, mein Alter. Oder nein – Adieu! Es war unsere letzte Fahrt.

In der geöffneten Tür stand Frau v. Knörringen. Sie sah Gerholdt ratlos an. Nie in ihrem siebzigjährigen Leben war sie ratlos gewesen wie heute.

»Ich habe dem Herrn Pastor Bescheid gesagt. Er wird morgen kommen. Er wollte wissen, warum.«

»Und was haben Sie ihm gesagt?«

»Die Wahrheit. Sie wären heute so komisch –«

»Komisch.« Gerholdt legte seine Hand auf die Schulter Frau v. Knörringens. Er spürte durch den Stoff ihres dicken Morgenmantels, wie sie zitterte. »Haben Sie sich nicht umgesehen, als Sie Angerburg verließen?«

»Es war ein Abschied für immer, Herr Gerholdt.«

»Für immer – das ist es ...« Er ging an ihr vorbei ins Haus und wandte sich zu ihr um, bevor er sein Arbeitszimmer betrat. »Gehen Sie schlafen ... Sie haben morgen noch allerlei zu tun und müssen ausgeschlafen sein ...«

Er schloß die Tür hinter sich ab und lehnte sich an die Wand. Über sein eingefallenes, bleiches Gesicht zog ein Zucken. Dann ging er zu dem kleinen Wandtresor, der hinter einem echten Monet lag, schob das Bild zur Seite und öffnete die kleine Stahltür. Der Tresor war leer. Nur auf der unteren Ablage, auf einer Glasschale, lag ein kleines Päckchen, fest umschnürt. Ein Schild war auf das Papier geklebt, gewissenhaft wie in einem Magazin.

Chiquaqua.

Gerholdt nahm das Päckchen aus dem Tresor, verschloß ihn wieder und wickelte es aus. Eine kleine Dose kam zum Vorschein, eine Dose mit einem weißen, geruchlosen Pulver.

Gerholdt setzte sich. Das Gespräch mit dem Vertreter aus Südamerika kam ihm wieder zum Bewußtsein. ›Es lähmt langsam die einzelnen Körperfunktionen und zersetzt das Blut. Es wird wie Wasser. Es ist, als fresse das Gift die roten Blutkörperchen auf. Passen Sie gut auf das Gift auf ... es gibt dagegen keine Heilung oder ein Antitoxin! Sie sind rettungslos verloren, wenn Sie nur eine Fingerspitze davon nehmen. Sie werden sich innerlich langsam auflösen ...‹

Auflösen ... vergehen ... sich aus dieser Welt schleichen, die so herrlich war und so gemein, die ihm alles schenkte und der er alles nahm ... die Achtung, die Ehre, die Liebe, das Vertrauen, den Glauben und das Gewissen.

Er stand auf und ging an seinen Schreibtisch. Aber er klappte die schon aufgeschlossene Schreibmappe wieder zu. Wozu einen Abschiedsbrief? Sein letztes Wort waren nicht Buchstaben auf einem weißen Papier, sondern seine Werke am Rhein, dieses Haus, seine Bankkonten in aller Welt, der Name seiner Erzeugnisse, die das ›made in Germany‹ in die letzten Winkel trugen ... *das* war sein letztes Wort, es war eine Sprache, die nie verstummte und die für alle Zeiten seinen Namen nannte, ihn unvergeßlicher werden ließ als ein Brief, der einmal zerknittert und weggeworfen wird.

Aus der Wandbar nahm er ein Glas. Er wählte es sorgsam aus ... ein goldgelbes Glas. In ihm war der Wein wie eingefangene Sonne. Er lächelte wieder vor sich hin. Ein Sterben mit Luxus! Vor dreiundzwanzig Jahren hätte er sich in eine Ecke des Hamburger Hafens gelegt und wäre verreckt wie ein räudiger Hund. Heute wählte er ein goldgelbes Glas aus einer spiegelnden Wandbar mit geschliffenen Kristallflächen.

In dieses Glas goß er einen schweren Bordeaux. Château du Papillon, stand auf dem Etikett. Schmetterlings-Schloß.

Es war ein schöner Sommertag, als er mit Rita über die Wege des Schmetterlings-Schlosses ging. Sie trug ein weißes Nylonkleid mit großen, blaßrosa Blüten. Durch ihre langen, blonden Locken hatte sie ein Chiffontuch geknotet ... rosa wie die Blüten auf dem Kleid. Und Schuhe trug sie ... weiß, mit hohen, bleistiftdünnen Absätzen. Sie trippelte neben ihm durch die Sonne, und er war stolz auf seine Tochter. So unendlich, unwahrscheinlich, verrückt stolz. Er sah die Blicke der jungen Männer ihnen folgen, er sah das frohe Lachen auf den Lippen Ritas ... und später, im Weinkeller, schenkte ihr der verliebte Kellermeister drei Flaschen Château du Papillon. Jahrgang 1910! Drei Flaschen, überzogen mit Staub und Spinnweben.

»Paps!« rief sie übermütig. »Die trinken wir nur bei ganz, ganz besonderen Anlässen: eine, wenn ich mich verliebe, eine, wenn ich mich verlobe, und eine, wenn ich heirate! Es sollen einmalige Flaschen sein –«

Frank Gerholdt nickte.

Die erste Flasche, dachte er. Sie ist der Tod. Die zweite das Begräbnis. Die dritte die Wahrheit über Frank Gerholdt. So verändert sich das Leben zwischen zwei Jahren ...

Er trug das Glas mit dem goldenen Wein zurück zum Tisch und setzte sich in den Ledersessel. Nachdem er den Deckel von der kleinen Dose genommen hatte, tauchte er einen Teelöffel in das weiße Pulver und schüttete einen Löffel voll langsam in den Wein.

Das Pulver schwamm auf der Oberfläche. Dann sank es wie eine weiße Wolke hinunter auf den Boden des Glases, verging dort, wurde farblos und löste sich auf in den Bordeaux des Château du Papillon. Jahrgang 1910. Ein besonders guter, alter Tropfen.

Frank Gerholdt zögerte. Er nahm das Glas in die Hand und hob es gegen die Deckenlampe. Das gelbe Glas leuchtete ... in den Facetten des Kristallschliffes brach sich das Licht in allen Regenbogenfarben. Eine Farbensymphonie um einen Wein, den ein Kenner mit geschlossenen Augen trinkt, in den Geschmack versunken, wie ein Musikenthusiast in eine Melodie.

Wie Sokrates, dachte Gerholdt plötzlich. Dumm, daran zu denken. Jener starb für die Wahrheit, ich sterbe für ein Verbrechen. Dort war es Mord ... hier ist es Gerechtigkeit.

Gerechtigkeit?

Und sein bisheriges Leben? Sein Kampf um den Platz an der Sonne? Seine Liebe zu Rita? Wog dies nicht alles auf, was er vorher getan hatte? Gab es im Himmel keine Rechnung, die die schlechten Taten mit den guten aufwog und eine Bilanz zog ... so war dein Leben, Frank Gerholdt: Du begannst als ein Lump und endest als Millionär und Schöpfer einer neuen Industrie? Gab es das nicht im Himmel?!

Gerholdt stellte das Glas wieder auf den Tisch zurück. Eine Welle neuen Mutes überschwemmte ihn. Kampf, dachte er. Jawohl, neuer Kampf, auch gegen Dr. Werner! Man kann dreiundzwanzig gute Jahre nicht aufwiegen gegen eine Stunde Schuftigkeit! Man kann nicht sagen: Dieser Gerholdt ist ein hundsgemeiner Bursche, weil er vor dreiundzwanzig Jahren einmal eine Untat beging! Man muß sagen: Gerholdt – was hast du in den dreiundzwanzig Jahren getan, um diese eine Stunde zu sühnen? Und dann konnte er vor alle Welt hintreten und sagen: Geht den Rhein von Düsseldorf aus hinunter ... dort seht ihr eine weiße Villa – sie gehört Gerholdt! Und weiter unterhalb stehen große Werke, Hochöfen, Walzenstraßen, Verladerampen, Kräne, ein gläserner Palast – alles gehört Gerholdt! Und geht hinaus in alle Welt ... nach Burma – nach Ägypten – nach Uruguay – nach Liberia – nach Australien – nach Japan –, überall, soweit die Stimme der Menschen reicht, wird man euch sagen: Rheinische Stahlwerke? Aber ja! Und man wird euch zeigen, was in alle Welt ging ... Mein Name! Mein Name Gerholdt, der in einer Kriminalakte steht, die dreiundzwanzig Jahre alt ist, verstaubt, vergessen ... nur noch lebend in dem Haßgehirn dieses Dr. Werner, weil er Frau v. Buckow heimlich liebte!

Das Telefon schellte. Gerholdt erhob sich und nahm verwundert den Hörer ab.

»Ja?«

»Was tun Sie jetzt, Gerholdt?« Die Stimme Dr. Werners.

»Ich ziehe eine Bilanz, Dr. Werner.«

»Eine Schlußbilanz?«

»Eine Zwischenbilanz.« Gerholdt schaute zurück auf das unter der Lampe stehende, funkelnde Glas. »Und ich temperiere einen guten alten Wein. Einen Bordeaux 1910. Château du Papillon.«

»Sie Glücklicher. Ich möchte direkt zu Ihnen kommen und diesen Tropfen mit Ihnen trinken.«

»Er würde Ihnen nicht bekommen, Dr. Werner. Er ist zu schwer. Er geht ins Blut –«

Dr. Werners Stimme gluckste etwas. Er lachte. Tatsächlich – er lachte. »Na, dann Prost, lieber Gerholdt! Wie gesagt – ich beneide Sie um diesen Tropfen.«

»Ich lasse Ihnen zwei Flaschen übrig, Dr. Werner.« In Gerholdts Stimme schwang Bitterkeit. »Sie können dann auf mein Wohl anstoßen.«

»Ich hebe sie auf, bis Sie wieder frei sind, Gerholdt.«

»Frei?« Gerholdts Stimme nahm einen dunklen, vollen Klang an. »Ich war immer frei, Dr. Werner, und werde auch immer frei bleiben!«

»Dann nehmen Sie sich den besten Anwalt.«

Gerholdt blickte wieder auf das leuchtende Glas. »Das habe ich bereits getan. Ich habe soeben mit ihm gesprochen.«

»Und er verteidigt Sie?«

»Er garantiert mir die Freiheit.«

»Ein mutiger Mann.«

»Ein unbestechlicher, vor allem. Er kennt nur einen geraden Weg. Er kennt nur ein Vorwärts – niemals ein Zurück.«

»Dann beglückwünsche ich Sie zu Ihrer Wahl, Gerholdt.« Dr. Werners Stimme schwieg. Gerholdt hörte einen merkwürdigen Ton. Jetzt gähnte er, dachte er. »Machen Sie's gut«, sagte Dr. Werner wieder. »Ich bin müde und gehe schlafen. Tun Sie's auch – der morgige Tag wird nicht leicht werden.«

»Das glaube ich auch. Gute Nacht, Dr. Werner.«

»Gute Nacht, Gerholdt.«

Er legte den Hörer auf und atmete laut. Gute Nacht –

Mit einem harten Griff umfaßte er den Stiel des Glases, hob es empor zum Mund und trank in einem langen Zug den Wein aus. Er schmeckte herrlich, würzig, herb-süß ... gekelterte Sonne, eingefangenes Leben, gespeicherte Reife.

Mit einem Ruck stellte er das Glas zurück auf den Tisch. Er blieb stehen und lauschte nach innen. Rührt sich etwas? Wirkt dieses Chiquaqua? Beginnt das Blut zu kochen, löst es sich auf? Zuckt das Herz nicht? Schwindelt es nicht im Gehirn? Rinnt nicht ein Kribbeln durch das Adersystem, wundert sich das Herz nicht über das Wasser, das es pumpt, statt des Blutes? Und die Lunge? Schweigt sie noch länger?

Er stand wie erstarrt und wartete. Er hob den Arm ... er gehorchte noch. Er ging ein paar Schritte. Er schwankte nicht! Er dachte an Formeln und Berechnungen ... sein Gehirn arbeitete und versagte noch nicht!

Gerholdt nahm das Glas, ging hinaus in die Küche, spülte es aus und stellte es auf das Ablaufbrett. Dann nahm er die Schachtel mit dem restlichen Chiquaqua, ging hinüber in das große Gartenzimmer und schüttete das Pulver in den brennenden Holzstoß des offenen Kamins. Es verbrannte mit einer blaßblauen Flamme, still und unauffällig, so wie es auch das Leben wegnimmt.

Jetzt schläft Rita, dachte Gerholdt. Sie liegt in ihrem Bett über den Klippen von Ischia. Das Fenster hat sie offengelassen, und der warme Wind überm Mittelmeer weht ins Zimmer, beult die Gardinen und streicht über ihr schmales, schönes Gesicht. Sie hat die goldenen Haare gelöst und liegt auf ihnen, wie auf einer Matte aus Goldfäden.

Morgen kommt Paps wieder, träumt sie. Morgen werden wir draußen vor dem kleinen Hafen wellenreiten. Paps wird das Motorboot steuern, und ich jage hinter ihm her. Das aufspritzende Wasser wird mich wie eine Wolke umgeben ... O du schönes Leben ... du lieber, guter Paps –

Stöhnend schlug Gerholdt beide Hände vor die Augen. Plötzlich weinte er. Das Nie-zurück ergriff ihn jetzt mit der ganzen Macht der Wahrheit. Und er zerbrach, wo er tapfer sein wollte. Er hatte sein Leben weggeworfen ... und wußte jetzt, wie sehr er an ihm hing.

Als der Morgen dämmerte und die Schleppkähne auf dem Rhein den Morgennebel mit ihren Nebelhörnern durchdrangen, saß Frank Gerholdt noch immer vor dem erloschenen offenen Kamin und starrte in die Asche.

Nur ein Triumph war ihm geblieben: er betrog das Schicksal um den letzten Sieg! Er stahl sich weg – er stand nicht hinter einer Barriere des Gerichtes. Noch einmal wollte er der Stärkere sein, der allein über sein Leben und sein Ende bestimmte. Und es war der einzige, schwache, lächerliche Trost, den er sich geben konnte.

Ich bin doch der Stärkere!

Er war es nicht, denn er hatte Angst vor dem aufdämmernden Tag. Angst, nicht vor dem Tod, sondern Angst vor dem Sterben.

Mit bleichem Gesicht sah Gerholdt den Pfarrer an. Sein Atem begann, stoßweise zu werden ... in den Lungen rasselte die Luft ... eine fast wohltätige Mattheit überzog seine Glieder. Er streckte sich und schwieg.

Der Pfarrer hatte die Hände gefaltet und sah auf das schmale Gesicht des Sterbenden, auf die weißen Haare, die den Kopf umrahmten, auf die unruhigen, blassen Hände, die über die Bettdecke glitten.

Gerholdt wandte den Kopf zur Seite.

»Können Sie mich jetzt verstehen, Herr Pastor?«

»Es ist schwer, mein Sohn –«

»Es gibt Schlechtere als mich, Herr Pastor. Wenn ich jetzt am Ende mein Leben überblicke, darf ich von mir sagen: Ich war nur ein Mensch – weiter nichts.«

»Und es ist gut, daß du zurückgefunden hast. Es gibt viele Sünder, und sie glauben, der Gerechtigkeit entgehen zu können. Sie schaffen es vielleicht auf der Erde – aber am Ende des Lebens steht ja Gott, und ihm entgeht keiner.«

Frank Gerholdt lächelte leicht. »Gott! Es ist schön, daß Sie Ihre Pflicht tun und mir von Gott erzählen! Wie sagte ich zu Beginn meiner ›Lebensbeichte‹: Ich brauche mich nicht vor Gott zu fürchten, denn ich habe ein reiches Leben geführt und viel gebüßt.« Er richtete sich auf den Ellenbogen auf und blickte zur Tür hin. Dort, hinter ihr, in der Halle saß Dr. Werner und wartete darauf, der Sieger zu sein! Über Gerholdt flog ein Zittern. »Ich gehe mit einem ganz großen Triumph, Herr Pastor – ich betrüge die Welt noch einmal um ihren Schein des Rechtes, und auch das Schicksal habe ich überlistet, indem ich freiwillig gehe.«

»Vielleicht ist dies Ihr wahres Schicksal, Herr Gerholdt?« sagte der Pfarrer milde.

»Ich hätte es nie getan, wenn nicht ein Faktor in meinen Berechnungen aufgetaucht wäre, den ich nie einkalkulierte – die Liebe! Ich habe nie geglaubt, meine Tochter durch die Liebe zu verlieren! Ich habe es nie geglaubt, weil ich vielleicht nie geliebt habe. Ich hatte keine Zeit dazu ... ich kämpfte gegen Gott und die Welt und vergaß darüber, daß jeder Mensch ein Herz besitzt, und daß dieses Herz Liebe kennt. So brach alles in mir zusammen, als Rita den ihr unbekannten Bruder liebte.«

Der Pastor sah an die getäfelte Decke des Zimmers. Ein venezianischer Kristalleuchter hing von ihr herab. In ihm brach sich das schwache Licht der Nachttischlampe.

»Er ist nicht ihr Bruder«, sagte der Pfarrer leise.

Über Gerholdts Gesicht lief ein wildes Zucken. Er wollte aus dem Bett emporschnellen, aber das Gift lähmte ihn bereits und machte seinen Körper zu einer kraftlosen Masse Fleisch, Knochen und Sehnen.

»Das ist nicht wahr –«, stammelte er.

»Ich habe vorhin mit Dr. Werner gesprochen. Rita hatte keinen Bruder ... Fred v. Buckow ist ihr Vetter, der Sohn ihres Onkels aus Bremen.«

»Sie lügen!« schrie Gerholdt auf. Er riß die Bettdecke an sich, als müsse er sich vor einem Überfall schützen. In seinen Augen flackerte es wie Irrsinn. Der Pfarrer legte die Hände auf seine zuckenden Finger.

»Glauben Sie, daß ich Sie anlüge? Ich?«

Gerholdt atmete röchelnd. Sein Körper zitterte wie in einem Schüttelfrost.

»Dann ... dann war ja alles umsonst ...«

»Alles –.« Der Pfarrer beugte sich über den Sterbenden. Er legte ihm die Hand auf die schweißnasse Stirn und sah ihm in die weit aufgerissenen Augen. »Wie kann ein Mensch glauben, das Schicksal zu besiegen, Frank Gerholdt ... Du hast Schlachten gewonnen ... viele Schlachten ... aber nicht den Sieg! Denn aus Gottes Hand kommt der Mensch, und in Gottes Hand kehrt er zurück ... wie kannst du armer, kleiner Mensch dies ändern wollen?«

Frank Gerholdt schloß die Augen. Er nickte und sank tief in die Kissen zurück. Und plötzlich lächelte er und umklammerte die Hände des Pfarrers.

»Ich hinterlasse ihnen ein schönes Leben, Herr Pastor. Segnen Sie die Kinder ... und bitten Sie sie darum, mir zu verzeihen. Ich weiß, Rita wird es können. Sie ist so ganz mein Kind geworden, daß ich weiß, wie stark und hart sie dieses Schicksal werden läßt. Sie wird nicht untergehen im Leben, denn ich habe ihr etwas gegeben, was ich nie besaß: den Glauben an das Gute.« Er öffnete die Augen und sah den Pfarrer lächelnd an. »Ist es nicht merkwürdig, dieses Leben, Herr Pastor? Ein schlechter Mensch schuftet sein ganzes Leben lang, um einen guten Menschen zu erziehen ... es ist wie eine komplizierte Rechnung, die man auf einen Nenner bringen kann. Alles, was geschieht zwischen Himmel und Erde, ist nur Leben! Ein Begriff, gewaltig wie das Wort ›All‹. Was ist Unendlichkeit? Auch nur ein Stück Leben!« Er drückte die Hand des Pfarrers mit der letzten Kraft, die noch in seinen Fingern ruhte. »Jetzt bin ich glücklich, gelebt zu haben.«

Er lächelte, wirklich von innen her überzogen von dem Glück. Der Pfarrer ließ seine Hand auf seiner Stirn liegen, und er betete leise, als er sah, wie die Haut an der Nase gelbweiß wurde und durch die Brust ein Röcheln zog.

»Wo ist Gott?« fragte Gerholdt leise.

»Bei uns ...«

»Hier im Raum ...?«

»Neben unserem Bett.«

»Ich bitte ihn um Verzeihung –«

»Er hat bereits verziehen ...«

Über das Gesicht Gerholdts glitt ein heller Schein. Es war, als leuchte es von innen heraus, als zerfließe es in Licht.

Er starb mit einem Lächeln. Er starb herrlich. Es war ein Weggleiten ohne Mißklang, ein wirkliches Aufgehen in die Unendlichkeit –

»Lassen Sie mich ihn ansehen«, sagte Dr. Werner, als der Pastor aus dem Schlafzimmer trat und ihm zunickte. »Er war ein Mensch, von dem man sagen durfte: Er war ein Rätsel. Und Rätsel sind wir alle –«

Leise ging er in das Zimmer und sah versonnen auf das lächelnde, im Tode entspannte und glatte Gesicht Frank Gerholdts. Er stand da und sah ihn an, ohne Groll, ohne Haß, sondern mit den Augen eines Verstehenden. Hinter sich hörte er das Schluchzen Frau v. Knörringens.

Glücklich ein Mensch, dachte er, um den man weint. Denn der Schmerz der Verlassenen ist der Maßstab seiner Taten.

Er verließ das Zimmer und traf in der Halle auf den Pfarrer.

»Was werden Sie jetzt tun?« fragte der Pastor. Dr. Werner sah vor sich hin.

»Ich werde nach Ischia fahren und dafür sorgen, daß seine Tochter nach seinem Wunsche lebt . . .«

Er sagte »seine Tochter«.

Und es fiel ihm nicht schwer, dies zu sagen . . .

Goldmann Verlag München

Alexandra Cordes
Wilde Freunde

Die Abenteuer des Rick Hardt. Rick Hardt, Sohn deutscher Eltern, hat Mata-Mata erworben, ein Tierreservat in Südafrika. Sein Ziel ist es Tiere vor dem Untergang zu retten. Dabei wird er immer wieder durch Schwierigkeiten gehindert wie Wilderer, Überschwemmungen und Schmuggler. Doch seine Anstrengungen sind nicht umsonst. Mata-Mata bleibt als winziger letzter Zipfel des Gartens Eden bestehen.

Große Reihe (3524)

Alexandra Cordes
Die Buschärztin

Die Ärztin Helga Kreuzer übernimmt die Praxis ihres verstorbenen Vaters in Zululand. Weder die Liebe noch ihre Sehnsucht nach München können sie von ihren Pflichten abhalten, da sie weiß, daß sie im Busch dringend gebraucht wird.

Große Reihe (3645)